Exquisit modern

Peter Zingler

11 Tage im Frühjahr

Roman

Wilhelm Heyne Verlag
München

HEYNE EXQUISIT MODERN
Nr. 16/357

Herausgeber: Werner Heilmann

Copyright © 1985 by Wilhelm Heyne Verlag GmbH & Co. KG, München,
und Autor
Umschlagfoto: G.P.A./Jochen Harder, München
Umschlaggestaltung: Atelier Ingrid Schütz, München
Printed in Germany 1985
Satz: IBV Satz- und Datentechnik GmbH, Berlin
Druck und Bindung: Presse-Druck Augsburg

ISBN 3-453-50326-0

Inhaltsverzeichnis

I
Paß am Paß
7

II
Wandlung
60

III
Verdacht
99

IV
Wunschergebnis
211

V
Epilog
251

Für Emmi, Petra und Karlheinz

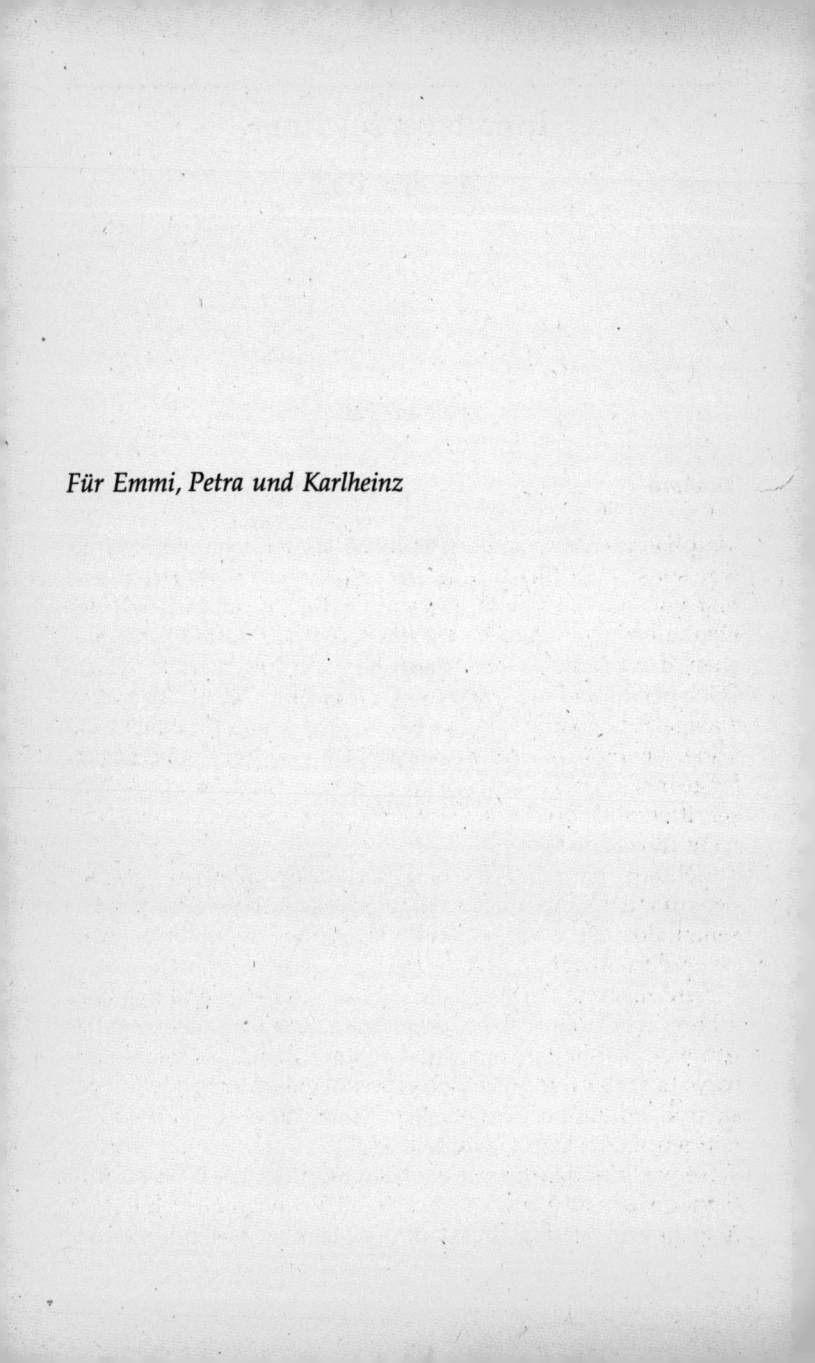

I
Paß am Paß

1.

28. April

Marcel erkannte sie in dem Moment, als sie sich umdrehte. Er war sonst kein Meister im Identifizieren von Prominenten. Erst vor kurzem mußte ihn seine Frau auf dem Frankfurter Flughafen anstoßen und auf einen Weltstar aufmerksam machen, der auf die gleiche Maschine nach Rom wartete wie er. Doch bei dieser Frau war es eine Ausnahme. Nicht daß er eine einzige Schallplatte von ihr besaß, ihre Musik war nicht die seine, aber sie war sehr sympathisch und zudem bereits so lange im Geschäft, daß sich ihr Gesicht zwangsläufig aus Zeitschriften und Fernsehshows auch Leuten eingeprägt hatte, die nicht ihre Fans waren.

Sie hatte mit dem Rücken zu ihm näher am Wasser gestanden und über den Golf der Fußballspieler hinaus aufs Meer gesehen, dorthin, wo die Küste von Kalabrien mehr zu ahnen als zu erkennen war.

Zunächst wunderte er sich, weil sie so alleine und, wie ihm schien, schutzlos dastand. Aber dann dachte er, daß sie in Italien wohl kaum die Popularität genoß, wie im nördlichen Europa. Er wußte auch nicht, ob sie in Italienisch sang. Sicher war sie froh, einmal abseits von allem Rummel nur Mensch sein zu können, Badegast, wie andere auch.

Sie war blond und hatte ein lustiges, hübsches Gesicht, ihre Figur im Jeans-Bikini fraulich, aber nicht aufdringlich; die Haut tiefgebräunt, so daß Marcel sich fragte, ob die blonden Haare echt seien. Und, sie war klein – kleiner als er es von den Fotos her gedacht hatte.

Doch jetzt wußte er, warum er sie gleich erkannt hatte – sie war natürlich. Es gab keinen Unterschied zwischen ihrer Wirklichkeit und ihren weitverbreiteten fotografischen Abzügen. Sie kam auf ihn zu, passierte seinen Liegestuhl und legte sich etwa fünf Meter von ihm entfernt auf eine Liege.

Neben ihr stand eine Brokattasche mit Bügel, die sie jetzt öffnete und der sie ein Handtuch und eine Flasche Sonnenöl entnahm. Sie begann sich einzureiben.

Nie wäre Marcel auf die Idee gekommen, zu ihr zu gehen, um sich mit seinem Wissen um ihre Identität zu brüsten.

Im Gegenteil, er freute sich heimlich über ihrer beider Geheimnis. Trotzdem sah er ab und zu verstohlen zu ihr hinüber, und er gestand sich ein, daß die Sympathie, die er ihr stets entgegengebracht hatte, berechtigt gewesen war.

So tat es ihm leid, als das Boot kam.

Der alte Fischerkahn, untauglich geworden für nächtliche Streifzüge aufs offene Meer, diente hier als Küstentramp. Er fuhr die Badestrände von Schiso über Giardini bis nach Taormina hin und her. Eine Aufgabe, die er, dank der Küstennähe, noch bewältigen konnte. Er war aus Holz, hatte keinen Mast mehr, dafür einen stinkigen, verschmierten Uraltdiesel, der in so großen Abständen tuckerte, daß man jedesmal glaubte, er sei ausgegangen.

Ein hüttenähnlicher Aufbau schützte nur das Steuerrad und den, der es bediente. Einen kleinen lederhäutigen Sizilianer mit dunkler, wettergegerbter Haut, dessen Alter nicht zu schätzen war.

Das zweite Besatzungsmitglied war sein Sohn. Bis auf die Falten im Gesicht sah er ihm, einschließlich der zerrissenen, schmutzigen Bekleidung, zum Verwechseln ähnlich.

Der Junge war es, der jetzt, fünf Meter vom Strand entfernt, ins seichte Wasser sprang, das Schiff näher heranzog, ganz an Land ging und dabei das Boot an der Leine festhielt wie einen Hund.

»Blaue Grotte«, rief er, »Taormina und zurück bis Giardini!«

Marcel packte seine Hose und sein Hemd über den Arm, watete bis an die Bordwand und schwang sich ins Boot.

Es war mäßig besetzt. Er ging zum Bug, gab dem Alten dreihundert Lire und hockte sich auf eine an Bord festgenagelte Kiste.

Noch zwei Leute stiegen zu, und nun sah Marcel, daß auch die Blonde mitkommen wollte. Der Junge, der sich solche Gelegenheiten nicht entgehen ließ, schaffte ihre Sachen an Bord, ging zurück, nahm sie in die Arme und trug sie auf das Schiff.

Sie lachte dabei übers ganze Gesicht, und auch der junge Schiffer freute sich, war auch, bald nachdem das Ablegemanöver vollendet wurde, an ihrer Seite und redete auf sie ein. Er wäre kein Italiener, hätte er das nicht getan.

Marcels Mietwagen, ein offener kleiner Fiat Jungla, stand hinter dem Kap. Dort wollte er eigentlich hin, doch das Boot steuerte zunächst die Grotte an.

Seitdem Capris Blaue Grotte Weltruhm erlangt hatte, gab es kaum einen Badeort im Land, der nicht wenigstens auch mit einer Höhle am Wasser aufwartete... Konnte man noch mit dem Boot einfahren, wurde es gleich eine ›Blaue Grotte‹, denn das eindringende Licht färbt durch die Abspiegelung des Himmels das Wasser blau.

So auch hier. Marcel hörte das erstaunte »Ah« und »Oh« der Touristen. Danach nahmen sie Kurs aufs Kap.

Plötzlich wurde seine Aufmerksamkeit aufs Wasser gelenkt. Zunächst war er nicht sicher, aber dann rief er dem Alten zu: »Fahr mal mehr aufs Kap zu, da sind drei Haie!«

Des Alten Freundlichkeit verschwand sofort. Nicht, daß er oder sonst jemand der Einheimischen Angst vor den Haien gehabt hätte. Nur, es gab offiziell keine!

Jeder gesichtete Haifisch wurde sofort von allen Touristikunternehmen lebhaft dementiert. Marcel hatte hier, gerade am Kap, schon des öfteren welche gesehen, wußte auch, daß es im ganzen Mittelmeer Haie gab, die totgeschwiegen wurden. Mit Recht, denn ihre Gefährlichkeit steht in keinem Verhältnis zur Hektik und Panik, die sie oft genug auslösen.

Widerwillig, aber dennoch drehte der Alte bei und nahm Kurs auf die drei aus dem Wasser ragenden Flossen, die jetzt sogar dem Boot entgegenschwammen.

Der Junge holte eine lange Holzstange von Innerbord, die an

der Spitze mit einem dicken eisernen Haken versehen war, normalerweise wurde sie benutzt, um Abstand zu halten oder näher beizuholen.

Wie ein Walfischer zu Moby Dicks seligen Tagen stemmte er sie hoch, stieß aber nicht zu, weil die Fische tauchten und verschwanden. Marcel sah gerade noch ihre Körper.

Sie waren jung, nicht länger als einen Meter fünfzig, und sie tauchten etwa zwanzig Meter hinter dem Boot so plötzlich wieder auf, wie sie vorher verschwunden waren.

Einige der Passagiere, besonders die, die kein Italienisch verstanden, hatten nichts bemerkt.

Die Blonde stand neben Marcel und schaute in die gleiche Richtung wie er.

»Waren es wirklich Haie?« fragte sie in schlechtem Italienisch.

Er nickte. »Aber junge, sie sind ungefährlich, und an den flachen Sandstrand kommen sie auch nicht«, versuchte er eventuell aufkommende Badeangst zu dämpfen.

Nun lief das Boot neben der Isola leicht auf Grund.

Marcel stieg aus. Er bewunderte diese kleine bewohnte Felskuppe, nur fünfzig Meter vom Strand entfernt. Ungefähr dreißig Meter hoch erhob sie sich aus dem Wasser, war von Höhlen durchzogen, durch Mauern und Fenster bewohnbar gemacht. Dies alles gehörte einem Arzt aus Messina und seiner deutschen Frau.

Einmal war Marcel anläßlich einer Feier dort gewesen, und er kam aus dem Staunen nicht heraus. Ganz oben, zur Seeseite hin, lag, den Blicken vom Land verdeckt, ein weißes Haus. In Felsen gehauene Treppen führten zum kleinen Naturhafen. Im Sommer, wenn keine Stürme zu erwarten waren, zog man ein Seil vom Kap zur Inselspitze, und die Bewohner konnten mit einer Kabinenbahn, über die Bucht schwebend, ihr Domizil erreichen. Die Insel hatte Roman Polanski so sehr gefallen, daß er sie in einem seiner Filme zeigte.

Marcel stieg vom steinigen Strand hoch zur Straße, drehte sich um, winkte zurück und sah das Boot, einschließlich der Blonden, wieder Kurs aufs Meer nehmen.

2.

Es war schon früher Abend, als er die Frau überraschend wiedersah. Nachdem er das offene, jeepähnliche Auto abgeholt hatte, war er zurück nach Naxos gefahren. Er hatte sich dort in ein Straßencafé gesetzt, gegenüber dem Sportgeschäft eines Freundes, und mit diesem etliche Espresso getrunken und geredet. Was sollte man auch tun? Es war heiß, zu früh zum Essen und jeder anderen Tätigkeit. Und es machte Spaß, in den weißen Eisenstühlchen vor sich hinzudösen, das bittere, schwarze Getränk zu schlürfen und Nonsens zu quatschen.

Marcel hatte eine kleine Mietwohnung, gerade neben dem Tennisplatz. Beides gehörte seinem Freund Rosario. Ebenso wie das Sportgeschäft auf der Hauptstraße und das in Taormina am Corso Umberto. Er verabschiedete sich von ihm und lenkte das Auto durch die Einbahnstraße, die den ganzen Ort durchzog, um am Ende die Parallelstraße, an der der Bahnhof lag, zu benutzen, die ihn zurückführte.

Der Bahnhof von Giardini war eine Rarität. Er versetzte einen zurück ins vergangene Jahrhundert. Das aus dunklen Vulkanquadern errichtete Gebäude mit seinen Rundbögen über Türen und Fenstern, dem kontrastierenden schneeweißen Teilanstrich, den vielen Kunstschmiedearbeiten und dem Mosaikboden in der kleinen Halle sah aus wie der Privatbahnhof eines orientalischen Potentaten.

Schräg gegenüber, in einem großen Park, stand eine riesige, schöne Villa aus der gleichen Zeit. Sie war die teuerste Unterkunftsmöglichkeit für zahlende Gäste in Ost-Sizilien.

Aus diesem Park kam mit hastigem Schritt die Blonde. In der linken Hand hielt sie einen Koffer, an der Schulter baumelte ein Leinensack, beides teure Stücke von Louis Vuitton. In der Rechten trug sie die Marcel schon bekannte Brokattasche.

Als sie durch das schmiedeeiserne, geöffnete Außentor trat, setzte sie den großen Koffer ab und sah nach rechts und links. Marcel, der das Tempo verlangsamt hatte, hielt vor ihr an.

»Suchen Sie was?« fragte er, und sie schaute ihn überrascht an, erkannte ihn, kam mit schnellen Schritten die verbleibenden zwei Meter auf ihn zu, warf mit Schwung den großen Koffer auf die Hinterbank, setzte sich neben ihn und sagte: »Eigentlich ein Taxi, aber auch Sie können mich ein Stück von hier wegfahren.«

Dabei blickte sie den Weg zurück, auf dem soeben, lässig schlendernd, ein großer, gut aussehender Mann erschien.

Seine tiefschwarzen Haare, seine gerade Nase, mehr aber noch sein untadeliger weißer Seidenanzug, sein hellblaues Hemd und die dunkelblaue Krawatte ließen vermuten, daß es sich um einen sizilianischen Grande handelte.

Marcel kannte ihn – Don Francesco, Sohn des größten Landbesitzers an der Ostküste.

Er war jetzt ans Auto getreten, beugte sich mit zynischem Lächeln vor, küßte die Blonde auf die Wange und sagte: »Na, dann ciao, meine Liebe!«

Die Augen Francescos lachten keineswegs mit, sondern funkelten Marcel böse an.

Er fuhr los. Da sie nicht gesagt hatte wohin, nahm er zunächst Kurs auf seine Wohnung, bog dann ab und kam so wieder auf die Hauptstraße, zockelte sie ein Stück entlang und blieb schließlich vor der Cafeteria stehen, die er vor Minuten erst verlassen hatte.

»Kommen Sie«, sagte er zu der Blonden, die nichts mehr gesagt hatte, seitdem sie eingestiegen war. »Trinken wir einen Espresso, dann finden wir raus, wo Sie hinwollen.«

Sie nahmen an einem Tisch Platz, wo sie Auto und Gepäck im Auge behalten konnten. Marcel bestellte zum Kaffee zwei Grappa. Sie kippte den ihren in einem Zug, schaute ihn an und fragte: »Kennen Sie Don Francesco?«

Ihr Italienisch war stark akzentuiert und schlecht. Aber er hatte verstanden und nickte.

»Dann wissen Sie ja, daß ich am besten nach Catania fahre und den nächsten Flug nach Rom nehme, obwohl ich eigentlich noch Zeit habe und gerne hierbliebe. Sie kennen doch ihre Landsleute?«

Sie hielt Marcel für einen Einheimischen, aber das war ihm nichts Neues. Mit seiner dunklen, sonnenverbrannten Haut, dem dichten Vollbart, dem langen, struppigen Haar wurde er zum Italiener. Das führte manchmal zu grotesken Situationen.

Erst vor einigen Tagen, als er mit einer netten Hannoveranerin in ›Giovannis Taverne‹ saß, hatte er vom Nachbartisch das neidische Geschwätz von vier jungen Deutschen gehört, die glaubten, er verstehe sie nicht. Sie schimpften über das Mädchen in seiner Begleitung, das mit ihnen im gleichen Hotel wohnte: »Diese Drecksau, treibt es mit einem Itaker, deswegen kommt sie her. Unsereins darf die Töchter des Landes nicht mal anschauen, sonst werden sie böse.«

Marcel hatte nicht reagiert. Erst kurz, bevor sie gingen, bestellte er für diesen Tisch einen Liter schweren Marsala. Als er gebracht wurde, erhob Marcel sich, konnte es sich aber nicht verkneifen, den vieren auf gut Deutsch Prost zu wünschen. Er ließ die Verblüfften weiter über ihre Partnerprobleme nachdenken.

Jetzt beugte er sich zu der Blonden und sagte leise auf italienisch: »Ich bin kein Sizilianer, nicht einmal Italiener, ich bin Deutscher, und aus Ihrem Dialekt höre ich, daß Sie aus Skandinavien stammen!«

Sie sah überrascht auf, wirkte unsicher, dann stimmte sie in deutsch zu.

»Ja«, sagte sie, »ich komme aus Schweden«, und schaute ihn dabei prüfend an, ob er die Lüge schlucken würde. Sie sah keine Reaktion und fuhr fort: »Ich heiße Waalgaard, Inger.«

Er stellte sich vor: »Marcel, ich bin aus Frankfurt.« Jetzt war er froh, sie heute morgen nicht angesprochen zu haben. Sie schien viel Wert auf ihr Inkognito zu legen. Allerdings war es möglich, daß der Name stimmte. Wahrscheinlich benutzte sie als Künstlerin ein Pseudonym.

Sie sprach deutsch mit ihm. Verzückt hörte er zu. Es gefiel ihm, wie sie ihm lispelnd, aber flüssig – so wie alle Skandinavier mit der Zunge anstoßend, wenn sie sich im Deutschen versuchen – ihre Probleme erklärte.

»Sie sind lange genug hier, um zu wissen wie die Sizilianer sind?«

Sie wartete keine Antwort ab, gab sich selbst eine, fuhr fort: »Aber vielleicht auch nicht. Sie sind ja ein Mann. Also der da ist ja ganz verrückt, dieser Don Francesco. Ich meine gut, jeder Sizilianer glaubt, er sei der Ätna persönlich. Aber ich lass' mich doch nicht behandeln wie eine ihrer Frauen! Ich kenn' den doch überhaupt erst zwei Tage...«

Er unterbrach: »Sie wohnen in seinem Haus, es gehört ihm, wie viele Pensionen, Villen, Hotels hier in der Gegend. Hat er Sie eingeladen?«

»Um Gottes willen, nein«, empörte sich Inger. »Ich habe dort ein Zimmer gemietet, teuer genug, und wollte ein paar Tage ausspannen. Na gut«, sagte sie etwas leiser, »er hat mir gefallen. Er sieht so männlich aus, und er ist auch ein Mann. Am nächsten Tag hat er mich in meinem Zimmer eingeschlossen, wollte auch nicht, daß ich ans Meer gehe ohne ihn. Der hat sie wohl nicht alle«, brach es wieder zornig aus ihr hervor. »Ich bin dreißig Jahre alt und weiß, was ich will.«

Sie verstummte. Er wechselte das Thema, forderte sie heraus. »Was machen Sie in Schweden? Sind Sie berufstätig? Wenn Sie in einem Haus wie diesem absteigen, müssen Sie ganz schön über Geld verfügen. Die nehmen doch mindestens 80 000 Lire pro Nacht.«

»Achtzigtausend? Hundertfünfzigtausend, aber... es ist schon Klasse, dazu völlig sicher. Bewaffnete Privatpolizei läuft herum, und im Garten steht ein Haus mit einem Carabinieriposten.«

»Sind Sie gefährdet?« fragte er scheinheilig. »Eine Politikerin etwa, oder die Frau eines Politikers? Dann kann ich es verstehen. Jetzt, wo überall Terroristen gesucht werden, und die Hektik im Lande überhandnimmt!«

»Nein, nein«, wehrte sie ab, »ich nicht, aber andere Gäste dort, die ich nicht kenne. Ich bin einfach frisch geschiedene Hausfrau eines Anwaltes.«

Sie atmete auf, als er dazu nickte. Sollte sie ihre Rolle nur spielen, solange sie wollte. Ehrlich gesagt, das war ihm viel sympathischer, als wenn sie jetzt die berühmte Sängerin herausgekehrt hätte.

Sie schüttete auch den zweiten Grappa mit einem Ruck hinunter, stellte das leere Glas nicht ab, behielt es in der Hand und spielte damit. Sie war nervös und konnte das Erlebte nicht so ganz begreifen.

Er legte seine Hand auf die ihre und hielt sie fest, so daß sie mit dem Spielen aufhören mußte.

»Beruhigen Sie sich. Wir finden etwas für Sie, obwohl es nicht leicht ist. Die guten Häuser sind auch in der Vorsaison belegt, und wenn Don Francesco wirklich böse ist, könnte es noch schwerer werden. In dem Haus, in dem ich wohne, sind noch einige Apartments frei, das wäre eine letzte Möglichkeit. Sie gehören meinem Freund, und wenn ich ihn bitte, bringt er mir gleich den Schlüssel. Sie können es sich ja überlegen.«

Er hielt nach wie vor ihre Hand, sie war sehr warm, und da die Frau nicht das geringste unternahm, seine Hand abzuschütteln, stieg ein warmes Gefühl in ihm auf. Er kannte das. So war es immer, wenn er einer Frau gegenübersaß, die er haben wollte. Sie sah ihn an, ging auf sein Angebot weder ein noch lehnte sie es ab.

»Was machen Sie hier, Urlaub?« wollte sie wissen.

»Ja und nein«, er überlegte nicht lange, er würde ihr die Wahrheit sagen, so wie er es seit langem hielt. Er haßte Lügen, besonders dann, wenn sie überhaupt nicht nötig waren. Seit Jahren schon hatte er sich angewöhnt, entweder gar nichts zu sagen oder aber die Wahrheit. Das Aufbauen von Lügennetzen erforderte einen Kraftaufwand an Gedächtnis, den er nicht aufbringen wollte, zumal es ihn nicht weiterbrachte.

So erzählte er: »Ich habe mich von meiner Frau getrennt, vor einigen Monaten. Aber sie will, daß ich zurückkomme. Ich habe mir Bedenkzeit ausgebeten und bin nach Italien gefahren. Seltsamerweise zu fast all den Orten, an denen ich schon mal mit ihr war.«

Er stoppte, sah sein Gegenüber an und wartete auf die Frage, die kommen mußte.

»Haben Sie sich schon entschieden?«

»Ja«, sagte er, »ich werde zu ihr zurückgehen.«

Sie sah ihn an. »Ich find' es ganz toll, daß Sie mir jetzt keine Märchen erzählt haben.«

Sie lachte, beugte sich überrascht vor, küßte ihn auf die Wange, traf nur den Bart und duzte ihn nun: »Ich nehme dein Angebot an. Wo erreichen wir deinen Freund, und... wie lange bleibst du noch hier?«

Marcel zögerte. Er hatte vor, die letzten Tage nicht in Taormina zu bleiben, sondern morgen in aller Frühe an die Nordküste zu fahren, durch das Land, einfach sich treiben zu lassen, um schließlich die Kapelle der »Madonna Nera« zu besuchen, und zuletzt die ausgegrabene Griechenstadt am Fuße dieser Kapelle. Sollte er wegen ihr alles ändern? Warum, fragte er sich. Er hatte auch hier keinen Mangel an Mädchen gehabt! Reizte ihn nur die Prominenz dieser Frau? Normalerweise haßte er Prominente, besonders seit seiner Münchner Zeit. Und in den vier Jahren, seitdem er eine Kneipe betrieb, war die Abneigung nur gewachsen. Zu sehr ging das für ihn konform mit Arroganz. Manchmal fragte er sich, ob nicht der Neid aus ihm sprach. Letztlich waren das auch nur Menschen, und wenn sein Groll ganz stark war, stellte er sich stets vor, er könne die Königin von England beim Scheißen beobachten. Das brachte ihn zum Lachen, und der Zorn war dahin. So kam er zu dem Entschluß, ihretwegen seine Pläne nicht zu ändern. Er sagte: »Morgen, in aller Frühe, wenn es noch nicht zu heiß ist, fahre ich für zwei Tage ins Landesinnere. Es ist sehr schön dort, vielleicht, wenn ich Glück habe, finde ich irgendwo ein Dorffest. Das ist mir schon ein paarmal passiert. Dann sind die Leute am aufgeschlossensten und lassen einen an der Stimmung teilhaben.«

Er verstummte. Immerhin hörte es sich an, als brauche er andere glückliche Menschen, um selbst Glücksgefühle entwickeln zu können – und so war es auch. Alleine war er schon mal zufrieden, nie aber glücklich.

Inger sagte: »Das hört sich gut an. Nimmst du mich mit?«

»Natürlich!« antwortete er und wunderte sich selbst über seine Wortkargheit. Am liebsten wäre er vor Freude aufgesprungen, aber er war von der Entwicklung der Dinge selbst zu überrascht, obwohl er wußte, daß es genau so richtig war. Das meiste im Leben ergibt sich von selbst. Nur das, was man erzwingt nicht. Und das hält dann auch nicht stand, zerbröckelt unter dem Druck des Erzwungenen, wie ein Stück Holz in den Backen eines Schraubstockes.

Er begann zu sprechen. Schnell, damit sie es sich nicht vielleicht noch anders überlegte.

»Und heute abend gehen wir ins ›Kikeriki‹. Das ist ein Gasthof auf dem Land, du kennst ihn bestimmt nicht. Hausgemachte Maccaroni mit Melanzane, Tomatensoße und Salbei gibt's dort, du wirst dich wundern. Er liegt mitten auf einem

Feld, an einem Berghang, ohne elektrisches Licht und Telefon. Alles wird mit Holz geheizt und gekocht. Da wollte ich sowieso heute hin.«

Sie hörte ihm zu. Bei der Beschreibung der Maccaroni verzog sie lustig das Gesicht, legte ihre Hand auf den Bauch und tat so, als sei sie zu dick. Soooo dick zeigte sie an, als sei sie schwanger.

»Dann brauchen wir nur noch den Schlüssel.«

Er bat sie zu warten, ging über die Straße ins Sportgeschäft und sprach mit Rosarios Frau, kam zurück und blieb vor ihr stehen.

»Wir müssen zum Tennisplatz, mein Freund gibt Unterricht. Der Platz ist neben dem Haus. Rosario hat die Schlüssel bei sich.«

Sie stand auf, während Marcel einige Geldscheine zwischen Espressotasse und Teller klemmte. Beide stiegen ein und fuhren ab.

3.

Es klappte ohne Probleme. Ihr Apartment lag über dem seinen, und sie fand es gemütlich.

»Ich werde duschen und mich umziehen«, sagte sie zu Marcel. »Was soll ich anziehen? Ist das ›Kikeriki‹ ein vornehmes Lokal?«

»Ach was«, winkte Marcel ab, »es ist ein einfacher Landgasthof. Nimm was Schlichtes. Wenn du fertig bist, komm runter zum Tennisplatz.«

Als sie schließlich kam, hatten Marcel und Rosario gerade ein Match begonnen. Es war die richtige Zeit dafür. Die Sonne brannte nicht mehr so stark.

Inger sah bezaubernd aus, sie trug ein schneeweißes, hauchdünnes Trägerkleidchen, ein starker Kontrast zu ihrer dunklen Haut, und ein Paar Riemchensandalen an den nackten Beinen. Ihre Utensilien hatte sie in einem geflochtenen kleinen Strohkorb untergebracht, der um ihre Schultern hing und wohl hier in Sizilien gekauft worden war.

»Das Telefon funktioniert nicht«, sagte sie als erstes. Rosario schüttelte den Kopf.

»Die sind alle abgeklemmt. Die Sommergäste telefonieren zuviel. Das ist schwer abzurechnen. Wohin wollen Sie anrufen?«

»Nach Hamburg, nach Deutschland«, sagte sie.

»Das klappt nicht«, mischte sich Marcel ein. »Ohne Wartezeiten geht's nur vom Telefonamt aus. Wir müssen sowieso durch die Stadt. Wenn's dringend ist, fahren wir dort vorbei.« Er schaute sie fragend an.

»Es ist wichtig«, betonte sie. »Ich muß Bescheid geben, wo ich jetzt untergekommen bin. Sonst versucht man mich noch in der Villa zu erreichen, und das möchte ich nicht!«

»Also gut, fahren wir dahin.«

Sie stiegen ins Auto, Inger winkte Rosario noch ein ›ciao‹ zu.

Gerade als sie starteten, bog in den ungepflasterten Weg ein großer, flacher, roter Sportwagen ein und fuhr langsam an ihnen vorbei.

Marcel konnte nicht hineinschauen, die Scheiben waren nach Landessitte dunkel getönt, doch wußte er, daß es Don Francescos Wagen war. Inger hatte nichts bemerkt. Das Auto war ihr unbekannt.

Ihr Fiat keuchte die Serpentinen zum Stadtkern hinauf.

»Wieso nach Hamburg? Lebt dein Mann dort?«

Sie zögerte einen Moment.

»Nein, dort sind Freunde. Sie sollen immer wissen, wo ich bin.«

Er stellte keine weiteren Fragen. Normalerweise konnte man am Telefonamt nicht vorfahren. Marcel war jedoch einmal mit Rosario dort gewesen, der mit dem Auto vier flache Stufen nahm, und so in die Straße einbiegen konnte, an der das Amt lag. Er tat es ihm nach.

Als Inger die vielen Menschen, hauptsächlich Touristen, im und vor dem Gebäude in Wartestellung sah, sank ihr Mut.

»Das dauert ja Stunden, bis wir drankommen!«

Doch Marcel wußte es besser. »Laß mich nur machen!« Er lief rein, tat völlig erregt, ignorierte die Menge und die Schlangen vor der Anmeldung und den vier kleinen Kabinen, lief auf die Telefonistinnen in ihren schwarzen Kitteln zu und begann sogleich zu klagen: »Meine Schwester«, er schob Inger in den

Vordergrund, »hat soeben ein Telegramm bekommen. Ihr Ehemann ist in Hamburg verunglückt. Sie muß sofort telefonieren!«

Er wußte, wie Italiener, denen Familienangelegenheiten und Tragödien sehr ans Herz gingen, reagieren würden. Schon nach dreißig Sekunden rief eine: »Hamburgo – Cabina due!«

Inger verschwand in Kabine zwei.

Marcel trat aus dem heißen, stickigen Raum, um auf der Straße zu warten, als er Rosario sah, der sein Auto hinter dem Fiat parkte und aufgeregt winkte.

Marcel ging auf ihn zu. »Was gibt's?«

Rosario schien verlegen, dann gab er sich einen Ruck. »Was machst du mir und dir Probleme mit dieser Frau? Laufen nicht genug Hühner hier rum? Mußt du dir ausgerechnet die aussuchen, auf die Don Francesco ein Auge geworfen hat? Das bringt dir Schwierigkeiten. Jedenfalls kann ich ihr die Wohnung nicht lassen.«

Marcel, der zunächst ganz ruhig zugehört hatte, geriet in Zorn. So kannte er Rosario nicht, diesen stolzen, gutaussehenden Sportler, Tennislehrer und Geschäftsmann.

»Was soll das? Was hast du mit Don Francesco zu tun? Der spinnt doch. Die Frau ist keine Sizilianerin, sie war Gast bei ihm in der Villa. Zahlender Gast! Sie ist völlig frei, was bildet er sich eigentlich ein? Und du spielst noch mit! Wer bist du denn? Ist das nun dein Haus oder nicht?«

Rosario wurde dunkel, ob vor Scham oder Zorn, war nicht zu erkennen, doch dann brach es aus ihm heraus.

»Was ich mit Don Francesco zu tun habe? Nichts, nicht mehr oder weniger als wir alle hier. Natürlich ist es mein Haus, aber wenn er den Wunsch äußert, daß dieser oder jener keine Wohnung bekommt, dann macht ›man‹ es hier, auch wenn das Haus nicht seines ist. Ich kann mich dieser Verpflichtung nicht entziehen.«

»Verpflichtung?« fragte Marcel ungläubig, doch dann glaubte er zu verstehen. »O. k., Rosario, also die Mafia oder so was?«

Rosarios Teint wurde noch dunkler.

»Quatsch, es gibt keine Mafia. Wir haben oft genug darüber gesprochen. Oder hast du sie schon einmal gesehen?«

Es war die alte, blöde Trickfrage. Natürlich konnte niemand die Mafia sehen, höchstens die Mafiosi. Trotzdem wußte Marcel, daß Rosario nicht aus Spaß gekommen war und seine Entscheidung nicht mehr umstoßen würde.

»Also gut. Du hast sicher noch einen Schlüssel. Nimm ihre Sachen und bring sie in mein Zimmer. Dann kannst du sagen, sie ist ausgezogen. Reicht das?«

»Im Moment ja«, sagte Rosario, »aber ich habe Angst um dich. Du lädst dir da Sachen auf, von denen du keine Ahnung hast. Warum fliegst du nicht mit ihr nach Rom? Oder nach Deutschland? Du kannst alles machen, nur hier nicht. Sie hat Francesco lächerlich gemacht, und nun macht sie ihn noch lächerlicher, indem sie nicht einfach abhaut, sondern mit dir vor seiner Nase rumflirtet!«

Seine Stimme hatte sich erhoben, sein Italienisch war für Marcel kaum noch zu verstehen, der örtliche Dialekt überlagerte alles, und da er dabei alle Endungen der Worte verschluckte, wußte Marcel nicht mal genau, wann Rosario nun ihn und wann er die Frau meinte.

Inger kam hinzu, betrachtete verwirrt die Szene und verstand kein Wort. Rosario wollte offensichtlich nicht auch noch mit ihr diskutieren. Er setzte sich ins Auto und raste mit aufheulendem Motor davon.

»Was gibt's?« Inger sah ihn fragend an. »Irgendwas Unangenehmes?«

»Ja«, sagte Marcel, »komm, steig ein, wir besprechen es unterwegs.«

Er fuhr den Serpentinenweg ein Stück zurück, bevor er seitlich abbog, um in die Straße zum Castell einzubiegen. Dabei erklärte er ihr die Situation so, wie sie war.

Inger blieb schweigsam, dann kam ihre überraschende Reaktion. Sie legte ihren Arm um seinen Hals und fragte: »Was soll ich, was sollen wir machen? Soll ich wegfahren? Sollen wir wegfahren? Gleich jetzt? Nach Rom? Gibt es eine Nachtfähre von Messina zum Festland? Wenn du willst, fahr' ich alleine, aber ich würde gerne jetzt mit dir zusammenbleiben. Heute, morgen, vielleicht auch übermorgen. Ich will nicht alleine sein, aber ich will auch keine Gefahr heraufbeschwören. Du mußt das entscheiden, du kennst die Leute hier besser. Wenn du meinst, wir sollen nicht bleiben, dann gehen wir weg!«

Marcel wußte später nicht, warum er die Entscheidung fällte zu bleiben. Wollte er ihr, sich selbst imponieren? Er war durchaus nicht so dumm, diesen Don Francesco und seine traditionellen, mittelalterlichen Gefühlsverwirrungen zu unterschätzen. Trotzdem tat er es. Warum? Vermutlich doch wegen der ewig männlichen Tragödie der Selbstüberschätzung. Die Hand um seinen Hals hatte seinen Schwanz zum Stehen und seinen Verstand zum Erliegen gebracht.

»Wir bleiben, machen das, was wir uns vorgenommen haben!«

Als sie sich dem Kikeriki näherten, auf dieser abenteuerlich löchrigen, von Steinschlägen zerstörten und von liegengebliebenen Brocken übersäten Straße, dicht am Abgrund vorbei, war er vom Stolz auf sich selbst erfüllt, und seine vom Männlichkeitswahn diktierte Fahrweise hätte sie um ein Haar abstürzen lassen.

4.

Sie waren die ersten, die ihren Wagen auf den Platz vor das einsame Haus stellten. Noch war es hell, die Sonne aber bereits untergegangen. In weniger als zwanzig Minuten würde es ganz dunkel sein. Der Gasthof lag da wie eine Almhütte.

Auf dem kleinen Stück zwischen Rückwand und Steilhang des Berges hatte die Hausmutter einen kleinen Gewürzgarten angelegt. Dort lagerten auch die Holzblöcke und die großen Holzkohlestücke, die genauso lang und dick und schwarz waren wie Bahnschwellen.

Das Gebäude war aus Naturstein errichtet, großen, unregelmäßigen Brocken, was dazu geführt hatte, daß sämtliche Fenster und Türen unterschiedliche Maße besaßen. Das Ganze wirkte wie eine künstliche Höhle.

Marcel stieß die schwere Eingangstür auf, die langsam zurückschwang. Sie hatte, wie eine Stalltür, ein Ober- und ein

Unterteil, der besseren Durchlüftung wegen, und um die Ziegen und Hühner davon abzuhalten, ins Lokal einzudringen. Die wenigen Tische waren noch nicht gedeckt. Das Restlicht des Tages wurde durch eine Öllampe und zwei brennende Kerzen auf dem Bord zur Küchendurchreiche verstärkt. Die Wirtin, durch das Geräusch aufmerksam geworden, erschien. Klein, vollschlank, ihre mehlbestäubten Hände an der Schürze abwischend. Sie schaute herein, sah aber niemanden.

Erst als Marcel und Inger etwas vortraten und in den Lichtschein der Öllampe gerieten, sprach sie sie an: »Oh, buona sera, Signor Marcel, oh, Signora, buona sera! Wir haben gar nicht mit Ihnen gerechnet, wir haben eine geschlossene Gesellschaft heute abend! Aber«, fügte sie schnell hinzu, als sie Marcels Enttäuschung bemerkte, »wenn Sie sich vor die Tür unter das Dach setzen wollen? Ich koche gerne etwas für Sie mit. Und gegen die Kühle gebe ich Ihnen zwei Decken!«

Marcel spürte, wie Ingers Hand die seine mehrmals drückte und wußte, sie wollte bleiben.

»Was gibt's denn Gutes heute?« fragte er die Wirtin.

»Ach, nichts Besonderes, ich mache gerade frische Maccaroni mit Melanzane und Aiola. Und dann haben wir Caniglio al forno.«

»Zweimal!« orderte er. »Und bringen Sie uns vorher zwei kalte Mandorla!«

»Si, si!«

Sie drehte sich um und rief ihren Mann. Der genauso kleine, aber halb so dicke Wirt kam aus der Küche, erkannte Marcel, begrüßte ihn und Inger und hieß sie warten, während er einen kleinen Tisch und zwei Stühle hervorholte und zur Terrasse trug. Er befestigte ein rotweißes Tischtuch mit Klammern gegen den Wind und stellte eine Kerze im Sturmlicht auf die Platte. Dann bot er ihnen Platz an. Noch vor dem Mandorla erschienen die drei Söhne im Alter von 10 bis 13 Jahren, traten an den Tisch, brachten warmes weißes Kastenbrot und gaben jedem zur Begrüßung die Hand, verbeugten sich und stellten sich vor.

Dann kam der Wein. Er mußte tief im Keller gelegen haben, denn er war eiskalt. Es war süßer, schwerer, bernsteinfarbener

Wein, der durch geriebene Mandeln seinen charakteristischen Geschmack erhielt.

Es wurde kühl, und sie legten sich Wolldecken über die Beine, rückten dicht zusammen und schwiegen.

Marcel sah auf die dunkle Silhouette des Castell Mola, die sich gegen den nachtblauen Himmel abhob. Dort hatte er sich vor Jahren ins Gästebuch eingetragen. In der rechten Hand den Federhalter, das dicke Buch vor sich, in der Linken die Hand seiner Frau. Es war die Zeit ihrer großen Liebe, und er schrieb ›Non mai povere‹ hinein, meinte damit aber keine materiellen Güter.

Er sah zu Inger.

»Woran denkst du?«

Sie schreckte auf, sah ihn an, griff nach seiner Hand, drückte sie.

»An nichts. Ich fühl' mich so gut heute abend. Hier, mit dir, so sicher.«

Sie lächelte. Er konnte im Dunkeln ihre Grübchen erkennen. Autos kamen an. Zwei fuhren auf den Parkplatz. Die Lichter weiterer waren zu erkennen, die die Straße nach Frankavilla verlassen hatten und aufs Kikeriki zukamen.

Die Erstankömmlinge warteten, bis auch der letzte da war. Dann erst gingen sie geschlossen ins Restaurant. Zwölf Männer betraten die Gaststube. Nach den üblichen Begrüßungsworten wurde es ruhig. Erst als die Wirtin Marcels Essen brachte, gelang es ihm, durch die geöffnete Tür auf die tafelnde Männerrunde zu schauen. Die Rücken, die zu ihm gekehrt waren, verdeckten die meisten Gesichter auf der Gegenseite des Tisches. Nur einen Kopf erkannte er: Einen grauhaarigen Mann – den Bürgermeister Don Alfonso, der Vater von Francesco.

Das Essen war sehr gut. Dazu tranken sie einen einfachen roten Landwein aus der Gegend um Lingualossa.

Die Angst in Marcel war verflogen, betäubt vom Wein, vom Zauber des Abends und der Frau neben ihm. Er freute sich auf die bevorstehende Nacht.

»Hat es geschmeckt?«

Die Wirtin räumte ab.

»Danke sehr, wie immer. Vorzüglich!« lobte Marcel.

Inger nickte dazu. »Ich kann nicht mehr, es war so gut und so viel! Danke!« sagte sie zur Wirtin, die sich über das Lob sichtlich freute und beim Zurückgehen ins Haus das Oberteil der Tür aufließ. Jetzt waren Gesprächsfetzen zu verstehen: Autostrada, Brücken, Tunnel, Auftrag, Regierung, Palermo–Rom. Marcel spitzte die Ohren, blickte angestrengt in den Raum, versuchte, Lippen zu lesen. Er sah in die Augen des Bürgermeisters und als könne der ins Dunkle sehen, gebot seine Hand den anderen Schweigen. Er stand vom Tisch auf, trat an die Tür und schaute zu Inger und Marcel hinaus.

»Kennst du ihn?« fragte Marcel flüsternd.

Sie drückte leicht seine Hand. »Ich hab' ihn schon gesehen, in der Villa. Wer ist er?«

Der Grauhaarige schloß das Oberteil der Tür, öffnete sie ganz und trat gemächlichen Schrittes an ihren Tisch.

»Als ich das Auto sah, dacht' ich mir's schon. Sie sind der, von dem mein Sohn sprach«, wandte er sich an Marcel, ohne vorher zu grüßen. Inger wurde vollständig ignoriert. »Sie sind ein Freund unseres Tenniscampiones Rosario, wurde mir gesagt, und auch ein Freund unseres Landes. Wenn das so ist, junger Mann, sollten Sie sich auch wie ein Freund verhalten und die Mentalität und die Entscheidungen der Leute hier akzeptieren!«

Er schüttelte das weiße Haupt, »Ts, ts, ts, denken Sie daran, junger Mann, bevor Sie in Schwierigkeiten geraten!«

Diese Worte waren zwar leicht dahingesprochen, dennoch klangen sie wie eine handfeste Drohung. Er drehte sich um, ging und schloß die Tür geräuschvoll und sorgfältig hinter sich.

»Uff!« sagte Inger, »was genau hat er gewollt? Der war nicht sehr höflich. Dabei sieht er mit seinem grauen Haar so vertrauensvoll aus!«

»Ja«, antwortete Marcel. »Das glaubst du. Ich habe noch nie verstanden, warum die Frauen den Männern mit den grauen Schläfen so viel Vertrauen entgegenbringen. Es ist der falsche Zeitpunkt. Genau dann nämlich, wenn sie graue Schläfen bekommen, sind sie am ausgekochtesten, haben die Erfahrungen ihres Lebens gemacht. Er sagte nicht viel, eigentlich nur, ich solle mich vorsehen. Aber, er hat es gesagt, und das will was heißen. Komm, wir fahren!«

Sie zahlten und stiegen ins Auto.

»Er ist der Vater von Don Francesco, er ist außerdem Bürgermeister hier. Anscheinend weiß er von der Geschichte zwischen dir und seinem Sohn«, erklärte er weiter, während sie die Serpentinen durch Taormina runterfuhren.

Inger wurde zornig, aber in ihrer Stimme schwang Angst mit.

»Marcel, was soll das Ganze? Was hab' ich getan?«

»So darfst du nicht fragen, überleg eher, was du nicht getan hast.«

Die Stimmung war gestört und Marcel noch vorsichtiger. Sonst wäre er nie vor der Kurve, die zu ihrem Haus führte, stehengeblieben und hätte zu Fuß die Lage sondiert.

Er schlich durch den Vorgarten und sah zwischen einigen Büschen über den Tennisplatz auf die Parkfläche vor ihren Wohnungen. Der Ferrari und ein gelber Mercedes standen dort. Er ging zurück, setzte sich ins Auto, ließ aber den Motor aus.

»Was machen wir jetzt? Wird wohl nichts mit Hierbleiben!«

»Ist mir egal«, brauste Inger auf, »dann holen wir mein Gepäck und ich hau' ab, langsam hab' ich das satt!«

»Nein, du alleine nicht. Ich auch. Komm!«

Er ließ den Wagen an. Inger drückte sich an ihn und küßte ihn auf den Bart. Wieder fühlte er sich angespornt.

Sie parkten vor dem Haus. Im Mercedes saß niemand, in den Ferrari konnte man nicht hineinsehen.

Erst fuhren sie mit dem Aufzug zu Ingers Stockwerk, aber ihr Schlüssel paßte nicht mehr. Jemand hatte das Schloß ausgewechselt.

Sie stiegen zu Fuß eine Etage tiefer und öffneten Marcels Tür. Das Apartment war hell erleuchtet. Im Wohnzimmer saßen zwei Männer; beide waren um die Dreißig. Der, der sich auf dem Sofa flegelte, trug einen weißen Anzug über einem am Hals offenen Sporthemd, das sechs oder sieben goldene Halsketten sehen ließ. Außerdem hatte er seine Sonnenbrille nicht abgelegt.

Der andere erhob sich aus dem Sessel. Er trug Jeans und ein

Shirt und hatte seine Brille ins Haar geschoben. Er war es, der die beiden mit zynischem Blick musterte und ansprach.

»Na so was? Das schöne Pärchen will doch nicht etwa unverheirateterweise in unserem streng katholischen Land die Nacht miteinander verbringen? Wißt ihr, daß das Sünde ist?«

Sein Gesichtsausdruck änderte sich und drückte verzeihendes Wohlwollen aus.

»Nein, meine Kinder, was ihr auch denkt!«

Jetzt ließ er allen Spott fallen, sein Gesicht wurde hart und gemein.

»Da geht nichts. Raus hier!«

»Wie sind Sie hier reingekommen? Was wollen Sie?« fragte Marcel. In ihm kämpften Angst und Wut miteinander.

Inger war im Türrahmen stehengeblieben. Der Mann im weißen Anzug streckte eine Faust in die Luft, öffnete sie und ließ einen Schlüssel herabbaumeln.

»Mit diesem Schlüssel: Es ist unser Apartment!«

»Aber ich habe es gemietet!«

»Bis eben, jetzt nicht mehr!«

»Ich wollte sowieso ausziehen«, sagte Marcel. »Wir wollten nur das Gepäck holen!«

»Gute Idee, die hatten wir auch!« grinste wieder der Kleinere. »Ihr braucht euch nicht mal anzustrengen. Wir haben schon für euch gepackt«, und er wies mit der Hand ins Schlafzimmer.

Marcel ging hinein. Dort standen Ingers und sein Gepäck. Er öffnete seinen Leinensack. Kleider, Toilettenartikel und Lebensmittel waren einfach hineingeworfen worden. Eine Dose Milch war ausgelaufen und durchnäßte den gesamten Inhalt.

Er verdrängte seine Wut und packte unbeobachtet noch zwei Wolldecken ein. Er trug alles in den Flur. Die Männer sahen gelangweilt zu. Doch ihre Langeweile war Täuschung, sie waren gefährlich.

»Schau mal diese Putana«, sagte der Kleine halblaut zu dem Sonnenbrillenmann. »Sie mimt den Eisblock. Es geht nichts über unsere Mädchen. Sie öffnen ihre Beine nicht so schnell!«

Inger verstand nur die Hälfte. Trotzdem wurde sie rot im Gesicht.

»Komm, wir gehen«, sagte Marcel, doch ein Ruf stoppte ihn.

»Nicht so schnell! Erst müßt ihr uns verraten, wohin die Reise geht!«

Die ›Sonnenbrille‹ stand vom Sofa auf. Er war sehr schlank und über 180 groß. Er ging an Inger vorbei, stieg über die Koffer und lehnte sich aufreizend mit dem Rücken an die Wohnungstür. Marcel schwante Unheil.

»Wir gehen weg von Sizilien«, sagte er deshalb schnell.

»Und welchen Weg nehmt ihr?«

Der Kleine schien der Boß der beiden zu sein. Er stellte die Fragen.

»Wissen wir noch nicht. Entweder in Messina auf die Tragetto oder nach Catania zum Flughafen.«

Der Kleine nickte vor sich hin. »Gut, Messina um 6 Uhr, um 6 läuft die erste Fähre aus, und in Catania gibt's um 8 Uhr 30 die Frühmaschine nach Rom. Und jetzt sage ich dir etwas, dir alleine. Du verstehst mich doch gut? Eigentlich hatten wir gar nichts gegen dich. Aber du hast es ja unbedingt so gewollt. Du bist dumm. Jetzt gilt mein Ultimatum für euch beide. Fahrt ihr nach Catania, habt ihr um halb neun von der Insel zu verschwinden, und fahrt ihr nach Messina, nehmt ihr die erste Fähre um 6, und das ist die einzige Wahl, die ihr überhaupt noch habt, Messina oder Catania! Und vergeßt nicht, wir werden in eurer Nähe sein.«

Marcel nahm das gesamte Gepäck auf. Der Lange trat zur Seite, öffnete die Wohnungstür und verbeugte sich spöttisch. Sie verließen das Haus. Der Ferrari war weg. Sie stiegen in ihren Fiat und fuhren ab. Nach hundert Metern taute das Schweigen auf.

Inger platzte vor Wut. »Wie mir das stinkt! Am liebsten würd' ich mich im Capo Taormina einmieten, nur um es den Idioten zu zeigen. Mal sehen, was sie machen würden, wenn ich im größten Hotel Siziliens wohnen würde.«

»Du bekämst kein Zimmer«, bemühte sich Marcel trotz Zorn und Realität. »Aber wenn du bereit bist, dann werden wir sie austricksen. Was hältst du davon? Wir schütteln sie ab und verbringen wie verabredet unser Wochenende auf dem Land. In drei Tagen fahren wir dann nach Palermo und fliegen von dort!«

»Wenn du meinst, du schaffst es – ich bin mit allem einverstanden.«

5.

Sie fuhren Richtung Autobahnauffahrt Messina–Catania. Mehrmals drehte sich Inger um. Der Mercedes folgte mit Abstand. An der Mautstelle fuhr er dicht auf und zog sein Ticket an der Box neben ihnen.

In der Meinung, Marcels Ziel Catania zu kennen, überholten sie den Fiat und hatten schnell 40, 50 Meter Vorsprung. Dann verlangsamte der Mercedes sein Tempo wieder, als wolle er mit dem Fiat spielen.

Als die beiden Männer dasselbe noch mal machten, erkannte Marcel seine Chance. Der Mercedes befand sich bereits auf der Spur in die Kurve, die sie in einem langgezogenen Bogen über die Autostrada auf die andere Seite bringen würde. Marcel war noch auf der vierspurigen Bahn mit dem Gegenverkehr der Ausfahrer. Im Moment war sie leer. Blitzschnell riß er das Steuer herum, fuhr über den weißen Doppelstreifen und gab Gas.

»Sie sind weg«, jubelte Inger. »Sie konnten uns nicht sehen. In der Kurve haben Sträucher ihre Sicht behindert.«

Marcel fuhr an die Kassenbox, hielt mit dem linken Arm die Karte raus, drückte sie dem verdutzten Mann in die Hand, gab Gas und rief hinaus: »Wir haben nur gewendet!«

Er fuhr ein Stück Zubringer und bog in die erste Straße rechts ab. Über Nebenstraßen orientierte er sich in Richtung Fiumefreddo. Das Licht hatte er ausgeschaltet. Nach wenigen Sekunden waren seine Augen an die Dunkelheit gewöhnt. Die Nacht war hell genug, um den Straßenverlauf zu erkennen.

»Sieh nach hinten!« befahl er Inger. »Sobald du ein Licht siehst, müssen wir weg von der Straße.«

Bis kurz vor Fiumefreddo begegnete ihnen niemand.

»Ein Auto hinter uns!«

Es tat einen Schlag, als er durch den Straßengraben ins Feld fuhr. Er betete, daß er die im Dunkel auszumachende Kaktusplantage, hundert Meter voraus, erreicht haben würde, bevor der Verfolger heran war.

Sie schafften es. Marcel stieg aus, um die Straße besser im Auge halten zu können. Es war nur ein Lieferwagen.

Sofort sprang er wieder hinters Steuer, rumpelte zurück zur Straße und beschleunigte.

»Wir müssen Fiumefreddo erreichen, bevor sie uns eingeholt haben. Von dort gehen mehrere Straßen ab. Dann können sie uns mal.«

Er atmete schon befreiter, seine Spannung hatte nachgelassen.

»Vielleicht glauben sie, wir wären in die andere Richtung gefahren«, gab Inger zu bedenken.

Marcel schüttelte den Kopf: »Nein, sie fragen den Kontrolleur. Er hat gesehen, wohin wir abgebogen sind.«

Sie erreichten die ersten Häuser von Fiumefreddo. Marcel schaltete das Licht ein, um nicht einer zufällig vorbeikommenden Polizeistreife aufzufallen.

Die Kreuzung mit den Hinweisschildern lag mitten im Ort. Nach Lingualossa rechts ab.

Als sie Fiumefreddo verlassen hatten, löschte er das Licht wieder. Auch hier herrschte kein Verkehr.

»Ich habe eine Idee!«

Marcel fuhr langsam, bis er das Schild ›Alcantara‹ entdeckte.

»Was hast du vor?« fragte Inger, doch Marcel gab keine Antwort. Er steuerte den Wagen über den Parkplatz der Gaststätte, die neben der Schlucht liegt. Von dort führt ein Fahrstuhl in die Tiefe.

Er parkte das Auto hinter dem Fahrstuhlhaus zwischen einigen Büschen.

»Warte!« befahl er Inger, stieg alleine aus und lief zur Straße. Das Auto war von dort aus nicht zu entdecken. Zufrieden kam er zurück.

»Jetzt machen wir eine Klettertour. Bist du fit?«

»Ich bin fit, aber... was hast du vor?«

Er nahm seinen Sack mit den Decken aus dem Wagen, fuhr mit den Armen durch die Tragschlingen wie bei einem Rucksack.

»Jetzt buchen wir unser Zimmer. Es ist nicht groß, aber...«, er schaute zum nachtblauen Himmel, »unheimlich hoch und es hat fließendes Wasser.«

Er nahm sie bei der Hand, zog sie hinter sich her über die Brücke zur anderen Seite der Schlucht. Hier, wo die Felsen aufhörten, bildeten Lehm und Sand, mit Büschen bewachsen, den Abhang. Es war aber nicht weniger steil.

Auf den letzten Metern verloren sie beim Abklettern den Halt und rutschten mit einem Busch und einer gewaltigen Menge Sand bis auf den Talboden.

»Ich bin voller Sand«, klagte Inger, »Haare, Schuhe, alles voll!«

»Macht nichts, wir haben ein Zimmer mit Bad, ich sagte es bereits, warte nur eine Minute!«

Er führte sie bis zum Bach und diesen aufwärts bis zu der Stelle, wo er aus dem Fels heraustritt. Das ist die eigentliche Touristenattraktion. Die Felswand ragt dreißig Meter schwarz und drohend in den Nachthimmel. Nur durch den schmalen Spalt, den der kleine Fluß im Laufe der Jahrtausende von oben bis unten hineingesägt hat, schimmerte Sternenlicht.

»Komm!«

Sie zogen die Schuhe aus und gingen durch das flache, kalte Wasser in die Schlucht hinein. Sie war nicht breiter als einen Meter. Nebeneinander gehen war unmöglich. Nach zwanzig Metern traten die Wände mehr zurück. Dem Bachlauf konnten sie nicht weiter folgen. Ein Wasserfall stoppte sie.

Der Fluß schoß aus drei Meter Höhe mit einem donnernden Geräusch herunter, das durch die hohen Wände verstärkt wurde und sich anhörte, als stünde man in der Maschinenhalle einer Fabrik.

Unterhalb des Falls war das Wasser tiefer. Ein kleiner See hatte sich gebildet und an dessen Ufer eine schmale Sandbank.

Marcel legte den Sack ab.

»Hier bleiben wir. Du siehst, wie versprochen: Dusche, ein weiches Bett und ein hohes Zimmer. Hat zwar nasse Wände, aber was soll's?!«

»Du Witzbold«, sagte Inger zärtlich und lehnte sich an ihn. »Ist es nicht zu kalt?«

»Wir werden jetzt eiskalt duschen, dann wird's uns nachher warm. Vielleicht fällt uns auch noch was ein!«

Er lachte, öffnete den Sack, holte die Decken und einige Handtücher raus. Eins war durch die ausgelaufene Milch total durchnäßt. Die Erinnerung ließ ihn einen Augenblick seine Stirn runzeln. Dann zog er sich nackt aus und lief durch den knietiefen Bach unter den Wasserfall. Es war ein Schock!

Das eiskalte Schmelzwasser des Ätna prasselte mit Wucht aus drei Meter Höhe auf seinen Körper, stach ihn wie tausend Nadeln. Er mußte mehrmals tief Luft holen, begann dann zu schreien und hin und her zu hüpfen. Jetzt fühlte er Inger neben sich.

»Igitt, ist das kalt!«

Sie hielt sich an ihm fest und blieb bei ihm stehen, bis die Kälte schmerzhaft in den Kopf zog. Im gleichen Maße, wie Marcel sein Glied schrumpfen fühlte, als wolle es sich verstecken, spürte er Ingers Brustwarzen in der Kälte wachsen. Mit eisiger, geröteter Gänsehaut retteten sie sich auf die Decken und begannen sich gegenseitig abzurubbeln.

Er konnte ihren Körper fühlen, hielt sie von hinten umfaßt. Ihre Brüste waren nicht groß. Ihre Hinterbacken, die sich an ihn preßten, waren knackig fest.

Inger drehte sich um, legte die Arme um seinen Hals, sah ihm lange in die Augen, zog schweigend seinen Kopf zu sich und küßte ihn in den Mund. Erst weich und zart, dann gierig fordernder. Ihr Körper drückte sich an ihn, und die Kälte war vergessen. Sie legten sich auf die Decken, versanken ineinander, wälzten und drehten sich, bis sie verschwitzt und befriedigt eng aneinander einschliefen.

Marcel wachte durch die Kälte auf. Es war noch dunkel. Er fischte zwei Pullover aus seinem Sack, zog einen an und streifte den anderen Inger über, die dadurch halb erwachte. Er drückte sich eng an sie und wickelte die Decken fest um beide. Trotzdem froren sie. Er massierte ihre kalten Füße, die Beine, es wurde zum Vorspiel, und bald lagen sie wieder ineinander und liebten sich.

»Das Beste gegen die Kälte ist Abhärtung«, meinte Marcel und stellte sich in den Wasserfall. Es war schlimmer als in der Nacht. Inger schaute vom Ufer zu und bibberte bereits.

»Komm her!« rief er.

Sie schüttelte den Kopf. »Nein!«

»Komm doch!«

Zögernd schritt sie ins Wasser, schauderte, gab sich einen Ruck und trat neben ihn.

»O nein«, kreischte sie und rang nach Atem.

Nachher fühlten sich beide wohl. Sie zogen ihre Kleider an und wateten zum Schluchtausgang. Dort setzten sie sich nieder, trockneten die Füße, zogen auch Schuhe und Strümpfe an.

Es war noch sehr früh. Alles schien friedlich, kein Mensch war zu sehen. Sie versuchten, an der gleichen Stelle den Hang zu erklettern, den sie diese Nacht heruntergerutscht waren, mußten es aber nach wenigen Versuchen aufgeben. Vielleicht erreichte er die ersten Büsche und konnte sich festhalten?

»Ich versuch's mal alleine!«

Der Busch war schon in Griffweite, als er doch wieder zurückfiel. Der Sand begrub ihn bis zu den Knien.

»Hallo, was machen Sie da?«

Erschrocken fuhren sie herum. Oben, neben dem Fahrstuhleingang, stand ein Mann und sah zu ihnen hinunter.

»Wir wollen rauf! Können Sie den Aufzug bedienen?« rief Marcel. Sie verstanden die Antwort nicht, sahen aber den Mann weggehen und kurz darauf zurückkommen. Dann hörten sie eine Tür gehen. Inger und Marcel zogen noch mal die Schuhe aus und überquerten den Bach. Am unteren Ende des Fahrstuhlschachtes warteten sie.

Mißtrauen und Staunen lag im Blick des Fahrstuhlführers. Sicher hatte er noch nie Gäste nur nach oben gebracht.

»Sind Sie seit gestern hier unten? Ich hab' Sie doch nicht etwa vergessen?«

»Nein«, beruhigte ihn Marcel, »wir hatten diese Nacht Lust auf ein erfrischendes Bad.«

Der Mann stand im Fahrstuhl dicht vor ihnen. Sein stoppeliges, unrasiertes Gesicht wurde von einer Mütze aus geflochtenem Stroh an der Stirn begrenzt. Sein Atem roch nach Knoblauch, sein Körper nach Schweiß. Sein zerknitterter Anzug und das schmutzige Hemd strömten Nachtwärme aus, so als habe er in den Kleidern geschlafen.

Der Mann blieb mißtrauisch. »So?«

Marcel zögerte zu fragen, ob er ihnen ein Frühstück servieren könne. Zweifellos gehörte der Mann zur Ausflugsgaststätte. Letztlich drückte Marcel ihm 1000 Lire in die Hand, schulterte seinen Sack und ging ins Gebüsch ans Auto.

Jetzt, im Hellen, sah er, wie gut das Versteck ausgesucht war. Er ließ den Wagen an, fuhr auf den Parkplatz und blieb neben Inger und dem Alten stehen. Der Mann war überrascht. Er schob seine Strohkappe in den Nacken und kratzte sich an der Stirn, dabei gingen seine Äuglein hin und her.

»Warum stand der Wagen nicht auf dem Parkplatz?« fragte er. »Dann hätt' ich schon früher nach Ihnen geschaut!«

»Wegen der Diebe«, sagte Marcel, »Sie sehen, es ist alles offen und leicht zu stehlen.«

Inger setzte sich rein.

»Stehlen?« fragte der Alte. »Wir sind doch nicht in Neapel!« Er glaubte offensichtlich kein Wort.

Marcel bedankte sich und fuhr raus auf die Straße.

6.

29. April

»Wie spät ist es?«

Inger sah auf die Uhr. »Kurz vor sieben.«

»In einer halben Stunde suchen wir uns ein Dorf zum Frühstücken«, schlug er vor.

Inger nickte und sah sich die Landschaft an. In dieser Stunde lastete die Hitze noch nicht über der ›Königin der Inseln‹, wie Goethe sie genannt hatte. Die Bergspitzen zur Rechten waren schon ins Sonnenlicht getaucht, ebenso der gewaltige schneebedeckte Gipfel des Ätna zur Linken.

Kleine Dörfer hingen wie Bienenwaben an den Bergspitzen.

»Warum machen es sich die Leute so schwer und bauen ihre Dörfer so hoch am Hang statt im Tal?« fragte Inger.

»Du hast es erfaßt. Sie machen es sich schwer, sich selbst, aber auch anderen, ihren Feinden! Wenn du bedenkst, wer schon alles über die Insel geherrscht hat, dann verstehst du das auch. Hier waren Griechen, Karthager, Phönizier, Punier, Byzantiner, Römer, Spanier und Italiener. Alle haben geraubt! Erst das Holz für ihre Schiffe und dann den Rest. Die Bevölkerung war jedesmal schlecht dran. Daher die Bauweise. Die Dörfer sind gut zu verteidigen.«

Sie gondelten gemütlich durchs Tal Richtung Landesinnere. Die Schatten wurden kürzer. Am Hang vor ihnen sahen sie deutlich das Sonnenlicht talwärts wandern.

Vor Lingualossa überquerten sie eine schmale Steinbrücke, die in fünf hohen Bögen ein ausgetrocknetes Flußbett überspannte. An deren Ende hielt Marcel an und befragte die Straßenkarte.

Er bog rechts ab. Im Rückspiegel sah er das Blitzen einer Autoscheibe in der Sonne. Die Straße, auf der dieser Wagen fuhr, schraubte sich 200 Meter höher in Serpentinen zu einem Dorf hinauf. Wären sie links abgebogen, hätten sie einen gelben Mercedes erkannt.

»Da«, rief Inger begeistert und stieß Marcel in die Rippen. »Da fahren wir rauf? Sieht das aber schön aus!«

Santa Domenica ist um eine Bergkuppe gebaut und umgibt den natürlichen Gipfel so, daß er aussieht wie ein Kegel. Das strahlende Weiß der gekalkten Häuser hob sich vom Schmutzigbraun der Felsen ab wie eine Vanilleeiskugel von der Waffel.

Der Weg hinauf war eng, schlecht und kurvenreich. Sie fuhren durch die grobgepflasterte Hauptstraße, bis sie so schmal wurde, daß ihr Wagen bereits mit einem Rad auf die Steinstufen einer Eingangstreppe geriet. Marcel ließ den Wagen bis auf den kleinen Platz vor der Dorfkirche zurücklaufen. Er parkte das Auto in einem Nebengäßchen, das so eng war, daß sie über den Kofferraum aussteigen mußten.

Mitten auf dem Platz blieben sie stehen und schauten sich um: Kein Lebewesen zu sehen. Beide Flügel der Kirchenpforte waren weit geöffnet. Sie blickten über die leeren Bankreihen bis zum verlassenen Altar, auf dem vier Kerzen brannten.

»Wie spät ist es?« fragte Marcel.

»Gleich halb acht.«

»Seltsam«, sagte Marcel, »hier müßten doch Leute herumlaufen.«

Sie gingen die Hauptstraße weiter bergauf. Nachdem Inger mit ihren Riemensandalen auf dem unebenen Kopfsteinpflaster zweimal gestolpert war, zog sie die Schuhe aus und trug sie in der Hand.

»Da ist eine Bäckerei«, wies sie Marcel auf ein von der Hauptstraße etwas zurückstehendes Gebäude. Er drückte die Klinke. Die Tür war verschlossen. Er preßte sein Gesicht an die Scheibe. Alle Regale waren leer.

»Nichts. Es riecht auch nicht, als sei frisch gebacken worden.«

Sie gingen weiter. Inger nahm Marcels Hand und drückte sich enger an ihn.

»Mir ist unheimlich zumute. Irgendwas ist hier nicht in Ordnung!«

Auch Marcel fühlte es. Er zog sie weiter durch den scheinbar verlassenen Ort. An allen Eingangstüren hingen gelbe Zettel. Neue und alte, vom Wind halb zerfetzte und vom Regen gebleichte Zettel. Alle trugen die gleiche Überschrift: »Lutto in famiglia!«

»Was bedeutet das?« fragte Inger und trat näher ran. »Hier ist sogar ein Foto von einem Mann drauf. Was ist das?«

»Das sind Trauerzettel. Wenn in der Familie jemand stirbt, hängt ein solcher Zettel so lange vor dem Haus, bis er von alleine abfällt. So lange zumindest werden für die Verstorbenen noch Messen gelesen.«

»Sieh mal«, zog Inger ihn vor eine Tür, »der hier ist erst vor zwei Wochen gestorben, auf dem Foto sieht er aber noch jung aus!«

Marcel ging zur nächsten Tür.

»Hier, vor sechs Monaten; auch ein junger Mann. Ob es eine Seuche gegeben hat?«

Sie lasen jetzt jeden Zettel. Viele junge Menschen waren hier in den letzten beiden Jahren gestorben.

»Vielleicht lebt deswegen keiner mehr hier, weil die Luft schlecht ist«, scherzte Marcel, doch Inger sah ihn verständnislos an.

Vor einer Trattoria verhielten sie die Schritte. Die Tür stand einen Spalt auf. Der Gastraum war dunkel.

»Bon giorno«, sagte Marcel und rief dann lauter: »Bon giorno!«

Aus dem Hintergrund erklang ein Scharren.

Marcel ließ Ingers Hand los und ging um den Schanktisch. In der Türfüllung stand ein kleiner Junge. Sein linkes Bein war dick mit einem schmutzigen Verband umwickelt, auf dem Fliegen saßen. Er hielt ein Stück Weißbrot in den Mund geschoben, auf dem er lutschte. Dabei lief ihm der Speichel das Kinn herab. Auch dort saßen Fliegen.

Jetzt humpelte er auf Marcel zu.

»Per Piacere, Picco«, begann Marcel. »Wo ist der Wirt?«

Der Junge sah Marcel und Inger an. Er antwortete nicht.

»Wir wollen etwas essen!«

Schweigen.

»Wo sind denn die Leute? Im ganzen Dorf scheint außer dir niemand zu sein!«

Der Junge öffnete den Mund und brachte ein einziges Wort heraus. »Cementario.«

Mehr sagte er nicht, so viel sie auch fragten. Der Junge stand ruhig da, hielt sich mit der Hand an der Theke fest, um sein verletztes Bein zu entlasten. Außer den Fliegen bewegte sich nichts an ihm.

»Komm, Marcel, laß uns gehen. Hier bekommen wir kein Frühstück. Außerdem ist mir der Hunger vergangen. Das ganze Dorf ist ein Friedhof. Ich will weg von hier. So schnell wie möglich.«

Sie zog ihn an der Hand aus der Kneipe.

Auch auf dem Weg bergab begegnete ihnen niemand.

Plötzlich blieb Inger stehen. »Da, schau mal!«

Sie standen auf dem Kirchenvorplatz. Er war verlassen wie vorher. Nur die Kerzen auf dem Altar waren verloschen.

Hastig stiegen sie ins Auto und fuhren los.

Marcel bog nach wenigen Metern links ab, um auf der anderen Seite des Berges abzufahren. Die Straße stieg zunächst an. Als sie die Kuppe erreichten, lag vor ihnen, wie auf dem Präsentierteller, der Friedhof. Vor einem offenen Grab und einem blumengeschmückten Sarg stand, dicht gedrängt, eine Masse schwarzgekleideter Menschen. Zwischen weißen Grabdenkmälern und so eng aneinandergepreßt sah es von oben aus wie ein Klumpen Bienen, der sich um seine Königin, den geschmückten Sarg, drängte. Die Trauergäste, die den Motor gehört hatten, wandten ihre Gesichter nach oben und bildeten weiße Flecke im eintönigen Schwarz. Dann tauchten Marcel und Inger die Straße hinunter. Die Trauergemeinde entschwand ihrem Gesichtsfeld, stand für die beiden unsichtbar hinter der hohen weißen Mauer.

Der Parkplatz hinter dem Eingangstor war voll, zwischen Fiats, Lancias und Alfa Romeos stand dort, wie versteckt, auch ein gelber Mercedes.

»Hast du gesehen?« Inger stieß ihn aufgeregt an. »Da war der gelbe Mercedes.«

Marcel beruhigte sie. »Es gibt auch in Sizilien mehr als nur einen gelben Mercedes.«

In seinem Innern aber schrillte eine Alarmglocke.

Kurz bevor sie die Talsohle erreichten, überholten sie einen jungen Mann, der ihnen zuwinkte. Marcel hielt an.

»Fahren Sie nach Castiglione?«

»Komm rein«, winkte Marcel ihm einzusteigen.

Der junge Mann kletterte hinten hinein. Auch er trug einen schwarzen Anzug.

»Warst du auf der Beerdigung?«

»Ja, Sie auch? Ich hab' Sie aber nicht gesehen.«

»Nein, wir kamen zufällig dort vorbei. Wer ist denn gestorben?«

»Der Bürgermeister!«

»Daher das ausgestorbene Dorf«, meinte Inger. »Es scheint eine ungesunde Gegend zu sein, viele Zettel an den Türen. Gab es eine Epidemie?«

Der junge Mann preßte die Lippen aufeinander und schüttelte den Kopf.

Marcel ließ nicht nach. »Woran ist er denn gestorben?«

»Er wurde erschossen«, sagte der Junge ganz leise.

Inger und Marcel sahen sich betroffen an.

Marcel wandte sich an den Burschen. »Und die vielen anderen jungen Leute, deren Zettel wir an den Türen fanden? Auch erschossen?«

Der Junge nickte.

Marcel kannte Land und Leute recht gut, daher fragte er: »Und wo liegt das andere Dorf?«

Inger sah ihn verständnislos an. »Was für ein Dorf?«

Der Junge hatte verstanden, nannte den Namen aber nicht, sagte nur: »Drüben, überm Paß.«

An der Kreuzung nach Castiglione ließen sie ihn aussteigen. Marcel fuhr weiter, hinauf zum Passo di Zoppo.

»Jetzt sag mir sofort, was du mit dem ›anderen Dorf‹ gemeint hast«, forderte Inger energisch, »oder...«, sie lächelte süffisant, »...ich küsse dich nie mehr!«

»Da gibt's nicht viel zu sagen. Das Dorf, aus dem wir eben kommen, liegt in Blutrache mit einem anderen. Die haben bestimmt ebenso viele Beerdigungen in letzter Zeit gehabt wie da, wo wir eben waren. Und jetzt muß der ›Sindaco‹ um sein Leben bangen, wenn er nicht bereits vorher dran glauben mußte.«

Ingers Lächeln war verschwunden. »So ein schönes Land, so schreckliche Sitten. Warum paßt das nie zusammen?«

»Du irrst, es paßt. Das Land ist schön, aber hart. Genauso hart sind die Menschen. Für sie ist der Tod, auch der gewaltsame, alltäglich!«

7.

Während der Fiat die Serpentinen erkletterte, schwiegen sie.

Ab achthundert Meter Höhe, als die Straße an tiefen Abhängen vorbeiführte, wurde sie durch kleine Natursteinmäuerchen eingerahmt. Hier oben war die Vegetation üppiger als im Tal. Satte Grasflächen bildeten sanft abfallende Almen, beweidet von Schafen und Ziegen. Dann tauchten vereinzelt Bäume auf. Es wurden immer mehr, die Straße wurde zur Allee, und kurz vor der Paßhöhe standen sie so dicht rechts und links der Fahrbahn, daß sie, mit ihren Kronen zusammenstoßend, einen Tunnel bildeten. Auf dem Scheitelpunkt wurde die Straße breiter, Park- und Wendeplätze asphaltiert. Mitten auf der Fahrbahn stand, die Maschinenpistole im Arm, ein Carabinieri neben einem Polizeijeep und stoppte sie mit erhobener Hand. Dann winkte er sie zur Seite und trat auf sie zu.

Er drehte die Baretta-MP am Schultergurt so, daß die Mündung sie bedrohte, und forderte: »Schalten Sie den Motor aus!«

Ein zweiter Carabinieri stieg aus dem Jeep und trat an die Fahrerseite des Fiat.

»Entschuldigen Sie bitte, Kontrolle! Die Papiere bitte!«

Marcel reichte die Mietunterlagen des Autos sowie seinen und Ingers Paß hinaus. Der Höfliche zog sich mit den Papieren in den Jeep zurück und begann zu telefonieren.

»Ist das normal?« Inger sah Marcel an. »Morgens um halb neun auf einem verlassenen Paß mitten in Sizilien kontrolliert zu werden?«

Marcel zuckte die Achseln. »Ist mir noch nie passiert. Aber im Moment sind alle nervös. Ein prominenter Politiker ist bereits seit Wochen entführt. Man sucht und sucht und findet ihn nicht. Sie kontrollieren überall, auch auf einem verlassenen Paß den Paß.« Er lachte über sein Wortspiel.

Beide sahen schweigend durch die Windschutzscheibe in den Polizeijeep, versuchten zu erkennen und zu erraten, was da gerade vor sich ging. Der Polizist hielt immer noch den Telefonhörer in der Hand, sah in seinen Schoß, wo er die Papiere liegen hatte, und buchstabierte. Der Bewaffnete stand wie ein Bleisoldat an derselben Stelle und tat seine Pflicht, grimmig zu wirken. Es dauerte.

Marcels Magen verkrampfte sich immer mehr. Er hatte nichts zu verbergen, aber eine solche Kontrolle macht einen verdammt unsicher.

»Wie fühlst du dich?« fragte er Inger.

Sie sah ihn überrascht an. »Warum fragst du? Sieht man mir was an?«

»Ja, ich glaube, du bist nervös, ohne Grund, aber nervös. Beruhige dich, mir geht's genauso.«

»Stimmt, ich bin nervös. Und dir seh' ich's auch an. Du bist nämlich ganz ruhig, unnatürlich ruhig.«

»Man hat immer Angst, seine Nervosität zu zeigen, weil man glaubt, die glauben dann, man habe ein schlechtes Gewissen.«

Inger sah ihn an. »Du hast Erfahrung in so was, muß ich feststellen. Hast du ein schlechtes Gewissen?«

»Nein«, sagte Marcel ganz fest, »aber genug schlechte Erfahrungen.«

Bevor sie weiter darüber sprechen konnten, kam ein Auto

den Paß hoch. Der gelbe Mercedes tauchte aus der gleichen Richtung auf, aus der sie gekommen waren. Im Vorbeifahren erkannten Inger und Marcel die beiden Insassen: den Langen und den Kleinen vom Vortag.

Der Mercedes wurde nicht gestoppt. Trotzdem sahen die Polizisten mißtrauisch auf den Wagen, der langsamer fuhr und schließlich auf einem Parkplatz anhielt. Keiner stieg aus. Die Passagiere schienen eine Ruhepause einlegen zu wollen. Marcel wurde noch unruhiger. Ein Blick auf Ingers Arm zeigte ihre Reaktion. Ihre feinen blonden Härchen stellten sich auf, und eine Gänsehaut hatte sich gebildet.

»Scheiße«, sagte sie, »was jetzt?«

»Abwarten. Solange die Polizei hier ist, machen sie nichts. Nachher, wenn die uns fahren lassen, müssen wir Gas geben wie die Teufel. Ihr Diesel ist auch nicht der Schnellste. Vielleicht gelingt uns das gleiche wie gestern noch mal.«

»Und wenn nicht?«

Marcel gab keine Antwort. Die Frage stellte er sich auch. Im Grunde glaubte er jetzt nicht an ein nochmaliges Entkommen. Er hätte gern gewußt, was die Männer mit ihnen vorhatten. Wollten sie sie von der Insel eskortieren? Oder vielleicht sogar körperliche Gewalt anwenden? Er hatte keine Ahnung, wie weit ein Sizilianer ging, wenn er sich in seinem Mannesstolz gekränkt fühlte.

Der Polizist aus dem Jeep stieg aus und trat neben Marcel.

»Patenta di guida, prego.«

Er nahm den Führerschein entgegen, öffnete ihn und sah das Foto an. »Haben Sie keinen andern Ausweis, auf dem ein neues Bild von Ihnen, mit Bart, ist? Vielleicht einen tesera?«

»Nein!«

Marcels Ausweise waren alle einige Jahre alt, auf keinem Foto trug er den Vollbart wie jetzt. Auch sein Führerschein verschwand mit dem Carabinieri im Jeep.

»Da, sieh mal!« Inger wies auf den Mercedes. Die Fahrertür öffnete sich, und der Kleine stieg aus. Er trug noch dieselbe Kleidung wie am Tag zuvor, die Sonnenbrille verdeckte die Augen. Er trat von einem Fuß auf den anderen, als wolle er das Blut in seinen eingeschlafenen Beinen zirkulieren lassen. Dann schlenderte er, wie unabsichtlich, zum Polizeijeep, stemmte seine Hände gegen das Faltdach, beugte sich nieder und sprach den Uniformierten an. Der reagierte deutlich überrascht. Er preßte den Telefonhörer ans Ohr und fühlte sich offensichtlich gestört. Mit einer ungeduldigen Handbewegung wollte er den Mann wegjagen, doch der ließ sich nicht vertreiben, sondern sprach weiter auf den Polizisten ein, bis dieser das Telefon ablegte und mit den Händen fuchtelte. Dann erst ließ der Kleine sich abschütteln und ging zurück zum Mercedes. Er stieg wieder ein, fuhr aber nicht weg.

»Ob die was damit zu tun haben?« fragte Inger.

»Womit?«

»Na ja, daß wir angehalten wurden!«

»Nein, das heißt, ich glaube es nicht. Wenn es die normale Polizei wäre, vielleicht. Aber Carabinieri und Mafia vertragen sich nicht. Sind auch alles keine Sizilianer, die hier bei den Carabinieri Dienst tun. Der zum Beispiel, der nach unseren Papieren fragte, stammt, dem Dialekt nach, aus Piemont.«

»Was wollte er denn von dem Polizisten?«

Das hätte Marcel auch gerne gewußt. Alles dauerte ihm schon zu lange, und seine Ahnungen wurden immer düsterer. Er legte den Arm um Ingers Schulter und drückte sie kurz an sich.

»Mach dir nicht so viele Gedanken, es wird schon...«

Er wurde durch das Geräusch sich nähernder Autos unterbrochen. Von der Nordseite des Passes kamen zwei Alfa Romeos in Sicht. Ein schwarzer der Municipalpolizei und ein olivgrüner der Carabinieri. Sie stoppten vor und neben Marcels Fiat. Sechs Polizisten sprangen aus dem Wagen, drei schwarz- und drei grünuniformierte. Sie umstellten Marcels Auto und zogen ihre Waffen. Auch der Bleisoldat wurde aktiv. Er kam einen Schritt näher und hielt die häßliche MP-Mündung dicht vor Ingers Gesicht.

Sie verlor jede Farbe, und auch Marcel wurde blaß.

»Was wollen die?« fragte sie mit kaum verständlicher Stimme. Sie griff nach Marcels Hand, um ihr Zittern zu verbergen.

»Ich weiß nicht, wird sich bestimmt bald klären.«

Der Carabinieri, der Marcels Papiere überprüft hatte, kam nun zu ihm.

»Herr Keller, steigen Sie aus!«
»Warum? Was wollen Sie von uns?«
»Steigen Sie aus! Sofort! Sie können Ihre Fragen später stellen. Sie fahren mit uns. Mein Kollege wird mit der Dame hinter uns herfahren.«

Marcel stieg langsam aus. Gleich waren zwei Polizisten bei ihm, rissen seine Hände auf den Rücken und legten Handschellen an. Einer zog Marcel daran blitzschnell in die Höhe. Ein rasender Schmerz zuckte durch seine Schultern. Er stieß einen Schrei aus und drehte sich herum.

»Bist du verrückt?« brüllte er den Bullen an, doch der zeigte keine Regung. Mit einem schnellen Griff und einem Schubs stieß er ihn in den grünen Alfa. Hände tasteten Beine, Arme und Körper ab. Dann schob man ihn auf den Rücksitz. Rechts und links nahm je ein Beamter Platz. Die Kolonne setzte sich in Bewegung. Voran der Polizeijeep, dahinter der grüne Alfa, Inger im Fiat mit einem Uniformierten am Steuer, und am Ende der Kolonne der schwarze Alfa der Municipal.

Mit einigen hundert Metern Abstand folgte der Mercedes.

8.

Auch der Ort Montalbano hängt an einer Bergspitze wie ein Schwalbennest unter der Dachrinne.

Wie vieles, was von weitem schön und romantisch aussieht, verlor auch Montalbano an Reiz, wenn man eines der alten Häuser betrat. Die Polizeistation war ein alter Kasten. Jahrelang nicht getüncht, mit angerosteten Gittern vor den Fenstern und abgelaufenen Eingangsstufen.

Inger und Marcel wurden in ein Hinterzimmer geführt. Es war der Aufenthaltsraum der Beamten. Das Inventar bestand aus einem Dutzend grauer Metallspinde, einem langen Tisch mit vierzehn Stühlen und einem Cola-Automaten neben der Tür. Der Boden war schmutzig, die zwei Abfallkörbe waren so überfüllt wie die als Aschenbecher dienenden Teller auf dem Tisch.

Während man Inger höflich aufforderte Platz zu nehmen, wurde Marcel barsch befohlen, sich zu setzen. Die acht Beamten, die ihn gebracht hatten, drängten sich mit ins Zimmer.

Marcel schmerzten von dem gemeinen Griff immer noch die Schultern.

»Nehmen Sie mir die Handschellen ab«, bat er.

Sein spezieller Bewacher sah auf einen Mann mit der Uniform eines Carabinierihauptmannes, der eben das Zimmer betrat. Der nickte. Erleichtert bog Marcel, trotz der Pein, seine Schultern nach vorne und massierte sich die Handgelenke. »Sagen Sie uns doch, was Sie uns vorwerfen! Warum wurden wir festgenommen?«

Alle Polizisten blickten ihn an. Marcel kam sich auf einmal schuldig vor, er wäre vor diesen Blicken am liebsten unter den Tisch gekrochen.

»Auf Anweisung von Rom«, sagte der Hauptmann. »Wir erwarten jeden Moment das Fernschreiben. Sie werden noch überprüft.«

»Aber warum denn?« ließ jetzt Inger ihrem Ärger freien Lauf. »Wir sind doch nur Touristen. Ich glaube, da steckt dieser Don Franceso und sein Vater..., wie heißt er nur wieder?« wandte sie sich an Marcel, bevor der ihren Redefluß stoppen konnte. Es war bereits zu spät.

»So! Das ist ja interessant«, hob der Capitano seine Augenbrauen. »Die Herren der ehrenwerten Gesellschaft sind Ihnen also auch bekannt. Und Sie wollen Touristen sein?« Er wandte sich an Marcel: »Kennen Sie Don Francesco?«

»Flüchtig.«

»Kennen Sie auch Don Alfonso?«

»Flüchtig.«

»Flüchtig, flüchtig. Wissen Sie was, junger Mann? Sie sind mir viel zu flüchtig.«

Damit drehte er sich um und verließ den Raum.

»Sie machen einen Fehler«, rief Marcel ihm nach. »Ich habe nichts gemacht und die Frau hier auch nicht!«

Doch der Hauptmann hörte nicht mehr zu.

Marcel wandte sich aufgeregt Inger zu und sagte in Deutsch: »Das dürfen die nicht. Sie müssen uns sagen, warum sie uns festhalten.«

Er wollte aufspringen, aber sein spezieller Freund drückte ihn auf den Stuhl zurück.

»Sie kennen sich ja sehr gut aus!« sagte zu ihrer Überraschung einer der Polizisten in sehr gutem Deutsch. »Sicher sitzen Sie nicht zum ersten Mal auf einer Polizeiwache.«

Marcel schwieg. ›Alles was man sagt, wird doch nur ins Negative gedreht‹, dachte er. Die Bullen auf der ganzen Welt waren gleich. Dabei hatte er geglaubt, in Italien ginge es anders zu. Er liebte die Italiener und ihre liberale Einstellung. Sie hatten bereits ihre 40. Regierung seit Kriegsende, aber alles lief weiter, auch ohne Regierung. Dieses Volk, das ständig zwischen ridere e piangere schwankte, das trotz schwerstem Terrorismus nie deutschen Revanche-Radikalismus entwickeln würde... Es lag ihnen fern, jede Mücke mit einem Dampfhammer zu töten. Doch das hier war Realität.

Der Hauptmann kam zurück, in der Hand ein halbmeterlanges Fernschreiben.

»Herr Keller, in Deutschland wird gegen Sie ermittelt, wissen Sie das nicht?«

Marcel schüttelte den Kopf. »Nein, weshalb?«

Er sah, daß Inger und alle im Raum auf ihn blickten.

»Aber, aber, Herr Keller. So dumm sind Sie doch nicht! Wie lange haben Sie zum Überschreiten der deutschen Grenze gebraucht?«

9.

Das war es also, dachte Marcel. Zwei Stunden hatten ihn die BGS Beamten aufgehalten. Angeblich war mit seinem Auto irgendwas nicht in Ordnung gewesen. Als sie ihn schließlich fahren ließen, begannen die Österreicher das Ganze noch mal von vorne. Aber weshalb? Wegen der Flugblätter? Verdächtig machte man sich schon, wenn man, wie Marcel, im Fadenkreuz der Frankfurter Uni wohnte.

Eines Tages verließ Marcel frühmorgens das Haus. Er mußte geschäftlich nach Kassel und war schon spät dran. Er öffnete seinen Briefkasten und sah die Reihen der geparkten Fahrzeuge entlang. Die in den Straßenschluchten der Kies- und Jordanstraße stehenden, auffällig unauffälligen Autos mit Heckantennen und im Handschuhfach versteckten Telefonen gehörten für ihn schon zum Normalbild.

Als er das Blechtürchen des Briefkastens aufzog, fiel ihm,

wie er meinte, ein dicker Stapel Reklame entgegen. Blitzschnell faßte er zu, konnte aber nicht verhindern, daß einige der Flugblätter zu Boden fielen. Es waren alle die gleichen. Einseitig bedruckt lobten sie ›tot oder lebendig‹ eine Belohnung aus für die Ergreifung der abgebildeten Personen. Etwa zehn Gesichter deutscher Politiker waren zu erkennen.

Einen Augenblick schüttelte Marcel den Kopf. Dann erinnerte er sich, daß die Zeit drängte. Den Packen in der Hand, sicher war der nächtliche Verteiler in Eile oder Panik gewesen, daß er so viele in einen Kasten steckte, überlegte Marcel, wohin damit? Drei Stockwerke hoch zum Papierkorb der Wohnung war ihm zu weit. Er schloß das Auto auf, warf die Flugblätter auf den Beifahrersitz und legte seinen Mantel darauf.

Zwischen Friedberg und Wetterau geriet er in den ersten Nebel des Jahres. Eben wollte er einen LKW überholen, als dieser nach links ausscherte. Der Anhänger drückte ihn an die Leitplanke. Hinterher wußte er wenig vom weiteren Ablauf. Zeitweise setzte sein Gedächtnis aus. Im Krankenwagen transportierte man ihn weg.

Sein Bewußtsein kehrte erst zehn Stunden später zurück. Er hatte eine Gehirnerschütterung davongetragen, an der linken Kopfseite befand sich eine große Platzwunde. Wahrscheinlich war sein Schädel gegen die Seitenscheibe geknallt. Sonst litt er nur noch unter einigen schmerzhaften Prellungen. Das Auto war Schrott, doch das war nicht so schlimm. Wichtig war, daß er nicht ernsthaft verletzt wurde.

Er wunderte sich, daß ihn seine Frau noch nicht besucht hatte. Überhaupt stellte er fest, daß er ganz alleine im Zimmer lag und daß sich niemand um ihn kümmerte.

Er schwenkte die Beine aus dem Bett. Nach einem kurzen Schwindelanfall stand er. Er trug ein Nachthemd, aber es war nicht das seine. Im Kleiderschrank war auch nichts. Er wollte zur Schwester und fragen, wo seine Kleider seien, notfalls seine Frau anrufen, damit sie Kleider brachte. Er öffnete die Tür und ging auf den Flur. Da sah er sie: Neben seiner Zimmertür saß, den Stuhl auf zwei Hinterbeinen wippend, ein uniformierter Polizist, ein zweiter lehnte am Flurfenster gegenüber.

»Nanu? So eine Überraschung! Unser Patient ist ja schon wieder auf den Beinen. Wollen Sie abhauen?«

»Abhauen? Ich suche eine Toilette und die Schwester, sie soll meine Sachen bringen. Und meine Frau anrufen will ich auch.«

»Nichts da, Sie gelten als vorläufig festgenommen. Eine Toilette ist in ihrem Zimmer, die Tür neben dem Fenster. Telefonieren dürfen Sie nicht. Ihre Frau weiß Bescheid. Sie war schon hier.«

»Sie war hier? Und nicht bei mir?«

»Nein, sie durfte nicht. Und jetzt gehen Sie wieder in Ihr Zimmer. Ich rufe den Staatsanwalt an, daß es Ihnen besser geht. Dann werden Sie alles erfahren, was Sie wissen wollen. Los, gehen Sie schon rein!«

Er war dicht an Marcel herangetreten, der den Rückzug in das Krankenzimmer antrat.

Die folgende Stunde war ein Martyrium für Marcel. Ein Blick aus dem Fenster sagte ihm, daß er im 8. Stock lag. Er ging dreimal auf die Toilette. Trotz Rühren im Bauch ergebnislos. Schließlich wurde der Druck im Magen so groß, daß er kotzen mußte.

Er wusch sein Gesicht. Es war gezeichnet von den Strapazen des Tages. Der Verband um sie Oberstirn, tiefe schwarze Ränder unter den Augen, er war wachsgelb, und seine Pupillen waren übergroß. Er hatte Angst. Wüßte er es nicht, sein eigenes Gesicht hätte es ihm verraten.

Ein Staatsanwalt und vier BKA-Männer traten ein, ohne zu klopfen, setzten sich auf sein Bett und den einzigen vorhandenen Stuhl und sahen ihn schweigend an. Ihre angstmachende Routine brachte ihn in eine Verzweiflungswut.

»Was soll das Ganze, warum behandeln Sie mich wie einen Verbrecher? Nach einem Verkehrsunfall, den ich nicht einmal verschuldet habe!«

Der Staatsanwalt stellte sich jetzt vor.

»Mein Name ist Schaumann.«

Er zog eines der Flugblätter aus seiner Manteltasche, hielt es dicht vor Marcels Gesicht und fragte: »Kennen Sie das?«

Marcel nickte, sagte aber nichts.

»Ich muß Ihnen eröffnen, daß ich nach § 129a StGB Haftbefehl gegen Sie beantragt habe, wegen Unterstützung einer terroristischen Vereinigung. Sobald der Arzt es erlaubt, werden Sie dem Richter vorgeführt.«

Marcel wollte sofortige Klärung. Sie riefen den Arzt, und Marcel unterschrieb seine Entlassung auf eigene Verantwortung.

Schon am Abend saß er dem Ermittlungsrichter gegenüber. Doch es lief alles ganz anders, als er gedacht hatte. Die Wahrheit war nicht zu beweisen, auch nicht gefragt. Die Berge von Verdächtigungen, die die Polizisten vorbrachten, führten zur Verkündung des Haftbefehls.

Erst als er sechs Wochen später aus der Haft entlassen worden war und mit seinem Anwalt die Akten durchblätterte, fanden sie heraus, daß bereits damals feststand, daß in allen Briefkästen der Nachbarschaft die gleichen Flugblätter gesteckt hatten. Zwei, drei, auch mal sechs in einem Kasten. Nirgendwo aber so viele wie bei Marcel. Drei Flugblätter zuviel, eingeworfen von einem eiligen Verteiler, brachten ihn sechs Wochen in Haft und ins Fahndungsprogramm der Polizeicomputer, was wohl noch viel schlimmer war, wie er jetzt feststellen mußte.

10.

So antwortete er dem Carabinierihauptmann: »Ich weiß wirklich nicht, was Sie wollen. Was werfen Sie uns vor?«

»Gleich, gleich werden Sie es erfahren, übrigens...«, er verließ bereits den Raum und drehte sich noch mal um. »Wo ist Ihr Auto? Ich meine nicht den Leihwagen da draußen. Ihren Porsche! Sie sind doch mit ihm nach Italien gekommen!«

Er wartete keine Antwort ab und ging hinaus.

Drei junge Polizisten betraten den Raum. Sie trugen Brot, Käse, Tomaten und eine Flasche Wein in den Händen und suchten einen Platz zum Frühstücken.

»Bring den da runter!« wies der schwarzuniformierte, deutschsprechende Offizier auf Marcel. Als hätte dessen spezieller Freund nur darauf gewartet, riß der ihm die Hände auf den Rücken und ließ die Handschellen einschnappen. Er zog Marcel an den Haaren hoch, daß er vor Schmerz aufschrie.

»Laßt ihn doch in Ruhe!« mischte sich jetzt Inger ein. »Benehmt euch doch wie Menschen!«

Die Polizisten hörten nicht auf sie, stießen Marcel in den Flur und öffneten eine Tür. Eine steile, gemauerte Treppe mit abgebröckelten Kanten führte in den Keller. Marcel ging voran. Sein Peiniger ließ es sich nicht nehmen, die Handfessel kurz hochzuheben. Wie ein Messer schnitt der Schmerz immer an derselben Stelle.

»Du Drecksack!« sagte Marcel in Deutsch.

Der Keller war mäßig beleuchtet. O Gott, das darf nicht wahr sein, der Graf von Monte Christo und Château d'If, schoß es ihm durch den Kopf. Er sah drei halbverrostete Zellentüren, die mit dicken Nieten zusammengehalten wurden. Im oberen Drittel besaßen sie winzige, mit Bandeisen vergitterte Fensterchen. Ein Polizist zog den Riegel zurück und öffnete die Tür.

Das Loch war dunkel, ohne Außenfenster. Die Wände bestanden aus blanken Natursteinen. Ein gemauerter Sockel, auf dem ein Brett verschraubt war, sollte das Bett darstellen. Ein hölzerner Hocker mit Loch und daruntergeschobenem Sauerkrauteimer bildete die Toilette. Der muffige, ekelhafte Geruch, ein Gemisch aus Kellerfeuchtigkeit, Pisse, Angstschweiß und Moder reizten Marcels Magenwände. Es kam ihm hoch und wenig später hätte er gekotzt, wenn ihn nicht ein Ruf von oben gestört hätte.

»Bring ihn noch mal rauf, wir haben was!«

Wieder zurück an den langen Tisch, dessen obere Hälfte von den frühstückenden Polizisten besetzt war. Die Fesseln nahm man ihm nicht ab. Der Hauptmann hielt ein weiteres Fernschreiben in der Hand und sah Marcel mit einem derart traurigen Hundeblick an, als wolle er sagen ›Gnadengesuch abgelehnt, Hinrichtung in 15 Minuten‹.

»So, Herr Keller. Sie kennen also Don Alfonso und Don Francesco nur flüchtig?«

Marcel nickte.

»Und Sie?« wandte sich der Capitano an Inger.

»Ich kenne sie auch nur flüchtig.«

»So?« Er runzelte die Stirn. »Vielleicht können Sie mir erklären, Herr Keller, warum bei einer Besprechung der ›ehrenwer-

ten Gesellschaft‹ gestern abend Ihr Auto mitten unter denen der...«, er räusperte sich, »...suspekten Leute parkte?«
Marcels Gedanken rasten. Also doch eine Mafiaversammlung. Und natürlich wurde sie observiert. Er sah sich um. Die Frühstücker hatten ihr Essen eingestellt. Zwölf Augenpaare starrten ihn und Inger an. Man hätte einen Brotbrösel fallen hören können. Er sah reihum in die Augen. Sie wichen seinem Blick aus. Er fühlte sich, als säße er vor den zwölf Geschworenen. Ihr Urteil stand fest.
»Ich weiß nicht, wovon Sie reden. Werden Sie mal deutlicher«, antwortete Marcel, und es kam Bewegung in die Menschen. Die Frühstücker kauten wieder. Die anderen bewegten die Hände, die Köpfe.
»Dann wollen wir mal dieses Vögelchen fragen«, wandte sich der Hauptmann an Inger. »Nun sag schon, wo du gestern warst, los!«
»Ich kenne mich nicht aus, da müssen Sie schon Herrn Keller fragen«, sagte Inger kalt. »Und jetzt reicht's mir, ich bin nicht Ihr Vögelchen. Ich will sofort telefonieren. Mit Rom. Damit man Ihnen Manieren beibringt.«
Marcel sah überrascht auf. Sie hatte den Schock des Theaters überwunden. Jetzt kam die Kauffrau zum Vorschein. Doch der Hauptmann blieb unbeeindruckt.
»Wie Sie wollen! Telefonieren können Sie später. Herr Keller, na, wie wär's, wollen Sie uns etwas erzählen? Zum Beispiel, wo Ihr Auto ist? Oder wieso Sie einen Leihwagen benutzen, wo Sie doch mit einem so schnellen Wagen ins Land gekommen sind? Übrigens, bei der Entführung neulich wurde wahrscheinlich ein Porsche als Fluchtfahrzeug benutzt! Also?«
Trotz der problematischen Situation mußte Marcel lachen. »Herr Hauptmann, stellen Sie sich doch nicht blöder als Sie sind. Sie wissen von meinem Grenzübertritt. Also auch, daß er erst einen Tag vor der Entführung stattfand.
Mein Auto ist seitdem in Rom in der Werkstatt. Und gestern abend waren wir essen. Wo, das wissen Sie wohl selbst, und wenn Sie jetzt Frau Wahlgaard nicht telefonieren lassen, garantiere ich Ihnen einen Riesenstunk. Frau Wahlgaard ist in Deutschland eine berühmte Sängerin und unter ihrem Künst-

lernamen Britta auch bei Ihnen bekannt. Also hören Sie mit dieser Spielerei auf, aber sofort!«

Inger sah ihn erstaunt an. Wenn sie auch nicht allem folgen konnte, ihr Pseudonym und ›célebre cantate‹ hatte sie verstanden. Doch jetzt war keine Zeit, darüber zu sprechen. Marcel sagte in Deutsch: »Kennst du jemanden in Rom, der dich identifizieren kann? Und vielleicht jemanden, der einflußreich genug ist, uns hier aus der Scheiße zu holen? Wenn nicht, lassen diese Typen uns schon aus Bock 'ne Nacht oder zwei hier unten.«

»Meinen Agenten und einige Leute vom Fernsehen kenn' ich schon. Bin auch schon Politikern vorgestellt worden, aber...«, sie sprach leiser, »...ich hab' ihre Namen vergessen, weiß nicht mehr.«

»Lassen Sie nun Frau Wahlgaard telefonieren oder nicht?« fragte Marcel lauter und fordernder.

Der Hauptmann tat, als überlege er, dann winkte er Inger mit der Hand ins Vorzimmer. Auf dem Schreibtisch stand das Telefon. Daneben lagen Ingers Tasche und deren Inhalt, fein säuberlich sortiert.

Marcel war neben sie getreten, immer noch die Hände auf dem Rücken gefesselt. Inger suchte in einem winzigen Buch nach der gewünschten Nummer, gab sie dem Telefonisten und wartete. Nach zehn Minuten kam ihr Gespräch. Sie verhandelte kurz in Englisch, gab dann den Hörer weiter an den Carabinierihauptmann. Der nahm ihn an, lauschte, ließ Inger dabei nicht aus den Augen. Dann fragte er nach Marcel, gab den Hörer weiter an Inger. Sie erklärte kurz etwas, und wieder nahm der Polizist den Hörer. In seinen Gesichtszügen lag jetzt Unsicherheit. Schließlich legte er auf.

»In Ordnung!« sagte er zu Inger. »Sie können gehen, den behalten wir hier, den klären wir ab.«

Das kleine Persönchen explodierte. »Nein, er geht mit mir! Mir fällt eben ein, daß ich Herrn Dalla Chiesa, Ihren Chef, recht gut kenne. Wenn wir nicht *beide* in fünf Minuten hier raus sind, rufe ich ihn an!«

Damit nahm sie ihre Tasche vom Tisch, stopfte ihren Klimbim hinein und sah wartend auf den Offizier. Der schien dem Schlagfluß nahe. Ihm fiel es, wie allen Polizisten auf der Welt, furchtbar schwer, einen Fehler einzugestehen. Am liebsten hätte er den beiden Leuten vor sich was angehängt, um seine bisherigen Maßnahmen zu rechtfertigen. Doch das traute er sich nach der Entwicklung der Dinge nicht mehr. »Aufschließen«, befahl er dem Polizisten hinter Marcel, ging selbst zum Flur und stieg die Treppen hoch.

11.

Man trug ihnen sogar das durchsuchte Gepäck bis ans Auto auf dem kleinen Platz vor der Wache.

»Siehst du, wie freundlich die sein können!« versuchte Marcel zu scherzen, doch die Erleichterung über die Entlassung verflog sofort, als er in das Café hineinsah, vor dessen offener Tür ihr Fiat stand. An der Theke lehnte, neben einem großen Parmesankäse, den Telefonhörer in der Hand, der Große mit dem hellen Anzug. Er telefonierte und bröckelte gleichzeitig mit der linken Hand Stückchen für Stückchen von dem Käse ab und steckte sie in den Mund. Von seinem Kollegen und dem gelben Mercedes war nichts zu sehen. Erstaunen verrieten seine Bewegungen, als er jetzt Inger und Marcel, freundlich verabschiedet von den Polizisten, erblickte.

Auch Inger sah den Mann am Telefon.

»Und jetzt?« fragte sie.

»Nichts wie weg!«

Marcel startete, setzte zurück und brauste davon.

Der Große tat einen Schritt nach vorne, als wolle er ihnen nachlaufen. Doch die Telefonschnur bremste ihn. Er legte den Hörer auf den Parmesankäse, stürzte zur Tür, blieb dort stehen und sah ihnen nach.

Schweigend legten sie die ersten Kilometer zurück. Sie fuhren in San Piero ein und bogen ab, auf eine Nebenstrecke Richtung Tyndari. Erst dort fühlte Marcel sich sicher.

»Was nun?« Seine Stimme klang erschöpft.

»Seit wann weißt du es?« fragte Inger.

»Was?«

»Na was schon? Wer ich bin!«

»Seit dem Moment am Strand.«

»Und du hast nichts gesagt?«

»Warum sollte ich? Du hast mir als Inger gut genug gefallen.«

»So?« Sie schwieg einen Moment. »Und wer bist du? Ich meine nicht deinen Namen, den hat mir ja jetzt die Polizei bestätigt. Ich meine, wer bist du? Ich habe in den 24 Stunden mit dir mehr Aufregung, Angst und schöne Gefühle erlebt, als jemals sonst in so kurzer Zeit. Du bist sehr atemberaubend. Bist du Terrorist?« fragte sie scherzhaft, beugte sich zu ihm, legte ihre Hand auf seinen Schenkel und küßte ihn auf die Wange.

»Nein, aber du hast auch nicht reagiert wie jemand, der normal ist. Dein Auftritt heute, vor allem dein Einsatz für mich, war große Klasse. Woher kam das?«

»Ha«, sie lachte hintergründig: »Vergiß nicht, daß ich im Showgeschäft bin. Mir war gar nicht so zumute, wie ich mich gegeben habe, und ich hatte mehr Angst als sonstwas. Wär er auf den Bluff nicht reingefallen, hätte ich dich wohl abgeschrieben.«

»Wie meinst du das? Bluff!«

»Ich kenn' den Dalla Chiesa auch nur aus der Zeitung. Der steht jeden Tag drin. Und aus Sympathie wär' ich nicht mit dir in eine Zelle gegangen, aber ich hätte mich um dich gekümmert. Mein Agent kennt die richtigen Leute; doch viel wichtiger ist, was machen wir jetzt?«

»Ich weiß es nicht. Dieser gelbe Mercedes nervt mich. Wir sollten sehen, daß wir die Insel verlassen.«

»Wann? Sofort?«

»Ich würde vorschlagen«, sagte Marcel, »wir fahren wie vorgesehen nach Tyndari und heute nacht gleich weiter nach Catania oder Palermo, und dann in die erste Maschine nach Rom.«

Sie rückte näher zu ihm. »Warum nehmen wir uns nicht ein Zimmer, hier in einem Dorf? Und fahren morgen weg.«

Marcel zögerte. »Ich weiß nicht, solange diese Burschen hinter uns her sind, hätt' ich in keinem Gasthof eine ruhige Minute. Ich weiß nicht, was sie mit uns vorhaben.«

»Dann fahren wir dahin zurück, wo wir letzte Nacht waren und nehmen eine kalte Dusche.«

Sie legte jetzt ihre linke Hand auf Marcels Kopf, krault sein Haar, streichelte seinen Bart.

»Nein, ich weiß noch was Besseres. Ich weiß noch so ein Zimmer wie gestern.«

»Genauso hoch?«

»Genauso hoch, nur noch schöner, mit Mosaikbad und mehreren Räumen.«

»Einverstanden, ich laß mich überraschen.«

12.

Sie erreichten Tyndari am Nachmittag. Die Kathedrale der Madonna Nera auf der Klippe hoch über dem Meer sah von weitem aus wie ein Schloß. Das schwer hingelagerte Mittelgebäude schien durch die massigen Türme wie mit gewaltigen Bolzen an die Felsen genagelt.

Die Kirche lag unmittelbar neben jenem steilen Abhang, wo der Sage nach vor Hunderten von Jahren ein Kind abgestürzt war. Dicht über dem fünfzig Meter tiefer liegenden, von Brandungswellen umspülten Steinen wurde es durch eine schwarze Madonna aufgefangen und wohlbehalten abgesetzt. In Erinnerung an dieses Wunder war die Kirche erbaut worden.

Der Parkplatz vor dem Portal war überfüllt. Marcel stellte den Wagen hart an den Rand des Abhanges hinter einige Büsche. So stand er auch besser, sollte der Mercedes nach ihnen suchen.

Er öffnete die Motorhaube, versteckte die Gepäckstücke neben dem kleinen Motor und ging mit Inger zur Kathedrale, deren Doppeltüren im selben Moment geöffnet wurden. Eine Menge festlich gekleideter Leute strömte heraus. Ein paar Fotografen knieten sich auf die Stufen und richteten ihre Linsen auf das, was erschien. Ein Brautpaar!

Sie, ganz in Weiß mit Haube und Schleier. Er im schwarzen Anzug. Schwarz und weiß, für männlich und weiblich, wimmelte es auch um sie herum. Man hätte aus den Hochzeitsgästen leicht zehn Schachspiele bilden können.

Das Paar stand auf der untersten Stufe des Portals, umringt von Gratulanten, umtönt von den Klängen der Orgel, die nach außen drängten.

Inger drückte seine Hand. »Schön, nicht wahr?«

»Ja«, stimmte er zu, »beide sind schöne Menschen.«

»Das auch«, sagte Inger, »aber das meine ich nicht alleine. Das Ganze, die Feierlichkeit, die Hochzeit in Weiß, so romantisch!«

Die Gratulanten warteten aufgereiht, um das Paar zu umarmen, ihm die Hände schütteln zu dürfen. Dabei wechselte jedesmal ein Kuvert in die Hand der Braut, die es, nach dem Dank, an eine hinter ihr stehende Frau weitergab, die bereits einen Korb damit gefüllt hatte.

Der Bräutigam hatte ein kühnes, dunkles Gesicht, ölig glänzende schwarze Haare und einen dünnen Schnurrbart.

Wenn nicht Sizilianer, dann Zigeuner, dachte Marcel und bestaunte die Braut. Sie war ohne Frage schön, sehr schön und sehr jung. Höchstens 17 oder 18, schätzte er. Sicher noch Jungfrau, wie hier üblich.

Die Menge verlief sich. Das Paar stieg in eine schwarze Limousine, und Inger stieß Marcel verblüfft an.

»Sizilien ist auch nicht mehr das, was es mal war«, meinte er zu Inger, als sie den dicken Bauch der Braut sahen. Sie war mindestens im achten Monat.

Die ausgegrabene Griechenstadt lag auf halber Höhe des Kirchenhügels. Inger und Marcel waren zunächst zu Fuß in den Ort gelaufen, um etwas zu essen. In ein großes Restaurant trauten sie sich nicht. So verweilten sie in einer kleinen Weinstube und begnügten sich mit aufgebackener Melanzane, Käse, Brot und Wein.

Kurz vor Sonnenuntergang standen sie vor dem geschlossenen Tor zur Ausgrabungsstätte. Sie umgingen ein kurzes Stück Mauer. Der dort anschließende Zaun war an mehreren Stellen heruntergetreten. Sie stiegen darüber, suchten den Weg und folgten ihm bis zur Museumshalle, die verschlossen war. Nicht abschließen jedoch konnte man das gesamte Freigelände. Die Griechenstadt lag in der vollen Pracht des Sonnenunterganges vor ihnen. Sie fiel in fünf Ebenen zum Meeresufer hin ab. Wasserleitung und Fernheizungsfragmente führten von Ebene zu Ebene, von Haus zu Haus.

»Es war bestimmt ein Romantiker, der die Stadt an dieser Stelle angelegt hat.«

Marcel widersprach. »Nein, es war ein Krieger. Von hier konnte er das Thyrennische Meer überblicken. Der Berg bietet Wasser und das nötige Gefälle, um es fließen zu lassen. Die Klippen und steilen Hänge geben Schutz zur Land- und Wasserseite. Den Sonnenuntergang bekam er gratis dazu. Sehr schön, wie?«

Sie stiegen Hand in Hand die alte Treppe hinunter, gingen in ein Backhaus und ins große Gemeinschaftsbad.

»Wie hättest du es denn gerne?« fragte Marcel. »Möchte die Dame in häuslicher Zweisamkeit den Abend verbringen oder im Gemeinschaftsbad eine Orgie feiern?«

»Nein, keine Orgie, nicht ins Gemeinschaftsbad. Da sind zuviele schöne Männer. Du wirst nur von mir abgelenkt«, bestand sie auf Häuslichkeit. Sie suchten sich eine Wohnung. Die eine war zu klein, die andere zu zugig.

»Hier gefällt es mir«, bestimmte sie, als sie ein großes, mehrflächiges Zimmer sah. Die Badewanne war rund, sehr groß und mit bereits restauriertem Mosaik versehen. Der Wohnraum schob sich Stufe um Stufe wie eine Maisonettenwohnung über das Bad. In einer Ecke kuschelten sie sich aneinander, genossen die Abendwärme und die ihrer Körper.

»Wie du es versprochen hast«, flüsterte sie. »Die Zimmer sind genauso hoch wie das der letzten Nacht.«

Sie küßte ihn auf seine geschlossenen Augen. Er küßte sie auf den Hals, nahm ihre Hände, ihre Arme, küßte sie unter die Achsel. Sie atmeten gegenseitig ihren Tagesschweiß, den sie gemeinsam vergossen hatten, mit wollüstiger Hingabe, verloren sich in Liebkosungen, schlüpften aus ihren Kleidern. Egoistisch forderte sie seine Hände, seinen Mund, hieß ihn zu dulden, sich hinzugeben und zerstörte dann mit ihren erlernten Aktivitäten den Reiz des verliebten Vorspiels. In einem kurzen heftigen Akt verströmte er sich, war aber nicht befriedigt.

»Du warst ganz anders«, sagte er leise, »ich meine, anders als gestern. Ich weiß nicht genau warum. Aber gestern warst du lieber, sanfter, zärtlicher.«

»Kann sein. Vielleicht stört es mich, daß du weißt, wer ich bin. Gestern war ich Inger und heute Britta. Tut mir leid.«

Sie klammerte sich an ihn wie ein Kind an den Vater. Sie

schwiegen. Die Sonne war im Meer versunken. Bald würde es völlig dunkel sein.

»Was steht eigentlich auf dem Schild?« fragte Inger.

»Wo? Welches Schild?«

»Dort neben unserer Wohnung, am Weg!«

Marcel mußte sich erheben, um es lesen zu können. Es war ein richtiges Verkehrsschild. Rund, mit rotem Rand und einem roten Querstrich. Doch was darunter stand, brachte ihn zum Lachen. ›Divieto die Mangiare.‹

Auch Inger lachte. »Wir haben nicht dagegen verstoßen. Wir haben nicht gegessen. Was soll der Quatsch?«

»Weiß nicht, sicher wegen des Butterbrotpapiers der Touristen.«

Er fröstelte. Auch Inger wurde es kalt.

»Wollen wir nicht doch lieber fahren?« fragte er besorgt.

»Nein, ich will bleiben. In Betten liege ich noch mein Leben lang. Es ist so schön hier, mit dir. Morgen ist alles zu Ende. Bitte!«

Sie sah ihn an.

»O. k., ich geh' schnell und hole die Decken aus dem Auto, zufrieden?«

Marcel stieg die Treppe hoch, am Backhaus und am Tempel vorbei zum Hauptweg. Er stieg über den Zaun und ging den Berg hinauf, am Rande der Büsche entlang und wollte eben den Weg überqueren, auf dessen anderer Seite, halbverborgen, das Auto stand, als er eine Stimme hörte, die ihm bekannt vorkam.

»Sie müssen noch hier in der Gegend sein.«

Marcel machte einen Satz zurück und legte sich unter ein Gebüsch. Er spähte darunter hervor, versuchte zu erkennen, wo der Sprecher stand.

»Glaub' ich nicht«, meldete sich jetzt eine zweite Stimme. »Es ist kein Gepäck im Auto. Sie haben es nur versteckt, damit wir weitersuchen. Sie sind mit dem Bus oder dem Taxi weg. Scheiße, was machen wir jetzt?«

Das war der Kleine, der Fahrer des gelben Mercedes.

»Ich könnt' die beiden erwürgen. Jetzt haben wir den Salat. Verdammt noch mal. Was machen wir mit ihrem Auto?«

»Wir lassen es stehen, was wollen wir damit?« fragte der Kleine.

»Nein, nein, wenn sie doch noch in der Gegend sind, nehmen wir ihnen wenigstens die Fahrgelegenheit. Wenn sie noch hier sind, haben wir eine Chance. Zu Fuß kommen sie nicht weit.«

»Gut, komm!«

Die beiden verschwanden. Marcel rasten die Gedanken durch den Kopf. Was hatten die beiden vor? Egal, er mußte das Auto in Sicherheit bringen.

Vorsichtig schlich er sich an die Fahrerseite des Wagens. Neben ihm der Abgrund. Ganz leise war das Rollen der Wellen zu hören, die fünfzig Meter tiefer gegen die Felsen schlugen. Er steckte den Zündschlüssel ins Schloß, wollte starten, als ein Scheinwerferstrahl in seine Richtung wies. Der Diesel!

»Mist!« Weglaufen konnte er nicht mehr. Links war der Abhang, und rechts kam der Scheinwerferstrahl immer näher. Der Mercedes fuhr ganz langsam auf die Seite des Fiat zu und überrollte dabei einen Busch.

Marcel war unter das Steuerrad gerutscht und machte sich ganz klein. Er fühlte mehr, als er sah, daß das Scheinwerferlicht ihn überflutete und dann beängstigend klein wurde, je näher die Front des Mercedes der Seite des Fiat kam.

›Was hatten sie nun vor?‹ Als er es wußte, war er vor Entsetzen wie gelähmt. Der gelbe Wagen versuchte mit seiner Stoßstange den kleinen Fiat über die Klippe zu stoßen.

Marcel wollte hochkommen, schreien, rausspringen, weglaufen, doch keines seiner Glieder gehorchte ihm.

Der Fiat rutschte nur ein kleines Stück und widerstand dem Druck des anderen Autos. Er war bis hart an den Rand gedrückt worden, dort hielt ihn aber eine kleine, 15 cm hohe Ziegelmauer auf, die den Parkplatz abgrenzte.

Der gelbe Wagen setzte zurück. Jetzt stand er vier Meter entfernt. Seine Lampen tauchten alles ins Helle. Der Dieselmotor heulte auf, als er sich nochmals über den Busch quälte, um den Fiat mit einem Stoß über den hinderlichen Stein hinweg in die Tiefe zu drücken.

Marcel saß vor dem Fahrersitz in der Hocke. Er zog das linke Bein bis ans Kinn, drückte die Kupplung, legte den ersten Gang ein und drehte den Zündschlüssel. Im Aufheulen des Mercedes ging das Anspringgeräusch unter. Marcel trat das Gas durch und ließ die Kupplung mit einem Ruck kommen. Der Fiat machte einen Satz nach vorn. Fast hätte er es geschafft, dem heranwalzenden Mercedes auszuweichen. Die Stoßstange des gelben Wagens packte den Fiat am Ende des Motorraums und warf ihn herum, bevor er selbst, durch den plötzlich fehlenden Widerstand, über die Klippe hinaus ins Dunkle schoß. Der Fiat wurde mit dem Hinterteil gegen die kleine Mauer gedrückt. Sie zerbarst unter dem Druck, der Schwerpunkt des kleinen Autos hing über dem Abgrund, und es begann auf der Bodenplatte abwärts zu rutschen. Schnell wie noch nie in seinem Leben kletterte Marcel über die Windschutzscheibe auf die Haube, hielt einen Moment das Gleichgewicht des Autos und brachte das Rutschen zum Stillstand. Dann aber senkte sich das Hinterteil des Fiats Zentimeter um Zentimeter. Die abbröckelnden Steine zersprangen, und Marcel sprang mit einem Satz ab. Der Wagen verschwand in der Tiefe. Es gab nur ein schwaches Aufschlaggeräusch. Nichts explodierte.

Marcel stand schwer atmend einen Meter vor der Absturzstelle. Seine Knie zitterten. Sein Mund war trocken, er brachte keinen Ton heraus. Auch dort, wo der Mercedes über den Rand gekippt war, fehlte die Mauer.

Marcel legte sich auf den Bauch, schob sich langsam über den Abgrund und sah in die Tiefe. Der Mercedes steckte mit der Schnauze in dem kleinen Sandstrand. Er hatte sich wie eine Granate in den Boden gebohrt. Der Fiat lag auf dem Felsen, halbhoch umspült von den Wellen.

Marcel zog sich zurück und blieb einen Augenblick liegen, bevor er sich langsam auf die Knie, dann auf die Füße erhob. Er ging erst langsam, dann immer schneller, lief schließlich zur Ausgrabungsstätte.

Erst beim Laufen löste sich ein Schrei aus seinem Mund, wie ein lautes Schluchzen.

»Inger, komm, es ist etwas Entsetzliches passiert. Komm!«

Er beantwortete keine ihrer Fragen und zog sie einfach hinter sich her. Sie mußte mitlaufen, fiel hin. Er zog sie hoch und weiter, bis sie oben an der Klippe standen. Er zeigte nur auf die Mauer und dann hinunter.

Inger beugte sich vor, sah hinab. Sie brauchte Sekunden, um zu erkennen, was da unten lag. Auch Marcel trat neben sie, umfaßte ihre Schultern, immer noch unfähig zu erklären. Der Fiat war vom Felsen gerutscht und lag jetzt im Wasser. Nur noch Teile schauten heraus, die hellen Punkte um ihn waren ihre Gepäckstücke. Ihre Koffer, sein Sack, seine Papiere, sein Geld.

Sie sahen einander an. »Sind das... die zwei?«

Er nickte. Jetzt kamen ihm Gedanken an die Folgen.

O mein Gott, dachte er, jetzt sitzen wir in der Scheiße! Nein, *ich* sitze in der Scheiße, keine Papiere, kein Auto, kein Geld, aber zwei Tote.

II
Wandlung

13.

»Vielleicht leben sie noch!«

Marcel hörte nicht, was Inger sagte. Er sah in die Dunkelheit unterhalb der Klippe.

»Vielleicht leben sie noch«, wiederholte Inger lauter.

Erschreckt sah er sie an. Seine Gedanken waren verwirrt, er konnte sich nicht konzentrieren.

»Was hast du gesagt?« fragte er abwesend.

»Vielleicht haben sie überlebt, sind nur schwerverletzt, brauchen Hilfe?«

»Nein, das überlebt keiner«, sagte er und dachte: Sie sind selbst schuld. Warum haben sie das gemacht? Sie sind selbst schuld. Und ich sitz' in der Scheiße.

Er gab sich keinen Illusionen hin. Man würde das Gepäck und seine Papiere finden. Aber die Polizei fürchtete er weniger. Wenn die Mafia erfuhr, was hier passiert war, dann war sein Leben nicht mehr viel wert. Und wenn es die Polizei erfuhr, dann erfuhr es die Mafia auch. So gut kannte er die hiesigen Verhältnisse, und er tat sich sehr leid.

»Wir müssen Hilfe holen. Einen Krankenwagen und die Polizei«, beharrte Inger.

Beim Wort Polizei wurden Marcels Gedanken klarer. Nein, nur keine Polizei, dachte er. »Wir müssen machen, daß wir von hier wegkommen. Wir werden von der ersten Telefonzelle aus anrufen. Hast du noch Geld? Und Telefonmünzen? Alles, was ich hatte, liegt da unten, auch meine Papiere. Inger, weißt du, was das bedeutet? Man wird es finden und mir, vielleicht auch dir, große Probleme machen. Du hast doch heute morgen gesehen, wie schnell das geht.«

Schweigend öffnete Inger ihr Täschchen, holte ein Bündel Zehntausendlirescheine heraus, dann ihre Geldbörse mit Kleingeld. Sie schüttete es auf die Handfläche und hielt sie Marcel hin.

»Sieh nach, was du brauchst, wir müssen Hilfe herbeitelefonieren!«

Er suchte die gelben Münzen mit der Einfräsung aus dem Kleingeld heraus.

Dann gingen sie auf den Ort zu. Gegenüber der Weinstube, wo sie zuvor gegessen hatten, fanden sie ein Telefon. Marcel betrat die Zelle alleine. Er schlug das Telefonbuch auf und suchte die Nummer eines Taxiunternehmens. Es gab nur eins im Ort. Er wählte, der Ruf ging durch, niemand nahm ab. Er blätterte bis zu dem Teil, in dem Messina eingetragen war. Das erste Unternehmen meldete sich. Es war eine Männerstimme.
»Pronto?«

»Guten Abend. Wir sind dänische Touristen und sitzen in Tyndari fest. Können Sie uns abholen?«

Der Mann zögerte.

»Warum suchen Sie sich nicht einen örtlichen Fahrer?«

»Es ist niemand da, und wir haben es eilig. Kommen Sie?«

»Wo sind Sie denn genau?«

»Auf der Straße zur Kathedrale, an einer Telefonzelle, gegenüber der Weinstube ›da Michele‹.«

»Die kenn' ich nicht, aber die Kathedrale. Wissen Sie, wie lange Sie warten müssen, bis ich da bin? Mehr als eine Stunde!«

»Das macht nichts.« Marcel wurde jetzt ungeduldig. »Kommen Sie nun oder nicht? Sonst rufe ich jemand anderen an!«

»Nein, schon gut, ich komme. Wo wollen Sie denn überhaupt hin?«

»Nach Messina.«

»Na gut, bis dann!« Der Mann hing ein.

Nervös trat Marcel vor die Zelle.

»Hast du die Polizei angerufen?«

»Nein, aber den Krankenwagen, und ein Taxi für uns«, log er. »Wieviel Geld hast du noch, Inger?«

Sie zählte nach. »35 000 Lire, aber ich habe auch noch mein Scheckbuch.«

Er trat nervös von einem Bein auf das andere.

»Kannst du mir was leihen? Ich hab' nichts mehr!«

»Warum fragst du? Natürlich kannst du haben, was du willst. Komm, wir gehen in die Weinstube, bis das Taxi kommt!«

Sie wollte die Straße überschreiten, aber Marcel hielt sie am Arm fest.

»Halt, nicht! Besser nicht da rein. Es ist zu nah an der Kathedrale. Hier fragt die Polizei vielleicht nach. Wir warten vor der Zelle!«

Eine halbe Stunde verging. Inger schüttelte den Kopf.

»Der Krankenwagen müßte doch längst hier vorbeigekommen sein. Hoffentlich hast du dich richtig ausgedrückt! Und woher kommt das Taxi?«

»Das Taxi kommt aus Messina. Vielleicht gibt es noch einen anderen Weg zur Kathedrale, wer weiß!«

Er betrat wieder die Zelle. Messina war noch aufgeblättert. Er suchte unter O, ospedale. Da! Städtisches Krankenhaus. Er wählte.

»Pronto?«

»Hören Sie, ich kann mich nicht wiederholen. In Tyndari, neben der Kathedrale, ist ein Auto mit zwei Personen abgestürzt. Tun Sie was, schicken Sie Hilfe!«

»Aber Tyndari liegt nicht in unserer...«

Er unterbrach die Frauenstimme. »Dann rufen Sie das zuständige Krankenhaus an!«

Er hing ab. Jetzt kam es auf Minuten an. Wer war zuerst da? Aber er beruhigte sich gleich wieder. Man würde sie vorerst nicht damit in Verbindung bringen. Nicht eher, bis sie die Autos geborgen und sein Gepäck gefunden hatten. Vielleicht finden sie es gar nicht, vielleicht ist es versunken. Hoffnung keimte in ihm auf. Oder sie hielten ihn auch für tot? Das wäre am besten.

In gehobener Laune trat er neben Inger. In dem Moment bog ein Taxi um die Ecke, fuhr langsam suchend näher, blieb vor den beiden stehen. Der Fahrer beugte sich zur rechten Seite, kurbelte das Fenster herunter.

»Haben Sie ein Taxi bestellt?«

Marcel sah auf die Armbanduhr und auf die Autonummer. Der Wagen war nicht aus Messina und außerdem konnte er noch nicht da sein. Erst eine halbe Stunde war seit dem Anruf vergangen.

»Nein, wir haben Sie nicht bestellt, wir warten auf einen anderen Wagen.«

»Kommen Sie rein. Ich bin der Richtige. Mein Freund aus Messina hat mich hierherbestellt.«

Er wartete nicht weiter ab, sondern öffnete, indem er sich über die Lehnen beugte, beide hintere Türen. Marcel und Inger fielen in die Sitze.

»Nach Messina?«

Er drehte auf der Straße und trat aufs Gas. Noch vor der nächsten Kurve kam ihnen mit Geheul ein Polizeiwagen entgegen. Marcel machte sich unwillkürlich kleiner. Der Wagen brauste vorbei, auf die Kathedrale zu.

»Sie sind nicht aus Messina?« fragte er den Fahrer.

»Nein aus S. Piero. Ich bin näher dran. Mein Freund, der, mit dem Sie telefonierten, hat mir Bescheid gesagt. Es hätte ja eine Finte sein können. Zudem arbeitet er heute nicht. Er arbeitet samstags nie.«

Samstag? dachte Marcel. Es stimmt, es ist erst Samstag. Was er in den letzten 30 Stunden erlebt hatte, dünkte ihm wie eine ganze Woche. Dabei wollte er gestern gemütlich aufs Land fahren, abends versuchen ein Kurzwellenradio aufzutreiben, um im Deutschlandfunk zu hören, ob die Kölner in ihrem letzten Spiel bei St. Pauli auch wirklich deutscher Fußballmeister geworden waren. Wie lange lag das alles schon zurück? Es war wirklich erst Samstag. Samstag, der 29. April.

Inger war eingenickt. Auch Marcel schloß die Augen. Die letzten Stunden hatten es in sich gehabt.

Im Auto war es gemütlich. Der Peugeot Diesel tuckerte die Küstenstraße entlang. Über den Polstern lag ein schwerer, süßer Duft. Marcel atmete durch die Nase ein. Jetzt hatte er die Quelle des Wohlgeruchs lokalisiert. Den Fahrer. Von hinten sah man nur seinen Eierkopf. Die wenigen Haare hatte er mit Pomade über die Glatze verteilt.

Im Rückspiegel erkannte Marcel die dunklen lebendigen Augen des Mannes mit dem dicken schwarzen Schnurrbart.

»Wonach riecht's denn hier?«

»Ahhh, Signor, gefällt Ihnen der Duft?«

Ein zufriedenes Lächeln erschien auf seinem Gesicht.

»Alle Kunden freuen sich, wenn sie bei mir einsteigen. Es kostet mich jede Woche eine ganze Flasche Aqua di Silva. Tja, meinen Kunden und mir nur das Beste«, sagte er pathetisch.

»Wohin denn?« Inger stieß Marcel an. Er war eingeschlafen. »Wohin wollen wir? Der Fahrer hat gefragt.«

Marcel sah auf. Seine Lider schienen schwer wie Blei.

»Wo sind wir denn?« lallte er.

»In Messina, wohin möchten Sie?« fragte der Fahrer.

»Fahren Sie uns zum Hafen!«

»Zum Hafen? Nachts geht keine Fähre mehr.«

»Ich weiß, trotzdem!«

Marcel ärgerte sich, daß ihm nichts einfiel.

Nur wenige Laternen erhellten den Hafen. Eine große Fähre lag am Kai. Reihen von Güterwagen standen auf Gleisen und Weichen davor und warteten auf Tageslicht, um im Bauch des mächtigen Schiffes zu verschwinden.

»Wie spät ist es?«

Inger schüttelte den Kopf. »Diese Frage scheint eine Manie von dir zu sein. Du trägst doch eine Uhr! Es ist halb eins. Was machen wir jetzt?«

»Wir können uns die Nacht um die Ohren schlagen. Ich kenne eine Disco hier, da läuft's bis fünf Uhr. Danach versuchen wir, auf die Fähre zu kommen. Sind wir erst mal auf dem Festland, haben wir den halben Krieg gewonnen.«

»Nein, ich bin müde. Du mit deinem Verfolgungswahn. Wir werden doch noch ein Zimmer finden?«

»In großen Hotels muß jeder den Paß vorlegen, ich habe keinen mehr. Komm mit, ich weiß, wo wir es versuchen.«

»Mir egal wo, Hauptsache ein Bett!«

Alle Straßen Messinas, die vom Hafen wegführen, laufen bergan. Marcel nahm Inger an der Hand, überquerte den brei-

ten Boulevard und verschwand mit ihr in den engen Gäßchen hinter den vielen, um diese Zeit geschlossenen Straßencafés. Vor einer kleinen Absteige hielten sie an. Ein erleuchtetes Schild kündigte in vier Sprachen an, daß Zimmer frei seien.
»Sag nichts«, bat er Inger, »laß mich nur machen.«
Er drückte auf die Nachtglocke.
Die Frau, die die Tür nach wenigen Minuten öffnete, schien mindestens hundert Jahre alt zu sein. Sie war so dürr und knochig, ihre Kopfhaut so straff über den Schädel gezogen, daß genau zu erkennen war, wie sie drei Monate nach ihrer Beerdigung aussehen würde. Ein großes gehäkeltes schwarzes Tuch lag um ihre Schultern, das sie mit ihrer Knochenhand vorne zusammenhielt. Marcel sprach sie an, versuchte, seiner Stimme einen amerikanischen Klang zu geben. Nachdem die Alte aber mehrmals die Hand hinters Ohr hielt, weil sie nichts verstanden hatte, gab er es auf und brüllte: »Ein Zimmer!«
Die Alte nickte, schlurfte voran, setzte sich auf ein Sofa im Flur, nahm ein Buch in ihren Schoß, schlug es auf und winkte Marcel hineinzusehen. ›Doppia – 15000 Lire‹, stand da.
Inger nestelte zwei Zehntausender aus dem Bündel. Die Alte verschwand damit und brachte das Wechselgeld zurück. Sie gab Marcel einen Schlüssel.
»Dritter Stock!« nuschelte sie aus dem zahnlosen Mund.
Das Zimmer sah nicht besser aus als die Alte. Marcel löschte schnell wieder die einsame Glühbirne. Genügend Licht drang von der Leuchtreklame zum Fenster herein.
»Nein, wo du mich hinführst!« spottete Inger. »Erst in ganz hohe Zimmer und dann in ganz schäbige.«
Sie lagen eng aneinandergedrückt auf dem schmalen Bett. Für das Nebeneinanderliegen von zwei Personen war es nicht eingerichtet. Trotz seiner vorherigen Müdigkeit konnte er nicht einschlafen. Zudem hatte er Angst, zu spät aufzuwachen. Die erste Fähre mußte es sein. Nur die bot eine relativ gefahrlose Möglichkeit, die Insel zu verlassen.
Sicher konnten sie im Dunkeln nicht viel machen an der steilen Klippe. Er dachte nach, wußte aber nicht, ob noch ein Weg unten um die Kathedrale herum zum Unfallort führte. Seine Augen waren jetzt so an die Dunkelheit gewöhnt, daß ihm die Häßlichkeit des Raumes immer bewußter wurde: Ein zweiflü-

geliger, billiger Kleiderschrank, dem eine Tür fehlte, schiefhängende, leere Bügel.

Über dem Bidet und der kleinen, gesprungenen Waschschüssel hing ein Blechspiegel. Die Tapeten waren verschlissen und von unterschiedlicher Farbe. Gardinen gab es nicht. Das Rollo hatte Löcher. Das einzige Schöne im ganzen Zimmer war der Hutständer im Jugendstil. Er hatte sicher schon in anderen Räumen gestanden. Na ja, Kunden dieses Zimmers schauten sicher nicht auf das Inventar, sondern nur auf das Bündel gekauftes Fleisch. Und für langwierige Nachbetrachtungen blieb bestimmt keine Zeit. Husch, husch, zahlen, waschen, ficken, fertig, raus.

»Woran denkst du? Willst du nicht schlafen?« Inger sprach träge. »Ich kann nicht!«

Er drehte sich so, daß er Inger Gesicht zu Gesicht gegenüberlag, schob seinen Arm unter ihren Kopf und zog sie an sich.

»Du schläfst doch auch nicht?«

»Nein, es ist zuviel passiert, stimmt, aber...«, sie richtete sich auf, stützte sich mit dem linken Ellenbogen ab, »...ich verstehe dich nicht. Ich verstehe so manches nicht. Warum gehen wir nicht zur Polizei? Wir haben nichts zu verbergen! Warum hast du Angst davor? Heute morgen sagte der Polizeioffizier etwas von Terroristen. Bist du einer? Oder hast du was damit zu tun? Warum hast du Angst vor der Polizei?«

Er beugte sich aus dem Bett, fischte Ingers Tasche vom Boden und suchte eine jener langen Filterzigaretten, die er normalerweise nicht rauchte. Aber es war nichts anderes da.

»Magst du eine Zigarette?«

»Nein, aber eine Antwort hätte ich gern. Muß nicht sein, wenn du nicht willst!«

»Ich will schon, nur, du wirst es nicht verstehen!«

Sie wurde böse. »Wieso nicht? Bin ich ein kleines Kind? Oder die liebe kleine Frau, die keine Ahnung von Männergeschäften hat? Oder was?«

»So meinte ich es nicht.«

»Wie denn?«

»Nun gut, du sollst es hören. Du gehörst zu den Menschen, denen keiner etwas tut, normalerweise. Du bist prominent, keiner verdächtigt dich. Selbst wenn du wirklich etwas anstellen würdest, es würde dir kaum etwas passieren. Es sei denn bei Mord oder Totschlag, aber normal hast du nichts zu befürchten. Alles wird unter den Teppich gekehrt. Erstmals siehst du, wie es anderen Menschen gehen kann. Heute sind wir nur gut rausgekommen wegen des Telefongesprächs mit deinem Agenten. Wärst du nichts, einfach Frau Waahlgard, wir säßen noch in der Zelle. Du reagierst jetzt schon erstaunt. Im Grunde hast du keine Ahnung, wie das Leben wirklich läuft, wenn du einmal im Leben richtig Schwierigkeiten hast, besonders dann, wenn du mal im Knast warst.«

»Du warst im Knast?«

»Ja!«

»War es das, was der Hauptmann heute meinte?«

»Nein, dabei ging es um etwas anderes, aber da war ich auch im Knast. Unschuldig!«

Er erzählte ihr die Geschichte mit den Flugblättern.

»Das habe ich gemeint. Du, die berühmte Britta, dich hätte keiner eingesperrt. Dir hätte jeder geglaubt.«

Er schwieg, starrte zur Decke, rauchte, drückte die Kippe auf dem löchrigen Linoleumboden aus und zündete die nächste an.

»Du magst recht haben«, sagte Inger nach einer Pause. »Mit der Polizei hatte ich noch nie Probleme. Trotzdem ist mein Leben schön beschissen, zumindest oft. Ich bin nicht Herr über meine eigene Person! Ich bestehe nur aus Verpflichtungen. Auch wenn ich nicht möchte, ich muß. So Tage wie jetzt kann ich mir nicht viele leisten. Termine, Termine, Termine. Kommst du nicht, sind sie böse. Das Publikum, der Agent, weil er Geld verliert, die Plattenfirma, weil du den Umsatz nicht ankurbelst, alle um dich rum. Jeder will etwas von dir. Nichts gibt's umsonst. Der eine Fernsehtyp will mit dir ins Bett, der andere gibt dir mit der Gage gleich seine Kontonummer. Und erst die Schallplattenaufnahmen. Ich glaube, so hast du noch nie im Leben gearbeitet. Der Komponist sagt, die Musiker interpretieren falsch; die Musiker sagen, du singst falsch; der Arrangeur sagt, es paßt nicht. Ein Lied tausendmal singen. Scheiße, sag' ich dir. Gut, es gibt auch schöne Seiten. Live-Auftritte mag ich, auch den Applaus. Aber damit ist es nicht zu Ende! Live-Auftritte gibt's heute nicht mehr einzeln. Das wäre zu teuer! Daher gleich 20 Auftritte in 20 Tagen. Auf die Bühne, runter, danach Small-talk-Autogramme, lästige Fans und nette. In jeder Stadt ein anderer Prominenter, der das Anrecht zu haben scheint, die Nacht mit dir zu verbringen. Früh aufstehen, weiterreisen. Aus dem Koffer leben. Saufen, fressen, nächster Auftritt. Glaub mir, das hier war eine richtige Abwechslung. Es hat mich auch alles gar nicht so erschreckt. Ich erlebte es vielmehr wie einen Film! Eigentlich wird mir jetzt erst richtig klar, daß da etwas Unheimliches passiert ist, daß es Tote gegeben hat. Aber es ist trotzdem so unwirklich für mich. Daher verstehe ich dich nicht, auch wenn ich es mit dem Kopf begreife, was du meinst. Ich kann es gefühlsmäßig nicht verarbeiten.

Wir haben nichts Böses gemacht, man kann uns nichts tun. Und dann sagst du solche Sachen. Aber, ich versuche, dir zu glauben; du hast sicher mehr Erfahrung.«

»Ja, schlechte!«

»Hör zu!« sagte sie. »Es mag sich pathetisch anhören, aber ich helfe dir. Solange und soweit ich kann. Gut, wir sehen uns vielleicht nie wieder, du gehst zu deiner Frau zurück. Ich zu meiner Arbeit, meinen Freunden. Aber du kannst auf mich zählen. Wie soll es denn jetzt weitergehen?«

»Um sechs gehen wir aufs Schiff, ich zuerst. Wir beobachten es aus einem der Cafés gegenüber. Kurz vor dem Auslaufen kommst du nach, wenn alles klar ist. Zusammen gehen wir nicht an Bord, tun auch so, als würden wir uns nicht kennen, bis wir in Villa S. Giovanni angekommen sind. Dort nehmen wir ein Taxi nach Reggio und von da den Zug nach Rom. Ich überlege noch, ob ich mich in die Werkstatt trauen soll, den Porsche holen. Aber das sehen wir dann. In Rom sind wir in Sicherheit. Was willst du danach unternehmen?«

»Nichts. Ich hab' in Italien nichts mehr zu tun. Ich habe zwei Lieder für eine Fernsehshow aufgezeichnet und ein Interview gemacht. Ich bin fertig. Allerdings habe ich Donnerstag einen Termin in Hamburg.«

»Das schaffst du. Hoffen wir, daß alles klappt. Sollen wir schlafen?«

»Ich bin nicht mehr müde. Sag mir, wie willst du über die Grenze kommen ohne Paß?«

»Weiß noch nicht. Muß meine Frau anrufen. Ich hab' da so ein paar Freunde aus früheren Tagen, die könnten mir einen Paß besorgen. Oder auch hier in Italien. Ich hab' Bekannte in Vicenza, Florenz, Rom und Mailand. Da gibt's immer eine Möglichkeit.«

Sie sah ihn nachdenklich an. »Ich glaube, das ist es!«

»Was?«

»Du versuchst gar nicht erst, die Sache auf normale Wege zu bereinigen. Sofort weißt du ein Schlupfloch oder einen Trick zum Entkommen. Statt dich zu stellen, nimmst du den Kampf auf, mit deinen Mitteln. Auf die Dauer hast du keine Chance. Aber, irgendwie gefällt es mir, wie du das machst. So jemanden wie dich hab' ich noch nie kennengelernt.«

Sie schmiegte sich an ihn. Er legte seinen Schenkel zwischen ihre Beine, spürte ihr nasses Geschlecht. Er streichelte ihr zart über den Rücken, ihren Kopf, doch seine Gedanken waren nicht bei der Sache. Der Streß machte ihn unfähig. Sie nahm das zur Kenntnis, schnurrte unter seinen zarten Händen, kroch fast in ihn hinein und schlief ein.

Es war kurz nach fünf, als sie die Hafenpromenade betraten. Inger trug noch immer ihr luftiges Kleidchen und die hohen Schnürsandalen. Für diese Zeit sehr unpassend. Es war kühl, und er legte den Arm um die Gänsehaut ihrer nackten Schultern. Sie betraten ein Café, von wo sie den Fährbetrieb im Auge behalten konnten.

»Zwei Espresso!« rief er dem Wirt zu. Das Café war gut besetzt. Arbeiter und Eisenbahner aßen ihr Frühstück, lasen die Sonntagszeitung. Durch die mit den Buchstaben CAFE bemalte Frontscheibe konnten sie den Aufgang zur Fähre genau im Auge behalten. Noch lag alles wie tot vor ihnen. Weder an Land noch auf dem Schiff war ein Mensch zu entdecken.

Marcel bestellte noch zwei Espresso und zwei Grappa, dann noch zwei Grappa, und es wurde Inger warm.

»Im Moment sieht alles so friedlich aus«, sagte er, »ich glaube, wir haben Glück.«

»Sicher!«

Sie sah ihn an, drückte seine Hand. »Heute nachmittag sind wir in Rom, heute abend gehen wir ins ›La Graticola‹ zum Essen und dann gleich nebenan zum Tanzen ins ›Jacky O‹. Was meinst du?«

»Schön wär's. Jetzt gib mir zunächst mal etwas Geld. Am besten teilen wir das, was du hast, falls wir getrennt werden. Für alle Fälle: wo wohnst du?«

»Im Hotel Hassler Villa Medici, in der Piazza Trinita dei Monti.«

»Ich weiß, wo das ist. Du wohnst wohl immer First class? Du mußt mehr unters Volk, so wie die letzten Tage. Da erlebst du was«, meinte er zynisch.

Nach zwei weiteren Grappa war ihnen warm. Sie waren aber auch bereits leicht beschwipst.

»O.K. Inger, ich geh' jetzt rüber und bleib' auf der linken Seite vom Autodeck. Wir sehen uns dann in Villa San Giovanni. Wenn ich auf dem Schiff bin, geh' ich an die Reling. Dort, siehst du?« Er wies mit dem Finger aufs Oberdeck. »Da kannst du mich sehen und ... komm erst in letzter Minute. Alles klar?«

»Klar!« sagte sie mit schwacher Stimme und gab ihm einen Kuß. »Ciao!«

14.

30. April

Er überquerte die Promenade und schritt schnurstracks auf die Kassenhäuschen zu.

»Einmal!« sagte er, und der Conducteur schob den Kopf aus dem kleinen Fensterchen.

»Kein Auto? Sie sind zu Fuß?«

»Ja!«

Marcel ärgerte sich schon wieder über sich selbst. Kein einziger Fußgänger betrat die Fähre. In Villa San Giovanni war ja auch nichts los. Die Leute, die nach Reggio wollten, stiegen in die Bahn und fuhren damit auf die Fähre. Daran hätte er denken müssen. Zum Bahnhof! Aber dann hätte er die Fähre nicht überblicken können. Wie man es macht, ist es verkehrt, dachte er, steckte sein Billett in die Tasche und ging über das breite Falltor auf das Schiff. Er stieg die Eisentreppen zu den links liegenden Kabinen hoch und stellte sich vereinbarungsgemäß an die Reling.

Er konnte über die Bäume der Allee bis zum Café sehen. Inger stand davor. Auch den Wirt erkannte er, der dabei war, Ketten von den aufgestapelten Tischen und Stühlen abzuziehen, um sie aufzustellen.

Marcel hob die Hand. Inger auch. Sie hatten Kontakt. Dann drehte er sich um. Auf dem Schiff war mittlerweile ein reger Verkehr. Zwei Rangierloks schoben Waggonreihe um Waggonreihe in den Bauch der Fähre. Autos rollten auf die Etagen darüber. Keiner, außer ihm, kam zu Fuß.

»Na ja, macht ja nichts!«

Er trat zurück von der Reling. Zwanzig vor sechs. Zehn Minuten würde er noch warten, dann könnte er Inger herbeiwinken. Er schaute durch die Fenster einer Innenkabine durch ein Zwischendeck auf den Eisenbahnteil. Ein Gewirr von Schienen und Weichen war auf Schotter verlegt. Ohne die stählernen Schiffswände hätte man geglaubt, auf einem Sackbahnhof zu sein. Er sah wieder zu Inger hinüber und wollte eben den Arm heben, als das erste Polizeifahrzeug anrollte. Es blieb vor dem Kassenhäuschen stehen. Drei Polizisten stiegen aus. Einer beugte sich zum Billettverkäufer und sprach mit ihm, richtete sich auf und sah zum Schiff hoch.

Marcel war sofort einen Schritt zurückgetreten, hatte sich hinter einer Pendeltür mit Bullauge in Sicherheit gebracht und spähte nach unten. Jetzt rief der, der mit dem Fahrkartenverkäufer gesprochen hatte, irgendwas zu seinen Kollegen. Sie gingen zum Falltor und stoppten mit hoch in die Luft erhobenen Händen die anrollenden Autos. Der dritte telefonierte. Noch bevor er geendet hatte, rollten zwei PKWs und ein Bus an, aus denen weitere Polizisten quollen. Die meisten stellten sich an die Schienenbrücke. Bisher hatten die Rangierer nur Güterwaggons hereingeschoben. Zwei volle Personenzüge warteten vor dem Drehkreuz. Die Polizisten verteilten sich auf beide Züge. Je vier Mann blieben draußen und sicherten die Eingänge. War das Zufall? Marcel glaubte nicht daran. Er schaute zu Inger und bemerkte an ihrem zaghaften Winken, daß sie gemerkt hatte, was los war.

Die Beamten aus den zwei neuangekommenen Alfas waren

seinen Blicken verborgen. Marcel bückte sich, um nicht von unten gesehen zu werden, und lief auf das Achterdeck. Von dort führten mehrere Treppen die vier Etagen hinab zu den Unterdecks. Die erste Treppe nahm er im Laufschritt, schaute vorsichtig um die Ecke und zog blitzschnell den Kopf zurück. Es war das Achterdeck. Polizisten durchsuchten die dort bereits eingefahrenen Autos. Marcel hörte Türen und Kofferraumdeckel schlagen. Langsam spähte er um die Ecke. Keiner sah in seine Richtung. Die zweite Treppe war fünf Meter entfernt. Er überlegte, ob er laufen sollte, doch dann ging er gemächlichen Schrittes auf die Eisenstiege zu, als gehöre er zur Besatzung. Niemand nahm Notiz von ihm.

Er atmete tief durch. Noch zwei Etagen, dann wäre er bei den Güterwaggons. Dort suchte keiner.

Das nächste Autodeck war leer. Sicher hielten die draußen immer noch die einfahrenden Wagen auf, bis ihre Kollegen alles durchsucht hatten. Es war gleich sechs. Die Fähre würde Verspätung haben.

Die letzte Treppe endete an einem Gang, der seitlich an der Eisenbahn vorbeiführte. Marcel sprang die restlichen zwei Meter ab, glitt schnell zwischen zwei Züge und schlich nun, Waggon für Waggon, nach hinten, wo das Heck des Schiffes geöffnet war. Beim letzten Wagen kletterte er auf den Puffer, legte sich quer drüber, bemerkte nicht, daß er seine Klamotten mit Fett verschmierte und hängte den Kopf nach unten, dicht über die Schienen und spähte hinaus.

»Scheiße!« Zwischen dem Drehkreuz und der Schienenbrücke lagen dreißig Meter freies Feld, einzusehen von allen auf und neben dem Schiff. Sollte er hier bleiben, versuchen in einem der Waggons über die Straße von Messina zum Festland zu kommen?

Neben ihm lagen noch zwei leere Schienenstränge. Dorthin würden die Personenzüge geschoben werden. Er kam hoch aus seiner unbequemen Lage, rannte schnell zwei, drei Wagen zurück, versuchte die Türen zu öffnen. Es ging nicht. Sie waren verschlossen, einer sogar verplombt. In dem Moment hörte er das Geräusch des einfahrenden Zuges. Er duckte sich zwischen zwei Wagen, sah unter ihnen hindurch und erschrak. Rechts von ihm, hinter der letzten Reihe der Güterwagen, sah er zehn uniformierte Beine das Schiff betreten, links schob die Diesellok eben zwei Tankwagen hinein.

Marcel wußte nicht wohin. Er stand zwischen zwei Wagen und überlegte noch, als sich mit einem Knall der vordere Waggon bewegte und ihm so in den Rücken stieß, daß er auf die Schienen fiel. Er lag zwischen den Rädern, die Waggons über ihm bewegten sich langsam in Richtung Schiffsbug. Jetzt war der erste Tankwagen über ihm. Er drehte sich herum. Sein Rücken schmerzte an der Stelle, wo der Waggon ihn gestoßen hatte, aber er konnte sich bewegen. Dann stand der Zug. Marcel lag unter dem zweiten Kesselwagen. Jetzt sah er die Beine die Lok hinabsteigen und hörte die Geräusche des Abkuppelns. Der Eisenbahner stand nur zwei Meter von ihm entfernt und drehte die Bremse fest.

Marcel sah die Beine und wie sie, auf die Lok kletternd, aus seinem Blickfeld verschwanden. Das war seine Chance. Die Diesellok hatte einen schmalen Steg rund um die Motorhaube, Marcel robbte unter den Rädern hervor. Eben als die Lok anzog, erreichte er sie. Für den Lokführer stand er im toten Winkel, für die Polizisten auch. Er zog sich hoch, hielt sich an den Sicherheitsgittern des Fußstegs fest und hob die Beine an. Langsam rollte die Lok aus dem Schiffsbauch.

Marcel taten bereits die Arme weh, er schaffte es nicht, sich hochzuziehen. »Fahr doch schneller«, betete er. Das tat der Lokführer auch. Er kam über die Schiffsbrücke aufs Drehkreuz. Dort blieb er stehen. Erst als sich die Zugmaschine auf der Stelle zu drehen begann, erkannte Marcel die Gefahr. Er sprang ab und lief gegen die Drehrichtung um die Lok. Im Blickschatten des dunkelblauen Ungetüms gelangte er bis an die Personenzüge, ging weiter bis an deren Ende, als plötzlich der ganze Zug anruckte und auf die Brücke gezogen wurde.

Nur zwanzig Meter hatten ihm noch gefehlt. So ein Pech. Trotzdem mußte er weiter. Kurz bevor er das Güterbahnhofstor erreichte, ein Ruf: »Hallo, Sie. Warten Sie! Bleiben Sie stehen!« Marcel gehorchte nicht.

Sollten sie doch denken, was sie wollten. Hätte er sich einmal angesehen, den Dreck, das Fett an seinen Hosen bemerkt, er selbst wäre mißtrauisch geworden.

Der erneute Ruf: »Halt, stehenbleiben!« diesmal nicht so freundlich, glitt von ihm ab. Sein Schritt beschleunigte sich. Er fiel in Trab, dann in Galopp, wendete sich kurz um, sah einen, dann einen weiteren Polizisten hundert Meter hinter sich und beschleunigte nochmals, rannte in die nächste Querstraße, dann bergauf, noch mal rechts, wieder bergauf und fand sich, ohne zu wissen, wie er hierhergekommen war, vor der Absteige der letzten Nacht. Gott sei Dank, die Tür stand offen. Die alte Frau kehrte den Gang aus. Wie ein Blitz verschwand er im Flur, hastete die Treppe hinauf, hoffte, die schwerhörige Oma habe nichts bemerkt und kauerte sich vor die Tür, hinter der sie die Nacht verbracht hatten. Er bewegte die Klinke. Offen. Der Schlüssel steckte noch. Niemand hatte ihren Auszug bisher bemerkt. Wer ging denn auch so früh aus dem Bett, wenn man mit so 'ner schönen Frau rein ging? Nur Idioten wie er. Immer noch pfiff sein Atem. Er zog seine Kleider aus und entdeckte erst jetzt, wie schmutzig er war. Er drehte in Becken und Bidet das Wasser auf, wusch sich von Kopf bis Fuß, legte sich aufs Bett und schloß erschöpft die Augen.

Er konnte noch nicht lange geschlafen haben, als es an der Tür klopfte. Sofort hellwach, meldete sich die Angst. Wer mochte das sein? Sein Herz hämmerte. Dann erkannte er Ingers Stimme, die leise rief:

»Marcel, bist du drin?«

Er sprang auf, drehte den Schlüssel rum und zog sie rein. Erleichtert nahm er sie in die Arme.

»Wie gut, daß du da bist!«

Er schloß die Tür ab, setzte sich aufs Bett und zog sie neben sich.

»Hast du gesehen? Ich hatte recht!« Sie antwortete nicht, sah ihn lange an. Dann erst erwiderte sie.

»Du hattest recht... was die Reaktion der Polizei angeht, aber sonst... Ich finde, du spielst genau die Rolle, die man dir aufzwingen will. Du läufst weg und schaust dich um, ob dir auch jemand nachläuft. Außerdem ist es gar nicht sicher, daß die Suche dir galt. Ich bin immer noch dafür, zur Polizei zu gehen.«

Marcel hörte nachdenklich zu.

»Da ist schon was dran. Im Endeffekt komme ich nicht drum

rum. Nur, hier auf der Insel möchte ich nicht zur Polizei gehen. Am liebsten käme ich nach Deutschland durch. Von dort könnte man alles klären.«

»Und wie willst du rauskommen? Ohne Paß!«

»Mal sehen, wenn wir in Rom sind. Vielleicht geh' ich dort zur Polizei. Außerdem kenn' ich da Leute, die mir helfen. Wir haben einen Fehler gemacht. Eigentlich schon mehrere Fehler! *Du* hättest gestern abend den Krankenwagen anrufen sollen und von drei Männern sprechen müssen. Dann würden sie davon ausgehen, daß ich auch im Meer liege. So haben sie längst festgestellt, daß ich der Anrufer war. Vielleicht haben sie sogar den Taxifahrer schon gefunden.«

»Ach, Marcel! Du legst dir immer alles so zurecht, daß es in dein Negativbild paßt. Ehrlich, ich versteh' dich nicht. Gestern hast du mir vorgeworfen, *ich* hätte nichts zu befürchten, bei meiner Persönlichkeit, meinem Bekanntheitsgrad, meiner Prominenz. Ich hab' dir darauf sogar mein Leid geklagt. Aber das gibst du nicht zu. Du siehst alles nur, wie du es sehen willst: mich als unantastbare Figur, die über allem erhaben ist, und dich als arme, geknechtete Kreatur. Wenn du von meiner Unantastbarkeit durch die Behörden so überzeugt bist, warum gehn wir dann nicht zur Polizei? Ich bin doch Zeuge für alles! Du hast nichts Unrechtes getan!«

»Nein, nicht hier! In Rom, ja! Aber was meinst du, wenn du sagst, mit mir sei etwas nicht in Ordnung? Daß ich aus schlechter Erfahrung Angst habe, find' ich selbst beschissen, aber ich kann's nicht ändern. Deine schlauen Sprüche gelten wirklich nur für deine Welt, eine scheinbar heile Welt, wo das Gute über das Böse siegt. *Du* bist die Naive. Aber das gestehst du dir nicht ein, du oberschlaue Frau, du«, sagte er zynisch. Inger reagierte verärgert.

»Mit dir erlebe ich alles im Zeitraffer. Du bist wie meine bisherigen Ehemänner.«

»Wie meinst du das?«

»So, wie ich's gesagt habe. Erst sind Gefühle da, dann gehen sie kaputt, weil ich eben nicht nur die Glitzer-Britta bin, sondern ein Mensch, der denkt. In meinen Ehen war's ganz genauso. Nur daß es vom Anfang bis zum Ende Jahre dauerte. Mit dir geht's verdammt flott!«

Sie stand vom Bett auf und blieb vor dem Hutständer stehen, auf den Marcel seine Kleider gehängt hatte.

»Damit kannst du nicht mehr rumlaufen. Du mußt andere Kleider haben. Wo kriegen wir sonntags neue Kleider her?«

Marcel antwortete nicht sofort, überlegte, dann sagte er: »Ich verstehe dich immer weniger. Erst sprichst du dauernd davon, zur Polizei zu gehen. Deine Frage nach den Kleidern hört sich wieder so an, als wolltest du mir helfen?«

Sie drehte sich zu ihm.

»Erstens bin ich die Ursache, daß wir in Schwierigkeiten sind. Zweitens bin ich auch davon überzeugt, daß es besser ist, erst in Rom zur Polizei zu gehen, wenn wir das jemals schaffen. Dort haben solche Typen wie Don Francesco vielleicht keinen so großen Einfluß, und drittens mag ich dich. Genug erklärt?«

Inger drückte ihm einen leichten Kuß auf die Stirn. »Was unternehmen wir wegen der Kleider, großer Meister?«

»Ich weiß es. Fahr mit dem Taxi zum Kap. Geh in eins der großen Hotels. Die Sportgeschäfte in der Lounge sind immer geöffnet. Kauf mir ein Tennishemd, ein Paar Tennissocken und einen Trainingsanzug. Hoffentlich reicht unser Geld. Wenn du zurückkommst, hauen wir gleich ab. Ich denke, ich weiß einen Weg, ohne Fähre und Flugzeug. Ach, eh' ich's vergess': Ein Paar Tennisschuhe auch noch. Einfache Leinenschuhe. Alles klar?«

Sie stimmte zu und verließ das Zimmer.

Marcel legte sich lang auf den Rücken und dachte nach. Er brauchte die Hilfe seiner Frau. Ohne sie bekam er den Porsche nicht aus der Werkstatt, ohne festgenommen zu werden. Er sah auf die Uhr. Kurz nach acht. Jetzt mußte sie zu Hause sein. In Deutschland war's erst kurz nach sieben.

Er zog die schmutzige Hose über und ging mit nacktem Oberkörper die drei Etagen runter. Auf seinen Ruf erschien ein Mann.

»Ich bin der Gast von Zimmer 31. Ich möchte telefonieren.«

»Kommen Sie in die Küche«, nickte der vierzigjährige Mann und ging vor ihm her. In der Küche saß, in einem Ohrensessel, zwischen einem alten Gasherd und Bergen ungewaschenen Geschirrs, die Alte und schlief. Vier Katzen lagen auf ihrem

Schoß und an ihren Füßen. Der Gestank nach Essensresten und Katzendreck war ekelhaft. Marcel vermied es, durch die Nase zu atmen.

Das Telefon stand auf der alten Anrichte. Er wählte die Vermittlung. Um diese frühe Stunde war die Verbindung kein Problem. Bereits nach drei Minuten hörte er das Klingeln des Telefons in seiner Wohnung. Niemand hob ab. Marcel wurde nervös, schaute auf die Uhr. Sie *mußte* zu Hause sein. Wo sollte sie denn um diese Zeit schon hin?

Er wartete weiter. Nichts. Wie ein Hammer traf ihn die Erkenntnis, daß sie nicht da war, daß sie die ganze Nacht nicht zu Hause gewesen war. Die Vermittlung unterbrach:

»Teilnehmer meldet sich nicht. Wollen Sie eine andere Nummer angeben?«

»Ja.« Er gab die Nummer der Freundin seiner Frau an. Vielleicht war Gisela dort? Ja sicher. So mußte es sein. Es war ihr zu langweilig gewesen. Alleine zu Hause. Erst vorige Woche sagte sie ihm, wie langweilig es ohne ihn sei. Nicht, daß sie sich Vorwürfe machten, wenn der eine oder andere einen Seitensprung wagte. Darüber waren sie hinweg. Aber seitdem seine Frau ihn gebeten hatte, zu ihr zurückzukehren und auch vor einer Woche am Telefon gesagt hatte, alles solle wieder so wie früher werden, ging er davon aus, daß beide versuchen würden, nicht fremdzugehen.

»Hallo? Wer ist da?«

Gudruns Stimme hörte man an, daß sie aus dem Schlaf gerissen worden war.

»Marcel hier. Ich rufe aus Italien an. Weißt du, wo Gisela ist?«

Er merkte, wie Gudrun zögerte, dann:

»Ist sie nicht zu Hause?«

»Nein, dann hätte ich dich nicht gestört. Also bei dir ist sie nicht? Wo könnte sie sein? Es ist dringend.«

»Tja, ich weiß nicht. Wann hast du zuletzt mit ihr telefoniert?«

»Gestern vor einer Woche, warum fragst du das?«

»Ach so..., ja dann.«

»Was soll das heißen: ja dann?«

»Nichts! Ich meine nur...«

»Was meinst du? Kannst du dich nicht klar ausdrücken?«

»Verdammt! Frag mich doch nicht Sachen, über die ich nichts weiß«, brüllte Gudrun jetzt in den Apparat. »Sprich doch mit ihr selbst!«

»Das will ich ja, sie ist nicht zu Hause. Was meinst du mit Sachen? Da ist doch was?« Sein Herz pochte heftig. Er ahnte, daß irgendwas nicht in Ordnung war, fühlte in diesem Moment, daß aus der erträumten Zukunft nichts wurde. Er gab seiner Stimme Festigkeit.

»Also, was ist, Gudrun? Willst du mir nicht die Wahrheit sagen?«

»Ich weiß nichts. Überhaupt, was interessiert dich das? Ihr seid doch auseinander?«

»Eben nicht! Wir haben uns ausgesprochen. Sie wollte, daß ich zurückkomme. Ich bin nach Italien gefahren, um darüber nachzudenken. Vorige Woche habe ich ihr mitgeteilt, daß ich zu ihr zurückkomme, und sie hat's akzeptiert.«

»Du bist vielleicht ein blöder Typ, Marcel. Wenn sie dich schon zurück will, warum fährst du dann weg?«

»Weil ich es überlegen mußte. Weil ich nicht dann springe, wenn sie es will. Aber was soll die Diskussion jetzt? Sie ist also irgendwo bei irgendeinem Mann. Wichtig ist, wann kann ich sie erreichen?«

»Wir machen's so, Marcel. Ich rufe sie an und frage sie, und du rufst wieder bei mir an. Wann, meinst du, daß du wieder anrufen kannst? Ist es schwierig, aus Italien anzurufen?«

»Gudrun!« schrie er. »Du weißt also, wo sie ist, sonst könntest du sie nicht anrufen. Gib mir sofort die Nummer.«

»Nein, ich gebe dir gar nichts. Und wenn du so weiter schreist, lege ich auf. Wann, denkst du, rufst du an?«

»Gut, lassen wir's dabei. Ich rufe heute abend bei dir an. Gegen 8 Uhr deutscher Zeit. Plus-Minus 'ne Stunde. Sag ihr, es sei unheimlich wichtig. Sie soll unbedingt warten!« Er legte auf und stand wie betäubt vor dem Apparat.

Die Tatsache, daß Gudrun wußte, wo sich Gisela in diesem Moment aufhielt, deutete auf eine feste Beziehung. Marcel tat sich sehr leid. Sein Selbstbedauern trieb ihm die Tränen in die Augen. Seine Hände zitterten. Als das Telefon schrillte, nahm er ab. Die Vermittlung gab die Gebühren durch. Er zahlte, verzichtete auf das Wechselgeld und stieg wie ein geschlagener Mann die Treppe rauf. Oben warf er sich aufs Bett und starrte aus nassen Augen an die Decke. Seine Gedanken überschlugen sich, kreisten um sich und seine Frau. Jetzt sah er wirklich kein Land mehr.

Polizei und Mafia im Nacken, die Frau weg... Das stand für ihn fest.

Jahrelang hatten sie eine Ehe mit Auf und Ab geführt. Langweilig war's nie. Vor zwei Jahren begannen sie, eigene Wege zu gehen.

Die Trennung ergab sich nach einer geplanten Fahrt nach Nizza.

Wie war das damals?

15.

Die deutsche Grenze hatten sie schon lange hinter sich gelassen und bewegten sich Richtung Rhonetal. Es war bereits dunkel und Marcel beschloß, die Nacht durchzufahren. So würden sie am Morgen in Nizza ankommen. Er hatte es zwar nicht eilig, sein Ziel zu erreichen, konnte sich aber nicht vorstellen, diese Nacht mit seiner Frau gemeinsam in einem Bett zu verbringen. Vielleicht ging's morgen besser.

Er war keineswegs in Urlaubsstimmung, versuchte aber, es sich nicht anmerken zu lassen. Er zündete sich die wer-weiß-wievielte Zigarette an, suchte das Loch, um den Anzünder zurückzustecken, schaute einen Moment von der Fahrbahn weg und mußte, als er wieder aufsah, mit einem kurzen Schlenker die Richtung korrigieren. Der Porsche gehorchte sofort. Trotzdem erklang die gereizte Stimme seiner Frau: »Paß doch auf! Mußt du dauernd soviel qualmen? Ich krieg' kaum noch Luft. Außerdem zieht's in dem Scheißkarren.«

Er gab keine Antwort. Was sollte er auch sagen? Daß sie selbst im Sommer unbedingt auf dem Kauf des Targa bestanden hatte, obwohl er selbst für das Coupé plädierte? Oder daß sie sehr gut wußte, daß jedes Cabrio, auch im geschlossenen Zustand, nicht winddicht war? – Er dachte nicht daran. Seine Laune war die allerschlechteste, und er wußte, daß ein Wort das andere geben und in wildem Streit enden würde. Er war bereits einmal in einer ähnlichen Situation nach einer Attacke von ihr in den Graben gefahren.

Statt dessen hing er seinen Gedanken nach. Diese blöde Nizza-Reise! Wie kam er überhaupt dazu, jetzt mit seiner Frau nach Nizza zu fahren? Er wollte überhaupt nicht nach Nizza! Da sie den Sommerurlaub gemeinsam mit dem Kind in Taormina verbracht hatten, war vereinbart worden, daß jeder noch mal alleine im Herbst in Urlaub fahren könne, während der andere bei der Tochter bleiben solle. So hatte er sorgfältig alles geplant. Nach Rom wollte er, Freunde besuchen – und natürlich Rosanna. Vor zwei Tagen hatten sie noch miteinander telefoniert. Sie lebte in einer schönen alten Wohnung in Trastevere, mit von Weinranken zugewachsener Terrasse, mit kleinen und großen ineinander übergehenden Räumen ohne Türen.

Er konnte sich genau vorstellen, wie sie seinen Anruf entgegennahm – vor der alten Truhe auf dem Boden sitzend, so wie sie es immer tat, wenn ein Gespräch länger dauerte. Rosanna, die siebenundzwanzigjährige Inhaberin einer ›Parfumeria‹, die er einige Monate zuvor in Roms Horror-Disco ›Much more‹ kennengelernt hatte. Es war eine Freitagnacht, und es sagte wohl alles über die Gefühle beider aus, daß sie sich bereits am Samstagvormittag, nur wenige Stunden später, im dreihundert Kilometer entfernten Asolo in der Vila Cipriani, als Ehepaar eintrugen, um ein spontanes Liebeswochenende zu genießen. Auch während des Familienurlaubs im Sommer hatte er sich zwei Tage weggeschlichen, mit Rosanna in Acireale heimlich ein Zimmer genommen, und sie waren am nächsten Tag auf den Ätna gestiegen. Nie im Leben würde er diese Stunde vergessen. Der Vulkan war im April ausgebrochen und schickte noch immer einen dicken Lavastrom ins Tal. Mit dem Landrover waren sie fast bis zum Gipfel vorgestoßen. Von da an liefen sie zu Fuß. Oben lag noch Schnee, und es war kalt. Dann wurde der Schnee schmutziger, war mit Asche bedeckt. Schließlich tasteten sie sich über noch immer warme Steine durch einen dichten, von der Hitze entstandenen Dunst näher an die Ausbruchstelle. Es war inzwischen heiß, und da... stockte ihnen der Atem. Wenige Meter vor ihnen zischte brodelnd und spritzend mit einem urtümlichen, grollenden Geräusch ein drei, vier Meter breiter und einen Meter hoher Strom glühenden Gesteins aus der Erde und verschwand bergab nach zwanzig Schritten im Nebel.

Er stand erschüttert vor dem gewaltigen Naturereignis, fühlte sich winzig klein, suchte und fand ihre Hand und betrachtete sich ihr zugehörig.

In der Liebe war Rosanna sanft und zärtlich, nicht so aggressiv wie seine Frau, mit der er natürlich alle seine Seitensprünge verglich. Einen Schönheitsvergleich wollte er jedoch nicht anstellen; dazu waren beide zu unterschiedlich: Rosanna südlich, dunkel, weich – seine Frau hellblond, größer, mit hohen, nordischen Wangenknochen und scheinbar athletischer. – Dafür war sie kälter, dachte er, wußte das aber nicht zu erklären, denn im Bett war sie keineswegs ein Eisblock, und trotz der langen Ehe schliefen sie immer noch fast täglich miteinander.

Er haßte seine Frau in diesem Moment, auf dem Wege nach Nizza, und er begriff nicht, warum auf einmal noch alles gekippt war. Vorgestern hatte er es ihr gesagt: »Schatz, mein Kurzurlaub beginnt übermorgen. Ich muß nach Italien und hänge noch ein paar Tage Viareggio dran.« Für ihn stand alles fest. Um so überraschender vernahm er ihr Veto: »Wieso du? Ich will übermorgen nach Paris!«

Erstaunt sah er auf, dann antwortete er kurz und bestimmt: »Das geht nicht. Ich muß meine geschäftlichen Termine einhalten. Fahr du eine Woche später!« Aber sie stellte sich quer.

»Kommt überhaupt nicht in Frage. Ich fahre nach Paris, und du bleibst bei dem Kind.« Nun wurde er mißtrauisch. Hatte sie etwas gemerkt? Überzeugt wie viele Männer, daß es seine Sache sei fremdzugehen, und nicht die der Frau, wurde er unsicher.

»Mit wem willst du denn nach Paris? Hast wohl 'nen Typ aufgerissen?« fragte er höhnisch, war aber innerlich fest überzeugt, daß das nicht sein könne.

»Alleine will ich fahren, zur Pret à Porter, hab' schon alles organisiert, ich fahr' mit niemandem und hab' auch niemanden aufgerissen – aber du wahrscheinlich«, sagte sie lauter als normal, jedoch fast ebenso überzeugt wie ihr Mann, daß das nicht sein könne. Nicht umsonst forderte sie ihn fast täglich heraus und war sicher, ihn so auszupumpen, daß für andere Frauen nichts mehr übrigbliebe.

Ihre Aggressionen prallten aufeinander. Sie konnten sich nicht einigen. Als der Streit den Höhepunkt überschritten hatte und beide sich mit abgekämpften Gesichtern, aber haßerfüllten Gedanken gegenüberstanden, sagte sie: »Also gut, nach Rom; aber ich fahre mit. Morgen kommt das Kind zur Oma!«

Nach mehreren vergeblichen Appellen an ihre Muttergefühle, blieb ihm nichts anderes übrig, als halb zuzustimmen. »Also gut, bring sie zur Oma. Aber wir fahren nicht nach Rom, wir fahren nach Paris, weil du da ja, wie du sagst, alles vorbereitet hast. Das möcht' ich sehen!«

»Wieso Paris?« fuhr sie auf. »Ich will nicht mehr nach Paris. Du hast mir alles verleidet. Ich will nach Rom, mit dir zu deinen Geschäften, die du da angeblich hast. War wohl alles gelogen, was?« Ihr Ton war wieder lauter geworden.

»Nichts ist gelogen. Ich sage alles ab. Ich will nicht mehr nach Rom. Mir ist die Laune verdorben. Ich will nach Paris!«

Auch das endete mit einem Kompromiß. Sie einigten sich auf Nizza. Er stimmte zu, weil er nicht wollte, daß sie alleine nach Paris fuhr, weil er sie nun im Verdacht hatte, ihn betrügen zu wollen, und weil er lieber auf sein Vergnügen verzichtete, als ihr eines zu gönnen. Nach Rom wollte er aus erklärlichen Gründen mit ihr nicht.

Er steckte sich wieder eine Zigarette an. Seine Frau schnaubte hörbar auf. Dann holte sie den Silberfuchsmantel vom Rücksitz, legte ihn über sich und öffnete das Ausstellfenster so, daß der kalte Luftzug ihn störend traf.

Verdammter Mist, dachte sie, blödes Nizza. Was soll ich in Nizza? Dort waren wir erst im vorigen Jahr einige Tage, als wir von Antibes kamen. Aber bevor ich ihn zu seiner Schnalle nach Rom fahren lasse, fahr' ich lieber mit ihm nach Nizza. Jetzt, um diese Zeit, wollte sie längst mit Fritz in Paris sein. Fritz, der Anwalt der Familie und seit Monaten ihr Liebhaber, hatte dort einige Tage zu tun. Sie hatte alles minutiös geplant, wußte es schon länger, wollte nur nicht zu früh damit herausrücken, damit ihr Mann nicht mißtrauisch wurde oder versuchte, es zu durchkreuzen.

Kurz nur hatte sie daran gedacht, ihren Mann nach Rom fahren zu lassen, das Kind zur Oma zu bringen und doch noch nach Paris zu reisen. Oh, wie hatte sie sich gefreut, auf Fritz und auf Paris, das sie sehr liebte. Nicht nur wegen der Pret à Porter, die dort zur Zeit stattfand, auch auf die Brasserie Flo in Saint Denise freute sie sich oder aufs Tanzen im Le Bilbouquet in San Michele, wo immer gute Bands spielten. – Aber besser mit ihm nach Nizza, als daß sie ihn alleine nach Rom reisen ließ. Sie stimmte ohne Kompromiß zu, weil sie nicht wollte, daß er alleine nach Rom fuhr, weil sie ihn im Verdacht hatte, sie betrügen zu wollen, und weil sie lieber auf ihr Vergnügen verzichtete, als ihm seines zu gönnen. Nach Paris wollte sie aus erklärlichen Gründen mit ihm nicht.

»Mach das Fenster zu«, knurrte er. Sie überhörte es.

»Rauch nicht so viel, und dann noch Gitanes. Du stinkst danach aus dem Mund wie eine Kuh aus dem Arsch«, erwiderte sie schließlich. Sein Zorn stieg rapide an. Er trat aufs Gaspedal. Der Drehzahlmesser zeigte dreitausendfünfhundert Touren im fünften Gang, etwa hundertfünfzig km/h. Den Tacho hatte er einige Monate nach dem Neukauf aus wiederverkaufstechnischen Gründen abgeklemmt.

Es war eine haßerfüllte Eheruine, die da, umhüllt durch ein schönes Blechkleid aus Zuffenhausen, durch die Nacht raste. Erst als er die Polizeikelle sah, erwachte er aus seinen Gedanken. Der Streifenwagen überholte sie, verlangsamte das Tempo, fuhr zum Straßenrand und hielt an. Marcel stoppte dahinter. Einer der beiden Polizisten stieg aus, zog seine Mütze zurecht und trat an die Fahrertür. Das Fenster glitt ab in die Tür, der Uniformierte beugte sich nieder, legte die Hand an den Mützenrand und sagte: »Grüezi. Wissen Sie, daß Sie viel zu schnell gefahren sind?« Bevor Marcel antworten konnte, stieß seine Frau ihn an.

»Wieso? Wie schnell darf man denn hier fahren?« antwortete sie an seiner Statt.

»Achtzig Stundenkilometer.«

»Viel schneller sind wir bestimmt nicht gefahren«, meinte sie.

»Aber ja«, war die Antwort. »Wir sind mindestens drei Kilometer hinter Ihnen hergefahren. Ein Wunder, daß Sie uns nicht längst entdeckt haben, oder... haben Sie Alkohol getrunken?«

»Idiot«, zischte seine Frau Marcel leise zu, »daß du die nicht gesehen hast.«

»Nein, ich habe nichts getrunken«, sagte Marcel wahrheitsgemäß, »aber ich war in Gedanken. Kann sein, daß ich ein bißchen zu schnell fuhr, vielleicht auch nicht, ich weiß es einfach nicht.«

»Ein bißchen ist gut«, mischte sich nun der zweite, etwas ältere Beamte ein, der mittlerweile an die Beifahrertür getreten war. »Mindestens 120 bis 130. Das ist kein bißchen, das ist viel zuviel.«

»Was soll denn das?« fragte Marcel unwirsch. »Haben Sie eine Radarmessung?«

»Das brauchen wir nicht.« Es war wieder der Jüngere, der das sagte. »Wir beide sind Zeugen.« Der Alte nickte dazu. »Nun machen Sie keinen Aufstand. Zahlen Sie dreihundert Franken, und die Sache ist erledigt.«

Es waren nicht die dreihundert Franken, die ihn ärgerten. Es war der ganze Streß der letzten beiden Tage. Und als er Luft holte, um seine Frau anzuschreien, daß sie, nur sie an all dem schuld sei, sagte sie kurz und frech zu den Beamten:

»Wir haben kein Geld. Schicken Sie uns ein Strafmandat zu. Guten Abend«, und sie drehte so schnell ihr Fenster hoch, daß der ältere Beamte erst im letzten Moment die Finger wegziehen konnte, die auf dem Scheibenrand gelegen hatten.

»Es tut mir leid«, widersprach der jüngere Polizist, »aber so geht es nicht. Sicher tragen sie dreihundert Franken bei sich, wenn Sie mit einem solchen Auto herumfahren.«

»Wir haben kein Geld«, kreischte seine Frau wieder. Ihre Lippen waren zu einem Schmollmund verzogen wie bei einem trotzigen Kind, und die Wut hatte ihre Schönheit aufgefressen.

»Bitte, geben Sie mir Ihre Autoschlüssel«, sagte der Ältere in hartem Ton. »Wir müssen in diesem Fall die Zentrale um Direktiven bitten und möchten nicht, daß Sie sich auf Ihr schnelles Auto verlassen. Wir rasen nicht gerne hinterher und brechen uns das Genick, und wir schießen auch ungern hinterher.« Dabei klopfte er auf seinen großen Pistolenhalfter. Marcel gab ihm die Schlüssel.

»Und du bezahlst nicht!« fauchte ihn seine Frau an, als die Beamten in ihr Fahrzeug zurückgekehrt waren. »Zu Hause regst du dich auf, wenn ich mal ein paar hundert Mark mehr für Klamotten ausgebe, und hier fährst du Idiot zu schnell und wirfst das Geld zum Fenster heraus. Und daß du die Bullen nicht siehst, wo sie so lange hinter uns herfahren, ist wieder mal typisch... Du wirst alt«, sagte sie abfällig und hüllte sich in ihr gefährlich knisterndes Schweigen.

Marcel wurde ganz ruhig. Irgendwie war ihm alles egal. Er hätte jetzt eiskalt einen Mord begehen können – an ihr, an den Polizisten, an sich selbst.

Die Uniformierten kamen zurück.

»Entweder fährt die Dame mit uns und der Kollege mit Ihnen, oder er setzt sich einfach hinter Sie auf die Notsitze«, eröffnete der Jüngere. »Sie müssen mit zur Wache, die Sache abklären.«

Marcel flüsterte seiner Frau zu: »Am besten zahlen.« Ohne Antwort stieg sie abrupt aus. »Ich fahre mit Ihnen.«

Während der etwa zehn Minuten dauernden Fahrt zur Polizeistation begann der Ältere ein Gespräch; es wurde ein Monolog: »Sie können uns nicht weismachen, Sie hätten kein Geld. Und wir Schweizer lassen uns nicht gerne auf den Arm nehmen. Gleich hinter der Grenze schmeißen Sie das Strafmandat weg. Nein! Das haben wir zu oft erlebt. Es geht auch anders. Ich rate Ihnen, zahlen Sie!«

Vor der Wache mußte Marcel aussteigen, und der Beamte nahm Fahrzeugpapiere und den Schlüssel an sich. Umständlich verschloß er das Auto, und alle vier stiegen die Stufen hinauf und standen in einer typischen Polizeistation. Seine Frau setzte sich auf eine dem Tresen gegenüberliegende Bank und schaute böse um sich. Die beiden Polizisten berieten sich flüsternd mit zwei anderen, dann gingen sie ins Hinterzimmer zu einem weiteren, der in der Türöffnung erschien. Er war der Diensthabende. Er trug Zivil, und die anderen berichteten ihm.

Marcels Frau begann wieder zu kreischen: »Wie lange soll denn das dauern? Wir müssen weiter. Sie können uns wegen so was überhaupt nicht festhalten. Das ist eine Lapalie und rechtfertigt keine Verhaftung.«

»Sie sind keineswegs verhaftet, nicht einmal festgenommen«, antwortete der Chef. »Sie können jederzeit gehen.«

»Warum sagen Sie das nicht gleich?« giftete sie, stand auf, trat vor, hielt die Hand auf und befahl: »Schlüssel und Papiere her.«

»Tja«, kratzte sich der Chef am Kopf, »mit dem Auto ist das etwas anderes, das ist schon so was ähnliches wie verhaftet, es sei denn, Sie bezahlen die Strafe oder hinterlegen einen anderen Wertgegenstand in der Höhe von 300 Franken... vielleicht Ihren Pelzmantel?« Sie sah den Polizisten an, als sei er das letzte Stück Dreck und habe ihr soeben einen unsittlichen Antrag gemacht. Ein Schimpfwort drängte sich auf ihre Lippen, doch sie schluckte es herunter. Der Polizist sah sie lauernd an, wartete förmlich darauf. Sie und ihr Mann waren sich im klaren, daß sie bei den Polizisten keinerlei Sympathie genossen. Der Ältere versuchte es noch einmal gütlich.

»Haben Sie wenigstens Schecks bei sich? Euroschecks? Sie müssen doch Geld haben. Machen Sie keinen Unsinn. Vorher kommen Sie nicht weg von hier.«

»Wir haben keine Schecks«, fast schrie sie es.

»Tja, dann müssen wir wohl...« Er ließ unausgesprochen, was sie mußten, und ging zur Beratung mit der gesamten Mannschaft nach hinten. – Sie kamen entschlossen zurück. Man sah ihnen an, daß eine Entscheidung gefallen war. Der Chef ging ans Telefon, alle hörten mit: »Ja, bitte, geben Sie mir den Nachtdienst, den Bezirksanwalt... ja, es ist dringend... jetzt noch, verbinden Sie mich... hallo... hier ist die Polizeiwache fünf. Wer ist dort? Bitte...? Der Bezirksanwalt? Aha... Grüß Gott, Herr Doktor... Wie bitte...? Nein, nein, nein. Wir haben hier einen Deutschen... Was...? Nein, keinen Terroristen, er will 300 Franken Strafe nicht bezahlen... ist viel zu schnell gefahren... Was...? Einen Porsche Carrera Targa, fast neu... Wie? Wollten Sie auch schon immer mal haben...? Tja, dann wird er wohl versteigert. Wir...? Gleich morgen? Aber wir brauchen eine Beschlagnahmeverfügung... Füllen Sie gleich aus? Gut! Schicken Sie es, oder sollen wir einen Wagen schicken, den Beschluß abzuholen...? Gut, wird gemacht... Halt, Herr Doktor, einen Moment, ich sehe gerade, daß die Deutschen doch Geld gefunden haben. Einen Moment bitte...« Er hielt die Sprechmuschel zu und wendete sich an den Älteren: »Zählen Sie mal nach, Herr Pflümli, ob's reicht.« Der zählte nach und nickte. Der Chef sprach wieder ins Telefon: »Alles in Ordnung, Herr Doktor... ja, er hat bezahlt. Tut mir auch leid... ja, Herr Doktor, wenn wir wieder einen solchen Wagen finden, rufe ich Sie... jawohl, Herr Doktor... entschuldigen Sie die Störung. Eine gute Nacht.« Er legte auf.

Die Frau hatte Marcel in dem Moment nach vorne gestoßen, als beiden klar wurde, daß es voller Ernst war.

»Warum zahlst du nicht? Die nehmen uns das Auto weg. Los!«

Er besaß keine Schweizer Franken. Der Beamte rechnete umständlich anhand einer Wechseltabelle aus, was er schuldete.

»Das macht in Deutschen Mark genau dreihundertfünfundfünfzig, einschließlich des Telefongesprächs.«

Marcel gab vier Hundertmarkscheine, wartete auf das Wechselgeld, wollte raus hier, wollte diese Niederlage seiner Frau heimzahlen. Aber es war kein Wechselgeld da. Zuerst plünderten sie die Getränkekasse, das war nur Kleingeld. Dann suchten alle Polizisten in ihren Geldbörsen mit der Ruhe derer, die gewonnen haben, alle möglichen Münzen zusammen. Es schien keinen einzigen Geldschein in der ganzen Schweiz zu geben, nur Räppli und Frankenstücke. Marcel war sich im klaren darüber, daß sich die Beamten jetzt für seine und seiner Frau Arroganz revanchierten. Aber es störte ihn nicht mehr. Die Frau war sein Feindbild. – Er faßte alle Münzen, mindestens zwanzig Mark fehlten noch, in beide Hände und rannte raus. Dort schmiß er sie auf die Straße, ging zum Auto, merkte, daß ihm der Schlüssel fehlte. Auch die Papiere waren noch in der Wache. Seine Frau kam heraus, schwenkte alles in der Hand.

»Ohne mich vergißt du noch mal deinen Kopf. Jetzt haben wir drei Stunden verloren. Ich habe Durst und muß aufs Klo. Warum hast du nicht gleich bezahlt?« Er war ganz ruhig, schaute sie an, nahm den Schlüssel, öffnete ihr die Beifahrertür, ließ sie rein, ging dann ums Auto, rutschte hinters Steuer, setzte zurück und fuhr an, Richtung Frankreich, während sie plapperte und plapperte, ihm Vorwürfe machte und immer wieder auf ihren Durst und ihr Bedürfnis hinwies.

An der nächsten Raststätte fuhr er, immer noch schweigend, bis zur Toilettentür, ließ sie aussteigen.

Sie eilte hinein. Ruhig legte er wieder den ersten Gang ein und fuhr weiter. In Rom war das Wetter im Oktober eh schöner.

16.

Seitdem war Marcel und Gisela Kellers Ehe zerrüttet.

Vor vier Monaten war er ausgezogen, hatte sich eine eigene Wohnung gesucht. Zwei Wochen später stand sie vor der Tür, bat um seine Rückkehr, täglich, bis er nach Italien fuhr, um sich die Sache zu überlegen.

Und nun dies.

Aber Rosanna war ihm in den Sinn gekommen. Ein Jahr war es jetzt her, seit er sie zuletzt gesehen hatte. Bei ihr konnte er vielleicht einige Tage bleiben.

Seine Laune stieg an. Dazu kam Wut auf seine Frau hoch und stärkte seinen inneren Widerstand. Jetzt erst recht! Seine Gedanken brachen ab, als Inger schwer bepackt ins Zimmer trat. Sie merkte sofort, daß mit ihm etwas nicht in Ordnung war, legte die Plastiktüten auf das Fußende des Bettes und setzte sich neben ihn.

»Was ist los?«

Seine Blicke gingen durch sie hindurch. »Was soll schon los sein? Nichts. Ich habe keine Telefonverbindung nach Deutschland bekommen. Heute abend muß ich's noch mal probieren. Laß mich sehen, was du mitgebracht hast.« Sie schütteten die Tüten aus.

Er zog das weiße Tennisshirt an, den schwarzen Trainingsanzug mit den roten Streifen und die weißen Tennisschuhe über die Socken.

»Wieviel Geld hast du ausgegeben?«

»Nichts. Ich meine, kein Bargeld. Sie haben Schecks angenommen. Sogar 40000 Lire Wechselgeld hab' ich rausbekommen.«

»Prima. Du machst dich. Du wirst noch 'ne richtige Gangsterbraut.«

Es sollte ironisch klingen, aber seine Stimme gehorchte ihm nicht so, wie er wollte. Er drückte sie an sich.

»Komm, wir müssen los... Zum Busbahnhof. Wir nehmen den Bus nach Palermo.«

»Nach Palermo?«

»Ja, den Bus nach Palermo, aber wir steigen in Capo Dòrlando aus und nehmen ein Schiff nach den Liparischen Inseln, los, komm!«

Er ließ sie vor sich hergehen, schaute auf ihr kurzes, blondes Haar, ihre schmalen, gebräunten Schultern, ihr Trägerkleid, das sie nun schon den dritten Tag trug.

»He, warte mal!«

Sie blieb auf dem Treppenabsatz stehen und sah sich überrascht um.

»Ist was?«

»Ja«, sagte er. »Sei mir nicht böse, wenn ich manchmal etwas komisch bin. Bleib stehen, ich muß dir was sagen!«

Er trat an sie heran, legte beide Hände um ihren Kopf, streichelte langsam die Schläfen abwärts, berührte mit den Daumen ihre Augen, die sich unter dem zarten Druck schlossen, und ihre kurze, lustige Nase. Sie drängte sich an ihn, und er küßte sie auf den Mund, so intensiv, als sei es ihr erster oder letzter Kuß.

»Komm!« flüsterte er dann. »Komm, wir gehen wieder nach oben.«

»Du bist verrückt, wir müssen weg, hast du selbst gesagt.«

»Stimmt, aber das ist jetzt wichtiger.« Hand in Hand gingen sie die Stufen hoch, die sie eben erst herabgestiegen waren.

Sie ging willig mit, umfaßte zärtlich seine Hüften.

Sie betraten das schäbige Zimmer wie in der Nacht zuvor, doch es war anders. Sie schälten sich schnell aus ihren Kleidern und fielen übereinander her, wie Verhungernde über eine Schale Obst. Es war, als kämpften sie gegeneinander statt miteinander, bis sie voneinander abließen.

»Du bist verrückt. Jetzt weiß ich es genau«, sagte sie zärtlich und strich mit den Fingerspitzen über seine Brustwarzen. »Wie kannst du in einer solchen Situation nur daran denken?

Du überraschst mich immer wieder. Weißt du, daß es das erste Mal ist, daß wir es in einem Bett machen? Ich meine in einem richtigen Bett.« Er nickte.

»Wir kennen uns auch schon fast achtundvierzig Stunden. Da darfst du anständige Tochter schon mal ja sagen.« Er hatte ein gutes Feeling. Irgendwie würden sie's schon packen. Mit der Frau bestimmt. Er verglich sie mit seiner, als er ihr beim Anziehen zusah.

»Warum hast du dir im Laden nicht auch was gekauft?«

»Ich wollte sparsam sein, wußte ja anfangs nicht, daß sie Schecks annehmen. Wir brauchen das Geld doch. Nur zwei Höschen hab' ich gekauft, wie du sicher schon gesehen hast.«

Sie warteten in einem Café in der Nähe des Busbahnhofes bis kurz vor Abfahrt. Dann erst stiegen sie zu. Inger kaufte noch schnell zwei Pizzas, die sie in der letzten Sitzreihe verzehrten.

»Wie weit ist es bis zu diesem Capo... wie heißt's noch mal?«

»Capo Dòrlando. Es liegt noch weiter als Tyndari. Wir fahren denselben Weg zurück, den wir diese Nacht gekommen sind.«

Er steckte zwei Nationali in den Mund, zündete beide an, reichte eine an Inger weiter, lehnte sich ins Polster zurück und inhalierte tief.

»Wohnst du in Deutschland oder in Dänemark?«

»Überall!«

»Überall?«

»Ja, ich hab' 'ne Wohnung in Kopenhagen, eine in Wedel bei Hamburg und noch 'ne kleine in München. Aber meist bin ich in Hamburg. Dort habe ich auch mein Büro, meinen Sekretär und die Firma...«

»Die Firma? Welche Firma?«

»Na mich... ich bin 'ne Firma. Muß mich doch verkaufen.« Sie lachte.

»Ich sehe, du hast keine Ahnung.«

»Nein, das stimmt. Was ist dein Sekretär?«

»Was soll mein Sekretär sein? Ein Sekretär halt!«

»Ein Mann?«

»Hör mal, wenn's 'ne Frau wär', hätt' ich Sekretärin gesagt. Worauf willst du hinaus?«

»Lebst du mit ihm zusammen?«

Inger schwieg, sah demonstrativ aus dem Seitenfenster. Dann warf sie die Kippe auf den Boden und trat sie aus.

»Willst du mich heiraten?« fragte sie. »Soll ich dir meinen Lebenslauf erzählen? Darf ich die Kontoauszüge nachreichen?«

»Warum bist du jetzt böse? Du hast mich vorgestern auch nach meinen Verhältnisse gefragt.«

»Das war was anderes. Ich weiß nicht, wie ich's sagen soll. Irgendwie ist alles anders als vorgestern. Damals hätte ich auch mit dir darüber gesprochen. Jetzt aber ist unser Verhältnis anders. Wir wissen bereits zu viel voneinander.«

Sie sprachen nicht mehr, bis der Bus in Tyndari einfuhr und anhielt. Sie schauten sich um, ob sie etwas Außergewöhnliches bemerkten. Da war nichts. Es war ein typischer sizilianischer Sonntag. Kurz vor Mittag und heiß. Niemand lief über die Straße. Die Kathedrale sahen sie nur von ferne. Der Bus rollte weiter.

Die Busstation war nahe dem Hafen. Marcel schickte Inger in ein Reisebüro. Mit zwei Rundreisetickets kam sie zurück.

»Das Boot bleibt zwei Stunden in Vulcano, bevor es nach Stromboli weiterfährt. Vielleicht können wir dort umsteigen?«

»Mal sehen«, brummte Marcel.

»Wann geht es los?«

»Um eins.«

»Gut. Gehen wir an Bord, oder willst du hier noch was kaufen?«

Sie wollte nicht.

Die Überfahrt auf dem kleinen Schiff verlief ohne Probleme. Außer ihnen waren etliche der fünfzig Passagiere Ausländer. Einige Deutsche und Engländer hörten sie raus. Ein Reiseleiter scharte seine Schäfchen um sich, hielt eine Ansprache: »Wir haben in Vulcano die Gelegenheit, ein Schwefelbad zu nehmen. Es ist gesund für die Durchblutung, die Nerven und strafft die Haut. Die Bäder sind in die Felsen gehauene Wannen, die schon von den Römern gebaut und benutzt wurden. Das Wasser läuft aus den Quellen automatisch nach. Denken

Sie aber daran, wir haben nur zwei Stunden Aufenthalt, bevor es weiter nach Lipari geht. Bitte, seien Sie frühzeitig am Bus. Ich danke für die Aufmerksamkeit, meine Herrschaften!«

»Hast du gehört? Das Schiff fährt nach Lipari, nicht nach Stromboli«, sagte Marcel zu Inger. Die zuckte die Schultern, kramte die Tickets aus ihrer Tasche, hielt sie Marcel vor die Nase.

»Was steht darauf?«

Er las: »Rundfahrt durch die Liparischen Inseln, mehr nicht!«

»Ich habe aber Stromboli gesagt. Warum eigentlich ausgerechnet Stromboli?«

»Stromboli liegt am nächsten zur Küste. Dort werden wir am schnellsten einen Ausflugsdampfer bekommen, der nach Salerno oder Neapel fährt.«

Inger sah den Reiseleiter auf dem Oberdeck und ging zu ihm. Marcel stand auf, stieg die wenigen Stufen zum Vorderdeck hoch, um nicht mit dem Mann sprechen zu müssen. Auf einer festgeschraubten Bank nahm er Platz.

Das Meer war glatt wie ein frischgebügeltes Tischtuch und dunkelblau wie Tinte. Voraus kam bereits Vulcano und, seitlich dahinter, Lipari in Sicht.

»Ach, hier bist du?«

Inger setzte sich neben ihn.

»Es sind Rundfahrkarten. Wir können damit jedes Schiff benutzen, das zwischen den Inseln verkehrt. Unser Boot fährt nicht nach Stromboli. Es bleibt in Lipari.«

»Na gut, versuchen wir in Vulcano ein anderes zu bekommen!«

Es war nicht leicht. Kein reguläres Boot fuhr an diesem Nachmittag nach Stromboli. Erst auf einem Ölschiff hatten sie Glück.

»Ja, um sechs geht's los. Wenn Sie zahlen, nehm' ich Sie mit. Ihr Ticket gilt bei mir nicht«, lachte der fette Seebär. Trotz seines Räuberzivils, verwaschene Jeans, löchriges Polohemd, Strickmütze, war er der Kapitän des winzigen Tankers.

»Wir überlegen noch«, verschaffte Marcel ihnen Bedenkzeit. Die Reisegruppe hatte geschlossen den Hafen verlassen.

Marcel und Inger bestiegen einen der VW-Busse, die im Hafen warteten, um Touristen zu den Schwefelquellen zu fahren.

»Na, Frau Wahlgaard?« fragte Marcel. »Wie wär's? Was halten Sie davon? Straffe Haut, gute Durchblutung, Nervenstärke?«

»Seitdem ich dich kenne, habe ich das nötig... Fahren wir«, erwiderte sie lustig.

Das Wasser stank wie alte, abgestandene Jauche. Inger und Marcel zwängten sich hintereinander gemeinsam in die Wanne, die aus den Felsen herausgebrochen war, und ließen sich von der warmen, dampfenden Brühe einweichen. Marcel schlief, die Arme von hinten um Inger geschlungen, fest ein. Hier ließ es sich aushalten.

Doch sie mußten weiter. Mit gemieteten Handtüchern rubbelten sie sich ab, stiegen in ihre Kleidung..., und wurden den Geruch nicht mehr los.

Auch eine Stunde später stanken sie noch wie jemand, der im Misthaufen übernachtet hatte. Sie saßen im Straßencafé und überblickten den spärlichen Verkehr im Hafen.

Sie sahen, wie der Reiseleiter seine Schar zum Hafen trieb. Als sie das Café passierten, erkannte der Reiseleiter Inger, winkte ihr zu und kam an den Tisch.

»Sie wollen doch nach Stromboli?«

»Ja.«

»Kommen Sie weiter mit uns nach Lipari. Von da aus fahren viel mehr Schiffe als von hier.«

»Danke«, antwortete Inger, »aber wir haben ein Schiff gefunden. Wissen Sie auch, wie man von Stromboli weiterkommt?«

»Weiterkommt? Wohin?«

Marcel stieß Inger unter dem Tisch mit dem Fuß an, aber es war schon zu spät.

»Nach Salerno oder Neapel.«

»Von Stromboli aus?« wunderte sich der Reiseleiter. »Doch wohl kaum. Es gibt dort nur einen ganz kleinen Hafen. Wie kommen Sie denn auf die Idee, von dort aus nach Salerno fahren zu wollen? Es gibt mit Sicherheit keine regelmäßige Fähre. Nur hier und in Lipari.«

Inger wandte sich an Marcel.

»Hast du gehört?«

Es war sowieso passiert. Also sprach auch Marcel mit dem Deutschen. Die Reisegruppe war wenige Meter weiter zum Stillstand gekommen, sah zurück und wartete auf ihn.

»Stromboli liegt am nächsten zum Festland, dachte ich«, sagte Marcel.

»Das stimmt zwar, es hat aber, wie gesagt, den kleinsten Hafen.« Der Reiseleiter wandte sich um und zeigte auf ein großes weißes Tragflächenboot. »Da, sehen Sie? Das ist die Fähre nach Neapel. Sie fährt heute noch nach Lipari und morgen früh zum Festland.«

Sie bedankten sich bei dem freundlichen Mann, der seiner Gruppe nacheilte.

»Ich weiß nicht, warum du mich laufend anstößt, der Mann ist doch nett.«

»Nett schon, aber ein Deutscher.«

Sie zahlten ihren Espresso und liefen zum Tragflächenboot. Plätze waren frei, sie buchten eine Doppelkabine und blieben gleich an Bord, nahmen ein Bad mit heißem Süßwasser, um den Schwefelgestank loszuwerden, setzten sich in den Speiseraum und schlugen sich die Bäuche voll.

Mit Wellengang und schlechtem Wetter war nicht zu rechnen. Das Boot lief aus, nahm Fahrt auf und hob sich nach und nach aus dem Wasser, schwebte, flog dahin. Wenige Meilen vor Lipari überholten sie das Schiff der Reisegesellschaft, das lange vor ihnen ausgelaufen war.

Da sie dem Reiseleiter nicht wieder begegnen wollten, verließen sie gleich nach Ankunft das Schiff. Inger kaufte schnell eine Jeans, einen Pulli und einige Handtücher, bevor sie sich in den Gassen von Lipari verloren. Es ist ein paradiesisches Städtchen, in den Hang gebaut. Alte Kellerlokale, Tavernen, Ristorantes, Trattorien und Fattorien luden ein. Sie bummelten die Gassen aufwärts, fanden ein schönes, im Jugendstil erbautes Hotel und nahmen dort ein Doppelzimmer.

Es war kurz vor acht, und gleich nachdem der Hoteldiener ihr Zimmer verlassen hatte, stürzte Marcel ans Telefon. »Bitte, geben Sie mir die Auslandsvermittlung.«

Trotz seines Familientragödientricks dauerte es länger als sonst. Das lag weniger an seinen Überredungskünsten als an den um diese Zeit stets überlasteten Leitungen. Zehn Minuten flirtete er mit dem Mädchen der Vermittlung, und als er erfuhr, daß sie im Fernamt Verona saß, lud er sie ernsthaft ins ›Dodici Apotoli‹ ein, sollte er je nach Verona kommen. Dafür verriet sie ihm ihren Namen, Mariella. Die Einladung wurde angenommen und brach das letzte Eis. Sekunden später ging der Ruf durch.

»Reuter«, meldete sich Gudruns Stimme.

»Marcel hier. Ist Gisela bei dir?«

»Einen Moment.«

»Ja bitte? Bist du's, Marcel?«

»Wer denn sonst? Erwartest du noch mehr Anrufe?« kam es aggressiver raus, als er eigentlich wollte.

»Sei nicht so blöd«, konterte sie, »was ist los? Was gibt's so Wichtiges, daß ich an Gudruns Apparat kommen soll? Du kannst mich doch zu Hause anrufen?«

»Hab' ich versucht. Heute morgen. Du warst nicht da. Wo warst du denn?«

»Ahhhhhhh«, stöhnte sie. »Ist das das Wichtige? Deshalb machst du einen solchen Aufstand?«

»Nein, aber ich möcht's trotzdem wissen. Also, wo warst du?«

»Das geht dich nichts an!«

»Was?« Er schrie jetzt in den Apparat. »Vor ein paar Wochen hast du Nacht für Nacht vor meiner Wohnungstür gesessen und geflennt und gebettelt, daß ich zu dir zurückkomme. Vor einer Woche haben wir vereinbart, nochmals von vorne anzufangen. Und jetzt soll's mich nichts angehen, wenn du nachts nicht nach Hause kommst?«

Nach längerem Schweigen erwiderte sie.

»Sei nicht kindisch. Vergiß, was wir besprochen haben. Ich hab's mir anders überlegt, ich will nicht mehr.«

Marcel setzte sich auf die Bettkante.

Alle Farbe war aus seinem Gesicht gewichen. Inger sah ihn von der anderen Bettseite aus an. Sie ahnte, daß er keine gute Nachricht bekommen hatte.

»Warum? Warum auf einmal«, fragte er zerknirscht. »Drei

Monate lang bekniest du mich zurückzukommen, und jetzt das?«

»Ach, quatsch nicht«, sagte Gisela, hörbar ärgerlich, »außerdem bist du die ganze Zeit über bestimmt nicht alleine gewesen. Wo bist du jetzt?«

»In einem Hotel in Rom«, log er.

»Du bist bestimmt nicht alleine, wie ich dich kenne. Wer weiß, was für 'ne Tussi du aufgegabelt hast, oder ist es immer noch Rosanna?«

»Es ist niemand«, log er wieder.

»Ich glaube dir nicht. Ruf mal ganz laut Drecksau, aber in Italienisch. Dann werd' ich schon hören, wer da bei dir rumschreit.«

Marcel rief nicht.

»Wer ist der Mann, bei dem du warst?« wollte er wissen.

»Das ist doch egal. Ich hab's mir eben anders überlegt. Ich will nicht mehr.«

Einige Sekunden sprach niemand, dann sagte Marcel leise: »Du, Gisela, ich habe Probleme. Große Probleme!«

»Ach nein? Wann hast du mal keine? Das ist auch ein Grund, warum ich nicht mehr mag. Ich hasse diese Hektik. Diese Angst. Die Polizei im Haus. Die Besuche im Knast. Ich will nicht mehr!«

»Gisela!« rief er eindringlich. »Ich bin unschuldig!«

»Ich weiß«, sagte sie gleichmütig. »Du warst schon oft unschuldig. Das weiß ich ja. Ich glaube dir auch. Trotzdem hast du immer den Schwarzen Peter und ich mit dir. Glaub mir doch. Ich hab's satt. Es tut mir leid!«

»Okay«, lenkte Marcel ein. »Sprechen wir später darüber. Jetzt mußt du mir helfen.«

»Ich muß gar nichts. Ich habe am Donnerstag die Scheidung eingereicht!«

Marcel starrte auf den Hörer, als sehe er ihn zum ersten Mal. Er legte sich lang aufs Bett. Seine Hand umklammerte das schwarze Ding, als wolle er es, zusammen mit den schlechten Nachrichten, zerbrechen. Sein Herz raste. Er sammelte sich, um seiner Stimme einen festen Klang zu geben, um nicht zu weinen. Der Druck auf seine Stimmbänder ließ ihn zynisch klingen.

»So, so, Scheidung. Wer macht denn die Scheidung für dich? Ich meine welcher Anwalt? Dein alter Freund Fritz? Hast du ihm diese Nacht eine körperliche Anzahlung aufs Honorar geleistet?«

»Ich leg' jetzt auf«, drohte Gisela.

»Nein, bleib dran. Ich erzähle dir jetzt was. Ich werde gesucht. Von der Polizei und komischerweise auch von der Mafia. Ich habe keine Papiere mehr und brauche dringend Geld. Ich muß raus aus Italien.«

»Tut mir leid um dich. Aber ich wüßte nicht, wie ich dir helfen könnte.«

»Ich weiß es. Du mußt herkommen, das Auto aus der Werkstatt holen. Ich kann's nicht, sonst greifen sie mich. Außerdem brauch' ich Geld von dir und einen Paß oder Personalausweis. Du mußt mir einfach helfen, Gisela. Es geht um mein Leben.«

»Wie denn? Soviel Geld habe ich nicht. Du weißt, wir haben die Sommerkollektion bezahlt. Es ist Ebbe in der Kasse. Und wie soll das mit dem Paß laufen? Und mit dem Auto? Ich kann hier nicht weg. Wenn die Verkäuferin alleine im Laden steht, verdient sie mehr als wir. Ach, ist das alles eine Scheiße. Ich will nicht mehr. Du mit deinen ewigen Schwierigkeiten. Ich mag nicht mehr.«

»Gisela!« Marcels Stimme klang beschwörend. »Geh zu Jürgen, Jürgen Dienst in Hanau. Er kennt dich. Bring ihm ein Paßbild von mir, erzähl ihm, was los ist, daß es eilt. Komm Mitte nächster Woche nach Rom. Bring das Ding mit und Geld. Ich rufe am Dienstagabend noch mal bei Gudrun an und frage nach deinem Flug. Bei uns zu Hause könnte das Telefon angezapft sein. Bitte, hilf mir!«

»Gut«, antwortete Gisela mit klarer Stimme. »Aber ich will eine Gegenleistung, und es ist das letzte Mal, klar?«

»Was willst du?«

»Du mußt mir versprechen, daß du mir bei der Scheidung keine Steine in den Weg legst. Versprichst du das?«

Er zögerte, wollte auf die Erpressung scharf reagieren. Doch dann willigte er ein, sagte sich im stillen: ›So ein Trennungsjahr ist lang.‹

»Einverstanden, ich versprech's. Übermorgen abend ruf' ich wieder an. Zwischen acht und neun. Bis dann, alles Gute.«

Er legte den Hörer auf die Gabel. Abwesend starrte er zur Decke. Seine Hände zitterten, bekamen keine Zigarette aus der Schachtel. Inger nahm sie ihm weg, fischte eine raus, zündete sie an und steckte sie zwischen seine Lippen. Sie fragte nichts. Das, was sie gehört hatte, und sein Aussehen sprachen Bände.

III
Verdacht

17.

Gegen 22 Uhr 30 an diesem Sonntag, dem 30. April, schrillte das Telefon bei Dr. Gerhaas, seines Zeichens Untersuchungsrichter am Amtsgericht Frankfurt und für dieses Wochenende zum Dauerdienst eingeteilt. Am anderen Ende der Strippe meldete sich Staatsanwalt Schauburg.

»Guten Abend, Herr Doktor, würden Sie bitte ins Amt kommen?«

»Ja, ich komme. Wohin? Ins Präsidium?«

»Ja, ins Präsidium.«

»Was gibt's denn? Was Wichtiges?«

»Kann man sagen. Verdacht auf Mitgliedschaft in einer terroristischen Vereinigung. Erinnern Sie sich an diesen Kriminellen Marcel Keller? Um den geht es.«

Dr. Gerhaas nickte vor sich hin.

»Ich weiß, wen Sie meinen. Den Mann, den wir leider schon einige Male zu Unrecht eingesperrt haben. Zumindest war ihm nichts zu beweisen.«

»Genau der, obwohl – ich war immer von seiner Schuld überzeugt. Jetzt scheint es endlich zu klappen. Wir haben hier ein Fernschreiben der italienischen Kollegen. Herr Kriminaloberrat Blume vom BKA ist auch hier. Wir müssen etwas unternehmen.«

»Gut, in fünfzehn Minuten bin ich dort.«

Der alte Richter seufzte, ging ins Wohnzimmer und stellte den Plattenspieler ab. Die Bruckner Symphonie verstummte. Zärtlich nahm Dr. Gerhaas die Platte vom Teller und reinigte sie sorgfältig und umständlich, bevor er sie in der Hülle versenkte. Erst dann ging er eilig aus dem Zimmer, löschte im Vorbeigehen das Licht, nahm im Flur Hut, Mantel und seine Aktentasche auf und verließ das Haus.

Das Zimmer, das im Polizeipräsidium den Haftrichtern zur Verfügung stand, lag im dritten Stock, gleich neben den Haftzellen. Nach dem Klingelsignal wurde der Richter in die geschlossene Abteilung eingelassen. Er vernahm vom parallel laufenden Flur die Geräusche der Eingesperrten: Stampfen, Schritte, Wortfetzen, Weinen.

Der Laden ist schon wieder voll, dachte er traurig. Es kam ihm jedesmal so vor, als ginge er an einem Stall vorbei, in dem dreißig Zentimeter von ihm entfernt hinter der Mauer Kühe scharrten und Ketten klangen. Daß die Zellen hier auch aussahen wie Ställe und schlimmer, wußte er. Aber das sollte bald geändert werden. Wurde auch Zeit. Das waren Momente, in denen ihm sein Beruf zum Halse raushing. Er schüttelte die Gedanken ab und trat durch das Wachzimmer in den Vernehmungsraum.

Er war hell erleuchtet. Vier Männer hatten auf verschiedenen Sitzgelegenheiten Platz genommen. Hinter der Schreibmaschine saß die Protokollführerin vom Wochenenddienst und gähnte. Alle hatten Kaffeetassen vor sich stehen oder hielten sie in der Hand.

»Kann ich auch einen haben?« rief der Richter über die Schulter zurück in den Wachraum.

Noch bevor er sich seines Mantels entledigt hatte, brachte ein Polizist Tasse und Süßstoff.

»Guten Abend, die Herren!«

Richter Dr. Gerhaas gab jedem der vier Männer die Hand. Zunächst Staatsanwalt Schauburg, dann dem BKA-Oberrat Blume, dem zuständigen Leiter des Frankfurter Staatsschutzdezernats Herrn Born und zuletzt Kriminaloberkommissar Scheumann, dem Führungsbeamten des Marcel Keller.

»Ausgerechnet der«, dachte Gerhaas. Er hatte keine gute Meinung von Scheumann. Er hielt ihn für unfähig und viel zu emotional für diese Arbeit. Doch solche Leute wurden seit Beginn der Siebziger offensichtlich gebraucht. Seitdem Deutschland angeblich im Tohuwabohu versank und die Regierung dem Volk klarmachte, daß die Terroristen bald die Macht im Staate übernehmen würden, seitdem peitschten sie im Eilverfahren neue Gesetze und Maßnahmen durch, die einen normalen Polizisten mit einer Machtfülle ausstatteten, der die meisten nicht gewachsen waren.

Charakter und Fähigkeiten hinkten weit hinterher.

Einer dieser Polizisten war Scheumann.

Er haßte Marcel Keller mit der ganzen Kraft seines im Dienst erkrankten Herzens. Nie war es ihm gelungen, Keller richtig zu packen. Daß Scheumann daran selbst schuld war, oft mit den falschen Mitteln arbeitete und Keller Sachen anzuhängen versuchte, mit denen dieser wirklich nichts zu tun hatte, das gestand Scheumann sich nicht ein.

Jede Haftentlassung Kellers war für ihn eine persönliche Niederlage. Er tat alles, um zum Erfolg zu kommen.

Heute schlug seine Stunde. Und er rutschte bereits nervös auf dem Stuhl hin und her, wartete darauf, seine Verdächtigungen vorzubringen. Obwohl er schon sechsundfünfzig Jahre alt war, besaß er immer noch keine Geduld. Sein Haß auf die Personen, die seinem Erfolg im Wege standen, waren im ganzen Präsidium bekannt und hatten alles, was einmal einen guten Polizisten in ihm ausmachte, aufgefressen.

»Es geht um Marcel Keller«, sagte er, noch bevor sich der Süßstoff im Kaffee des Richters auflöste.

»Wir brauchen einen Haftbefehl, eine Telefonabhörung und einige Durchsuchungsbeschlüsse«, forderte Scheumann hastig. Der Staatsanwalt gebot ihm mit einer Handbewegung Schweigen.

»Wir haben hier eine Anfrage der italienischen Kollegen«, erklärte er. »Nach Keller wird dort gefahndet, weil man ihn mit dem Tod von zwei Männern in Verbindung bringt, die mit ihrem Auto ins Meer gestürzt sind.«

»Terroristen?«

»Nein. Seltsamerweise gelten die Toten als Angehörige der Mafia. Man ist neugierig, was er mit denen zu tun hat. Er ist übrigens gestern morgen in aller Frühe in Sizilien von den Carabinieri kontrolliert und zur Überprüfung festgenommen worden. Er befand sich in Begleitung einer Frau namens Wahlgaard, Inger, hier in Deutschland bekannt unter dem Namen ›Britta‹.«

»Die Sängerin?« staunte der Richter. »Was hat er denn mit der zu tun?«

»Das wissen wir alles noch nicht«, fuhr der Staatsanwalt fort. »Es ist alles noch zu klären.«

Der Richter schüttelte leicht den Kopf.

»Ich sehe aber nicht, was das mit uns zu tun hat. Was werfen ihm die Italiener vor, Mord?«

»Nein. Sie suchen ihn zunächst mal als Zeugen. Einiges ist trotzdem merkwürdig. Keller fuhr am 18. März mit seinem Porsche nach Italien und...«

Dr. Gerhaas unterbrach ihn. »Woher wissen Sie das?«

»Befa«, warf Scheumann ein. »Wir lassen ihn natürlich überwachen. Am 18. März hat er Deutschland über Kiefersfelden verlassen.«

»Herr Born«, wandte sich der Richter an den Leiter des Staatsschutzdezernates der Frankfurter Kripo. »Ist Keller auf Ihre Veranlassung in der Befa gespeichert?«

»Nein.« Kurz und trocken war die Antwort.

»Auf meine Veranlassung!« mischte sich Scheumann ein. »Ich bin schließlich für ihn verantwortlich. Und diesmal haben wir ihn.«

»Ich weiß nicht wie?« wandte sich Dr. Gerhaas wieder an Born.

»Sie haben nach der Flugblattaktion damals gegen ihn ermittelt. Was ist rausgekommen?«

»Nichts«, erwiderte Born nochmals.

»Einen Moment«, mischte sich der Staatsanwalt ein. »Für uns war das ein klarer Hinweis für Kellers Wechsel vom reinen Kriminellen zum politischen Kriminellen.« Wie immer sprach der Staatsanwalt laut, ohne es selbst zu merken. Er war schwerhörig. Auch jetzt nahm er den Kopf nach vorne und schob seine Hand hinters Ohr, als Dr. Gerhaas entgegnete:

»Es war doch gar nichts! Ich mußte Keller damals entlassen! Bereits zum Zeitpunkt seiner Festnahme stand doch, wenn ich mich recht erinnere, fest, daß auch in allen Nachbarbriefkästen mehrere Flugblätter lagen. Wäre ich für den Erlaß des Haftbefehls damals zuständig gewesen, ich hätte abgelehnt. Zudem höre ich hier immer ›Krimineller‹. Sie sagen das so, als stehe das fest! Seine letzte Bestrafung liegt fünfzehn Jahre zurück. Es ist Ihnen nicht gelungen, ihm irgend etwas nachzuweisen. Im Gegenteil! Zweimal mußten wir ihn entlassen, weil er erwiesenermaßen unschuldig war, die richtigen Täter gefaßt werden konnten. Sie«, wandte er sich an Scheumann, »haben damals genauso überzeugt von seiner Täterschaft gesprochen wie jetzt. Sie wissen, ich meine die Entführung Gutbert. Damals haben wir uns kräftig blamiert. Nein, wenn das alles ist, was Sie vorzubringen haben, dann...«

»Es ist nicht alles!« regte sich Scheumann auf. »Sie haben mich eben unterbrochen. Also, am 18. März fuhr Keller nach Italien. Am 19. März wurde dieser italienische Politiker entführt.« Er machte eine kleine Pause, um den Satz wirken zu lassen. Der Staatsanwalt nickte, BKA-Rat Blume nickte, Kriminaloberrat Born nickte nicht. Gerhaas widersprach sogar:

»Was soll diese Behauptung? Davon sprechen, wenn ich der Sache bisher folgen konnte, nicht einmal die Italiener. Übrigens...«, und jetzt grinste Dr. Gerhaas. »Erinnern Sie sich noch an Kellers Alibi, als Sie ihn wegen der Teppichgeschichte anschleppten? An dem Tag, ich glaub' es war vor drei Jahren, war er zur Tatzeit in London zum Europapokalspiel irgendeines Bundesligavereins. Er wartete am Pall-Mall auf den Bus ins Stadion, als die Schüsse auf Prinzessin Anne fielen. Gerade neben ihm. Als sie ihn damals vorführten hatte er Angst, sein Alibi anzugeben, weil er glaubte, den Anschlag wollten sie ihm auch noch in die Schuhe schieben.« Der Richter lachte jetzt. Er war hellwach und entschlossen, sich auf nichts einzulassen. Scheumanns Gesicht lief rot an.

Energisch, gegen das Lachen des Richters und das Schmunzeln Borns setzte er seine Erklärung fort.

»Am 19. März war also die Entführung. In den Berichten der italienischen Polizei ist von einem Porsche als einem der Fluchtwagen die Rede. Keller besitzt einen Porsche. Er fuhr damit nach Italien. Fährt aber komischerweise gestern, sechs Wochen später, mit einem Leihwagen durch Sizilien! Warum nur? – Dann die Sache mit der Mafia. Wie paßt die ins Bild? Seitdem der ganze Staat nach Terroristen sucht, sind alle kriminellen Gruppen wie Mafia und Camorra in heller Aufregung. Kein Geschäft läßt sich mehr in Ruhe abwickeln. Auch die Mafia will Ruhe im Staat. Sie hat ihrerseits den Terroristen den Kampf angesagt. Für mich ist das der Grund, warum Keller offensichtlich vor denen flieht! Die beiden Männer hat er umgebracht. Das trau' ich ihm zu. Da bin ich ganz sicher.«

Scheumanns Kopf sah jetzt aus wie eine überreife Tomate. Keiner wußte auf die ungeheuren Beschuldigungen ein Wort zu sagen. Alle sahen Scheumann an, der fortfuhr:

»Dann heute morgen! Keller versuchte mit der Fähre von Messina aus Sizilien zu verlassen. Als die Polizei anrückte und das Schiff durchsuchte, ist er weggelaufen. Warum läuft er weg, wenn er kein schlechtes Gewissen hat?«

»Schlechte Erfahrungen hat er halt gemacht«, erwiderte Gerhaas. Er fragte den Staatsanwalt:

»Was wollen die Italiener von uns?«

»Wir sollen seine Kontakte überprüfen. Er hat bei dem Vorfall mit den beiden Toten seine Papiere eingebüßt. Man geht in Rom davon aus, daß er versucht, nach Deutschland zu entkommen. Meiner Meinung nach reicht es für einen Haftbefehl und für die Abhörung seines Telefonanschlusses wegen Verdachts nach 129a StGB. Zumindest Unterstützung einer terroristischen Vereinigung.«

Der alte Richter sah vor sich auf die Schreibtischplatte. »Ist das ein offizieller Antrag?« fragte er.

»Eine Diskussionsgrundlage«, erwiderte Schauburg.

Der Richter schüttelte den Kopf.

»Wenn Sie so sicher sind mit dem 129a, warum geben Sie nicht an die Bundesanwaltschaft ab? Ich sehe das, ehrlich gesagt, nicht so wie Sie. Alles viel zu dünn. Zu viele Hypothesen.«

»Und die Telefonabhörung? Wie stellen Sie sich dazu?« blieb der Staatsanwalt hartnäckig am Ball.

Wieder senkte Gerhaas den Blick auf die Tischplatte und überlegte.

»Na gut, aber nur für einen Monat. Schreiben Sie«, wandte er sich an die Protokollführerin.

»Nicht nur seine Wohnung, auch die Geschäftsräume der Boutique seiner Frau«, verlangte der Staatsanwalt.

Der Richter zögerte kurz, nickte dann aber.

»Auch nur einen Monat. Ich möchte persönlich die Abschriften sehen und auch persönlich über eine eventuelle Verlängerung entscheiden.«

»Auch die Kneipe, auch einen Beschluß für die Kneipe«, forderte Scheumann. Der Richter wandte sich an Born.

»Hat er die Kneipe überhaupt noch? Ich erinnere mich schwach an Ihren damaligen Observierungsbericht in der Flugblättersache. Was kam dabei raus?«

»Nichts«, sagte Born zum dritten Mal an diesem Abend.

»Das stimmt nicht«, ging Scheumann dazwischen. »Ich habe die Observierungsprotokolle auch gelesen. Zamminger und andere bekannte Kriminelle verkehrten dort.«

»Ja und?« beteiligte sich Born erstmals an dem Gespräch. »Das ist nicht verboten. Daß Zamminger und Keller sich seit zehn Jahren kennen, wissen wir auch so. Daran ist nichts Strafbares.«

»Wie heißt das Lokal, und wer ist der neue Besitzer?« fragte Gerhaas.

»Der Laden heißt nach wie vor ›Blech-Ei‹, aber den neuen Besitzer kenne ich nicht«, informierte Born.

»Steht es fest, daß Keller verkauft hat?« fragte der Richter erneut.

»Ja, verkauft ist sie«, mußte Scheumann zugeben. »Ich gehe aber davon aus, daß es nur ein Scheinverkauf war, weil Keller Konzessionsschwierigkeiten hatte.«

»Durch Sie?« fragte der Richter.

»Ja«, sagte Scheumann, und jetzt explodierte er. »Ich seh' nicht ein, daß ein solcher krimineller Schweinehund sich einen Deckmantel schafft, unter dem er ungestört seine dreckigen Geschäfte abwickelt, er hat...«

»Es reicht«, stoppte ihn der Richter. »Und wenn es nun wirklich seine einzige Erwerbsquelle ist, beziehungsweise war? Was bleibt ihm denn dann anderes übrig, als genau das zu tun, wo sie ihn hinhaben wollen? Die Kneipe wird nicht abgehört!«

Die Schreibkraft spannte den Beschluß ein. Scheumann versorgte sie mit den nötigen Daten. Der Staatsanwalt verschwand mit Oberrat Blume im Wachzimmer. Kurz darauf klapperte dort eine weitere Schreibmaschine. Sie klapperte auch noch, als die beiden Abhörungsbeschlüsse fertig getippt vor Gerhaas lagen. Sorgfältig las er sie durch. Er entnahm seiner Tasche einen Siegel und ein kleines Stempelkissen, siegelte beide Papiere ab und schnörkelte seine Unterschrift drunter. Staatsanwalt Schauburg betrat wieder das Zimmer und legte einen Bogen Papier vor den Richter.

»Machen wir es offiziell«, sagte er dazu.

Dr. Gerhaas nahm das Blatt auf und las:

»Antrag auf Ausstellung eines Haftbefehls. Marcel Keller, Daten wie bekannt, wegen § 129 a,

Gründe: Seit einer Flugblattaktion steht fest, daß K. Kontakt zu terr. Vereinigungen hat. Nach Mitteilung des italienischen Staatsschutzes von heute besteht der Verdacht, daß das Fahrzeug des K. bei der Entführung eines ital. Ministers eine Rolle gespielt haben könnte. Demnach scheint K. Verbindungsmann zwischen deutschen Terrorgruppen und der Brigade Rosse zu sein.

Beweismittel: Ermittlungen der Kriminalpolizei.

Es besteht der Haftgrund der Fluchtgefahr. Die Höhe der zu erwartenden Strafe ist beachtlich. Da K. sich im Moment im Ausland aufhält, ist zu erwarten, daß er sich dem Strafverfahren entziehen will.«

»Warum das?« fragte der Richter den Staatsanwalt.

»Ich habe meinen Standpunkt!«

»Sie wissen doch«, sagte der Richter milde, »wer immer nur auf seinem Standpunkt beharrt, ist zu einem ehrlichen Kompromiß nicht fähig. Wollen Sie nicht zurückziehen?«

»Nein«, beharrte Schauburg.

Dr. Gerhaas ließ sich seine Wut nicht anmerken. Wieder las er den Schrieb durch. Wie oft, dachte er, habe ich so was schon unterschrieben? Manipulierte Haftgründe, aufgebauschte Beweislage. Heute nicht.

»Spannen Sie einen neuen Bogen ein«, wies er das Mädchen an. Dann schaute er den vier Männern vor sich der Reihe nach in die Augen und diktierte:

»Abgelehnt!«

18.

1. Mai

Marcel erwachte früh. Gestern abend hatte er geglaubt, nie einschlafen zu können, aufgewühlt wie er war. Das neu aufgetauchte Problem mit seiner Frau ließ ihn seine augenblickliche Situation für einen Augenblick vergessen.

Hundert Lösungsvorschläge geisterten durch seinen Kopf. Er akzeptierte die einsame Entscheidung seiner Frau nicht. Er nahm sich vor, um sie zu kämpfen, so, wie sie bisher um ihn gekämpft hatte. Er mußte nach Deutschland. So schnell wie möglich. Außerdem tat er sich selbst sehr leid. Alles hatte sich gegen ihn verschworen. Inger spürte seine Laune.

Sie sagte nichts, fragte nichts, drückte sich an ihn, gab ihm mit ihrer Haut Wärme und Trost, bis ihm die Anstrengungen der letzten Tage den ersehnten Schlaf brachten, der sein Gehirn abschaltete.

Er sah Inger im dämmerigen Morgenlicht auf der anderen Bettseite liegen. Zärtlichkeit überflutete ihn, als er ihr im Schlaf so kindliches Gesicht betrachtete. Es war umrahmt von wuscheligem Haar. Er sah den Herzschlag in ihrem Hals pochen, rutschte zu ihr rüber, streichelte ihr übers Gesicht, den Hals, hielt den Finger an die pochende Stelle, legte sich neben sie. Noch im Schlaf umschlang sie ihn.

»Ich geh' weg. Kaufe Zeitungen und bestelle Frühstück«, flüsterte er.

»Hmm Hmm«, sie schüttelte den Kopf, der an seine Brust gedrückt war.

»Bitte bleib. Halt mich fest. Schlaf mit mir. Wer weiß, wie lange wir uns noch haben.« Als habe sie Angst, ihn sofort zu verlieren, preßte sie mit aller Kraft ihre Arme um ihn und zog ihn über sich.

Er fühlte sich gut. Der Schlaf und Inger hatten seinen Pessimismus vertrieben. Er würde schon alles regeln. Erst mal raus hier. Das Boot ging um neun. Noch zweieinhalb Stunden Zeit. Vorsichtig löste er sich aus Ingers Armen, die wieder eingeschlafen war. Bevor er die weiche Leinendecke über sie zog, betrachtete er sie. Goldbraun und entspannt bot sich ihr Körper seinen Blicken dar. Ihre Brustwarzen, vor Minuten noch so hart, waren weich geworden. Ihr blondes, seidiges Schamhaar war naß. Er setzte sich neben sie und fuhr zart mit der Hand über ihren flachen Bauch. Einmal, zweimal. Wie elektrisiert stellten sich die Flaumhärchen auf. Inger stöhnte im Schlaf, räkelte sich. Ihre Knospen wurden wieder steif und Marcel vergaß Frühstück und Zeitungen und legte sich wieder neben sie.

Der Zeitungsstand neben dem Hotel, der er kurz vor acht aufsuchte, war noch geschlossen. Erst einige Straße weiter fand er einen behinderten Zeitungsverkäufer. Es gab nur die Sonntagsblätter vom Festland. Er kaufte die Abendausgabe des Sportivo und des Corriere und ging zurück. In der Lounge nahm er das Tablett mit dem vorher bestellten Frühstück und stieg zum Zimmer hoch. Inger war unter der Dusche.
    Zunächst schaute er in den Sportivo, suchte die deutschen Bundesligaergebnisse. Was er las, gab ihm Auftrieb, machte ihm Freude. Der 1. FC Köln hatte gesiegt, obwohl der hartnäckigste Verfolger, Mönchengladbach, ihm dicht auf den Fersen war.
    Dann nahm Marcel den Corriere zur Hand. Er hatte vorher das Blatt mit der Schlagzeile auf den Tisch gelegt.
    Andersrum hätte er sein Foto früher entdeckt. Er stieß mit einem Zischlaut den Atem aus. Es war das Bild aus seinem Paß. Jahre jünger war er darauf, ohne Vollbart. Man konnte erkennen, daß das Bild im Wasser gelegen hatte.
    Er verschlang den dazugehörenden Artikel.
    Er werde gesucht, als Zeuge. Als Zeuge eines seltsamen Vorfalles, der bisher zwei Tote gekostet habe. Doch möglicherweise sei der abgebildete Mann, ein Deutscher namens Marcel Keller, und eine weitere Ausländerin, bei dem Vorfall auch im Meer ertrunken.
    Das war alles.
    Keine Beschreibung des ›Vorfalles‹. Nur eine vage Ortsangabe: Nähe von Tyndari...
    Und die nochmalige Aufforderung, ›jede Polizeidienststelle‹ zu informieren, wenn man ihn sehe.

Der kurze Moment des Erschreckens, den er beim ersten Anblick des Bildes empfunden hatte, war schon überwunden.
»Inger!« rief er sie aus der Dusche.

Sie trat tropfnaß hinter ihn und wurde aschfahl beim Anblick der Zeitung.

»Setz dich, frühstücke«, befahl er ihr. »Hier, trink Kaffee. Auf dieses Bild hin erkennt mich niemand. Es steht auch im Artikel nichts davon, daß ich mittlerweile einen Vollbart trage. Also beruhige dich.«

Sie sah ihn an.

»Gestern mußte ich dich beruhigen. Heute scheinst du wieder Oberwasser zu haben, oder?« Sie ging zum Stuhl, auf dem ihre Kleider lagen und zog sich an. »Oder ich nehme es jetzt schwerer.«

»Was meinst du damit? Liebst du mich jetzt?« fragte er leichthin.

Inger drehte sich mit einem Ruck zu ihm um:

»Nein, das würde mir gerade noch fehlen!«

Er war erschrocken von dem Ausbruch.

»So hab' ich's doch gar nicht gemeint«, fügte er dann etwas leiser hinzu. »Magt du mich denn nicht?«

»Ach, der arme kleine Mann. Jetzt wo die Frau weg ist, sucht er 'ne neue Leidensgefährtin«, antwortete sie ironisch, wollte mehr sagen, unterließ es, ging schnell zu ihm, setzte sich auf seinen Schoß, drückte ihren Kopf an seine Schulter und fuhr fort.

»Frag nicht so blöde Dinge. Unsere Zeit ist morgen zu Ende. Ich mag dich sehr. Aber sieh mich nicht als Ersatz für deine Frau...« Das klang endgültig. Sie nahm auf der anderen Seite des Tisches Platz und nippte an ihrer Tasse.

»Wieviel Zeit bleibt uns noch?«

»Eine Stunde. Kauf mir bitte vor der Abreise noch eine Sonnenbrille, für alle Fälle.«

»Gut, ich trink' nur den Kaffee aus, ich mag nichts essen. Du hast mir heute früh schon genug Kalorien zugeführt«, lachte sie.

Als sie aufs Boot gingen, trug Marcel eine große Sonnenbrille mit schwarzem Horngestell, die aus einem Alain-Delon-Film stammen konnte. Er nahm sich vor, sie schnellstens gegen eine andere einzutauschen. Inger hatte noch eine Leinentasche gekauft, in der sie ihre alten Kleider verpackten.

Sie fanden zwei Plätze in gemütlichen Ledersesseln auf der linken Seite des Aussichtsraumes. Auf dieser Seite lagen die Inseln, die jetzt in der Reihenfolge Salin, Lisca, Bianca, Basiluzzo und Stromboli auftauchten und verschwanden.

»Wie lange brauchen wir bis nach Neapel?« fragte Inger, die ihm gegenübersaß.

»Ich schätze acht Stunden«, erwiderte Marcel.

»Wie geht es dann weiter?«

»Wir fahren mit dem Zug nach Rom.«

»Ist mir klar. Aber danach?«

»Inger, du wirst in dein Hotel gehen, mit deinem Agenten sprechen. Sicher fragt die Polizei nach dir. Oder sie warten bereits auf dich. Ich habe mir überlegt, was du am besten sagst, ohne Probleme zu bekommen. Sag einfach, wir hätten uns schon vor Tyndari getrennt. Sag, du seiest von dort mit dem Bus nach Capo Dòrlando gefahren und von da aus mit dem Schiff nach Neapel. Man wird dich in Ruhe lassen. Versuche dabei, soviel zu erfahren wie möglich, worum es überhaupt geht. Ich werde dich später anrufen, dich oder deinen Agenten. Vielleicht brauche ich Hilfe, vor allem Geld. Ich bin, nach dem Anruf gestern abend, nicht sicher, ob meine Frau wirklich kommt. Wenn eine Liebe zu Ende ist, sind Frauen vielleicht brutaler und rücksichtsloser als Männer. Ohne Geld komme ich nicht weit. Wenn ich in Deutschland bin, rufe ich dich an und gebe dir zurück, was du mir gibst. Machst du das? Hilfst du mir?«

»Ja, warte.« Sie öffnete ihre Handtasche und brachte ein winziges Telefonbüchlein zum Vorschein.

»Scheib dir die Nummern auf.«

»Womit?«

»Ach so.« Sie sah sich um. In der Ecke des Saales eröffnete der Zahlmeister soeben den zollfreien Verkauf.

»Magst du was davon?« fragte Inger.

»Ja, eine Stange Gitanes-Filter oder Nazionali, und kauf uns eine Taschenflasche Cognac, italienischen, wenn sie haben.«

Inger ging und kam zurück und hatte beides.

Sie riß die Stange auf, puhlte ihm eine Schachtel raus und verstaute den Rest in ihrer Tasche. Dann holten sie sich noch zwei Becher Kaffee, füllten ihn mit Weinbrand auf und tranken sich zu. »Prost, auf daß alles klappt!«

»Skol«, antwortete Inger.

»Darf ich dich in Hamburg besuchen?« fragte er.

»Ja, hoffentlich bald«, kam es ohne Zögern.

»Störe ich dich und deinen Sekretär auch nicht?«

»Wenn du nicht willst, daß ich ernsthaft böse werde, dann halt jetzt den Mund. Du bist wie ein Kind.«

»Ich dachte nur, du hast irgendein Verhältnis, ich will dir keine Probleme machen.«

Inger schüttelte den Kopf.

»Erstens würde ich dich nicht einladen, wenn ich Probleme befürchte, und zweitens habe ich wirklich ein Verhältnis, oder gar mehrere Verhältnisse, wie du das nennst.« Sie lachte. »Du bist wirklich ein Pessimist. Aber ehrlich: Ich habe kein festes Verhältnis, will auch keines. Weißt du«, fuhr sie nachdenklich fort, »ich habe viele Freunde. Einige davon stehn mir näher. Zwischen Menschen, die man mag, einen bestimmten auszuwählen, ist die schwerste Wahl im ganzen Leben. Wenn man dann einen auswählt, hat man alle anderen verraten. So was nennt sich dann Liebe. Du siehst also, ich bin völlig offen.«

Sie beugte sich zu ihm rüber, gab ihm einen flüchtigen Kuß auf den Rest der Nase, der zwischen der Sonnenbrille rausguckte, nahm die Preisliste des zollfreien Verkaufs, drehte sie um und beschrieb die Rückseite mit Telefonnummern und Adressen, die sie ihrem Büchlein entnahm.

Sie kauften noch dreimal Espresso im Becher und leerten die Cognacflasche. Am frühen Abend kam Land in Sicht. Erst Capri, dann die Rauchwolke über dem Vesuv, der Vesuv selbst und dann die Küste. Noch eine knappe Stunde.

»Wir machen es wie in Messina«, schlug Marcel vor. »Ich gehe zuerst von Bord. Es wird keine Paßkontrolle geben, weil wir aus dem Inland kommen. Allerhöchstens der Zoll fragt an, ob jemand an Bord zuviel gekauft hat, aber auch das glaube ich nicht. Wir bleiben in Blickkontakt. Wird der unterbrochen, treffen wir uns im Bahnhof. Wir nehmen den ersten Zug, der nach 20 Uhr nach Rom geht, und sehen uns darin in dem letzten Abteil des vorletzten Wagens. Verstanden?«

»Verstanden!« bekräftigte sie nervös.

»Du bist unruhig?« fragte er.

»Ehrlich, Marcel, so ein Leben möchte ich auch nicht immer führen. Langsam beginne ich, deine Frau zu verstehen, obwohl du mir nicht viel über euch erzählt hast. Hat sie so was hier auch schon durchgemacht?«

»Ja.«

Das Boot passierte die Hafeneinfahrt und nahm das Tempo zurück. Der Rumpf senkte sich langsam tiefer ins Wasser. Jetzt spürte man die Wellen. Sie knallten gegen die Bordwand und ließen das Schiff rumpeln. Von weitem schon erkannte man den Anlegesteg, dem sie zusteuerten. Polizei war keine zu sehen. Auch keine Zollbeamten.

Inger gab ihm einen schnellen Kuß. Marcel drängte sich durch die anderen Menschen, die mit ihrem Gepäck bereitstanden, das Schiff zu verlassen. Als Dritter schritt er über den Steg. Vor der Zollbaracke, hundert Meter entfernt, stand zwar ein Polizeiwagen, aber er war unbesetzt. Die Polizisten standen mit Zollbeamten vor dem Wagen in ein Gespräch vertieft. Marcel ging schneller, bis ihm ein flaches Gebäude Schutz bot. Er stellte sich an die Ecke und sah vorsichtig zurück. Inger war noch an Bord. Neben der Anlegebrücke standen drei Hafenarbeiter, die die Leinen befestigt hatten. Inger kam ziemlich am Schluß. Sie verließ den Steg und wurde von einem der Arbeiter angesprochen.

Sie reagierte nicht, doch der Mann ging auf sie zu, sprach auf sie ein und faßte sie am Arm. Dabei rief er seinen Kollegen etwas zu. Inger befreite ihren Arm aus dem Griff des Mannes, wollte weitergehen. Doch diesmal hinderten sie alle drei daran. Einer trug eine Zeitung und schien Inger etwas zu erklären. Die Männer schoben sie in Richtung Zollbaracke.

Die Polizisten wurden aufmerksam, blieben aber stehen und sahen den vieren entgegen. Inger versuchte ein letztes Mal, sich loszureißen. Ihr Schimpfen drang bis zu Marcel.

Jetzt gingen die Polizisten auf sie zu, sicher in der Absicht, ihr zu helfen. Ein Arbeiter sprach nun mit einem Polizisten und wedelte immer wieder mit der Zeitung vor dessen Nase herum, zeigte dabei auf Inger.

Alle verschwanden in der Zollbaracke.

Marcel ging zum Taxistand. Von dort war der Eingang zum Zollamt einzusehen. Er setzte sich ins erste freie Fahrzeug.

»Wohin, der Herr?«

»Warten Sie einen Moment. Ich überlege noch. Vielleicht kommt noch jemand mit.« Der Fahrer, der den Wagen bereits gestartet hatte, drehte den Zündschlüssel wieder um.

»Wie Sie wünschen, Signore.« Er nahm eine Zeitung vom Nebensitz und begann zu lesen. Marcel starrte nicht mehr auf die Zollbaracke, sondern auf die Zeitung.

Vierspaltig, riesengroß, Ingers Bild.

›Berühmte Sängerin ermordet?‹ Untertitel: ›In Sizilien verschollen.‹

»Fahren Sie zur Autostrada.«

»Zur Autostrada?«

»Ja, zur Autostrada nach Salerno«, sagte Marcel, nahm, ohne zu fragen, die Zeitung vom Beifahrersitz und vertiefte sich in den Artikel. Er war ausführlicher als der vom Sonntagabend. Zwei Autos seien gefunden worden und zwei tote Männer in einem der beiden Wagen. Die zwei seien vermutlich Mitglieder einer Verbrecherorganisation gewesen. Im anderen Fahrzeug hätten am Morgen vorher noch der gesuchte Marcel Keller und die Sängerin gesessen. Von beiden fehle jede Spur.

Danach spekulierte der Reporter: Keller werde gesucht, weil er vermutlich gegen die Mafia als Zeuge aussagen könne.

Die beiden Killer wollten der Polizei zuvorkommen und hätten selbst dran glauben müssen. Nach einer weiteren, nicht bestätigten, aber auch nicht dementierten Information aus dem Innenministerium sei Keller ein deutscher Terrorist, der vermutlich ein Verbindungsmann zu den Brigade Rosse sei.

›Ist nun der Kampf zwischen BR und Mafia ausgebrochen?‹ war der letzte spekulative Satz des Journalisten.

Doch das war nicht so interessant, wie das neue Foto von Marcel. Sie hatten das alte Foto mit einem aufgemalten Bart versehen. Es war noch unähnlicher, als das Foto vom Vortag. Marcel ließ das Blatt sinken. Er dachte nach. Autostrada war die richtige Entscheidung gewesen. Unter diesen Umständen ließen sie Inger nicht mehr laufen. Höchstens, um sie zu observieren.

Sie fuhren jetzt durch die erstaunlich leere Innenstadt.

Plötzlich bat er den Fahrer anzuhalten. Noch bevor der etwas fragen konnte, öffnete Marcel die Tür.

»Warten Sie hier«, rief er nur und verschwand auf dem ›Diebesmarkt‹. Auch hier erstaunlich wenige Menschen. An einem Kleiderstand fand er, was er suchte, einen olivgrünen Overall der italienischen Größe 52. Er handelte schnell auf 15000 Lire runter. Das Ding hatte noch vor Tagen, bevor es gestohlen wurde, 100000 Lire gekostet. Das Firmenschild Fiorucci bürgte dafür.

Der Verkäufer wickelte es in eine alte Zeitung, und Marcel sprang zurück ins Auto.

Sie erreichten die Vororte und die Zubringer zur Autobahn. Hier trennten sich die Strecken nach Rom, in den Norden und nach Salerno in den Süden.

Sie nahmen die rechte Spur. ›Salerno, Reggio, Bari, Catanzaro-Sicilia‹ stand auf dem Schild.

Einen Kilometer weiter, vor der Mautstelle, ließ er das Taxi halten.

»Hier? Wollen Sie hier aussteigen?«

»Ja, richtig, danke«, sagte Marcel und gab eine Zehntausendlirenote.

»Behalten Sie den Rest.«

Der Fahrer, der gerade eine Nachforderung erheben wollte, klappte den Mund zu, nickte und fuhr davon.

Marcel sah sich die Umgebung an. Hinter einem Betonpfeiler riß er sich den Trainingsanzug vom Leib und legte den Overall an. Den Sportanzug wickelte er in die Zeitung, klemmte das Paket unter den Arm, überquerte die Auffahrt und lief einen Kilometer durch Gärten und Wiesen, bis er an die Autostrada nach Norden kam.

An der Mautstelle drückte er sich rum, bis ein Auto mit nur einem Insassen auftauchte.

Als der kleine Fiat anhielt, um das Ticket zu ziehen, beugte sich Marcel ins offene Fenster.

»Nehmen Sie mich mit nach Rom? Ich zahle die Maut!«

Er durfte einsteigen.

19.

Schon im Taxi durch Neapel hatte er sich gewundert. Jetzt, auf der Autobahn nach Rom, fühlte er sich in den Ferienrückreiseverkehr versetzt. Kaum ein LKW auf der Strecke. Dafür endlose Kolonnen familienbepackter Klein- und Mittelklassewagen. Auch der Mann, der ihn hatte einsteigen lassen, trug sonntägliche Kleidung. Es fiel ihm wie Schuppen von den Augen. 1. Mai! Langes Wochenende. Auch in Deutschland Feiertag heute. Hoffentlich hatte seine Frau Jürgen angetroffen! Jetzt brauchte er in Rom nur etwas Glück. In ein Hotel wagte er sich nicht. Er würde versuchen, jemanden, der er kannte, zu erreichen. Außerdem fühlte er seinen Magen. Erst würde er was essen. Zum Glück war sein Fahrer ein schweigsamer Italiener. Selten so etwas. Nach einigen Höflichkeitsfloskeln versanken beide in Schweigen. Sie erreichten Rom nach mehr als zwei Stunden. Marcel zahlte, wie vereinbart, die Autobahngebühr und verließ am ersten Taxistand den Wagen.

Zuvor hatte er dem Mann noch eine Plastiktüte abgeschwatzt, die den Aufdruck eines Schuhgeschäftes trug und in die er seinen Trainingsanzug packte.

»Taverna Giulia, Viccolo del Oro«, bestimmte Marcel.

Der Taxifahrer nickte. Das idyllische Lokal am Ufer des Tiber kannte Marcel durch Rosanna. Es war billig und gut. Zudem lag es nicht so weit von ihrer Wohnung entfernt. Es war jedoch zu kalt, sich draußen ans Wasser zu setzen, so suchte er sich drinnen einen Platz. Schon der Geruch nach Knoblauch, Salbei und Oregano ließ ihm das Wasser im Munde zusammenlaufen. Das Essen hier war so gut, daß man schon in Gedanken daran dick wurde.

Er bestellte Gnocchi, Fegato vom Grill und eine Flasche Soave. Dann bat er um das römische Telefonbuch. Die Bibel war nichts dagegen.

Ferrari, Bruno, Dr., das war er. Di Maggio, Rosanna, das war sie. Er lieh vom Kellner einen Stift, schrieb die Nummer aufs Etikett der Weinflasche, nahm sie, unter den erstaunten Blicken des Wirtes, mit ans Telefon.

Bruno Ferrari meldete sich nicht. Na ja. Langes Wochenende. Vielleicht noch nicht zurück. Rosanna meldete sich auch nicht. Leicht enttäuscht ging er zu seinem Platz zurück und widmete sich dem Essen.

Bis kurz vor Mitternacht probierte er beide Nummern mehrmals ohne Erfolg. Ferrari war nicht da. Bei Rosanna war er nicht ganz sicher. Wenn sie nicht gestört sein wollte, Besuch hatte oder schlief, stellte sie das Telefon leise. Eine Klingel gab es nicht an ihrem Haus. Alle Wohnungsinhaber dieser alten Terrassenhäuser blieben anonym. Nur nach vorheriger Ankündigung durchs Telefon wurde die Tür geöffnet.

Eine gute Maßnahme gegen Einbrecher. Einen Moment war er versucht, Ingers Hotel oder den Agenten anzurufen. Dann verschob er das auf den nächsten Tag. Er verließ das Lokal und nahm die Weinflasche mit.

Eine halbe Stunde lief er bis zu Rosannas Haus. Von vorne konnte er nicht erkennen, ob sie da war, weil ihre Wohnung nach hinten lag. Ein letztes Mal rief er aus einer Zelle die beiden Nummern an. Nichts.

Er entschloß sich, von der anderen Seite durch die Gärten die Terrassen hochzuklettern. Die Plastiktüte versteckte er hinter der Gittertür des Einganges. Er griff mit einem Arm zwischen die Gitter und plazierte sie neben die Mülltonnen. Dann umrundete er den Block. Er versuchte sich zu erinnern, wie es von oben ausgesehen hatte, und begann zu klettern, als er meinte, die richtige Stelle gefunden zu haben.

Es war schwerer, als er gedacht hatte. Nach einer Viertelstunde war er mit Schweiß bedeckt. Sein Atem ging kurz, und er mußte verschnaufen. Dabei hatte er erst zwei Terrassenebenen geschafft. Er mußte vorsichtig sein und leise, damit er nicht für einen Dieb gehalten wurde, die Polizei konnte er nicht gebrauchen. Nach einer Stunde erreichte er die oberste Terrasse und wußte weniger als vorher. So hoch lag die Wohnung nicht. Er war rechts oder links daran vorbeigeklettert. Auf gut Glück versuchte er es rechts. Abwärts ging es leichter. Beinahe wäre er wieder vorbeigelaufen. Er erkannte schließlich die Gartenmöbel: den schweren Dielentisch, das Sturmlicht, die Hollywoodschaukel und die drei Terrassenstühle aus Rohr und Plastik. Nichts hatte sich geändert seit dem letzten Jahr. Es brannte Licht. Rosanna war da. Leise ließ er sich in die ummauerte Terrasse hinabgleiten, schlich seitlich an die

Terrassentür und spähte in den schwach beleuchteten Raum.

Sein Kopf zuckte zurück. Rosanna war nicht alleine.

Wieder spähte er vorsichtig. Sie lag mit einem Mann im Bett – beim Liebesspiel. Ein leichter Schmerz zuckte durch sein Herz, der sofort verging. Neugierig sah er den beiden zu. Sah die Rosanna, die er so gut kannte, in den Armen eines anderen, wie sie lange Zeit bei ihm im Arm gelegen hatte. Sah ihren dunklen, kräftigen Körper, ihre Brüste, ihre Schenkel, ihr Gesicht, die geschlossenen Augen, den geöffneten Mund, hörte die Geräusche, die beide machten.

Er wandte sich ab, zog sich zwei Stühle in eine Ecke, die im toten Winkel der Terrassentür lag, setzte sich darauf, legte die Füße hoch und richtete sich auf eine ungemütliche Nacht ein.

Hoffentlich verschwand der Kerl, wie er ihn nannte, noch in dieser Nacht. Einen Augenblick zuckte der fürchterliche Gedanke in ihm hoch, der Mann könne Dauergast sein, doch dann verwarf er das wieder. Dazu meinte er Rosanna gut genug zu kennen. Außerdem war ihm aufgefallen, daß die Kleider des Mannes alle auf dem alten Ledersessel neben der Stereoanlage lagen. Kein Zeichen dafür, daß er hier wohnte.

Marcel ärgerte sich nur, daß er den Trainingsanzug nicht hatte, um sich vor der Kälte zu schützen.

20.

Auch Kriminaloberkommissar Scheumann lag um diese Zeit noch nicht im Bett!

Er saß alleine in seinem Büro im Polizeipräsidium von Frankfurt und hing seinen Gedanken nach.

Sein Zorn auf den heutigen Mißerfolg schwächte sich ab. Verdammt, der ganze Aufwand umsonst. Diese Frau Keller! Diese raffinierte Schlampe, dachte er. Durch nichts mehr zu schocken. Von ihrem Mann abgerichtet. Abgebrüht bis ins letzte. Frech wie Dreck war sie geworden und gar nicht ängstlich, wie er das so gerne hatte, wenn er in aller Frühe in die Wohnungen fremder Menschen stürmte.

Seine Kollegen hatten gemurrt. Feiertag sei heute.

Zudem wurden viele Polizeibeamte bei den Aufmärschen

zum 1. Mai benötigt. Da kam dieser Scheumann auch noch mit zwei Hausdurchsuchungen. Zwar nicht vom Richter genehmigt, aber die seit Jahren geübte Praxis, bei ›Gefahr im Verzug‹ sofort, auch ohne Beschluß zu durchsuchen, war schließlich gesetzlich abgesegnet.

Und wer wollte hinterher schon beweisen, daß keine Gefahr im Verzug gewesen war?

Aber es hatte sich nichts ergeben.

Mit vier Kollegen war er um sieben Uhr am Morgen vor der Wohnung im Universitätsviertel aufmarschiert.

Frau Keller hatte nach einigen Minuten geöffnet, den Hausdurchsuchungsbefehl verlangt und, als keiner zu sehen war, unverzüglich einen Anwalt angerufen. So was!

Hatte die tatsächlich die Privatnummer eines Anwalts!

All das bestätigte ihn in seiner Ansicht, daß Keller an alles dachte. Aber er fand nichts, wußte ja auch nicht, wonach er suchen sollte. Frau Keller gab keine Antwort, verweigerte jede Aussage. Sie brühte sich einen Kaffee und sah dem allem stoisch zu. Scheumann war durch die Wohnung gelaufen, die er bereits kannte. Er war zum vierten Mal hier. Nie gab's was zu ernten für ihn. Zweimal hatte er die Teppiche mitgenommen und mußte sie, nach vergeblicher Überprüfung, auch noch auf Beschwerde eines Anwaltes die drei Stockwerke hoch zurückbringen.

Das Telefon fiel ihm ins Auge. Ein altes Wandtelefon aus Schweden. Bei der ersten Durchsuchung hatte er sich schon Typ und Nummer notiert, sicher, daß es aus einem Diebstahl stammen müsse. Wie er überhaupt sicher war, alles, was ein solcher Mensch wie Keller besitze, könne nicht redlich erworben sein. Danach hatte Frau Keller sich angezogen und sie waren zur Boutique gefahren. Er wollte den Telefonkalender mitnehmen, ließ ihn aber auf Protest der Frau und nach mißbilligenden Blicken seiner Kollegen dort, nachdem er feststellte, daß keine ausländischen Nummern darin verzeichnet waren.

Den ganzen Nachmittag war Scheumann brummig. Am frühen Abend war er zur Post gefahren, hatte neben dem Tonband gestanden, das an den Anschluß der Wohnung Keller geklemmt war und gewartet.

Dreimal hatte er zum Kopfhörer gegriffen, als es ansprang. Doch es war nur die Zeitkontrolle. Einmal rief jemand an, der Hörer wurde nicht abgenommen. Ob er das war? dachte er. Das müßte man wissen, auch den Anrufer gleich ermitteln können, das wär' schön.

Spät am Abend ging er in sein Büro, suchte die vielen Ordner heraus, die er über Keller angelegt hatte, und blätterte darin. Nebenbei fiel ihm ein, daß er seiner Frau versprochen hatte, an diesem Tag mit ihr essen zu gehen.

Er griff zum Telefonhörer, sah auf die Uhr.

Gleich zehn, zwei Stunden nach ihrer Verabredung. Als die Stimme seiner Frau erklang, hörte er sofort, daß sie wieder betrunken war. Sie kam seiner Entschuldigung zuvor.

»Ich weiß schon, du kannst nicht weg vom Dienst, alles klar.« Damit legte sie auf, ohne ihn zu Wort kommen zu lassen.

Er dachte nicht weiter darüber nach. So war sie schon seit Jahren. Warum nur? Na, kein Wunder, wenn er sich lieber hier als zu Hause aufhielt.

Das hatte er auch schon probiert. Hätte ihm sein Vorgesetzter nicht ausdrücklich verboten, ein richtiges Bett aufzustellen, er wäre gar nicht mehr heim gegangen, hätte sicher bald auch seine Frau vergessen. Seine Akten vergaß er nie.

Er wußte genau, wo er etwas finden konnte. Jetzt nahm er eine Kartei der Kontaktpersonen Kellers in die Hand. Viele Namen waren verzeichnet. Keller hätte sich gewundert. Etliche Leute, mit denen Scheumann ihn in Verbindung brachte, kannte er gar nicht. Sorgfältig hatte Scheumann heute den Namen Wahlgaard Inger dazugefügt, über Computer ihre Auskunft angefordert. Nichts – sie war sauber.

Er blätterte weiter, nahm eine Karte hoch, steckte sie zurück, blätterte weiter, hielt an, suchte die Karte noch mal raus und legte sie auf den Tisch.

Garrette George, geb. 10. 3. 1950 in Caracas.

Er blickte auf die Karte, überlegte. Plötzlich stieß er den Stuhl zurück und verließ das Zimmer.

Beim Kriminaldauerdienst ließ er sich den Schlüssel vom Geschäftszimmer des Rauschgiftdezernats geben.

Auf Anhieb fand er die dicke Akte und nahm sie mit in sein

Zimmer. Garrette war Asylant, anerkannter Asylant. Keine große Verbindung zu Keller, aber sie kannten sich.

Das wußte Scheumann aus den Protokollen des permanent abgehörten Telefons in der Asylantenunterkunft. Zweimal hatte Garrette in Kellers Kneipe angerufen, jemand anderen verlangt, aber dabei mit Marcel Keller selbst gesprochen, so daß man daraus entnehmen konnte, daß sie sich kannten. Vielleicht nur als Gast. Aber Scheumann war berufsmäßig mißtrauisch.

Ein ganz Linker war Garrette, politisch verfolgt in seiner Heimat. Lange Zeit im Untergrund gewesen. Daher politisches Asyl, obwohl das Bundesamt für Verfassungsschutz und das BKA degegen Sturm gelaufen waren. Carlos Ramirez, der berühmte Terrorist, war einer der frühen Freunde Garrettes!

Aber diese blöden Richter mit ihrem sozialen Touch hatten ihm Asyl bewilligt. Dabei stand Garrette seit langem im Verdacht, Kontakte zur deutschen Terrorszene zu haben.

Man faßte ihn, als er, aus Panama kommend, dreieinhalb Kilo Kokain bei sich hatte. Es war so gut wie sicher, daß damit der Terrorismus finanziert werden sollte, doch Garrette schwieg.

Jetzt saß er in Preungesheim.

Zehn Jahre, die Höchststrafe, waren ihm gewiß. Scheumann studierte die Akte, keine Aussage, ein harter Bursche. Was über ihn zusammengetragen worden war, war bruchstückhaft und unbefriedigend. Aber der Besitz der großen Menge Kokain war bewiesen.

Scheumann blätterte weiter. Wer war der Staatsanwalt? Aha, Atter, ein schneidiger, unbarmherziger Mann mit großer Karrierehoffnung. Scheumann kannte ihn gut. Ein Mann nach seinem Geschmack. Mit dem ließ sich was machen.

Ja, mit dem ließ sich was machen. Und Scheumann wußte auch schon was. Morgen, nein, nachher, korrigierte er sich nach einem Blick auf die Uhr, würde er in die Untersuchungshaftanstalt fahren. Das war's. Das war ein Weg.

Er war jetzt zufrieden, fast gelöst, als er die Akte zuklappte, die Tischlampe löschte, den Besuchersessel vor den Stuhl rückte und sich den Schlips löste.

Er setzte sich in den Sessel, legte die Beine hoch und versuchte, durch das Dunkel zum Schreibtisch zu spähen und die Akte zu erkennen.

Jetzt sah er sie. Ja, das war's, so bekam er, was er wollte.

21.

2. Mai

In aller Frühe stand KOK Scheumann vor dem häßlichen Riesenkomplex im Nordosten Frankfurts.

Die Betonburg, für sechshundert Gefangene konzipiert, war mit über tausend Häftlingen hoffnungslos überbelegt. In den meisten der winzigen Zellen hausten zwei Menschen dreiundzwanzig Stunden am Tag eng aufeinander.

Die letzte ausstehende Stunde durften sie in einem zugigen Betongitterhof im 6. oder 9. Stock verbringen.

Ein Blick hinaus war unmöglich.

Ebenso aus den Zellenfenstern.

Stets brach der Blick nach wenigen Metern an dem grauen Baumaterial. Im Laufe der Zeit färbte der Beton auch die Gesichter grau in grau.

Auch George Garrette, obwohl Mulatte, hatte sein Aussehen dem der anderen angepaßt. Nach einem Jahr U-Haft, der damit verbundenen Ungewißheit, oder in seinem Falle der Gewißheit, daß der Prozeß mit der Höchststrafe enden würde, ist kein Mensch mehr intakt.

Doch Garrette war immer noch stark. Für ihn galt das Wort ›weichkochen‹ nicht. Er war ein Ei. Je länger er kochte, um so härter wurde er. Zumindest gab er sich so.

Das merkte auch Scheumann.

Garrette kam nämlich gar nicht erst runter in die Einzelsprechzellen. Er ließ ausrichten, mit der Polizei habe er nichts zu besprechen.

Unschlüssig stand Scheumann herum. Dann bat er die Beamten, Garrette auszurichten, er sei nicht in seiner Rauschgiftsache gekommen, es ginge um seine Abschiebung.

Mißtrauisch steckte Garrette den Kopf zur Tür rein. Er

kannte Scheumann nicht. Dessen Dezernat hatte nichts mit ihm zu tun.

»Wieso Abschiebung?« fragte er, noch bevor Scheumann ihm einen Stuhl anbieten konnte. »Ich habe meinen festen Aufenthalt hier in der Bundesrepublik, ich habe Asyl!«

»Nehmen Sie doch Platz, Herr Garrette.«

Scheumann triefte vor Freundlichkeit. Er war nett, humorvoll.

»Zigarette?«

Garrette schüttelte den Kopf, entnahm seiner Hosentasche ein Päckchen Tabak und drehte sich eine Zigarette.

»Na, dann nicht. Ja, Ihre Frage ist berechtigt. Wieso Abschiebung? Natürlich können wir Sie nicht abschieben. Aber in Ihrem Fall? Sie wissen, daß Sie zehn Jahre zu erwarten haben. Da würde ich an Ihrer Stelle eine...« er zögerte, »baldige Abschiebung vorziehen. Es gibt noch Länder, die Sie aufnehmen. Nicht Venezuela. Wir sind eine humane Republik. Wir liefern niemanden dem Henker aus. Nein, ich meine wirklich... irgendwohin, wo Sie wollen, Sie können sich das Land aussuchen.«

Garrette starrte Scheumann an. Er zog nicht mal an seiner Zigarette, die verglimmte und ein grauer krummer Wurm wurde.

»Wie meinen Sie das?« fragte er. »Ich habe Sie nicht richtig verstanden. Sie meinen doch nicht nach Verbüßung meiner Strafe? Dann habe ich keinen Grund, woanders hinzugehen. Oder meinen Sie etwa...?«

»Natürlich meine ich. Es gibt bei uns Gesetze, nach denen wir auf eine Strafverfolgung verzichten, wenn wichtige Interessen des Staates vorgehen.«

»Haben Sie darüber mit Staatsanwalt Atter gesprochen?«

»Nein, warum sollte ich? Erst muß ich doch mal mit Ihnen sprechen.«

Garrette stand auf. Er drehte sich noch eine, zündete sie an und lief die sechs Schritte zwischen Fenster und Tür hin und her. Die Sprechzellen sind im ersten Stock und die Fenster unverblendet. Sie führen zum Innenhof des Knastes. Garrette blieb stehn und schaute hinaus auf den grauen Zellenblock gegenüber, den Dreckhaufen im Hof. Es sah aus, als hätten alle Insassen auf dieser Seite ihr Zelleninventar hinuntergeworfen und ihre Seele draufgekotzt. Ekel überkam Garrette, er drehte sich um.

»Wie sieht das Geschäft aus?«

Scheumann zögerte.

»Zunächst 'ne Frage. Wie stehen Sie zu Marcel Keller?«

Garrette runzelte die Stirn.

»Keller? Kenn' ich nicht.«

»Natürlich kennen Sie ihn. Sie haben mit ihm telefoniert. Der Wirt vom ›Blech-Ei‹.«

»Ach der, den kenn' ich nur flüchtig. Was ist mit ihm?«

»Sie brauchen nicht zu fragen, ich frage! Ist es möglich, daß die dreieinhalb Kilo für ihn waren? Daß er sie annehmen, umsetzen und das Geld an seine Freunde, die Terroristen, abführen sollte?«

Garrette schaute Scheumann mit offenem Mund an. Dann brach er in ein hemmungsloses Lachen aus.

Scheumann stand verärgert auf.

»Sie brauchen nicht zu lachen. Wenn Sie die Sache nicht ernst nehmen, brauche ich erst gar nicht mit dem Staatsanwalt zu sprechen. Und Sie sitzen zehn Jahre. Auf Wiedersehen!«

Er verließ den Raum und rief im Flur:

»Ein Mann zurück!«

Scheumann sah Garrette nicht mehr an, stellte sich mit dem Rücken zu ihm, als der an ihm vorbeidrängte und in den Flur trat. Scheumann spürte nur, daß der Neger nicht weiterging, sondern darauf wartete, nochmals angesprochen zu werden. Als Scheumann dazu keine Anstalten machte, fragte Garrette von selbst.

»Welchen Anwalt schlagen Sie vor?«

Scheumann tat, als habe er nichts gehört. Ein Aufsichtsbeamter erschien, wartete darauf, daß Garrette mit ihm ging, doch der stand weiter vor dem Rücken Scheumanns und wartete auf Antwort.

»Welcher Anwalt, Mann!« drängte er den Polizisten.

Der drehte sich um, sah Garrette in die Augen.

»Wenn Sie es sich wirklich überlegt haben, nehmen Sie Dr. Schumacher. Aber Sie haben nicht viel Zeit.«

»Wieviel Zeit?«

»Keine. Ich muß es heute wissen. Rufen Sie mich im Präsidium an. Hier meine Karte mit der Durchwahl.

Melden Sie sich beim Sicherheitsinspektor der Anstalt. Ich gebe ihm Bescheid.« Er überreichte Garrette das Kärtchen, verbarg seine Zufriedenheit und ging durch die Sicherheitskontrollen zur Außenpforte. Von dort rief er den Inspektor an, bereitete ihn auf Garrettes Wunsch vor und bat um Unterstützung. Er verließ gutgelaunt das Gefängnis.

Sein nächster Weg führte ihn zur Staatsanwaltschaft. Schauburg war in einer Sitzung, aber Atter war da. Scheumann brauchte drei Stunden, um den Staatsanwalt einzustimmen. Kurz vor Mittag kam ihm Schauburg zu Hilfe, sonst hätte er es wohl nicht geschafft. Immerhin ließ sich ein Mann wie Atter einen derart spektakulären Fall nicht gerne aus der Hand nehmen, zumal er sonnenklar lag.

Es war 'ne richtig schöne Sprosse auf der Karriereleiter. Und darauf zu verzichten fiel schwer. Außerdem war es wirklich nicht leicht, einen überführten Straftäter fast straflos davonkommen zu lassen. Auch Schauburg und Atter trafen da nicht die letzte Entscheidung. Lediglich die Überlegung, daß sie einen gefährlichen Linkskriminellen wie Garrette damit, trotz Asylzusage, endgültig loswurden und einen fetten Fisch, nämlich Keller, damit fangen würden, gab den Ausschlag. Natürlich hatte Scheumann Atter belogen, indem er dem Staatsanwalt klarmachte, er *wisse*, daß Keller der Abnehmer von Garrettes Kokain sei.

Schließlich erhielt Scheumann alle Vollmachten, die er zum Handeln brauchte.

Er war so glücklich, daß er sogar erwog nach Hause zu fahren, um seiner Frau zu beweisen, daß er nicht nur miese Stimmungen kannte. Doch dann siegte das Pflichtgefühl. Er mußte zur Dienststelle, die Akten vergleichen und das Netz spannen. Er verspürte weder Hunger noch Durst, obwohl er seine letzte Mahlzeit am Tage zuvor zu sich genommen hatte.

Den letzten Glücksstein für diesen Tag überbrachte ihm sein Kollege, mit dem er das Zimmer teilte.

Garrette hatte bereits angerufen, wollte Dr. Schumacher! Scheumann hielt es kaum mehr aus.

22.

Marcel kam nicht zum Schlafen. Es war zu kalt und zu unbequem. Zudem ließen ihn seine Gedanken nicht zur Ruhe kommen. So wie er da lag, im toten Winkel der Terrassentür, in der Ecke, alleine, im Dunkel, so fühlte er sich auch. Von allen verlassen.

Immer, wenn's drauf ankam, war er alleine.

Wut gegen sich selbst stieg in ihm auf.

Es gelang ihm einfach nicht, aus seinem Außenseiterdasein abzuspringen.

Aber er wütete auch mit anderen.

Mit seiner Frau.

Mit der ganzen Welt.

Die Wut tat gut. Mit ihr kehrten seine Lebensgeister zurück, stärkten seinen Widerstand, kräftigten ihn.

Seine Wut richtete sich jetzt gegen Rosanna und den Mann bei ihr, die so schön im Warmen lagen.

Viel fehlte nicht und er hätte gegen die Glastür getrommelt, um die beiden zu stören.

Er fieberte und schnatterte gleichzeitig dem Morgen entgegen.

Seine ohnehin nicht stark entwickelte Geduld wurde auf eine harte Probe gestellt. Erst gegen halb neun ertönten die ersten Geräusche aus dem Haus. Die Terrassentür wurde einen Spalt geöffnet, doch niemand kam raus.

Marcel hörte Rosanna und den Mann miteinander sprechen. Kaffeetassen klapperten. Als letztes wurde die Tür wieder geschlossen. Scheiße, dachte er.

Kurz vor neun wurde es still. Er wartete noch einige Minuten, dann sah er ins Zimmer. Die Männerklamotten vom Sessel waren verschwunden.

Er drückte gegen die Tür. So einfach ging es nicht. Er sah sich nach Werkzeug um, fand aber nichts Brauchbares. Kurzentschlossen brach er das Rohrbein eines Gartenstuhls ab. An der Schweißstelle, wo es abknickte, war es ziemlich flach. Während er mit der Schulter gegen die Scheibe drückte, hebelte er das Rohr Millimeter um Millimeter zwischen Rahmen und Tür. Mit einem Knacken sprang die Tür auf, aber auch die Scheibe in zwei Teile.

»Mist!« Die Scheibe blieb aber wenigstens im Rahmen, fiel nicht raus.

Das Zimmer roch nach Mensch, das Bett hatte noch Körperwärme. Er widerstand dem Zwang sich hineinzulegen, zu schlafen, zu vergessen.

»Erst die Arbeit«, rappelte er sich auf.

In der Diele auf der alten Truhe stand das Telefon.

Erst ließ er es bei Dr. Ferrari klingeln – nichts.

Dann holte er über die Auskunft eine Nummer in Florenz und eine in Taormina.

Rosarios Nummer in Sizilien wählte er zuerst.

Dessen Frau war am Telefon, erkannte Marcels Stimme und rief aufgeregt:

»Warte ein Sekunde, ich hole meinen Mann. Er muß dich dringend sprechen.«

Er konnte nicht weit weg gewesen sein. Seine Stimme klang erregt.

»Marcel, wo bist du?«

»Warum willst du das wissen?«

»Ich muß dich dringend sprechen. Persönlich, Auge in Auge, du verstehst? Du brauchst keine Angst zu haben.«

»Warum sollte ich Angst haben?« fragte Marcel. »Sag mir lieber was los ist? Was wollten die zwei Männer vor mir?«

»Kann ich dir alles erklären, aber nicht am Telefon. Ich muß dich sehen. Wo bis du? In Rom?«

Marcel zögerte.

»Nein, nicht in Rom. Wie sollen wir also miteinander sprechen, wenn nicht am Telefon?«

»Ich komme sofort, noch heute. Sag mir nur, wohin?«

»Heute abend? Du bist in Sizilien?«

»Ja und? Ich nehme die Nachmittagsmaschine, dann bin ich um vier in Rom.«

»Ich bin nicht in Rom«, sagte Marcel nochmals.

Einen Moment herrschte Schweigen. Dann drängte Rosario weiter. »Marcel, ich flehe dich an. Es ist wirklich wichtig. Ich kann dir helfen. Was du gemacht hast, das mit der Frau, meine ich, ist jetzt völlig unwichtig. Es hat sich etwas entwickelt, das für dich böse enden kann. Wir müssen miteinander sprechen. Wir sind doch Freunde. Du kannst mir vertrauen. Ich helfe dir.«

»Also gut«, erwiderte Marcel, »treffen wir uns morgen. Wo bist du?«

»In Florenz«, log Marcel.

»Gut, gut. Paß auf. Sag jetzt keinen Treffpunkt. Hast du was zum Schreiben?«

»Moment.« Marcel suchte und fand. »Kann losgehn.«

Rosario gab ihm eine Telefonnummer.

»Es ist eine Florentiner Nummer. Dort rufst du so früh an, daß ich den Treffpunkt von Florenz aus bequem erreichen kann. Verlange mich, man wird dir 'ne neue Nummer geben, unter der du mich dann erreichst. Klar?«

»Warum so vorsichtig?«

»Telefonleitungen sind wie ein poröser Schlauch.«

»Ciao!« – »Ciao!«

Marcel setzte sich auf die Kiste und dachte nach. Kurzerhand wählte er die eben erhaltene Nummer in Florenz. »Sabatini«, meldete sich eine Männerstimme.

Er hing schnell wieder ein. Ob das das berühmte Restaurant war?

Nun die zweite Nummer in Florenz, die er von der Auskunft erhalten hatte.

»Avvocato Dr. Londisi!«

»Bitte geben Sie mir Enzo«, sagte er, ohne seinen Namen zu nennen. Der Anwalt meldete sich.

»Ich will meinen Namen nicht nennen, Enzo. Eben erst sagte mir jemand, italienische Telefonleitungen seien wie poröse Gummischläuche.«

Der Anwalt lachte.

»Stimmt, das war ein kluger Mensch. Ich weiß schon, wer dran ist. Eigentlich warte ich seit gestern auf deinen Anruf. Du hast doch meine Privatnummer?«

»Nein, nicht mehr. Enzo, ich muß dich sprechen.«

»Versteh' ich. Du hast ja auch genug Publicity in der Presse. Willst du einen Vorschlag machen, wann und wo?«

»Ja, Enzo. Ich habe eben was gelernt. Ich ruf' dich morgen an und sage dir, wann ich am Treffpunkt bin. Und jetzt paß genau auf. Wir treffen uns da, wo Frank Sinatra unter G.B. Shaw und Sokrates steht, weiß du's?«

Pause.

Ein Lachen.

»Jetzt weiß ich es. Ist das wirklich eine gute Idee?«

»Mir fällt nichts Besseres ein. Ich meine auch genau dort, wo die drei sind, nicht nur in der Nähe. Hai capito?«

»Bene, uno momento prego... Ich habe meinen Terminkalender befragt. Morgen nachmittag von 16–18 Uhr erreichst du mich hier in der Kanzlei. Alles klar?«

»Ciao, bis morgen!«

Marcel überlegte, ob er Ingers Hotel oder ihren Agenten anrufen sollte, dann verschob er es auf den Abend.

Blieb nur noch Rosanna.

Er studierte ihren Telefonblock.

Drei Kosmetikläden besaß sie mittlerweile. Der kleinste Laden, aber der beste, lag in der Via Veneto.

Dort versuchte er es zuerst. Sie war gleich am Apparat.

»Rate mal, wer hier ist?«

»Ich brauche nicht zu raten, junger Mann, ich lese Zeitung. Diesmal kein Ehekrach? Zur Abwechslung mal die Mafia? Oder die Polizei? Oder alle drei? Wo bist du?«

»In Rom. Darf ich dich sehn?«

»Ja, natürlich. Willst du in den Laden kommen?«

»Nein, will ich nicht. Treffen wir uns in deiner Wohnung?«

»Ich kann hier bis heute abend nicht weg. Komm vorbei, hol dir die Schlüssel!«

»Rosanna, bevor ich komme, hast du überhaupt Zeit für mich?«

»Mach's nicht so spannend. Heute ja, hol dir den Schlüssel und warte dann zu Hause auf mich.«

Das Geständnis lag auf seinen Lippen, doch er hielt es zurück.

»Geht nicht. Bitte, Rosanna, fahre um neun gleich in deine Wohnung und nimm etwas zu essen mit. Ich melde mich dann sofort bei dir. Du wirst überrascht sein, wie schnell ich da bin. Geht's so klar?«

»Ja, bis um neun, ich mach' Schluß, hab' Kundschaft, Ciao!«

»Einen Moment noch, Rosanna.«

»Ja?«

»Hat außer dir sonst noch jemand einen Schlüssel von deiner Wohnung?«

»Komische Frage. Geht dich gar nichts an. Warum fragst du?« Ihm war unbehaglich, dann fiel ihm was ein.

»Ich dachte an 'ne Putzfrau oder so, ich könnte früher rein.«

»Nein, keiner hat einen Schlüssel, bis heut abend, Ciao«, verabschiedete sie sich nochmals.

Marcel ging ins Bad, ließ es einlaufen und legte sich ins heiße Wasser, bis er fast einschlief.

Mit letzter Kraft schleppte er sich ins Bett.

23.

Die Abteilung ›Innere Sicherheit‹ des Innenministeriums ist in einem Nachbargebäude des ehemaligen Palazzos untergebracht.

Im ersten Stock, im Chefzimmer, saß an diesem Dienstag, dem 2. Mai, der Carabinierigeneral und drückte seine Zigarettenkippe im übervollen Aschenbecher aus.

Hinter dunklen Brillengläsern hervor musterte er seine beiden Besucher.

Es waren ein Oberst seiner Truppe und ein Zivilist. Sie saßen stumm vor dem Schreibtisch und sahen ihrerseits auf den Chef, der nur mühsam seine Müdigkeit verbarg. Seit vierundvierzig Tagen war ein Minister in den Händen seiner Entführer. Genauso lange hatte der General kein richtiges Bett mehr gesehen. Die dunkle Brille verdeckte zwar die Tränensäcke und die müden Augen, die Blässe, die Nervosität und die Gereiztheit aber blieben unverhüllt. Er zündete eine neue Zigarette an.

»Wo ist er jetzt, und wie geht es ihm?« fragte er den Oberst.

»Er ist irgendwo in Rom. Wo genau, wissen wir nicht. Wir sind eben dabei, Hotels und Pensionen abzuklappern.«

»Er ist in keiner Pension«, sagte der General. »Der Mann kennt sich hier aus, spricht fließend unsere Sprache und verfügt über Kontakte, hat Bekannte. Außerdem ist er sehr geschickt. Der Trick gestern mit der Autobahn nach Salerno hat uns die halbe Nacht die Straßen im Süden überwachen lassen.

Aber wir müssen ihn finden, bevor es die anderen schaffen. Wir müssen ihn beschützen. Jetzt ist erst die halbe Meute hinter ihm her. Noch ist unser Ziel nicht erreicht.«

Der Zivilist mischte sich ein.

»Der Deutsche schützt sich schon selbst. Wir haben wirklich einen guten Griff getan mit ihm. So ein Zufall. Wer hätte gedacht, daß sich das so gut entwickelt? Und dann als Deutscher? Das wußten wir nicht, als wir den Leihwagen am ›Kikeriki‹ ausmachten. Dann hat er selbst noch den Köder gespielt, bevor wir ihn dazu machen konnten. Wissen Sie, Herr General, warum die Mafia ihn auch ohne unser Zutun verfolgt?«

»Ich weiß, ich weiß«, kam es müde von dem alten Mann. »Eine sizilianische Eitelkeitsgeschichte. Aber sie paßt uns in den Kram. Ohne Glück geht auch in unserem Gewerbe nichts. Doch so gut wie Sie das hinstellen, Herr Punti, war es wieder nicht. Er ist auch Ihnen entwischt. Wenn wir nicht alle Pässe und Straßen von Sizilien gesperrt hätten, wäre er als Köder wertlos geworden. Was nützt der Regenwurm, wenn wir nicht merken, daß der Fisch ihn frißt? Gut, eine Seite hat gebissen. Fehlt noch die für uns wichtigste. Was haben Sie für die Presse vorbereitet?«

»Wir haben neue Bilder aus Deutschland. Aufgrund unserer Anfrage beginnen die dort drüben eine dicke Suppe zu kochen. Keller wird zum Top-Mann hochgejubelt.«

»Die Deutschen!« Der General machte eine abfällige Handbewegung. »Immer mit dem Dampfhammer zur Stelle, wenn es gilt, eine Tomate zu enthäuten. Eines aber stimmt: Hätten wir eine Regierung wie ihre, längst könnte ich über 10000 Mann mehr verfügen. Aber was soll ich mit 10000 Polizisten, wenn die Terroristen abgefischt sind? Um sie zu beschäftigen, müßte ich jeden kleinen Ladri einsperren und Knäste bauen von Como bis Reggio.« Er schüttelte den Kopf.

Seine Besucher kannten ihn. Eine Seltenheit, ihr Chef, ein liberaler General. Eben ein richtiger Italiener.

»Keine neuen Bilder an die Presse«, bestimmte er jetzt. »Er hat's schon schwer genug. Der Bericht muß raus, daß er ein in Deutschland gesuchter Terrorist ist, der hier untertauchen will, dabei dummerweise mit der Mafia aneinandergeriet, die nun ebenfalls hinter ihm her ist.

Behutsam, Herr Punti. Nicht zu dick auftragen. Wir werden die Fäden in der Hand behalten. Was ist mit dieser Sängerin?«

»Sie hat Rom heute in Richtung Hamburg verlassen.«

»Sehr gut. Wegen ihr hätte es Ärger geben können. Keller ist ein Nonsens. Eigentlich dumm von ihm, sich von ihr, seiner einzigen Zeugin, zu trennen. Ja, ja, die Liebe«, sagte er ironisch, fuhr dann fort, »ich möcht's aber nochmals betonen: Keller mag ein Nobody sein, ich will trotzdem nicht, daß ihm etwas zustößt. Sollte es dennoch passieren...«, er hob beide Hände in die Höhe und ließ sie kraftlos fallen, »dann war's höhere Gewalt.«

Eines der Telefone auf dem Schreibtisch läutete.

Der General nahm ab, lauschte und übergab den Hörer an den Zivilisten. »Für Sie, Punti.«

Der nahm an, hörte schweigend zu, nickte dabei, bedankte sich, gab den Hörer zurück.

»Keller rief eben bei Rosario Punta in Sizilien an. Er will sich morgen mit ihm in Florenz treffen.

Angeblich sei er bereits in Florenz, doch das stimmt nicht. Meine Leute haben festgestellt, daß der Anruf aus Rom kam. Den Anschluß konnten wir allerdings nicht identifizieren.«

Der General rauchte nachdenklich.

»Sehr gefährlich für Keller. So sehr er sich auch vorsieht. Die anderen sind zu clever und zu stark für ihn. Wir müssen dabeisein, wenn sie sich treffen. Und wenn die deutschen Behörden noch so sehr Stunk machen. Er hat hier nichts angestellt. Punti, kümmern Sie sich drum.«

Der Oberst räusperte sich.

»Die Deutschen würden am liebsten jemanden schicken, der ihn genau kennt. Ich hatte heute einen deutschen Staatsanwalt am Apparat. Sollen wir sie herbitten?«

»Um Gottes willen, nein!« Der General war entsetzt. »Seit Mogadischu meinen sie wieder, sie seien Weltmeister. Halten sich für die einzige und beste Polizei der Welt. Nein, solange wir's verhindern können, nein. Wenn's auf höherer Ebene geregelt wird, können wir nichts machen, aber ich will die Arrogantlinge nicht sehn. Steht übrigens die Verhaftungsaktion schon in der Zeitung?«

»Ja, ohne Namen«, meldete sich der General. »Die Anwälte haben Krach geschlagen.«

»Dann müssen die Fotos der Verhafteten rein. So, daß man Don Alfonso und Gaetano Punta für Keller halten kann. Dann weiß er, wie brenzlig seine Lage ist, er wird sich vorsehen und hoffentlich Kontakte zu den BR aufnehmen und uns vielleicht zu ihrem Versteck führen.

Beten wir darum, sonst noch Fragen, meine Herren?

Nein? Gut, dann bis morgen zur gleichen Zeit.«

Der General erhob sich, während seine Gäste den Raum verließen.

24.

Gegen sieben Uhr am Abend wurde Marcel wach. Er brauchte einige Zeit, um sich zurechtzufinden. Dann sprang er aus dem Bett, ging nackt in die Küche, suchte Ober- und Unterteil der Mokkakanne heraus und begann, sich einen Kaffee aufzubrühen.

Bei kleiner Gasflamme wartete er das Durchdampfen nicht ab, sondern ging ins Bad. Er warf seine Unterhose und das verschwitzte Tennishemd in Rosannas ›Schmutzige-Wäsche-Beutel‹, ging an ihren Schrank, und suchte unter ihren Höschen eines aus, das groß genug für ihn und nicht transparent war. Auch ein passendes T-Shirt fand er und ein Paar Tennissocken.

Er zog den Overall an und wollte an die Mülltonnen laufen, seinen Trainingsanzug zu holen. Doch die Wohnungstür war verschlossen. Er wollte sie nicht auch noch demolieren. Zurück in der kleinen Küche setzte er sich an den Klapptisch, legte die Notizen, einschließlich der Preisliste vom Schiff, vor sich auf die Platte. Aus Rosannas Notizblock entnahm er ein Blatt Papier und übertrug darauf fein säuberlich alle Telefonnummern, die er brauchte.

Als der Kaffee alle war, ging er wieder ans Telefon.

»Villa Hassler, Pronto?«

»Frau Wahlgaard, bitte«, verlangte Marcel.

»Sie ist abgereist, wer spricht dort?«

»Wann ist sie abgereist?«

»Wer spricht denn dort?« fragte der Rezeptionist. Marcel

hing ein. Jetzt versuchte er, den Agenten Ingers zu erreichen. Keiner da. Marcel lief hin und her, dachte an den nächsten Tag, die Verabredung mit Rosario. Wie sollte er das regeln?

Wenn er nur wüßte, was los war?

An welchen Ort sollte er die Verabredung legen?

Trotz aller Freundschaft glaubte er Rosario nicht.

Im Gegenteil, er war ziemlich sicher, daß es eine Falle würde. Doch er mußte sich und Rosario die Chance geben, die Sache aufzuklären. Wenn er nur wüßte, was los war! Wo sollte er ihn treffen?

Entweder ganz abgelegen, daß man alles genau übersehen konnte, oder mitten im Gewühl, wo einem nicht viel passiert, weil es genug Zeugen gibt. Das hatte den Nachteil, nicht zu erkennen, wer zu wem gehört. Die ganze Sache war Mist. Er entschied sich für die zweite Möglichkeit. Aber nicht in Florenz.

Wenn er mittags anrief und Rosario eine Stunde Zeit ließ, konnte er ihn auch nach Viareggio bestellen. Die 80 km schaffte er leicht. Dort auf der Strandpromenade waren so viele Ausländer und Leute, die sich nicht kannten, da würde er nicht auffallen. Und es gab die Boutique von Romeo Furio, einem netten Schwulen, den er gut kannte. Vielleicht hatte der 'ne Idee. Er brauchte ein Auto, doch woher?

Rosanna hatte eines, aber sie brauchte es meist selbst. Na, abwarten. Er sah auf die Uhr. Zeit für ein Gespräch nach Deutschland.

Welch ein Zufall, Mariella war dran, aus Verona. Im Nu war er verbunden und sie gab ihm sogar ihre Privatnummer.

Sie wohnte in Soave, dem Weinort zwischen Verona und Vicenza. Der Ruf ging durch.

Es war Gisela, die den Hörer abhob und gleich zu sprechen begann.

»Marcel?«

»Ja.«

»Sag nicht viel, ganz kurz nur. Hier ist die Hölle los. Dein Freund Scheumann! Du weißt, was du mir versprochen hast? Keine Einwände gegen die Scheidung?«

»Ja, ich hab's versprochen.«

»Gut, also ruf nicht bei uns an. Hab's heute getestet, sie hängen an der Leitung. Hab' die Petra anrufen lassen und ein konspiratives Gespräch geführt und 'ne Verabredung gemacht. Prompt wurde ich observiert. Wie immer«, sagte sie lethargisch.

»Prima, Mädchen, du hast nichts verlernt. Hoffentlich bietet dein Zukünftiger dir auch mal ein bißchen Abwechslung.«

»Hör auf, mir reicht's schon wieder. Ob's hundertprozentig mit dem Jürgen klappt, ist auch nicht sicher, er wollte einen Tausender für den Ausweis. Soll ich zahlen?«

»Bist du verrückt! Ich krieg noch 'ne Menge Geld von ihm, der soll sich nicht so anstellen.«

»Geht nicht, sagt er, ohne Cash geht's nicht. Er müßte blanko auch erst kaufen, und die wären rar und teuer.«

»Das Schwein. Also gut, aber sag ihm, höchstens, höchstens 500 DM. Bring's auf jeden Fall mit, o. k.?«

»So, und nun das Wichtigste. Ich komm' am Freitag. Und zwar in die Stadt, in die ich zuletzt auch geflogen bin, als du mich abholtest, erinnerst du dich?«

Pisa, dachte Marcel.

»Ja, ich weiß. Und wann?«

»Es geht nur eine Maschine, frag danach. Holst du mich ab?«

»Ja, doch warte nicht auf mich. Wenn du ankommst und siehst mich nicht, nimm dir ein Taxi und fahr zur Chirurgischen Klinik. Hast du verstanden?«

»Ja, mach's gut, und viel Glück. Übrigens, Scheumann hat schon wieder das Wandtelefon so angesehen. Eines Tages bricht der bei uns ein und stiehlt es.«

»Wann waren sie da?«

»Gestern morgen, am 1. Mai, auch bei uns im Laden.«

»Was haben sie mitgenommen. Wieder die Teppiche?«

»Nein, nichts diesmal. Ich hatte den Eindruck, die wissen gar nicht, was sie suchen.«

»Das ist verdächtig. Gisela, ruf den Wolfgang an, weiß du, den Stereoanlagentyp, den Elektroniker. Er soll mal unsere Wohnung abchecken, ob sie 'ne Wanze gesetzt haben.«

»Mach' ich, tschüs.«

Marcels Laune hob sich. Seine Frau war o. k.

Er versuchte nochmals, Ingers Agenten zu erreichen. Jetzt war jemand dran.

»Guten Abend, kann ich Britta sprechen?«

»Wer ist am Apparat?«

»Will ich nicht sagen.«

»Ach Sie, ich weiß schon. Lassen Sie mich in Ruhe und Britta auch; sie will nichts mehr mit Ihnen zu tun haben. Sie ist auch nicht mehr hier. Sie sind wohl verrückt? Sie ruinieren ihre Karriere. Lassen Sie sie nur ja in Ruhe, Freundchen.« Mit einem Knall wurde der Hörer aufgeworfen.

Geduldig wählte Marcel die Nummer aufs neue.

»Pronto?«

»Ich bin's noch mal. Frau Wahlgaard hat mir gesagt, ich soll Sie anrufen. Ich will zunächst nur wissen, ob es Schwierigkeiten gab.«

»Schwierigkeiten? Sie sind wohl wahnsinnig. Ohne mich wäre sie im Gefängnis gelandet! Sie Idiot haben ihr vielleicht eine Geschichte eingeprägt; die war unsinnig. Die Polizisten wußten gleich, daß es gelogen war. Will Sie nicht mehr gesehen haben, hat sie gesagt. In fünf Minuten wußten die Carabinieri, daß Sie mit auf dem Schiff gewesen waren. Und in ihrer Tasche lagen die Kleider von Ihnen, die Sie am Sonntagmorgen in Messina anhatten. Das war vielleicht 'ne blöde Ausrede. Sie haben kein Hirn! Jetzt lassen Sie mich und Britta in Frieden. Guten Abend.«

Wieder flog der Hörer auf die Gabel. Marcel bekam Wut. Der Typ hatte ja recht. Aber die Geschichte sollte sie ja nur erzählen, wenn sie im Hotel angekommen war und nicht, wenn so eindeutig zu erkennen war, daß sie nicht stimmte.

Trotzdem zollte er Inger innerlich Beifall. Stur hatte sie sich an die Absprache gehalten. Gut.

Er verlangte das Fernamt. Diesmal war's nicht Mariella. Vielleicht dauerte es deshalb eine halbe Stunde, bis er Hamburg hatte.

»Musikverlag Tivoli«, meldete sich eine Männerstimme.

»Guten Abend. Mein Name ist Marcel, ich möchte Inger sprechen.«

»Sie ist nicht hier.«

»Wann kann ich sie erreichen?«

»Ungewiß. Wer sind Sie? Marcel ist nur ein Vorname? Geben Sie mir Ihre Nummer, wir rufen zurück.«

»Geht nicht. Sehen Sie sie heute noch?«
»Ungewiß. Es ist wirklich besser, wir rufen Sie an.«
»Verdammt noch mal, ich will wissen, wann Sie sie sehen. Meine Nummer geb' ich Ihnen nicht, Sie neugieriger Mensch. Richten Sie ihr aus, daß ich morgen um die gleiche Zeit anrufen werde, verstanden?«

Der andere sagte nichts, sondern legte auf.

Noch wütender lief Marcel in der Wohnung auf und ab. Das war bestimmt der Sekretär. Er stellte ihn sich vor. Brille, Ärmelschoner, leicht gebückter Gang.

Ach Scheiße. Jeden Augenblick mußte Rosanna auftauchen, und auch davor hatte er ein bißchen Angst.

Rosanna wurde wirklich sauer. Nicht so sehr, daß er einfach in die Wohnung eingedrungen war, sondern daß er es ihr nicht am Telefon gesagt hatte.

»Ich habe mir den ganzen Tag Sorgen um dich gemacht. Hier, lies mal die Zeitungen. Wenn ich gewußt hätte, daß du hier bist, wäre ich ruhiger gewesen. Seit wann bist du hier drin?«

»Seitdem du und der Mann weg seid.«

Sie sah ihn unsicher an.

»Ja und? Meinst du, mit dir zu schlafen hält ein Jahr vor?«

Er zog den Kopf ein.

»Hab' ich doch gar nicht verlangt. Komm, beruhige dich bitte. Was steht in der Zeitung?«

Der Streit war begraben. Sie hatte auf der Heimfahrt alle Blätter gekauft, deren sie habhaft werden konnte. Und das bedeutete in Italien an die zwanzig. Überall stand was drin, allerdings nicht in der Form, wie Marcel sich das gedacht hatte. Die Fahndung der Deutschen Polizei wurde erwähnt, seine Kontaktsuche zur Brigate Rosse und daß er die Mafia aufgestört habe.

Am Montag seien 12 Mitglieder der ehrenwerten Gesellschaft in Ostsizilien verhaftet worden. Namen wurden keine genannt, doch in allen Zeitungen prangte das gleiche Bild:

Don Alfonso in Hand- und Fußketten zwischen zwei Polizisten, und auch Rosarios Vater war gut zu erkennen.

»Was bedeutet das alles?«

Marcel wurde blaß und ruhig. Eine Stunde brauchte er, um

alle Artikel zu lesen. Sie unterschieden sich kaum. Jedenfalls waren am Montag alle Leute, die er und Inger am Samstagabend im ›Kikeriki‹ gesehen hatten, verhaftet worden. Der Generalstaatsanwalt in Palermo warf ihnen Steuerhinterziehung, Erschleichung öffentlicher Gelder, aktive und passive Bestechung vor. Gegen vier der Verhafteten würde auch eine Mordanklage vorbereitet, hieß es.

»Der gestern in allen Zeitungen gesuchte Marcel Keller aus Deutschland sei als wichtiger Zeuge zu bezeichnen. Daher werde er gesucht. Die beiden Abgestürzten hätten ihn im Auftrag der jetzt Verhafteten verfolgt. Keller sei in höchster Gefahr. Daß er sich selber stelle, erwarte die Polizei allerdings nicht, da er als Terroristensympathisant gelte, in Deutschland deshalb gesucht werde und hier sicher bei den BR untergeschlüpft sei oder dies noch tun werde.«

Marcel war platt.

Aber..., mehr und weiter denken konnte er nicht.

Es nützte alles nichts, jetzt war ihm in Deutschland auch alles verbaut. Die Wut färbte sein Gesicht rot. Rosanna sah ihn ängstlich an.

»Was ist?« herrschte er sie an. »Hast du Angst?«

»Ja«, sagte sie.

»Du hast recht, ich auch. Keine Sorge, ich verschwinde morgen.«

»Marcel, so meine ich das nicht, aber daß wir uns kennen, werden sie bald herausfinden. Beide, die Polizei und die Familie auch. Vielleicht auch die Brigate Rosse. Irgendwo in Deutschland, oder wo auch immer, hast du meine Nummer aufgeschrieben. Wir haben hier mal drei Monate zusammen gelebt, wir waren zusammen in Sizilien. Sie kommen her. Und wenn auch nur, um nachzuschauen oder zu fragen, ob ich dich gesehen habe. Verstehst du mich nicht? Zu deiner eigenen Sicherheit. Wo willst du hin morgen?«

»Nach Florenz, von dort aus sehe ich weiter.«

»Du kannst zurückkommen. Aber nicht in die Wohnung. Ich wollte es dir eben sagen. Ich hab' 'ne Wohnung für ein paar Tage oder Wochen. Violetta, meine Verkäuferin, du kennst sie nicht, lebt seit Monaten mit einem Typ zusammen. Sie will ihre Wohnung, wie sie ist, vermieten. Ich nehme sie für dich. Zwei

Wochen oder so. Du bist völlig sicher dort. Es ist ein Hochhaus in einem Neubaugebiet. Keiner kennt den anderen. Was meinst du?«

»Hört sich gut an! Mach das klar. Ich rufe dich morgen im Geschäft an, sag' dir, wann ich komme, und du erwartest mich dort mit dem Schlüssel. Ich merke mir gleich die Adresse, o. k.?«

»Gut. So, und jetzt koche ich.«

»Was gibt's?«

»Fiorentina vom Grill und Blattspinat. Ißt du immer noch keine Kartoffeln?«

»Nein, es reicht auch so.«

Sie kochte. Er schaute in den Fernseher. Eine Weile sah er den Film an, bis er begriff, daß da etwas lief, was mit seiner Situation konform ging. Er sah Franco Nero als Carabinierihauptmann. Der Film lief schon 'ne halbe Stunde. Nach dem für die Carabinieri frustrierenden Ende, als nämlich alle Mafiosi freigesprochen waren, wurde der Titel eingeblendet.

›Der Tag der Eule.‹

Marcel war stumm geworden.

Wenn er das so betrachtete, hatte er ja wirklich keine Chance. Nachdem er das Bild von Rosarios Vater in der Zeitung erkannt hatte, war ihm klarer denn je, daß er morgen zu seiner Hinrichtung fuhr. Oder gab's doch 'ne andere Möglichkeit?

Rosanna schaltete um, suchte auf einem der 20 Privatkanäle Roms einen deftigen Porno, legte sich neben ihn aufs Bett und sprach nur noch einen Satz: »Du hast ja mein Höschen an!«

24.

Mittwoch, 3. Mai

Marcel schlief schlecht. Am Morgen war er wie tot. Anscheinend hatte er Rosanna angesteckt, auch sie muffelte rum.

»Du warst auch schon mal besser im Bett«, sagte sie als erstes. Er wollte etwas entgegnen, doch sie entschuldigte sich gleich.

»Tut mir leid. Dir geht's nicht gut? Stimmt's? Du hast Angst!«

Er nickte. Die halbe Nacht war mit Gedanken über den Verlauf des heutigen Tages vergangen. Rosanna würde ihm ihr Auto geben, das hatte sie versprochen.

Aber er dachte nur bis Viareggio, nicht weiter. Er setzte sich im Bett auf und spürte den Druck auf dem Magen. »Ich mag nichts essen«, sagte er zu Rosanna. »Koch nur 'nen Kaffee.«

Wieder zog Marcel Wäsche und Socken von Rosanna an, dann dachte er an seinen Trainingsanzug.

»Geh doch bitte mal runter in den Flur. Neben den Mülltonnen, hinter dem Gitter, muß eine Tüte mit einem Trainingsanzug liegen; ich habe gestern nicht mehr daran gedacht.«

Rosanna schlüpfte in den Morgenmantel und verließ die Wohnung, kam wenig später ohne Tüte zurück.

»Pech gehabt, die Tonnen sind leer. Die Tüte haben die Müllmänner mitgenommen.«

Er ärgerte sich. Er besaß wenig Geld. Im Moment konnte er sich keine neuen Sachen leisten. Rosanna wollte er nicht fragen. Er ging ans Telefon, gab Ingers Nummer in Hamburg an und wieder hörte er die Männerstimme.

»Musikverlag Tivoli.«

»Guten Morgen. Ich rufe früher an als angenommen. Ist Inger da?«

»Nein, mein Herr. Wollen Sie nicht doch einmal hinterlassen, wo Sie zu erreichen sind?«

»Nein, wann ist sie da?«

»Unbestimmt!«

»Das haben Sie gestern auch schon gesagt. Haben Sie sie seitdem gesehen?«

»Nein!«

»Gut, richten Sie ihr bitte aus, Marcel ruft sie heute abend an.«

»Dacht' ich es mir doch, daß Sie der Mann sind, der sie in Schwierigkeiten gebracht hat. Hören Sie, Freundchen«, wurde der Mann frech, »rufen Sie nicht mehr an, Sie werden sie nicht sprechen können.«

»Ich rufe heute abend wieder an, richten Sie ihr das aus!«

Einen Augenblick hatte seine Wut die Angst verdrängt, doch kaum hatte er einen Schluck Kaffee zu sich genommen, lief er zur Toilette und würgte ihn wieder raus.

139

Empfindlich wie eine Schwangere, dachte er und setzte sich zurück an den Tisch, rührte aber nichts mehr an.

»Hier ist die Adresse der Wohnung meiner Verkäuferin. Ruf mich an, sag mir nur die Uhrzeit, dann bin ich dort. Ich warte in der Wohnung auf dich.«

»Danke, Rosanna, du bist lieb zu mir. Tut mir leid wegen dieser Nacht, aber... es ging einfach nicht.«

»Ach, das macht nichts, das kommt schon wieder in Ordnung. Wann, glaubst du, bist du zurück?«

»Spät. Ich treffe noch jemanden, wenn ich dazu komme«, sagte er leise. »Rosanna, so ein komisches Gefühl hatte ich mein Leben lang noch nicht. Es ist nicht einfach Angst. Dann bliebe ich hier. Es ist mehr. Der Drang dahinzugehen, zu wissen, was passieren kann, und trotzdem hinzugehen. Dabei will ich nicht, ach Scheiße. Ich glaube, ich bin total kaputt. Vielleicht ist auch gar nichts und heute abend ist alles klar. Ich weiß nicht, wann ich komme. Wo soll ich anrufen?«

»Nein, ich warte da auf dich. Ich leg' mich halt ins Bett. Ich sag' meine anderen Verabredungen ab. Komm nur, wann du willst.«

»Und wenn mir was passiert, was wird dann aus deinem Auto?«

Sie dachte einen Moment nach, dann wurde sie laut.

»Du bist wohl verrückt, mich so zu erschrecken. Dir passiert nichts, dir passiert nichts, das weiß ich. Erzähl nicht so was. Berufe es nicht! Marcel, denkst du wirklich, es könnte dir etwas zustoßen?«

»Nein, ich pass' schon auf. Komm, wir müssen los; ich fahr' dich zur Arbeit.«

»Nein, ich fahre mit dem Bus. Von hier ist's näher zur Autobahn. Sonst mußt du durch die ganze Stadt.«

»Ich fahre nicht über die Autobahn. Ich nehm die Via Aurelia, durch die Toskana und dann am Meer vorbei durch Pisa.«

»Dann mußt du dich wirklich beeilen. Dafür brauchst du vier Stunden.«

»Egal. Ich bin der Gefragte. Ich rufe an, wenn ich soweit bin. Also komm, laß uns abhauen.«

25.

Er brauchte dreieinhalb Stunden bis Pisa. Hier wollte er das Auto stehen lassen. Er krebste durch die Stadt, parkte schließlich auf einem kleinen Platz neben dem Garten, in dem der schiefe Turm steht. Er verschloß den Fiat 132, schaute sich prüfend um, versteckte den Zündschlüssel im Auspuffrohr und schob ihn mit dem Finger tief hinein. Er wischte sich die Hände am Overall ab und wollte gehen, als ihm ein Ticketverkäufer einen Parkschein andrehte. Zweitausend Lire. Verdammt viel Geld für 'nen Parkplatz, dachte er noch, da fiel ihm der schiefe Turm und die Touristen ein, die die Preise hochtreiben. Trotzdem sah er auf dem Parkschein nach. Stimmte, zweitausend Lire standen darauf. Dann begann er zu lachen. Immer wieder. Er konnte sich kaum beruhigen. Die Passanten schauten zu ihm herüber, doch er hörte nicht auf. Der Bursche war gut, hatte ihn angeschmiert. Wieder lachte Marcel laut auf. Hatte ihm der Kerl doch tatsächlich eine Versicherung angedreht, für den Fall, daß der Turm auf sein Auto fällt. So aufgeheitert suchte er sich ein Taxi nach Viareggio.

Der Boulevard von Viareggio war trotz Vorsaison sehr belebt. Die Straßencafés waren besetzt, und das Volk schob sich an den vielen Läden und Kneipen der Seeseite entlang. Der Strand lag leer da, wie ein frischgespülter Teller. Furios Boutique war durchgehend geöffnet, und Marcel trat ein. Romeo war nirgends zu sehen. Ein hübsches Mädchen mit zwei dicken Zöpfen, rotgeschminkten Wangen und schwarzem Eyeshadow sah ihn fragend an.

»Romeo? Ist er nicht da?«

»Er kommt gleich, holt uns 'ne Pizza. Sind Sie 'n Freund oder 'n Kunde?«

»Beides, mein Mädchen. Heute bin ich nur Freund.«

Marcel sah durch die Schaufensterscheibe hinaus. Nein, die Nachbarcafés waren ungeeignet für sein Vorhaben. Zu nah! Neben der Glastüre stand eine Stange mit Lederanzügen. Er trat darauf zu, schob zwei Anzüge auseinander und konnte auf die Straße blicken, ohne von dort gesehen zu werden. Genau gegenüber lag eines der ältesten und berühmtesten Hotels der Riviera Versilia, das Principe Piemonte.

Vor dessen Portal, bis in die Nebenstraße hinein, befand sich ein großes Straßenrestaurant. Es war gut von hier aus einzusehen.

Er trat auf das Mädchen zu, sagte: »Entschuldige bitte«, und zog ihr den Schemel unter dem Hintern weg, stellte ihn vor die Kleiderstange und setzte sich drauf.

»Im Sitzen auch, prima, alles klar!«

Er gab dem erstaunten Mädchen den Hocker zurück und lächelte sie freundlich an.

»Tut mir leid, aber den brauch' ich gleich.«

Sie sah ihn an wie einen Verrückten.

»Wir verkaufen aber keine Stühle«, meinte sie spitz!

Wie gut, daß Romeo kam, sonst hätte es bestimmt eine Auseinandersetzung mit ihr gegeben. Sie war eine der Italienerinnen, die ihre Zunge und ihre Aggressionen nicht versteckten.

»Marcello!« rief der schmächtige Schwule, als er Marcel erkannte.

Er legte die Pizza auf die Theke, trat auf Marcel zu, umarmte und küßte ihn auf beide Wangen. Sein Dauerwellenhaar fiel ihm bis auf die Schultern. Er trug eine ganz weite Arbeitshose mit dicken Hosenträgern. Darunter ein rosarotes Unterhemd. Rechts und links am Arm protzte je eine Damenrolex. Eine für die Sommer-, eine für die Winterzeit, wie er immer sagte. Romeo war schon vierzig. Er zog sich an wie ein Zwanzigjähriger und liebte die Gleichaltrigen.

»Lisa«, wandte er sich an die Verkäuferin. »Iß die Pizza alleine; ich geh' mit meinem Freund essen, aber«, sagte er spitz, »friß nicht beide, sonst wird dein Arsch zu dick für Größe 38. Leg sie mir weg, für später.«

Er nahm Marcel am Arm und wollte ihn aus dem Laden schieben, doch der weigerte sich.

»Romeo, nachher gehen wir essen. Erst müssen wir sprechen.«

Romeo drängte ihn aus der Tür.

»Nein, erst essen!«

Draußen sagte er leise.

»Meinst du, ich lese keine Zeitung? Im Laden können wir nicht sprechen. Diese kleine heterosexuelle Kuh hat ganz große Schlappohren. Wir gehn ins ›Principe‹.«

»Nein, dahin nicht. Für den Laden hab' ich 'nen Plan. Fahren wir lieber ins ›La Bussola‹?«
»Gut.«
Sie fuhren weiter bis Cinquale, liefen den Strand entlang und aßen frische Fische im kleinen Restaurant des Lápprodo. Marcel erzählte alles, auch seinen Plan. Romeo nickte.
»Gut, das könnte klappen. Ist er ein hübscher Kerl, dieser Rosario?«
»Warum?« fragte Marcel, bis er begriff und in das Lachen des Freundes mit einstimmte.
Auf dem Weg zurück hielten sie an einer Telefonzelle. Er wählte die Nummer ›Sabatini‹ wie gestern. Er bekam eine andere Nummer, hatte Rosario an der Strippe, sagte ihm knapp den Ort, erwartete halb Rosarios Einwand, es sei zu weit. Doch der erwiderte nur:
»In einer Stunde bin ich da!«
Romeo und Marcel hatten sich beide neben die Stange mit Lederanzügen gesetzt und unterhielten sich. Lisa, jeder Sitzgelegenheit beraubt, stand mangels Kundschaft nervös herum und wunderte sich über ihren Chef und den Fremden, die sich mitten in den Laden setzten, Wein tranken und zwischen den Hosen ab und zu auf die Straße spähten. Diese Schwulen, alle bekloppt, dachte sie und war froh, als endlich Kundschaft erschien, die sie zum Arbeiten zwang.

Marcel erkannte Rosario sofort, als er aus dem Taxi stieg, sich zum Fahrer niederbeugte und zahlte. Er trug eine dunkelblaue Hose, ein kurzärmeliges, hellblaues Strickhemd und hielt eine Zeitung in der Hand. Die kurze Wildlederjacke hatte er über den Arm gelegt. Suchend ging er zwischen den dichtbesetzten Stuhlreihen hindurch, und erst als er sicher war, daß Marcel noch nirgendwo saß, nahm er Platz. An diesem Tisch standen nur zwei Stühle. Die übrigen hatten Gäste an andere Tische geholt. Er stellte den zweiten Stuhl etwas zur Seite und legte seine Füße drauf, um niemanden Platz nehmen zu lassen, faltet die Zeitung auf und las, nur unterbrochen von Bestellung und Entgegennahme eines Espresso, ein halbe Stunde lang. Dann ließ er erste Nervosität erkennen. Er sah zur Uhr, faltete die Zeitung zusammen, entrollte sie wieder, schaute auf die

Rückseite, aufs Titelblatt, faltete sie wieder zusammen, legte sie auf den Tisch, bestellte ein Eis, danach noch einen Espresso. Jetzt erhob er sich ab und zu und überschaute die Gästeschar, setzte sich wieder, schlug die Zeitung erneut auf, begann wieder zu lesen.

Romeo sah Marcel fragend an.

»Siehst du was Verdächtiges?«

Marcel schüttelte den Kopf. Es war einfach zu viel Betrieb.

»Nein, nichts, aber ich hab' trotzdem ein komisches Gefühl. Es bleibt dabei. Wir warten bis er geht, dann gehst du nach, sprichst ihn an und führst ihn mit dem Taxi ins ›Bussola‹. Ich komme nach.«

Romeo nickte.

»Ein hübscher Kerl, hoffentlich hält er's nicht für 'nen Annäherungsversuch«, witzelte er und spähte nach draußen. Rosario bewies mehr Geduld als erwartet. Eine Stunde schon saß er da, inmitten eines überfüllten Straßencafés, und wurde nervöser und nervöser.

Wieder stand er auf, ging gar einige Schritte weg von seinem Stuhl, um die vorderste Tischreihe besser übersehen zu können. Als er wieder Platz nahm, war der zweite Stuhl besetzt. Marcel stieß Romeo an.

»Da, er war doch nicht alleine.«

Aber nach wenigen Sekunden mußten sie ihre Meinung revidieren. Offensichtlich versuchte Rosario, den Tischnachbarn loszuwerden.

Er fuchtelte mit den Armen herum, wies auf den Stuhl und lamentierte. Der andere, ein junger Mann mit dunkler Sonnenbrille, dachte nicht daran, so schnell aufzugeben. Rosario stand nun vor dem ungebetenen Gast und redete auf ihn ein. Die Nachbarn drehten schon ihre Köpfe zu dem sich anbahnenden Streit, als der andere schließlich doch nachzugeben schien. Er stand auf, ging einen Schritt weg vom Tisch, drehte sich nochmals zu Rosario um, drohte mit der Faust, verließ das Areal der aufgestellten Tische und lief wütend über den breiten Boulevard.

Rosario hatte sich halb gesetzt, doch dann fuhr er auf. Er riß die Hände hoch, als wolle er jemanden von irgend etwas abhalten und sein Schrei war selbst bis zu Marcel und Romeo zu hören.

Es war zu spät. Von der Straßenseite hatte sich ein alter roter Alfa Romeo gelöst, der mit Kavalierstart losbrauste, den mitten auf der Straße befindlichen Streitpartner Rosarios voll mit der Frontpartie aufnahm, ihn meterhoch in die Luft schleuderte und mit weiter gesteigertem Tempo davonbrauste.

Einen Augenblick schienen alle Menschen die Luft anzuhalten, dann brandete gewaltiges Geschrei auf. Gäste des Cafés sprangen hoch und eilten auf die Fahrbahn, um sich um das Opfer zu kümmern. Andere sahen weg, wollten sich den Anblick ersparen. Auch Marcel und Romeo waren aufgesprungen und sahen sich an, Marcel wollte rauslaufen, aber Romeo hielt ihn fest.

»Du bleibst, du Narr, vielleicht sind noch mehr da, bleib hier!«

»Dann geh du, hilf dem Mann oder tu was, ruf die Polizei, die Ambulanz.«

»Ich kann kein Blut sehen, ich geh' nicht«, sagte Romeo, hatte das Telefon gepackt und drehte die Wählerscheibe.

Lisa konnte Blut sehen. Marcel suchte mit den Blicken nach Rosario. Er war verschwunden. Romeo legte den Hörer auf. Auch er war blaß.

»Das braucht dir wohl keiner zu erklären?«

Marcel schüttelte den Kopf. Lisa kam zurück.

»Den hat's erwischt«, sagte sie, als gehöre das zu ihrer täglichen Routine. »Ich hab' ihn gesehen. Er blutete aus Nase und Ohren.«

26.

Richter Gerhaas verließ an jenem Mittwoch, dem 3. Mai, kurz nach Mittag das Polizeipräsidium, stieg in seinen Wagen und fuhr zum Amtsgericht.

Achtzehn Vorführungen hatte er an diesem Morgen gehabt. Zehnmal war Haftbefehl erlassen worden, achtmal wurde dagegen entschieden. Aber auch von den zehn Verhafteten konnten vier nach Auflage wieder auf freien Fuß gesetzt werden, sehr zum Unwillen der Polizisten.

Dr. Gerhaas wurde ärgerlich, wenn er daran dachte.

Die meinen schon, sie seien Polizisten, Staatsanwälte, Richter und Vollstrecker in eigener Person. Warum wurde er als Richter überhaupt noch gebraucht, wenn die Polizisten seine Entscheidung stets kritisierten?

Natürlich nur seine, aus der Sicht der Kripo, negativen Entscheidungen. Wenn er überlegte und nachrechnete, müßten die Knäste platzen, würden alle die in Haft geschickt, bei denen es die Staatsanwaltschaft von ihm verlangte.

Er parkte seinen Wagen, begab sich auf den Weg zur Abteilung 93, wo er, zusammen mit sieben anderen Untersuchungsrichtern, seine Diensträume hatte. Er überlegte kurz, ob er in der Kantine essen gehen sollte, dann verwarf er den Plan, nachdem er sich erinnerte, daß heute Kohlrouladen auf dem Speiseplan standen. Er betrat sein Zimmer, grüßte flüchtig seine Sekretärin Frau Hemmig, entledigte sich des Mantels und stellte seinen Handkoffer auf den Schreibtisch.

Frau Hemmig wälzte ein dickes Aktenstück und ließ sich dabei auch nicht durch die Anwesenheit ihres Chefs stören.

»Was lesen Sie da?«

»Die Akte Keller.«

»Die Akte Keller, was sucht die denn hier?«

»Übergabe. Gleich kommt jemand vom BKA und holt sie ab. Staatsanwalt Schauburg hat angerufen, daß er nach der Wende den Fall an die Bundesanwaltschaft abgibt. Sie müssen die Übergabe unterschreiben.«

»Zur Bundesanwaltschaft, wieso denn das?«

»Ich lese es gerade... Gestern abend, nein, diese Nacht hat ein gewisser Garrette gestanden, daß er seine dreieinhalb Kilo Kokain an Keller abliefern sollte, der damit die Terroristen finanziert. Doch damit nicht genug, er hat auch noch gestanden, im Juli vor zwei Jahren bereits einmal zwei Kilo Kokain an Keller geliefert zu haben. Auch der Erlös daraus sei an die RAF geflossen.«

»Unmöglich«, sagte der Richter, »das glaube ich nicht. Was steht da sonst noch, wie liest sich das? Sie haben doch Erfahrung.«

»Ja, wie liest sich das? Wie ein Roman von Kafka. Es ist immer von K. die Rede, wenn sie Keller meinen, und irgendwie wirkt das auch alles wie Kafka auf mich.«

»Geben Sie mal her. Wo ist denn dieser Garrette?«

»Hier in U-Haft.«

Der Richter nahm sich die Akte und las die letzten 20 Seiten durch.

»Fast ein Jahr ist dieser Garrette in Haft. Nie hat er was gesagt. Die Beamten vom Rauschgiftdezernat haben alles versucht. Und ausgerechnet bei Scheumann, der nichts mit dem Fall zu tun hat, soll er gequatscht haben? Wie kommt Scheumann überhaupt dazu, Garrette zu vernehmen? Aus welchem Anlaß? Da stimmt doch was nicht!«

Seine Sekretärin zuckte die Achseln. Er hatte aber auch mehr sich selbst gefragt als Frau Hemmig.

Einen Moment dachte er nach, dann griff er zum Telefon. »Geben Sie mir mal die Haftanstalt.« Er wartete, bis es klingelte.

»Dr. Gerhaas!«

»JVA Frankfurt 1. Wen möchten Sie sprechen?«

»Geben Sie mir den Anstaltsleiter.«

»Dr. Kutzner«, meldete der sich.

»Guten Tag, Herr Dr. Kutzner. Es geht um diesen Garrette. Hat er in den letzten Tagen Ihnen oder irgend jemanden vom Personal gegenüber geäußert, daß er ein Geständnis ablegen will?«

»Nich daß ich wüßte. Aber ich gebe Ihnen mal den Sicherheitsinspektor, vielleicht weiß der was. Einen Moment bitte!«

Gerhaas wurde verbunden.

»Springer.«

»Guten Tag, Herr Springer, Gerhaas hier. Was ist in den letzten Tagen mit diesem Garrette, George passiert? Wissen Sie irgendwas?«

»Garrette ist eben abgeholt worden.«

»Abgeholt?«

»Ja, auf Anordnung von StA Schauburg. Von drei Beamten des BKA. Er wird nach Karlsruhe überstellt, zum BGH und zur Bundesanwaltschaft.«

»Wann kommt er wieder?«

»Gar nicht. Von uns aus wurde er richtig entlassen. Er hat

seine Zivilkleider an und alles bekommen, was hier war. Wissen Sie nicht darüber Bescheid?«

»Nein, ich hatte den Fall auch nicht. Meine Frage ist, hat er Ihnen gegenüber irgendwie erklärt, daß er ein Geständnis machen wolle?«

»So was Ähnliches, gestern. Er bat um die Genehmigung eines Telefongespräches mit der Kripo, wohl um mitzuteilen, daß er Herrn Dr. Schumacher als Anwalt wünsche und eine Aussage machen wolle.«

»Hat Sie das überrascht?«

»Nein, eigentlich nicht. Am Vormittag hatte mich bereits ein Beamter auf das eventuelle Gespräch aufmerksam gemacht.«

»Wer?«

»KOK Scheumann.«

»Danke.« Gerhaas atmete tief durch, lehnte sich zurück. Es klopfte.

»Herein«, sagte er.

Zwei ihm unbekannte Herren erschienen. Kaum hatten sie die Tür geschlossen, als sie nach kurzem Anklopfen, noch vor der Aufforderung einzutreten, erneut geöffnet wurde.

Staatsanwalt Schauburg kam rein.

»Die Herren, worum geht's?« fragte der Richter.

»Die beiden Herrn sind vom BKA, sie brauchen die Akte Keller und nehmen sie mit. Ich habe an die Bundesanwaltschaft abgegeben. Nach den letzten Entwicklungen sind wir nicht mehr zuständig.«

»Garrette, nicht wahr?« fragte der Richter.

»Sie wissen?« blickte der Staatsanwalt überrascht auf. »Dann wissen Sie auch, daß wir Keller endlich haben. Ich habe es immer gewußt. Jetzt kann er sein, wo er will. Wir kriegen ihn. Die Italiener scheinen sich sehr unbeholfen anzustellen. Wir kriegen ihn!«

»Ja«, sagte der Richter müde, »daran zweifele ich nicht.«

Er nahm die Verfügung der Staatsanwaltschaft entgegen, die Sekretärin ließ sich den Empfang der Akte quittieren, und die Herren verschwanden.

»Einen Moment noch, Herr Schauburg!« rief der Richter ihnen nach.

»Ja?« der Staatsanwalt war in der Tür stehengeblieben, Eile vortäuschend.

»Wo ist denn dieser Garrette jetzt?«

»Er sitzt bei den BKA-Leuten im Auto.«

»Und wohin geht die Reise?«

»Nach Karlsruhe. Garrette wiederholt sein Geständnis vor dem Bundesrichter, danach wird er unverzüglich nach Jamaika abgeschoben.«

»Dacht' ich's mir«, sagte der Richter, »weit weg am besten. Damit er nicht widerrufen kann, wenn er Keller gegenübergestellt werden soll.«

Der Staatsanwalt hörte das nicht mehr. Er war schon raus.

Gerhaas konnte sich auf keine Arbeit konzentrieren. Immer wieder malte er mit seinem Stift die Daten. Dreieinhalb Kilo im Sommer und 2 Kilo ein Jahr vorher im Juli. Die dreieinhalb Kilo waren nicht zu beweisen, weil sie sowieso abgefangen worden waren. Das konnte Keller abwenden. Aber die zwei Kilo, die er fest erhalten haben sollte, die würden verhängnisvoll für ihn, auch wenn die Geldverteilung an Terroristen wegfiel, was sowieso nicht zu beweisen war. Aber in Rauschgiftsachen genügt unter Umständen die Aussage eines Käufers oder Verkäufers zur Verurteilung.

Plötzlich hob der Richter den Kopf.

»Frau Hemmig, bitte gehen Sie in die Ablage und holen Sie die Akte Keller in der Autoschiebersache, von vor zwei Jahren. Gehn Sie erst zur Registratur und lassen sich das Aktenzeichen geben.«

»O je, in den Staubkeller«, stöhnte sie, machte sich aber auf den Weg.

Richter Gerhaas war aufgestanden, lief hin und her. Er wurde immer sicherer. Ein Grinsen deutete sich auf seinem Gesicht an. Dieser Garrette war doch ein schlauer Typ, und er kannte Keller besser, als die Polizei glaubte.

Frau Hemmig schleppte die zwei dicken, durch Rolladenband verschnürten Aktenbündel an und ließ sie zunächst mehrmals auf die Erde fallen, damit der Staub aufwallte. Dann öffnete sie die Schnallen.

Gerhaas griff danach. Schon auf den ersten Seiten fand er, was er suchte. Er erkannte seine eigene Unterschrift auf einem

Haftbefehl vom 22. Mai. Er suchte weiter. Wo war das Entlassungsersuchen, nachdem der Verdacht nicht aufrechterhalten werden konnte? Da, richtig, 30. August. Keller war im Juli in Haft gewesen, konnte das Kokain gar nicht angenommen haben.

Gerhaas atmete tief durch. Eigentlich hätte er jetzt in Karlsruhe anrufen müssen, doch er unterließ es.

Wer anderen eine Grube gräbt... Er war mit sich zufrieden.

Auch Scheumann war zur Stunde mit dem Lauf der Dinge einverstanden. Eben war er von seinem Vorgesetzten zurückgekommen, dem er die Erlaubnis für eine Dienstreise nach Italien vorgetragen hatte. Es würde heute noch entschieden, hieß es.

So saß Scheumann wartend neben dem Telefon. Die Aussicht auf eine Dienstreise nach Italien verlockte ihn nicht wegen Italien, oder etwa der Küche Italiens. Im Gegenteil, wenn er schon den Namen Pizza hörte, schüttelte er sich. Grüne Nudeln gar lösten Ekel bei ihm aus.

Alleine die Vorstellung, Keller zu fassen, ihn vielleicht sogar persönlich festnehmen zu können, mit Hilfe der italienischen Kollegen natürlich, versöhnten ihn mit der, wie er es sah, Strapaze. Italiener waren für ihn nach wie vor Kanaken, wie auch Türken und Spanier. Nur deutschsprachige Länder nahm er aus. Österreich etwa, oder die Schweiz.

Gutgelaunt griff er daher zum Telefon und meldete sich. Seine Miene wurde im Verlauf des Gespräches immer länger. Keine Dienstreise. Die Italiener wünschten keine Einmischung. Zudem war der ganze Fall ans BKA und die Bundesanwaltschaft abgegeben worden.

Scheumann knallte zornig den Hörer auf. So hatte er das nicht gewollt, als er das Ding mit Garrette drehte. Er machte die Arbeit, und die anderen heimsten den Ruhm ein. So hatte er nicht gewettet. Er gab nicht auf. Immerhin war er solange im Dienst, daß er auch gute Beziehungen hatte. Er ließ sich mit dem BKA verbinden. Der Abteilungsleiter Terrorismus war für Scheumann zu sprechen. Immerhin kamen viele seiner ›Kunden‹ aus dem Frankfurter Raum und Scheumann hatte durch seine Milieukenntnis bereits des öfteren gute Hinweise geliefert. Daher verschloß er sich auch nicht dem Wunsch Scheumanns.

»Ich werde sehen, was ich tun kann. Nachher, wenn ich höre, wie es in Karlsruhe gelaufen ist, spreche ich mit dem Bundesanwalt. Natürlich halten wir uns offiziell zurück, wenn die Italiener das wollen, aber daß wir eine Gruppe dahinschikken, ist selbstverständlich. Zur Not auch ohne die Kollegen drüben zu informieren. Wenn wir uns immer auf die verlassen müßten, wären wir verlassen. Alles Flaschen. Gut, Herr Scheumann. Wir können Sie, da Sie den Keller gut kennen, gebrauchen. Ich rede gleich mal mit Ihrem Vorgesetzten. Ich ruf' Sie zurück. Sind Sie im Amt?«

»Ja.«

Wieder wartete Scheumann auf ein Telefonat. Es kam nach zwei Stunden.

»Kommen Sie morgen früh um neun zur Einsatzbesprechung nach Wiesbaden. Gegen Mittag fliegen Sie mit den Kollegen nach Italien. Ihre Dienststelle weiß Bescheid.«

»Danke.«

Scheumann war zufrieden. Nur eines störte ihn, daß es bis morgen früh dauerte. Er griff zum Apparat, wählte seine Privatnummer.

»Scheumann!«

»Hier auch«, sagte er gut gelaunt zu seiner Frau. »Pack mir bitte ein, was ich für eine einwöchige Dienstreise brauche, und schick's mit dem Taxi ins Präsidium, ich fliege noch heute abend.«

»Wohin?«

»Dienstgeheimnis.«

27.

›Oliviero‹ heißt der exclusivste Club an diesem Teil der italienischen Riviera. Er ist angelegt wie eine Ranch. Verschiedene Ebenen mit ineinander verschachtelten Sälen, Bars, Hallen und Swimming-pools. Hohe Zäune mit Strohwänden verwehren jeden ungebetenen Blick von außen und der Parkplatz ist, wie bei Gästefahrzeugen dieser Klasse nötig, streng bewacht. Einlaß erhält nur der, der bekannt ist, Bekannte nachweisen kann, die bekannt sind, und der zudem in der Lage ist, 30 000 Lire alleine an Eintritt zu zahlen.

Bereits länger als eine Viertelstunde saß Marcel Keller auf einer der luxuriösen Toiletten des Ladens und wartete auf Dottore Enzo Londisi.

Der Verlauf des Tages, besonders der tödliche Vorfall am Nachmittag, machten ihm seine wirklich bedrohliche Lage eindringlich bewußt. Das Studium der Abendzeitungen bestärkte diese Einschätzung noch. Es gab ein neues Bild von ihm. Weiß der Teufel, wie sie darangekommen waren. Kein Polizeifoto, sondern eine Privataufnahme, die ihn, zusammen mit seiner Frau, in ihrer Kneipe zeigte.

Zwar trug er den Vollbart auf dem Bild viel länger als jetzt, hatte zudem eine Batschkapp auf. Dennoch war er auf diesem Foto besser zu erkennen als auf den letzten Zeitungsbildern. Dann mußte er mit Erstaunen erfahren, daß er in Deutschland gesucht würde, weil er mit großangelegten Rauschgiftgeschäften den Linksterrorismus unterstützt habe. Er ahnte, daß sich in Deutschland etwas zusammenbraute, das nicht auf die leichte Schulter zu nehmen war.

Im Gegenteil. Er wußte jetzt, daß Deutschland als Fluchtland für ihn ausfiel, zumindest bis zur Klärung des Vorwurfs. Jetzt saß er richtig in der Scheiße. Wohin nun?

Je länger er darüber nachdachte, um so weniger wußte er einen Ausweg. Wuttränen standen in seinen Augen, als er in seinen neuen Kleidern, Romeo hatte ihm eine Bundfaltenhose und ein Shirt geschenkt, auf der Toilettenbrille saß.

Vor seinen Augen, in die Naturholztür eingeschnitzt, das fast künstlerische Graffitti. Der Clubeigentümer, Oliviero, liebte originelle Sprüche, daher ließ er sie nicht überpinseln. Natürlich war ›Kilroy‹ auch hier gewesen. Ebenso wie jener Humorist, der mitteilen mußte: »I've shitten in England, and I've schitten in France, but bevor I came here, I've shitten in my pants.« Der beste Spruch stand mitten auf der Tür, in Augenhöhe vor den Scheißenden.

»To do, is to be.« – Sokrates –
»To be, is to do.« – George Bernhard Shaw –
»dobidobido.« – Frank Sinatra –

Das einzige Positive des Tages ergab sich durch sein Telefongespräch mit Inger. Er hatte sie am Spätnachmittag erreicht.

Überrascht vernahm sie, daß er bereits mehrfach angerufen hatte. Sie wußte nichts davon. Nach ein paar lieben Worten versprach sie ihm, ihren Agenten anzuweisen, ihm fünftausend Mark zu geben.

»Ich bin sicher, daß ihn das nicht erfreut, vielleicht ruft er sogar die Polizei an?« sagte Marcel und dachte an sein Gespräch mit dem Mann. Inger beruhigte ihn.

»Ich werde ihm schon klarmachen, was er zu tun hat!«

»Gib mir besser seine Adresse«, sagte Marcel, »dann kann ich ihn ohne vorherige Anmeldung aufsuchen und lasse ihm keine Chance, eine Falle aufzubauen.«

Inger gab ihm die Adresse, sagte noch: »Ich habe eine Ladung zur polizeilichen Vernehmung erhalten. Ich kann aber erst am Wochenende, bin drei Tage unterwegs ab jetzt. Du kannst mich am Samstag wieder hier erreichen. Bitte, Marcel, melde dich.«

»Mach' ich. Noch was, geh zur Polizei, laß deine eigenen Worte protokollieren. Am besten noch, du bestehst auf richterliche Vernehmung. Erzähle alles so, wie's war, und laß dich nicht einseifen, aber, wie ich dich kenne... Mach's gut, tschüß.«

Die Aussicht, finanziell über den Berg zu sein, erleichterte seine Situation nur wenig. Dennoch freute er sich über Inger.

»Marcel, bist du da drin?«

Marcel verhielt sich ganz ruhig. Er wollte die Stimme noch einmal hören, um sicher zu sein.

»Marcel, bis du da?« Diesmal war die Stimme klar zu erkennen. Es war Enzo, und er öffnete, zog den alten Anwalt zu sich rein. Sie sahen auf dem engen Raum einander stumm an, dann umarmten sie sich, küßten sich auf beide Wangen.

»Marcel, mio amico!«

»Enzo, bin ich froh, daß du da bist. Wie geht es dir?«

»Sicher besser als dir. Wollen wir hier längere Zeit bleiben?«

»Nein, aber mir fiel nichts Besseres ein. Die ganze Gegend hier ist unsicher. Weißt du was?«

»Hast du ein Auto zur Verfügung?« fragte Enzo.

»Ja, es steht in Pisa. Ich könnte es holen. Doch wohin dann? Was schlägst du vor?«

»Du hast mich hierhergelotst, ich komm' so schnell nicht

weg. Oliviero hat mich zu einer Flasche Champagner eingeladen. Also etwa eine Stunde. Danach geht's. Suchst du ein Versteck?«

»Ich habe eines in Rom, doch nicht auf Dauer. Weißt du etwas Besseres?«

»Hol dein Auto, fahr die alte Appeninstraße Richtung Abitone. Fahre durch Bagno di Lucca. Kurz hinter dem Ort findest du auf der rechten Seite einen einsamen Gasthof. Er ist wegen der Vorsaison noch geschlossen. Fahr in den Hof, klopfe, berufe dich auf mich und warte dort, bis ich komme.«

»Enzo, hast du eine Pistole?«

Der alte Anwalt sah Marcel lange an, dann schüttelte er den Kopf.

»Nein, hier nicht. Eine Pistole alleine hilft dir auch nicht. Wir werden sehen, bis später.«

Im Taxi nach Pisa überlegte sich Marcel, daß er nicht nach Rom zurückfahren würde. Übermorgen würde seine Frau in Pisa ankommen. Solange mußte er sich hier in der Gegend aufhalten. Er ließ den Taxifahrer anhalten und erwischte Rosanna kurz vor Feierabend in ihrem Laden, sagte ihr das Nötigste und versprach, Freitagnacht in Rom zu sein.

Der Fiat 132 stand einsam und verlassen auf dem am Tage überfüllten Parkplatz. Im Hintergrund ragte der berühmte Turm angestrahlt und schief in den Nachthimmel. Marcel blieb plötzlich stehen. Irgendwas stimmte nicht. Er verspürte ein Kribbeln im Magen.

Wie ein Spaziergänger schlenderte er am Auto vorbei, blickte unauffällig ins Innere, konnte aber nichts erkennen. Die Straße hatte nur eine Fahrtrichtung. Ihr ging er nach. Kurz vor dem Ende stand, zurückgefahren in einen Seitenweg, ein Alfa Romeo mit langer Federheckantenne. Im Fahrzeug schliefen zwei Personen, oder täuschten vor zu schlafen. Marcel ging weiter ohne anzuhalten und spähte aus den Augenwinkeln auf das Kennzeichen. Es war aus Florenz. Das waren nicht seine ›Freunde‹ aus Sizilien, das war ein Polizeiauto.

Wo die Einbahnstraße in die Hauptstraße einmündete, sah er zwei weitere verdächtige Fahrzeuge. Schwarze Lancias mit langen Antennen, römischen Kennzeichen und je zwei Mann Besatzung.

Marcel umquerte den ganzen Block. Idioten, dachte er. Halten sich eure Gegner immer an die Verkehrsregeln? Er überquerte den Rasen, der die Schloßmauer außen umgab und schlich gebückt zu dem Busch, hinter dem der Fiat stand. Er legte sich auf den Bauch, kroch unter das Gestrüpp und griff mit den Fingern in den Auspuff.

»Verdammt weit drin.«

Er versuchte weiter, die Schlüssel mit den Fingerspitzen zu erhaschen, doch er schob sie nur weiter nach innen. Er brach einen Zweig vom Strauch, riß die Blätter ab und versuchte es damit. Es klappte auf Anhieb.

Langsam kroch er zur Fahrertür, schloß sie auf, öffnete sie einen Spalt und drückte sie gleich wieder zu.

»Das verdammte Licht!« Abzuschalten war's von außen nicht. Er kroch ums Auto, versuchte die Beifahrertür. Hurra, bei ihr ging die Innenbeleuchtung nicht an.

Behutsam rutschte er unter dem Lenkrad durch, drückte mit angezogenen Knien die Kupplung und führte den Schlüssel ein. Jetzt erhob er sich ein wenig, spähte unter dem Lenkrad durch die Frontscheibe, ob sich irgend etwas tat. Nichts. Er legte den ersten Gang ein und drehte den Zündschlüssel. Der Motor sprang an.

Mit einer Bewegung setzte sich Marcel auf, ließ die Kupplung kommen, drehte das Lenkrad nach rechts, gegen die Einbahnstraße, und gab Gas. Ohne Licht raste er in wenigen Sekunden bis zum Ende der Straße und bog dort links ab. In der Kurve schlug die Beifahrertür weit auf. Er hatte vergessen, sie vorher ins Schloß fallen zu lassen. In der nächsten Rechtskurve regulierte sich das von selbst.

Jetzt erst schaltete er das Licht an, sah in den Rückspiegel. Nichts. Zwei Minuten später erreichte er den Autobahnzubringer nach Florenz, befuhr ihn bis zur eigentlichen Auffahrt und dem Verteiler in die Richtungen Florenz, Genua, Livorno. Er bog ab, blieb auf der Landstraße und fuhr nur zweihundert Meter weiter in einen Seitenweg, dann links in ein Gebüsch, schaltete Licht und Motor aus und lief zu Fuß zurück zur Hauptstraße.

Fünf Fahrzeuge standen verbotswidrig mitten auf der Fahrbahn und blockierten jeden Verkehr. Die Fahrer der Autos standen draußen und hielten Palaver.

Einer, der scheinbar das Sagen hatte, fuchtelte mit den Armen, schrie Befehle und wies sie ein. Drei Wagen fuhren auf die Autobahnauffahrt, teilten die Richtungen unter sich auf. Der vierte nahm den Rückwärtsgang und, ohne Licht, Aufstellung neben der Auffahrt, während der fünfte der Landstraße nach Carrara folgte.

Eine halbe Stunde wartete Marcel. Dann war er sicher, daß der Wagen an der Auffahrt stehen bleiben würde.

Sein Rückweg war blockiert. Marcel stieg ein, fuhr ohne Licht die Reihe der Büsche entlang in der Hoffnung, irgendwo außer Sichtweite der Polizei zurück auf die Straße fahren zu können.

Seine Augen waren jetzt an die Dunkelheit gewöhnt. Vor ihm tauchte ein großes Gebäude auf. Es handelte sich um eine Ziegelei. Von dort führte eine kleine hölzerne Brücke über den Graben. Marcel huschte darüber auf die Straße. Die in den Reifenprofilen festgeklemmten Dreckbrocken knallten von unten gegen die Karrosserie, als er auf dem Asphalt beschleunigte.

Noch vor Massa bog er in die Berge ab und folgte dem Schild ›Abitone‹.

28.

Der von Enzo beschriebene Gasthof war leicht zu finden. Im Parterre brannten einige schwache Lichter. Ansonsten machte das große, düstere Haus einen verfallenen, unheimlichen Eindruck.

Enzo war schon da. Sein alter Landrover, den der Anwalt meist benutzte, wenn er aufs Land fuhr, stand im Hof vor den drei Steinstufen, die zur Hintertür des Anwesens führte.

Die Gaststube war groß, reichte von einer Seite des Hauses bis zur anderen. Durch zwei Petroleumlampen und ein flakkerndes Kaminfeuer mäßig erleuchtet, strahlte sie Ruhe und Gemütlichkeit aus.

An einem großen Eichentisch saßen nur zwei Menschen,

Enzo und ein junger Mann, der bei Marcels Erscheinen aufstand, sein Weinglas mitnahm und nach einem Gruß durch eine weitere Tür verschwand.

»Hunger?« fragte Enzo anstelle einer Begrüßung.

»Und wie. Doch ich bin mit etwas Kaltem zufrieden. Brot und Käse.«

»Warte ab. Ich kenne doch dein Lieblingsgericht: Fioretina, nicht wahr? Richtig dick? Kurz gebraten, noch blutig? Stimmt's?«

»Daß du das noch weißt«, wunderte sich Marcel, »doch gibt's das hier? Wär' mir schon recht.«

Auf einen Ruf Enzos erschien der Wirt, hing einen Grill über das Kaminfeuer und legte die mit Öl eingepinselten und mit Salbei und Oregano gewürzten T-Bone Steaks darauf. Während seiner Anwesenheit sprachen Enzo und Marcel nur über Belanglosigkeiten. Marcel trank vier Gläser roten Ascoli hastig hintereinander, fühlte sich von innen warm werden und entspannte sich.

Dann aßen sie.

Marcel erzählte, schnell, sich überschlagend, alles von dem Moment an, als er Britta kennengelernt hatte. Er schloß mit den Worten:

»Und nun sitze ich bei dir und fühle mich erstmals etwas sicher. Du wirst schon wissen, was ich zu tun habe, du bist Anwalt, du kennst deine Landsleute besser als ich, und du kennst vor allen Dingen wichtige Leute.«

Der Anwalt schwieg, beendete erst sein Mahl, bevor er sich äußerte.

»Deine Situation ist beschissen. Am besten wär's, du würdest dich den Behörden stellen. Doch dann mußt du damit rechnen, zunächst ein halbes Jahr oder länger in Auslieferungshaft zu sitzen. Was dich in Deutschland erwartet, kannst du dir selbst ausrechnen, da traue ich mir kein Urteil zu. Aber auch wenn du wirklich unschuldig bist, kann's ein Jahr dauern, bis du aus dem Knast kommst. – Keine schönen Aussichten, mein Freund. Wie hast du dir vorgestellt, wie's weitergeht?«

»Das fragst *du* mich? Du bist doch der Anwalt!«

Enzo lachte.

»Gut, aber ich kann nicht viel für dich tun. Sitzen mußt du alleine. Wer ist dein Anwalt in Deutschland?«

»Dr. Dachs, in Frankfurt.«

Enzo dachte nach.

»Gut, gib mir Telefonnummer und Adresse. Er soll alles tun, was er ohne deine Anwesenheit tun kann. Mir bleibt nichts anderes, als das gleiche hier zu versuchen. Dann dürfen wir allerdings keinen Kontakt miteinander halten, sonst haben sie dich. Wie geht's deiner Frau?«

»Sie kommt am Freitag, holt unser Auto ab. Ich sagte dir bereits, unsere Beziehung ist kaputt.«

»Tja, schöne Frauen...«, begann der Alte. Er griff in seinen Aktenkoffer, legte einige bedruckte und leere Blätter Papier vor Marcel auf den Tisch. »Du schreibst jetzt eine Vollmacht für deinen deutschen Anwalt, und mir brauchst du nur dieses Formular zu unterschreiben. Ich rufe diesen Dr. Dachs morgen an und schicke ihm das Ding rapido. Setz das Datum von heute ein und schreibe als Ort Florenz.«

Marcel schrieb. Der Anwalt verstaute alles flink in seiner Tasche.

»So, wie geht's jetzt weiter mit dir?«

»Kann ich wohl zwei Nächte hierbleiben?«

»Nein, nur dein Auto. Stell es in die Scheune. Ich nehme dich mit. Da, wo wir hinfahren, kommst du mit dem Fiat nicht durch.«

»Und wie schaff' ich es Freitagmorgen hierher zurück?«

»Keine Sorge, mein Bruder hat auch 'nen Jeep.«

»Dein Bruder?«

»Mein Bruder. Er ist Schaffarmer nicht weit von hier in den Bergen. Du wirst es nicht glauben, wenn du ihn siehst, aber es ist wirklich mein Bruder, auch wenn er wie mein Sohn aussieht. Ja, das Landleben hält jung«, sagte er ironisch.

Die Fahrt hätte Marcel mit dem Fiat wirklich nicht geschafft. Zeitweise ging es so steil bergan, daß er fürchtete, sie würden zurückrutschen oder sich überschlagen. Doch der Vierradantrieb packte es.

Das Haus lag an einem leichten Hang. Es war aus ungeschliffenem Marmor erbaut, das Dach mit Teerpappe belegt, die durch dicke Felsbrocken beschwert wurde.

Durch das Motorengeräusch angelockt, trat ein Mann vor die Tür. Ohne ein Wort zu sprechen umarmte er Enzo, dann gab er Marcel die Hand.

»Guten Tag, kommen Sie rein.«

Der Raum wurde durch eine Gaslampe mäßig beleuchtet. Ein wuchtiger Eichentisch, umstanden von ebenso groben Stühlen, nahm den größten Teil des Zimmers für sich in Anspruch. Blickfang war jedoch ein mächtiger, viereckiger Kachelofen, der mitten im Haus stand und alle Räume beheizte. Seine Verkleidung bestand aus mehrfarbigen, polierten Marmorplatten, und er strahlte soviel Wärme und Gemütlichkeit aus, daß Marcel sich sofort wohlfühlte.

Erst als sie Platz genommen, den ersten Grappa getrunken und ein Glas Wein vor sich stehen hatten, wurde das Gespräch eröffnet. Enzo sagte:

»Guiseppe, das ist Marcel Keller aus Deutschland, ein Mandant von mir.«

Der Bauer nickte, musterte Marcel und sah dann zu seinem Bruder.

»Ich nehme an, daß du mir mal wieder jemanden zur Aufbewahrung gibst?«

»Ja, nur für einen Tag. Freitag fährt er nach Rom. Ob er wiederkommt, ist zunächst ungewiß.«

Guiseppe nickte, nahm eine große Tabakspfeife vom Tisch auf, stopfte sie umständlich aus einem Lederbeutel und zündete sie mit einem Streichholz an.

»Er kann im Schafhaus wohnen. Ernesto ist noch bei der Armee, kommt auch vorerst nicht auf Urlaub. Ich fahre Herrn Keller später rüber. Wie soll er denn am Freitag nach Rom kommen?«

Enzo wendete sich an Marcel. »Wann mußt du nach Pisa?«

»Verdammt, ich habe vergessen zu fragen, wann die Maschine aus Frankfurt ankommt. Ich weiß es also nicht. Sicher nicht am frühen Morgen, aber genau...«

»Das ist dumm«, sagte Guiseppe. »Du mußt wissen, daß es hier kein Telefon gibt. Am besten fahr' ich dich um sieben in der Früh runter. Soll ich dich bis nach Pisa fahren?«

»Nein«, mischte sich Enzo ein. »Sein Auto steht bei Pietro in der Scheune.«

»Gut«, stimmte auch Marcel zu. »Dann bin ich ab neun auf dem Flughafen. So früh kommt sie bestimmt nicht. Dann müßte sie ja um fünf aufstehen. Nein, meine Frau nicht. Sie sucht 'nen bequemeren Flug«, lachte er.

»Also, alles klar«, Enzo erhob sich. »Ruf mich tageweise an. Hier, nimm nochmals meine Privatnummer, melde dich nicht mit deinem Namen; ich erkenne deine Stimme schon. Ich lass' dich dann wissen, was ich erreicht habe. Noch was, ruf nie von einer Stelle an, bei der du dich nachher noch länger aufhältst. Alles klar?«

»Bene, vielen Dank, Enzo.«

Marcel glaubte sich in den Alpen. Der Apennin war hier über 2000 Meter hoch. Sie fuhren über satte Almen, die selbst in der herrschenden Dunkelheit im Schein des Mondlichts aussahen wie auf einer Milchschokoladereklame.

Nach fünfzehn Minuten Fahrt tauchte das Schafhaus auf. Es war nicht kleiner als das Bauernhaus selbst, verfügte aber über mehr Schlafräume. Dadurch waren Küche, Eßraum und Wohnzimmer eins.

Ein Hirte saß, mit sich selbst Domino spielend, am Tisch und schaute überrascht auf. Guiseppe erklärte, und der Hirt stellte Wasser, Wein, Brot, Salz und Käse auf den Tisch. Marcel wollte nur schlafen, wies aber die freundliche Willkommensgeste nicht ab und setzte sich zunächst an den Tisch. Einige Minuten diente er Beppo, so nannte der Mann sich, als Frageobjekt. Schließlich drückte Marcel sich vor weiterer Neugier und betrat die ihm zugewiesene Kammer.

Es war kühl darin, doch dicke Plumeaus versprachen nächtliche Wärme.

Er schauderte zwischen den kalten Laken.

Bevor ihm warm wurde, schlief er ein.

29.

»Nicht länger als zehn Minuten heute, meine Herren«, sagte der General, während er seinen Besuchern Platz anbot. »Ich muß gleich zum Staatspräsidenten und fliege um elf nach Verona. Da tut sich was.«

»Soll das Versteck dort sein?« erkundigte sich der Oberst.

»Was weiß ich. Jedenfalls haben wir einen Hinweis und müssen ihm nachgehn. So wie wir jedem Furz nachgehen, der aus irgendeinem Arsch kommt, wenn er uns nur hilft«, sagte der General lauter, als er es beabsichtigte. Es war Donnerstag, der 4. Mai. Der 46. Tag seit der Entführung des Ministers.

»Außerdem weiß ich das meiste schon, was Sie mir sagen wollen. Sie haben Keller gefunden und wieder verloren.«

»Leider, Herr General«, meldete sich der Zivilist zu Wort. »Er stellte das Auto in Pisa ab. Wer hätte gedacht, daß er mit dem Taxi weiterfährt? Bis unsere Observierungsfahrzeuge einen Parkplatz fanden, war er schon weg. Erst durch ein Telefongespräch erfuhren wir, daß er in Viareggio war. Aber auch dort haben wir ihn nicht gesehen. Nur Punta und einen unbeteiligten jungen Mann, der ums Leben kam.«

»Wie hatten Sie Keller denn gefunden?«

Der Oberst holte ein kleines Ringbuch aus einem Ordner, den er auf dem Schoß hielt.

»Hier drin. Wir fanden es bei seinen Sachen. Durch das Wasser waren etliche Telefonnummern, die mit Tinte geschrieben waren, verlaufen. Dadurch verschmierten ganze Seiten. Die Nummer dieser Di Maggio, Rosanna, war, Gott sei Dank, mit der Maschine geschrieben. Wir haben das Haus überwacht. Nur eins ist seltsam«, stockte er. »Er ging gar nicht rein ins Haus, nur raus. Ich meine, er kam mit dieser Di Maggio gestern morgen raus, stieg in ihr Auto und fuhr nach Pisa. Wir haben keine Ahnung, wie er in die Wohnung gekommen ist.«

»Er war schon drin«, sagte der Oberst.

»Egal wie, ist auch unwichtig.«

»Nein, unwichtig ist das nicht. Jetzt, wo er wieder weg ist, benutzt er vielleicht denselben Weg?«

»Was sollen wir machen? In die Wohnung eindringen?«

»Nein, wir müssen ihn noch an der Leine führen, nur wie?«

»Das Auto hat er dieser Di Maggio nicht zurückgebracht. Sie fährt mit dem Bus, auch heute morgen, wie ich erfahren habe.«

»Was ist mit Rosario Punta?« fragte der General.

»Er war verschwunden, gleich nachdem sein Tischnachbar überfahren worden war. Er ist aber nicht nach Sizilien zurück.

Er steckt in Florenz bei den Sistinis, der dortigen Familie. Er wartet, ob Keller wieder auftaucht. Er ist der einzige, der ihn persönlich kennt.«

»Und der Fahrer des roten Alfa?«

»Sergio Coluna, wir haben die ganze Sache gefilmt. Er ist durch die Windschutzscheibe gut zu erkennen. Wenn wir ihn finden, ist er reif. Ihn halte ich auch für schwach. Er wird vielleicht sprechen, wenn wir ihm den Film zeigen!«

Der General dachte nach. Er stellte sein Hin- und Herlaufen ein, ließ sich in seinen Schreibtischsessel fallen und zündete sich eine Zigarette an.

»Möglich, aber niemand darf von dem Film erfahren, sonst erwischen wir ihn nicht lebend. Überhaupt muß die Fahndung nach ihm verdeckt geführt werden. Coluna...«, er sinnierte über den Namen.

»Bevor Sie etwas unternehmen, bringen Sie mir morgen seine Akte mit. Ich glaube, ich kenne ihn – oder seinen Vater. Wenn er festgenommen werden kann, sofort hierher nach Rom. In keinen anderen Knast, klar?«

»Klar«, kam es im Chor zurück.

»Was gibt's noch in dem Fall?«

Der Zivilist ergriff das Wort.

»Unter den Telefonnummern, die Keller mit sich führte, sind einige, die in Italien sein könnten. Ich meine, abgesehen von denen, in denen er gleich die Vorwahl, von Deutschland aus, mit aufgeschrieben hatte, fanden wir Nummern, die, falls sie in Rom oder Mailand sind, sehr aufschlußreich sein könnten.«

»Zum Beispiel?« fragte der General.

»Wir haben eine siebenstellige Nummer. In Deutschland gibt's nur in Berlin, München und in Hamburg siebenstellige Nummern. Und natürlich Durchwahlen. Aber so sieht sie nicht aus. Hier bei uns ist darunter ein Dr. Ferrari eingetragen.«

»Wer ist das?«

»Ein seltsamer Kauz, ein Antiquitätenhändler. Antifaschist, Halbjude, im Krieg von Südtirol nach Deutschland ins KZ geschafft. Wurde 45 in Theresienstadt von den Alliierten befreit. Ultralinks. War bis 55 in der KPI, heute noch ein alter Freund von Berlinguer. Bei der Kripo gilt er als Angelpunkt im Geschäft mit falschen Papieren, Schecks und Falschgeld. Erwischt wurde er noch nie.«

»Interessant! Übrigens, da wir gerade von Falschgeld sprechen: Heute mittag kommt doch eine deutsche Delegation des BKA, unter ihnen auch Herr Kahlwasser, der oft hier gearbeitet hat, fließend italienisch spricht. Sie wissen schon, der mit Ihnen damals die Fälscherwerkstatt in Bologna, die Hundertmarkscheine herstellte, auffliegen ließ.«

Der Oberst wandte sich an den Zivilisten.

»Nehmen Sie die Leute in Empfang! Schicken Sie sie nach Sizilien oder wohin sie wollen. Sie dürfen uns nicht ins Gehege kommen!«

»Geht nicht«, wandte der ein, »Kahlwasser ist ein erfahrener Mann; er merkt, wenn wir ihn auf die falsche Spur hetzen. Was wollen die denn?«

»Keller aufspüren. Mittlerweile wirft man ihm in Deutschland vor, fünfeinhalb Kilo Kokain zur Finanzierung der RAF vermittelt zu haben.«

Einen Moment herrschte Schweigen, dann meldete sich der General.

»Nehmen Sie die Herren in Empfang, quartieren Sie sie gut ein. Wir wissen ja selbst nicht, wo Keller ist. Solange können die auch nichts machen. Und wenn sie mehr erfahren als wir, soll's recht sein. Nur verhaften lassen wir ihn nicht. Also machen Sie schon. Guten Tag, meine Herren!«

30.

Donnerstag, 4. Mai

Marcel erwachte vom Geräusch des Regens, der ans Fenster klatschte. Er öffnete die Augen, linste unter dem schweren Plumeau hervor nach draußen.

Obwohl bereits später Morgen, war es noch dunkel. Die Wolken hingen so tief, daß sie das Haus streiften. Es sah nicht nur kalt und ungemütlich aus, es war wirklich kalt. Deshalb verzichtete er aufs Waschen und schlüpfte blitzschnell in seine Kleider.

Die leinene Bundfaltenhose und das kurzärmelige Shirt waren ungeeignet fürs Hochgebirge.

Schaudernd betrat er die Wohnstube und fühlte sich sofort wohl. Eine kräftige Wärme umfing ihn.

Beppo saß am Tisch, als habe er sich seit gestern abend nicht vom Fleck bewegt, und spielte Domino.

Eine junge Frau hantierte am Herd. Trotz der Düsternis war keine Lampe angezündet.

»Buon Giorno«, grüßte Marcel.

»Bon Giorno«, erklang es vom Herd und Beppo brummte in seinen Bart.

Er sah wirklich aus, wie sich jedes Kind einen Almhirten vorstellt. Langes Haupthaar, verfilzter Bart, eine Pfeife im Mund, die immer an derselben Stelle sitzen mußte, was an dem Nikotinstreifen zu erkennen war, der abwärts vom Mundwinkel den Bart gelb färbte. Er war zwischen vierzig und sechzig Jahre alt, trug einen schmutzigen Pullover, über dessen Rand der Kragen eines ebenso schmutzigen Hemdes zu sehen war.

Beppo winkte Marcel an den Tisch.

»Frühstück? Heiße Schafsmilch ist bei diesem Wetter das Beste. Zusammen mit einem Schuß Grappa, frisch gebackenem Brot, Salzbutter und Käse?«

»Gern.« Marcel ließ sich dem Alten gegenüber nieder.

»Gehst du nicht mit der Herde raus?«

»Bei dem Wetter?« Beppo schüttelte den Kopf. »Es gibt geschützte Weidegründe hier in der Nähe. Sie sind eingezäunt. Da finden die Tiere Futter bei solchem Wetter. Und ich bleib' hier. Carla auch.« Er nickte zu der Frau am Herd. »Ist auch mal ganz schön. Seitdem Ernesto bei der Armee ist, haben wir sowieso zuviel Arbeit. Oder bleibst du länger hier und hilfst uns?«

Beppos schlaue Äuglein musterten Marcel neugierig. Der zog innerlich vom geschätzten Alter Beppos gleich 20 Jahre ab. Um die vierzig, dachte er jetzt. Warum sich Beppo nur so zuwachsen ließ, wie ein Almöhi? Er stellte sich Beppo rasiert vor, mit geschnittenem Haar, und plötzlich wußte er, daß Beppo nicht älter als er selbst war.

»Nein«, erwiderte Marcel. »Ich bin nur noch heute hier.

Morgen geh' ich wieder, was nicht heißt, daß ich nicht noch mal zurückkomme.«

»So? Nur bis morgen?« ließ Beppo keine Ruhe. »Hat Enzo dich gebracht?«

Marcel wand sich, wußte nicht, ob er zuviel verriet, wenn er zustimmte. So stellte er eine Frage.

»Wie kommst du darauf? Bringt Enzo schon mal jemanden her?« Beppo brach in ein gewaltiges Gelächter aus.

»Vorsichtig, wie?« Er lachte weiter.

»Auch mich hat Enzo hergebracht. Nur für ein paar Tage, hieß es damals. Daraus sind schon zehn Jahre geworden.«

Bevor Marcel auf das Geständnis reagieren konnte, trat die Frau neben ihn und stellte eine Holzschale mit warmer Milch, Brot, Butter und zwei Kanten Käse auf den Tisch. Der eine war selbstgemachter Schafskäse, der zweite frischer Parmiggiano. Marcel wandte sich der Frau zu, um ihr zu danken. Das Wort blieb ihm im Halse stecken. Es war keine Frau, sondern ein Mädchen, das häßlichste Mädchen, das er je gesehen hatte. Es stimmte nicht ganz, revidierte er sich. Sie hatte schöne, seidige braune Haare und große dunkle Augen, doch das hob den Rest des Gesichtes nicht auf. Nase und Kinn waren schief, als habe sie ein gewaltiger Schlag getroffen. Zudem besaß sie eine schlecht vernähte Hasenscharte. Die Spalte war zwar geschlossen, doch so dick vernarbt, daß die Oberlippe hochgezogen blieb und Gebiß und Zahnfleisch entblößte. Das Mädchen konnte die Lippen nicht schließen.

»Das ist Carla«, stellte Beppo vor. Er betrachtete grinsend Marcels Schock und fügte hinzu: »Das schönste Mädchen hier weit und breit.«

Carla trug ein braunes, durchgeknöpftes Kleid, das bis über die Knie reichte, und halbhohe Gummigaloschen. Ihre Arme, Beine und das Gesicht waren gebräunt, wie man es bei Menschen findet, die sich überwiegend im Freien aufhalten.

»Bitte, Signor, guten Appetit. Für den Grappa müssen Sie sich an Beppo wenden.« Ihre sanfte Stimme überraschte Marcel. Aus dem geschundenen Mund hatte er nur ein Krächzen erwartet. Er bedankte sich und sah ihr dabei nicht ins Gesicht, sondern auf ihren Körper. Unter dem Kleid bewegten sich apfelgroße Brüste, und als sie sich rumdrehte, sah er ihren strammen kleinen Arsch. Das arme Mädchen, dachte er, eine klasse Figur und so ein Gesicht.

»Setz dich zu uns«, lud er sie ein.

Er wollte sich an ihr Aussehen gewöhnen.

Mit einer Schüssel Milch setzte sich Carla neben Beppo und sah Marcel unverwandt an.

Marcel kam alles in den Sinn, was er je über Schönheitschirurgie gehört und gelesen hatte. Er wollte davon sprechen, tat es nicht. Wer weiß, welche Wunden er damit aufriß?

»Was hast du gesagt?« wandte er sich statt dessen an Beppo. »Zehn Jahre bist du schon hier? Wieso?«

Beppo nickte. Er stand auf, holte von einem Regal, das voller Tonkrüge stand, einen runter und füllte daraus Marcels Milchschüssel bis zum Rande auf.

»Bester, selbstgebrannter Grappa. Trink, so vergeht der heutige Tag am besten! Kannst du Domino spielen?«

»Nein. Etwas anderes? Karten vielleicht?«

»Schach?«

»Ja, Schach«, stimmte Marcel zu.

Carla sprang auf und holte das Klappbrett herbei. Auf der einen Seite war ein Schachspiel, auf der anderen Backgammon mit Intarsien eingelegt.

»Hoffentlich kannst du Beppo einmal schlagen. Ernesto und ich versuchen es seit Jahren vergeblich.« Sie stellte die Figuren auf und setzte sich mit gespannter Miene neben die beiden. Ihre liebenswürdige, naive Art ließ sie sehr sympathisch wirken, drängte ihr Aussehen in den Hintergrund.

So, dachte Marcel, jetzt werde ich den Alten mal wegputzen. Er eröffnete spanisch und ahnte sofort, daß es schwer werden würde, als Beppo den richtigen Gegenzug setzte. Und so war es! Zwanzig Minuten später war Marcel matt.

Im nächsten Spiel brauchte Beppo gar nur zehn Minuten bis zum Sieg. Und nach der fünften verlorenen Partie mochte Marcel nicht mehr.

»Drehn wir das Brett um. Spielen wir Backgammon?« schlug er vor, trank seine dritte Milch-Grappa-Schale aus und fühlte sich stark.

Beppo nickte Zustimmung.

Jetzt hab' ich ihn, dachte Marcel.

Bald hatte er sein Haus dicht, alle Steine auf seiner Seite, nur Beppos zwei letzte standen noch in ihrer Ausgangsposition. Marcel hatte ihn umklammert, setzte bereits Stein um Stein frei, als Beppo ihn mit buchstäblich letzter Kraft rauswarf, selbst dichtmachte und im Auswürfeln Marcel um einen Stein schlug.

Das war nur Glück, dachte Marcel, trank seine vierte Schale leer und ließ neu anwürfeln.

Doch Beppo schmiß die Würfel wie ein junger Gott.

6–4, 5–3, 2–1, Doppelvier, Doppelsechs, Marcel wurde gar Schneider.

Nach der fünften Schale Grappamilch war Marcel total betrunken, riskierte alles und verlor alles.

Carla jubelte, Marcel war sauer.

»Beppo«, sagte er mit lahmer, schwerer Zunge, »wo hast du das gelernt? Weißt du eigentlich, wieviel Geld du damit verdienen könntest, wenn du die Alm verläßt?«

Beppo sah ihn aus trunkenen Augen an.

»Sag so was nie wieder, Marcel, ich warne dich. Ich kann die Alm nicht verlassen. Nie mehr, wenn ich weiterleben will. Außerdem bin ich gern hier. Ein Leben in Ruhe und Freiheit ist mehr wert, als der Gewinn aller Backgammonturniere der Welt.«

Dabei standen ihm die Tränen in den Augen.

»Warum kannst du nie mehr weg von hier?«

»Weil er drei Leute umgebracht hat«, sagte Carla vorlaut.

»Drei Menschen? Stimmt das?«

»Ja, und Enzo hat gesagt, versteck dich mal ein Jahr, bis Gras über die Sache gewachsen ist, dann stellst du dich der Polizei und wirst wegen Totschlag zu zwei oder drei Jahren verurteilt, aber...«, er unterbrach, wischte sich mit dem Ärmel die Tränen aus dem Gesicht, schnaubte hörbar, setzte die Grappaschale an und trank sie mit einem Zug aus.

»Es beruhigte sich nichts. Die Familie meiner Feinde ist zu stark. Sie hat mir Blutrache geschworen. Meine Eltern wurden schon umgebracht.«

»Hat man die Täter verhaftet?« fragte Marcel.

»Nein, ich habe ihn umgebracht!«

»Was?« Marcel war entsetzt. »Noch einen?«

Beppo schüttelte widerwillig den Kopf.

»Carla hat das falsch erzählt. Erst waren's nur der Gendarm und meine Frau. Das Schwein hat mich immer wegen Kleinigkeiten eingesperrt, wenn ich besoffen war, und hat dann mit meiner Frau geschlafen. Einmal hat mich sein Kollege zu früh rausgelassen, und ich hab' sie überrascht. Tja, da hab' ich getan, was ich tun mußte. Dann kam ich hierher...«

»Und dann?«

»Dann hat sein Bruder meine Eltern erschossen, weil ich der einzige Sohn bin. Ich habe daraufhin ihn erschossen, aber...« Er füllte mit zitternder Hand den Rest aus dem Tonkrug in die Schüssel, vergaß die Milch zum Verdünnen und trank den puren Schnaps, wischte sich wieder mit dem Ärmel über Augen und Mund und sah aus roten Augen in die Gegend. Er hatte jetzt Schweißtropfen auf der Stirn, Schnapsperlen hingen in seinem Bart und tropften auf den Tisch.

»Es sind zu viele!« schrie er und donnerte die Faust auf die Tischplatte. »Er hat noch zwei Brüder und vier Schwäger und Neffen und Onkel und und und... Ich hätte mich längst gestellt. Aber lieber lebe ich hier mit meinen Schafen, als im Knast umgebracht zu werden. Verstehst du mich?«

Marcel nickte.

Beppo drehte sich schwerfällig um und sah aus dem Fenster. »Das Wetter wird besser, aber wir gehn nicht mehr raus. Was meinst du, Carla?«

»Nein, aber wir könnten schlachten. Dazu hast du Zeit. Leg dich doch ein paar Stunden hin, Beppo, danach geht's dir besser.«

Beppo schüttelte sein zerzaustes Haupt.

»Nein, ich brauch' keinen Schlaf. Geht mir schon besser. Wenn's aufhört zu regnen, schlachten wir einen Hammel. Aber willst du uns nicht auch erzählen, wovor du dich verborgen hältst?« wandte er sich an Marcel.

Diesmal erzählte Marcel in Kurzform, worum es ging. Beppo und Carla hörten schweigend zu, unterbrachen und fragten kein einziges Mal. Als er endete, sagte Beppo:

»Einen Rat geb' ich dir. Nur einen: Bleib hier. Gegen die alle hast du keine Chance. Da kann dich auch Enzo nicht raushauen.« Marcel wußte nicht, ob die beiden nur gerne Gesellschaft gehabt hätten, oder ob sie's ernst meinten. Aber es ging ja sowieso nicht.

»Wer ist Ernesto, von dem Guiseppe sprach?«

»Mein Bruder«, sagte Carla. »Er ist bei der Armee, und er hat mir versprochen, daß er mir einen Mann mitbringt, wenn er zurückkommt.«

»Du willst heiraten?«

»Ja«, gab sie arglos zu. »Ich bin eine Frau, und eine Frau soll heiraten. Oder, meinst du, ich finde keinen Mann?« erkundigte sie sich ängstlich.

»Doch, doch«, erwiderte Marcel. »Aber dann mußt du von hier wegziehn, weg von Beppo und den Schafen. Wo hast du früher gewohnt?«

»Früher?«

»Ja, bevor du hierherkamst?«

»Ich habe immer auf der Schafhütte gewohnt. Mit meiner Mama und Ernesto.«

Marcel blickte fragend auf Beppo. Der nickte.

»Ihre Mutter ist schon einige Jahre tot. Sie war Hirtin hier. Deshalb ging Carla auch nie zur Schule. Ernesto lernt erst jetzt, bei der Armee, schreiben und lesen. Vor zwei Wochen hat er seinen ersten selbstgeschriebenen Brief geschickt.«

»Und warum sorgt sonst niemand dafür, daß sie was lernt, du oder Guiseppe?«

»Warum?« antwortete Beppo. »Sie kann alles, was sie fürs Leben braucht. Anderes würde sie nur irritieren, ihre Sehnsüchte wecken...«, er unterbrach und schickte Carla, die mit offenem Mund zuhörte, hinaus. »Hol Milch.« Zögernd gehorchte sie.

Beppo fuhr fort, seine Trunkenheit war ihm jetzt nicht mehr anzumerken.

»Was, glaubst du, Marcel, machen die Leute in der Stadt, wenn sie sie sehen? Sie lachen sie aus. Mißbrauchen sie ob ihres Aussehens, ihrer Naivität. Nein, ich habe mir alles genau überlegt. Und abgelehnt«, schlug er sich auf die Brust.

»Weißt du, ich bin Lehrer, vielmehr ich war Lehrer, bis ich das Saufen anfing. Ich habe überlegt und entschieden, daß Carla glücklicher lebt, wenn sie hier bleibt und nicht so viel weiß und damit basta!«

»Du warst Lehrer, hast studiert?«

Beppo lachte.

»Nicht wahr? So seh' ich nicht aus. Komm, laß uns noch einen trinken. Und noch was unter uns. Carla ist ein liebes Mädel. Und reif! Und liebebedürftig! Du kannst alles mit ihr machen, vielleicht läßt sie alles mit sich machen. Nur, und das meine ich völlig im Ernst, sie ist noch Jungfrau und soll es bleiben, bis sie heiratet. Hast du mich verstanden?« Sein alkoholgerötetes Gesicht wurde finster. Er griff unter die Sitzbank und zog eine Lupara, eine abgesägte Schrotflinte hervor.

»Sie ist wie eine Tochter für mich. Also, mach was du willst. Gib ihr Spaß, nimm dir Spaß, aber entjungfere sie nicht!«

Die Lupara lag auf dem Tisch, als Carla wieder reinkam. Die beiden kurzen Läufe mit den großen Löchern wirkten bedrohlich, tödlich. Marcel schauderte. Überall in diesem Land Gewalt. Ausgeübt und angedroht.

»Ich hab's verstanden«, sagte er schnell.

31.

Gisela Keller verließ kurz vor Mittag die Wohnung. Es war die beste Zeit. Ihre Observierer, die sie bereits vor zwei Tagen entdeckt hatte, gingen davon aus, daß sie sicher die Rückkehr ihrer Tochter aus der Schule erwarten würde. Doch daraus wurde nichts.

Die Kleine, in derlei Spiele ihrer Eltern bereits eingeweiht, würde nicht kommen.

Schon am Vortag hatte sie ihre Freundin gebeten, zwei Tage bei ihr wohnen zu dürfen, da die Mama wegfahren müsse. Heute führte sie einen offiziellen Zettel ihrer Mutter mit sich, der die Eltern der Freundin darum bat.

Gisela ging schnurstracks zu ihrem gelben VW Golf, schloß auf, setzte sich hinters Steuer und sah mit Befriedigung, wie sich einer ihrer Schatten zu einem Mann in einen grünen Ford setzte, während der zweite, der sich drei Häuser neben ihrer Haustür am Kiosk herumgelümmelt hatte, einen BMW aufschloß und startete.

Jetzt stieg sie wieder aus. Sie sah nicht zu ihren verblüfften Schatten, doch sie malte sich aus, was sie dachten.

Der BMW fuhr bereits aus der Parklücke und ein anderer Wagen schoß förmlich in diesen Platz, so daß er nicht mehr zurück konnte. Dem Ford war gleiches passiert. In der Gegend um die Uni waren Parkplätze ebenso begehrt wie Gold, nur seltener.

Mit mürrischen Gesichtern kreisten die Fahrer um den Block, während Frau Keller in den kleinen Lebensmittelladen trat, dem auch ein Imbiß angeschlossen war. Sie kaufte ein Stück warmen Zwiebelkuchen, nahm ihn in die Hand, verließ den Laden und aß im Stehen, während sie sich umsah.

Die beiden Fahrzeuge waren die einzigen. O. k., es konnte losgehen. Wieder setzte sie sich ans Steuer, diesmal fuhr sie an.

An der Bockenheimer Warte drehte sie, als sei sie unschlüssig, wohin sie wolle, drei Runden, die die Verfolger fast zur Verzweiflung brachten. Der eine bog schließlich in die Leipziger Straße ein, während der zweite allen Bewegungen des Golfs folgte. Jetzt schoß Gisela Keller die Bockenheimer Landstraße entlang, bog links ab, um den Palmengarten herum, und geriet auf den Alleenring.

Im Rückspiegel tauchten beide Verfolger wieder auf. Mehr wollte sie nicht wissen. Wieviel und wer. Erkannte Gegner sind nur noch die Hälfte wert.

Ihre jahrelange Ehe mit Marcel hatte ihr mehr beigebracht, als man normalerweise zum Leben brauchte, und Gisela fragte sich bereits, ob sie das nicht vermissen würde. Immerhin war es in ihrer Ehe nie langweilig gewesen. Sie gestand sich selbst ein, daß ihr die Sache im Moment Spaß machte. Sie überquerte die Ratsbrücke, dann den Main und verließ die beginnende Autobahn am Kaiserleikreisel, fuhr in die Offenbacher Innenstadt, bog dann links ab Richtung Hafen, parkte vor dem Haus ihrer Freundin Petra, verschloß das Auto und ging in das Zweifamilienhaus, das inmitten eines großen Gartens lag, der bis zur nächsten Straße reichte.

Petra selbst öffnete die Tür, als sie geklingelt hatte. »Komm rein.«

Kaum fiel die Tür hinter ihr ins Schloß, lief Gisela, die Freundin hinter sich herziehend, in den ersten Stock und spähte aus dem Fenster.

»Was ist denn los?« fragte Petra. »Sind die alten Zeiten wieder ausgebrochen? Ich denke, dein Mann ist in Italien.«

»Woher weißt du das?«

»Ich lese doch Zeitung. Heute großer Knüller. Fünf Kilo Kokain und mehr. Warum hat er mir nicht mal was abgegeben? Ich hab' gehört, mit Koks bumst sich's gut. Hast du's schon probiert?«

»Was?«

Gisela hatte gar nicht zugehört, spähte hinter den Gardinen auf die Straße. Der Ford stand am einen, der BMW am anderen Ende der kurzen Straße. Sie hatten den Golf fest im Griff. Den Golf! Aber nicht sie.

»Glaubst du den Quatsch auch noch?« wandte sie sich jetzt an Petra. »Was in der Zeitung steht, ist doch Unsinn; kein Wort wahr, sie wollen Marcel wieder mal fertigmachen.«

»Schade«, seufzte Petra, »das mit dem Koks hätt' ich gern mal gewußt!«

»Das kann ich dir auch sagen, ohne daß Marcel fünf Kilo verschoben hat. Wir haben's mal probiert, angeregt durch so 'ne Geschichte in irgend 'nem Roman. War 'ne totale Pleite. Wir hatten einen unheimlich coolen Kopf, aber sein Schwanz stand nur halb. Wir haben eine Stunde gearbeitet, aber da war nix. Ihm kam's nicht, und mir auch nicht. Ich war richtig gefühllos. Vielleicht ist's bei anderen Leuten anders, oder wir haben was falsch gemacht. Jedenfalls war's nix. Aber darum geht's nicht. Du mußt mir mal wieder helfen.«

Sie setzte Petra alles genau auseinander. Die griff zum Telefon und buchte auf ihren Namen für den nächsten Tag früh einen Flug von München nach Pisa, Ticket abzuholen am Lufthansaschalter in Riem, eine Stunde vor Abflug. Dann bestellte sie ein Taxi.

Währenddessen hatte Gisela sich umgezogen. Es zahlte sich aus, daß beide Frauen oft gemeinsam einkauften oder sich gegenseitig Kleider ausliehen. Sie legte das Waschlederkleid mit den Biberschwänzen, das sie wegen der Auffälligkeit angezogen hatte, ab und zog Jeans, Pullover und eine sportliche Lederjacke an. Auch den großen Umhängesack vertauschte sie mit einer kleinen Aigner-Handtasche von Petra, nachdem sie alles Wichtige umgepackt hatte.

»Also dann.« Beide gingen in den Keller durch den Hinterausgang in den mit Büschen und Bäumen bewachsenen Garten und waren, durch die Garage gedeckt, von der Straße aus nicht mehr zu sehen. Jetzt gab Gisela Petra noch den Autoschlüssel.

»Wenn ich bis Samstag nicht zurück bin, holst du Anja her zu dir, ja?«

»Ja, gut, alles klar. Was soll ich sagen, wenn sie fragen?«

»Ich bin vorne raus, hab' nur das Auto stehen lassen, wollte gleich zurückkommen, mehr weißt du nicht.«

Gisela trat durch ein kleines Gartentor und befand sich nun im Hof einer Gaststätte, die zur Parallelstraße lag. Sie wartete neben dem Haus, bis sie das Rattern des Dieseltaxis hörte, ging auf die Straße und stieg bereits ein, bevor der Fahrer richtig gehalten hatte.

»Nach Hanau, bitte!«

Gisela saß neben dem Fahrer, klappte die Sonnenblende runter und täuschte vor, ihr Make-up zu überprüfen. Dabei sah sie nach hinten. Kein BMW, kein grüner Ford. Alles klar.

Sie klappte die Blende hoch, legte den Arm auf die Rückenlehne und drehte sich halb zum Fahrer um, um ab und zu einen Blick nach hinten werfen zu können. Am Hanauer Hauptpostamt stieg sie aus, betrat das Haus und ging nach links, wo in einem Raum mehrere Telefonzellen standen. Aus dem Fenster zur Straße beobachtete sie die geparkten Autos, den fließenden Verkehr. Das Taxi war schon weg.

Sie betrat eine Zelle und wählte eine Ortsnummer.

»Hier ist Gisela«, sagte sie, als sich jemand mit »Hallo« meldete. Einen Moment herrschte Stille, dann sagte die männliche Stimme: »Wo bist du?«

»Hier!« Wieder eine Pause, dann: »Komm in den Laden.« Das Telefon wurde aufgelegt.

Gisela sah nochmals eine Minute lang zum Fenster raus, entdeckte nichts Verdächtiges und verließ das Postamt, überquerte den Platz, ging einige Straßen weiter und betrat einen jener schäbigen Porno-Clubs, von denen es in dieser Stadt, in der mehr als 20 000 US-Soldaten stationiert sind, viele gibt. Als die Tür hinter ihr zufiel, stand sie im Dustern. Es dauerte eine Weile, bis sich ihre Augen an die Dunkelheit gewöhnt hatten.

Eine Strip-Tänzerin, die sich durch das Öffnen der Tür animiert sah, schnell auf die Bühne zu springen und Aktion vorzutäuschen, setzte sich wieder. Erhellt wurde das Lokal nur durch einige winzige Lichter hinter der Bar und der Lampe des Filmprojektors, der einen Pornostreifen auf die Wand warf.

Gisela ging zur Bar und sprach eine Frau an, die gelangweilt trotz Dunkelheit ihre Nägel lackierte.

»Ich möchte zu Jürgen.«

»Was willst du denn von ihm, willst du hier anfangen?«

»Ich will zu Jürgen«, wiederholte Gisela.

Sie war ein bißchen geschockt, daß ihr diese Frau zutraute, in einem solchen Schuppen arbeiten zu wollen.

»Er ist nicht da«, sagte die Barfrau ohne aufzuschauen und mit müdem Ton.

»Er hat gesagt, ich soll hierherkommen. Ruf ihn an«, sagte Gisela Keller mit fester Stimme. Es klang wie ein Befehl und das begriff die Frau. Sie nahm das Telefon und drehte eine zweistellige Nummer.

»Jürgen? Hier ist jemand für dich..., gut.«

»Du sollst raufgehen, da raus, hier, hinter der Theke, die Treppe hoch, erstes Zimmer links.« Die Barfrau wendete sich ab; für sie war die Sache erledigt.

Gisela folgte der Beschreibung, klopfte an besagtem Zimmer an und wurde hineingerufen. Das Zimmer war zu klein für die protzigen Polstermöbel, die Riesenschrankwand, die zu große Stereoanlage und die zwei Fernsehgeräte, von denen das eine, welches das amerikanische Programm ausstrahlt, mit voller Lautstärke lief.

»Hallo, Gisela, lange nicht gesehen. Wie geht's uns denn?«

Der lange, dünne, schwarzhaarige Mann, der sich vom Sofa erhob, wo er zwischen zwei winzigen Pekinesen saß, die er mit beiden Händen streichelte, sah aus wie ein Schwindsüchtiger. Das Nachtleben hatte ihn wohl geschafft. Er trat zu Gisela, hob die Hand, wollte ihr übers Haar streichen, doch sie entzog sich ihm mit einem schnellen Schritt zur Seite.

»Jürgen, ich hab' keine Zeit. Außerdem wurde ich bis Offenbach observiert; ich muß machen, daß ich wegkomme. Hast du den Ausweis oder nicht?«

Bei ihren Worten versteifte sich sein Körper. Mit einem Satz hastete er zum Fenster, hob die schwere Schabracke an und sah hinaus.

»Du brauchst keine Angst zu haben, ich hab' sie abgehängt, aber ich muß weiter!«

Ängstlich kam der Dünne unter den Vorhängen hervor. In der Schrankwand, auf einem gläsernen Zwischenteil, unter allerhand Nippes, lag ein Stapel Briefe. Er fischte einen Umschlag hervor und hielt ihn ihr ungeöffnet hin.

»Mille«, forderte er.

Gisela wollte nicht feilschen. Sie wußte, ihr Mann hätte, wäre er hier, höchstens 500 bezahlt.

Aber sie wollte mit diesem Typ nicht länger zusammensein als unbedingt nötig. Sie riß das Kuvert auf und nahm den grauen Bundespersonalausweis zur Hand. Soweit sie feststellen konnte, war er gut gemacht. Alle Stempel saßen an der richtigen Stelle. Sie hatte Jürgen ein altes Bild Marcels zukommen lassen, auf dem er ohne Bart abgebildet war. Entsprechend fünf Jahre zurück war der Ausweis auch ausgestellt und gleichzeitig verlängert. Auch ›alt gemacht‹ hatte man ihn.

»Gut«, sie öffnete das Aigner-Täschchen, brachte einen Tausender zum Vorschein, reichte ihn Jürgen, steckte den Ausweis ein und wollte raus. Die Tür ließ sich nicht öffnen. Erst als Jürgen einige Riegel und Schlösser, die durch eine auf der Tür sitzende Schließanlage automatisch eingerastet waren, geöffnet hatte, verließ sie aufatmend den Raum, hastete die Treppe runter durch die Bar, lief im Dunkeln gegen einen Tisch, und draußen war sie. Sofort setzte die Vorsicht ein. Sie lief durch verschiedene Straßen und sah über ihre Schultern und auf die Uhr. 40 Minuten blieben ihr.

In einer Cafeteria bestellte sie einen Kaffee, zahlte noch beim Servieren, ging zur Toilette, von dort in den Hof und durch den Hauseingang zur Straße, schlenderte zum Freiheitsplatz und setzte sich in ein Taxi.

»Gelnhausen.«

Auf der Fahrt wurde sie nicht verfolgt. In Gelnhausen stieg sie in den Zug nach Fulda und dort, nach weiteren 50 Minuten, in den Intercity-Roland von Bremen nach München, über Würzburg–Nürnberg.

In München mietete sie ein Zimmer bei ›Habis über dem

Landtag‹, machte sich frisch und betrat am Abend die Weinstube des Hotels, aß das Menü des Tages, gebackenen Stangensellerie, verzichtete auf den Besuch des winzigen Kellertheaters im gleichen Haus, ging hinauf und legte sich erschöpft ins Bett.

Während des ganzen Tages hatte sie nicht daran gedacht, daß sie praktisch schon von Marcel getrennt lebte. Zu stark war sie heute in sein Spiel verstrickt gewesen.

Hatte es ihr wirklich Spaß gemacht?

Nein, dachte sie, ich muß raus aus diesem Teufelskreis.

Das ist das letzte Mal, meine Entscheidung war richtig.

Sonst geh' ich kaputt!

32.

Beppos Voraussage traf zu. Gegen ein Uhr strahlte der Himmel weißblau und es wurde angenehm warm. Jetzt paßte Marcels Kleidung zur Witterung. Auch Carla zog sich um.

Sie kam in einer olivgrünen Armeehose zum Vorschein, die durch breite, braune Hosenträger gehalten wurde. Darunter trug sie ein weißes, ärmelloses Shirt.

Ohne Büstenhalter bewegte es sich lustig unter dem Stoff. Die Hosenträger rutschten und scheuerten über die dicken, deutlich zu erkennenden Warzen und schienen sie dabei ständig zu reizen.

Beppo zog sich nicht um. Es war fraglich, ob er sich überhaupt mal auszog oder auch in seinem Gewand schlief. Schäferspaten und ein kurzes Seil in Beppos Hand, so zogen sie zu dritt los.

Das Schafhaus lag schon 1600 Meter hoch und wurde doch noch von etlichen Gipfeln überragt. Im Schatten wirkten sie blau, in der Sonne weiß wie Schnee.

»Vorsicht!« Beppo zog den erschrockenen Marcel im letzten Moment von einem Abgrund zurück, der sich urplötzlich neben den Büschen, die den Weg säumten, auftat. Er fiel einige hundert Meter tief ab.

»Ein ehemaliger Steinbruch«, erklärte Beppo.

Auch dort, in der Tiefe, die Schatten blau, in der Sonne weiß.

»Marmor?«

»Ja, schon die alten Römer haben das Loch gegraben, oder besser graben lassen.«

Das Gatter sperrte eine natürliche Senke geschickt ab. Vier halbhohe verwuschelte Hunde sprangen bellend und kläffend hoch und versuchten, das Tor zu überklettern.

»Bleibt hier«, sagte Beppo, scheuchte die Hunde weg und ging zur Herde.

»Wen holst du?« rief Carla fragend hinter ihm her.

»Gonzo, den Hammel.«

Marcel fragte verwundert: »Jetzt sag nur, ihr gebt allen euren Tieren Namen? Wie viele sind denn hier oben?«

»Dreitausend. Nur die Hammel und die Böcke werden getauft. Also nur Männer, auch die, die keine mehr sind«, kicherte Carla und blickte Marcel schelmisch in die Augen. »Bist du noch einer?«

»Was?« fragte Marcel, obwohl er die Frage sehr wohl verstanden hatte. Er nahm seinen Blick widerwillig von Carlas Brüsten und dachte an Beppos Warnung. Ihm war warm. Auch jetzt, als Carla ihre Hand auf seinen Arm legte, sah er demonstrativ in eine andere Richtung.

»Sag mir, Marcel, warum bleibst du nicht? Gefällt's dir hier nicht? Gefall' ich dir nicht?« und dann ganz leise. »Oder bin ich dir zu häßlich?«

Er druckste rum.

»Nein, Carla, darum geht es nicht. Es gefällt mir hier schon. Du gefällst mir auch. Aber ich kann nicht bleiben. Ich komme wieder, doch zunächst mal muß ich weg, etwas Wichtiges erledigen.«

»Du kommst ganz bestimmt wieder?«

Sie runzelte die Stirn.

»Ganz bestimmt, wahrscheinlich schon in wenigen Tagen.«

»Gut, ich glaube dir. Dann komm' ich heute nacht zu dir.«

»Nein!« rief Marcel erschrocken. »Das geht nicht.«

Ihre Augen zeigten Erstaunen, dann verzog sich ihr häßliches Gesicht, und sie begann zu weinen.

»Ich bin dir also doch zu häßlich?«

»Nein, das stimmt doch gar nicht.« Mitleidvoll legte er den Arm um sie. Ihre jungen, festen Brüste mit den harten Spitzen preßten sich in seine Seite und er schwankte. »Aber du willst doch heiraten?«

»Ja, aber wann?« rief sie zornig und stieß mit dem Fuß auf. »Hier kommt ja doch keiner rauf. Und ins Dorf will ich nicht. Warum bist du so böse zu mir, oder...« Ihr Schluchzen stockte. »Hat Beppo dich etwa bedroht? Das macht er jedesmal, wenn Besuch ins Schafhaus kommt.«

»Beppo hat dich sicher gerne«, wich Marcel aus, »vielleicht liebt er dich sogar, wenn er sowas macht.«

»Ach, der Beppo, der liebt nur seinen Grappa«, murmelte sie. Marcel beschloß, vorsichtig zu sein. Die Lupara durfte nicht vergessen werden.

Beppo hatte den Hammel geschlachtet und sie waren ins Schafhaus zurückgegangen, wo das Tier zerlegt wurde.

Mit Knoblauch und viel Zwiebel hatte Carla das kleingehackte Fleisch und die Innereien zusammen mit den Knochen angebraten, aufgegossen und lange köcheln lassen. Später kamen grüne Bohnen dazu.

Es schmeckte vorzüglich. Dazu gab's den üblichen Grappa und Wein. Während des Essens dachte Marcel immer wieder an die bevorstehende Nacht, spielte alle Möglichkeiten durch und beschloß dann, nicht mehr zu denken, sondern alles treiben zu lassen.

Carla hielt ihr Versprechen. Plötzlich war sie da und schlüpfte in sein Bett, umschlang ihn mit Armen und Beinen, zitterte dabei ängstlich wie ein Libellenflügel.

Ihre Haut war glatt und kühl wie Seide. Beim Küssen bemerkte er nur einen Moment die vernarbte Oberlippe, dann ließ die Feuchte ihres Mundes alles vergessen.

Nicht vergessen aber konnte er die Lupara.

Immer wieder, wenn Carla versuchte, sich von ihm nehmen zu lassen, drehte oder zog er sich weg, wurde von ihr innerhalb des Bettes verfolgt wie ein Huhn vom Fuchs im Stall, ohne die Chance des Entkommens. Das Gerangel machte beide geil. Schließlich konnte er sie ruhig halten, sie mit Mund und Fingern erlösen, zeigte ihr, wie sie Gleiches mit ihm anstellen könne, ließ sie mit sich spielen, wie sie sicher früher mit Puppen gespielt hatte, zärtlich, lieb und grausam. Sie hatte sich verausgabt, zwischen ihren festen, apfelgroßen Brüsten standen kleine Schweißlachen. Er leckte sie weg, schnupperte an ihr, unter ihren Achseln, erregte sich und sie aufs neue. Das Ganze fing von vorn an. Ach, scheiß' auf Beppo, dachte er, hob sich, führte sein Glied ein kleines Stück ein und wartete. Carla lag zitternd unter ihm. »Prego, Marcel, chiavarime chiavarime, prego«, und sie rutschte und rutschte näher auf ihn zu, während Marcel sich zurückzog.

Er hatte das hölzerne Ende des Bettes erreicht, konnte nicht mehr ausweichen und Carla wollte es jetzt wissen. Egal, dachte er, da erschienen ihm im Geist die zwei großen Löcher der Lupara, dachte er an 12er-Schrot und ließ sich zur Seite aus dem Bett fallen. Ein Schrei der Enttäuschung, und Carla war auf den Beinen, hinter ihm, zerrte ihn wieder ins Bett.

Eine so verrückte Situation hatte er auch noch nicht erlebt. Einige dieser Art schon, aber umgekehrt. Da war er der Jäger gewesen. Und jetzt fühlte er sich halb vergewaltigt.

Schließlich hielt er sich doch an Beppos Warnung. Beide befriedigten sich wie vorher. Carla weinte dabei. Immer wieder stammelte sie: »Ich bin eine Frau, ich bin eine Frau. Warum nimmst du mich nicht? Ich bin dir doch zu häßlich!«

Dann schliefen sie ein.

Die Nacht war Krieg und Frieden gewesen, und als um sieben Uhr der Motor des Landrovers näherratterte, wünschte Marcel sich, hier liegenbleiben zu können, sich an Carla zu drücken, anstatt sich in eine Welt zu begeben, die ihm kein Glück brachte.

33.

Freitag, 5. Mai

Der General und der Oberst saßen sich alleine gegenüber.

»Wo ist Punti?« fragte der General.

»Im Hause bei der deutschen Delegation. Zur Zeit telefonieren sie nach Wiesbaden. Wollen Sie mit ihnen sprechen?«

Der General dachte nach.

»Ja, aber erst erledigen wir das, was die nichts angeht.« Er griff zum Telefon.

»Wo sind sie untergebracht, die Deutschen?« fragte er den Oberst, während er wählte.

»Im ›Leonarde da Vinci‹, in der Via dei Gracchi.«

Der General nickte nur dazu. Seine Verbindung kam zustande.

»Punti? Kommen Sie bitte gleich mal her. Lassen Sie die Deutschen noch da, wo sie sind, ich will zunächst mit Ihnen alleine sprechen.«

Punti trug wie immer Zivil. Er ließ sich erschöpft in den Stuhl vor dem Schreibtisch fallen, atmete tief ein und aus, zog ein buntes Taschentuch aus der Rocktasche und wischte sich den Schweiß von der Stirn. »Verdammt anstrengend, die dort...«, er wies mit der Hand zur Tür, »im Zaum zu halten. Alles wollen sie wissen, überall hingehen, alles sehen. Sie geben zu allem schlaue Kommentare ab und können alles besser. Eben richtige Deutsche«, stöhnte er. »Im Moment haben sie Probleme. Die Frau Kellers, die sie in Deutschland observieren, scheint ihnen durch die Lappen gegangen zu sein. Auch die Tochter der Kellers ist verschwunden. Zur Zeit stehen alle drei Meisterkommissare unten im Fernschreiberraum und schieben sich gegenseitig die Schuld zu.«

Punti lachte. Das gefiel ihm.

»Besonders dieser Scheumann. Er hospitiert nur beim BKA, ist eigentlich normaler Kripobeamter, aber ein ganz Scharfer. Er haßt die Kellers wie die Pest. Kahlwasser wird schon ungeduldig wegen ihm.«

Der General nickte zu diesem Kurzbericht.

»Was ist denn an dieser Sache dran, die sie Keller vorwerfen? Fünf Kilo Koks und die Finanzierung der RAF?« Punti zuckte die Achseln.

»Weiß ich nicht genau. Scheint was dran zu sein. Sie haben die Aussage des Rauschgiftkuriers gegen Keller. Seltsam ist nur, daß er diese Aussage nach einem Jahr Schweigen in der U-Haft machte und anschließend gleich aus Deutschland abgeschoben wurde. Und daß er sie bei diesem Haßprotz gemacht hat.«

Der Oberst mischte sich jetzt ein.

»Das alles geht uns nichts an, solange wir hier keine Ahnung haben, wo Keller steckt.«

Er wandte sich an den General.

»Es gibt nichts Neues. Wir wissen mittlerweile nur, daß Keller den tödlichen Vorfall in Viareggio aus unmittelbarer Nähe beobachtete. Er befand sich in der Boutique eines gewissen Furio, eines Homosexuellen, der K. seit fünf Jahren kennt. Aber Furio weiß angeblich auch nicht, wo Keller sich aufhält. Noch was: Keller soll sich abends bei Oliviero angeblich mit Dottore Londisi getroffen haben.«

»Enzo Londisi?« fragte der General verblüfft. »Dr. Enzo Londisi aus Florenz, der Präsident der toskanischen Anwaltskammer?«

»Genau den meine ich.«

»Was halten Sie davon?« fragte der General den Zivilisten. »Wenn das stimmt, ist Keller ja in den besten Händen, und wir könnten zu dem Erfolg kommen, den wir uns vorgestellt haben.«

»Ja«, nickte Punti.

»Seltsam ist es trotzdem. Er ist ein Fremder in unserem Land, wenn auch nicht ganz fremd. Aber er kennt doch verdammt seltsame Leute. Vielleicht haben die Deutschen doch recht?«

»Na, na, na, übertreiben Sie mal nicht«, warf der Oberst ein. »Wenn Londisi auch Terroristen verteidigt, so ist er doch eigentlich politisch gegen die Gewalt.«

»Sollte man meinen«, bekräftigte der General. »Und ich glaube es persönlich auch. Nur, dieser Bruno Ferrari, Dr. Bruno Ferrari, von dem Sie vorgestern sprachen, ist er übrigens aufgetaucht?« wandte er sich an den Oberst, der den Kopf schüttelte. »Also, dieser Ferrari war mit Londisi im antifaschistischen Widerstand, bevor sie Ferrari nach Deutschland ins KZ schafften. Aber woher kennt Keller Ferrari und Londisi? – Gut, wir werden es noch erfahren. Was tut sich in Sizilien?«

»Wir werden die Festgenommenen in den nächsten Tagen entlassen müssen. Es reicht mal wieder nicht. Rosario Punta ist noch in Florenz. Aber nach der Entlassung werden sie ihn wohl abziehen. Dann dürfte Keller für sie uninteressant geworden sein.«

»Nein, das glaube ich nicht«, widersprach der General.

»Eher das Gegenteil ist der Fall! Sie werden annehmen, wir müssen sie entlassen, weil Keller als Zeuge ausfällt. Bis wir ihn haben, werden sie weiter versuchen, ihn umzubringen. Schon aus übertriebener Sicherheit. Zudem, denken Sie an die beiden Toten von Tyndari. Das läßt sich kein Capo bieten. Was bedeutet denen schon ein Menschenleben? Nein, Keller ist nach wie vor in Gefahr, auch wenn wir die Capi entlassen müssen.«

»Punti«, wandte sich der General nochmals an seinen Geheimdienstchef: »Finden Sie raus, ob Londisi und Ferrari in den letzten drei Jahren Kontakt miteinander hatten. Und jetzt holen Sie die Deutschen rein.«

Der General hieß Kahlwasser, Blume und Scheumann willkommen und ließ ihnen durch die Ordonnanz Kaffee servieren.

»Ich hörte, Sie haben leider Schwierigkeiten?« fragte der General freundlich. Obwohl Scheumann kein Italienisch verstand begriff er, was der General gesagt hatte.

»Er weiß schon von der Pleite Ihrer Behörde«, zischte er Blume zu. Kahlwasser ging zum Gegenangriff über.

»Herr General, wie mir gesagt wurde, wissen auch Sie nicht, wo Keller ist. Oder bin ich falsch informiert?«

Der General wurde ärgerlich, ließ sich aber nichts anmerken. »Das kann man so oder so sehen«, spielte er die Sache herunter. »Wir wissen immerhin, daß er in Rom ist«, log er. »Das reicht uns im Moment. Wir warten darauf, daß er Kontakt zu gewissen Kreisen aufnimmt, da dürfen wir ihm nicht zu nahe auf den Pelz rücken. Wenn er uns schließlich dahinführt, wohin wir wollen, nämlich zu dem Entführten oder ins Umfeld der Leute, die ihn versteckt halten, dann greifen wir schon zu«, verkündete er optimistisch und dachte, vor denen geb' ich mir keine Blöße.

Kahlwasser übersetzte die Worte seinen Kollegen. Scheumann bekam rote Ohren. Er rutschte unruhig auf seinem Stuhl hin und her.

»Also stimmt meine Theorie bis aufs I-Tüpfelchen.« Er wuchs innerlich um mindestens fünf Zentimeter. »Sagen Sie dem General, daß ich genau so kombiniert habe wie er. Wir werden Keller schon finden. Ich kenn' ihn am besten. Er steckt bestimmt bei irgendeiner Hure. Überall kennt dieser Typ irgendeine Absteigemöglichkeit. Aber ich finde ihn, sagen Sie das dem General!«

Kahlwasser wollte eben übersetzen, als ihn der General mit einer Handbewegung um Schweigen bat. Das Telefon klingelte.

»Wir haben Sie auch so verstanden, Herr Scheumann«, sagte er in Deutsch, bevor er den Hörer abnahm und lauschte. »Für Sie, Punti«, gab er den Apparat weiter.

Punti hörte schweigend einige Sekunden zu. Er drehte sich zu den Deutschen und runzelte die Stirn, sprach zwei schnelle Sätze in die Muschel und legte den Hörer ab. Jetzt bediente auch er sich der deutschen Sprache. »Wann und wo ist Ihnen Frau Keller abhandengekommen?« fragte er.

»Gestern, in der Nähe von Frankfurt, aber machen Sie sich keine Sorgen«, sagte Oberrat Blume, »wir finden sie schon wieder, vielleicht haben wir sie schon.«

»Das glaube ich nicht«, meinte Punti. »Sie wurde soeben hier in Rom von unseren Leuten festgenommen, als sie den Porsche ihres Mannes aus der Garage abholen wollte.«

»Unmöglich, unmöglich!« rief Blume. »Sie kann Deutschland nicht verlassen haben. Das wüßten wir. Vielleicht handelt es sich um jemand anderen. Oder jemand, der ihren Namen benutzt, von Keller geschickt wurde? Ja, so muß es sein. Ich bin sicher, daß sie Deutschland nicht verlassen hat.«

»Wir werden sehen. In einigen Minuten können Sie selbst mit ihr sprechen. Und noch was: Keller war ganz in der Nähe, hat alles mitbeobachtet. Er konnte entkommen, aber...«, beschwichtigte er die Anwesenden, »wir haben das Auto erkannt und können uns denken, wo er sich jetzt aufhält.«

Der General hatte sich erhoben.

»Meine Herren, ich will Sie nicht länger aufhalten, guten Tag.«

Die Deutschen drängten zur Tür. Jetzt wollten sie es den italienischen Kollegen beweisen. Denen würden sie es zeigen.

34.

Gisela Keller ging durch die Paßkontrolle. Mehr als 40 Minuten hatten die Passagiere noch in der bereits gelandeten Maschine warten müssen, bis sie zum Terminal rollen durfte. Gisela befürchtete Schwierigkeiten, doch es gab keine.

Da sie kein Gepäck mit sich führte, durfte sie, gleich nachdem ihr Paß kontrolliert worden war, den Flughafen verlassen. In der Halle vor den Türen blieb sie stehen und sah sich um. Von ihrem Mann war nichts zu entdecken.

Unschlüssig, ob sie noch warten oder zur Klinik fahren solle, verließ sie die Halle und lief am Taxiplatz hin und her.

Marcel stand in dem kleinen Buchladen, gedeckt durch einen Ansichtskartenständer, und blätterte lustlos in einem Buch, während seine Augen das Umfeld seiner Frau absuchten. Er konnte nichts entdecken. Auch waren seine Gedanken nicht ganz bei der Sache.

Das Erscheinen seiner Frau, ihre Schönheit, die Gewißheit der Scheidung, all das ging ihm jetzt, wo er sie sah, nahe. Der Pisaer Flughafen war betriebsamer, als er gedacht hatte. Trotzdem wartete er, bis sie die Halle verlassen hatte, ging ihr nach, trat von hinten an sie ran und drückte sie, ohne ein Wort zu sagen, ins nächste Taxi.

»Fahren Sie uns zum Schiefen Turm. Wir wollen den Schiefen Turm besichtigen«, sagte er in deutsch.

Er wandte sich an seine Frau, legte den Arm um sie und wollte sie küssen, aber sie stieß ihn weg.

»Was soll das? Ich denke, wir sind uns einig?«

»Gisela, mal eine ernsthafte Frage. Vor einigen Wochen noch hast du mich umworben wie ein Teeny seinen Schwarm, und jetzt läßt du dich nicht mal drücken. Ich freue mich, dich wiederzusehen, und bei mir hat sich nichts verändert. Ich liebe dich nach wie vor.«

»Aber ich dich nicht mehr«, sagte sie kalt und rückte ein Stück von ihm weg, so gut es auf der Rückbank des Taxis ging. »Wenn das alles war, kann ich gleich wieder heimfliegen.«

»Psssst, wir unterhalten uns nachher. Der Fahrer guckt schon komisch. Wir sehen gar nicht wie ein lustiges Touristenpaar aus.«

»Sind wir auch nicht. Die Polizei von halb Europa ist hinter dir und jetzt auch hinter mir her. Ich halt's nicht mehr aus, ich halt's nicht mehr aus! Hast du verstanden? Es ist das letzte Mal, und ich bin dankbar dafür.« Sie weinte leise. Der Taxifahrer hatte kaum noch ein Auge für die Straße. Am Tor zum Schloßgarten stiegen sie aus. Der Fiat parkte in der Einbahnstraße wie zwei Tage zuvor.

Sie nahmen die Autobahn nach Livorno. Erst auf der Schnellstraße sprach er sie wieder an.

»Verstehst du nicht, welch ein Schock die Nachricht von dir in mir auslöste, daß du die Scheidung willst? Ich habe mich riesig aufs Nachhausekommen gefreut. Ich wollte mit dir ganz von vorne anfangen.«

»Es ist zu spät. Marcel, versteh doch. Ich kann nicht mehr so leben. Ich hasse dich nicht. Ich hab' dich immer noch wahnsinnig gern, aber ich muß ein ruhiges Leben führen. Unsere Tochter ist jetzt acht und ruft jedem Polizisten ›Scheißbulle‹ nach. Das erschreckt mich jedesmal. Es isoliert einen. Es ist eigentlich keine Entscheidung für einen anderen Mann oder gegen dich, sondern gegen die Umstände, die dich und damit auch mich zwingen, so zu leben. Und das«, sie weinte wieder, »will ich nicht mehr.«

Marcel schwieg. Seine Wut auf sie, seine Revanchegedanken verflogen. Die Linke am Steuer, strich er ihr mit der Rechten zart über ihr blondes Haar, zog sie an sich. Sie gab nach, legte den Kopf auf seine Schulter und streichelte sein Haar.

»Marcel, wenn du wüßtest, wie schwer mir das fällt. Ich weiß ja nicht, was hier passiert ist. Aber selbst wenn nichts passiert wäre, dann würde eben in drei Wochen oder in drei Monaten etwas passieren.

Du hast einfach die Seuche. Du bist bestimmt, auserkoren, so ein Leben zu führen. Du wirst nie Glück haben, immer zum Schluß den Schwarzen Peter in der Hand halten. Ich will nicht mehr. Bitte, mach mir keine Schwierigkeiten, mich von dir zu trennen.«

Sie weinte wieder in kurzen Stößen. Er fühlte ihre Tränen seinen Hals herunterlaufen. Er gab ihr recht. Doch andererseits, warum sollte immer er verzichten? Er hatte doch Pech genug im Leben. Warum sollte immer er es sein, der Verständnis haben mußte? Trotz der Schwierigkeiten hatte er immer alles für sie und seine Tochter getan. Jetzt sollte er verzichten? Warum?

»Wir werden uns trennen«, schlug er vor. »Dann können wir uns das mit der Scheidung noch mal ein halbes Jahr überlegen?« fragte er hoffnungsvoll, doch sie schüttelte an seiner Schulter den Kopf.

»Das ist nichts Halbes und nichts Ganzes. Wer weiß, was da wieder zwischenkommt. Nein, ich will die Scheidung jetzt. Du hast es mir versprochen.«

Marcel bremste das Auto ab und fuhr auf einen Parkplatz. »Warum hältst du?« fragte sie, sah dann, daß er die Augen voller Tränen hatte, nichts mehr sehen konnte. Sie umschlangen einander und drückten sich so fest, daß es weh tat.

»Gisela, Gisela«, stammelte er. »Warum ist immer alles so beschissen? Ich weiß nicht mehr ein noch aus. Sie machen mich kaputt, die Schweine.« Sie küßte ihn in den Mund.

Beide schmeckten das Salz der Tränen. Sie lösten ihre Umschlingung und lehnten sich zurück. Er streichelte ihr verquollenes Gesicht. Ihre Nase, ihre Augen waren gerötet.

»Willst du hierbleiben? Diese Nacht? Mit mir? Ein letztes Mal?«

Sie sah durch ihn durch, dann sprach sie mit dünner Stimme: »Nein, Marcel, bitte nicht. Es finge alles wieder von vorne an. Du weißt es selbst, mit dir zu schlafen war das Schönste überhaupt. Bitte, verlange das nicht von mir, es macht's nur schwerer, auch für dich. Und wir müssen an Anja denken; sie wartet morgen abend auf mich.«

Beim Gedanken an seine Tochter stiegen ihm erneut die Tränen in die Augen.

»Hast du es ihr schon gesagt?«

Sie schüttelte den Kopf.

»Wir brauchen uns ja nicht aus dem Weg zu gehen. Du wirst sie sehen wollen und sie dich.«

»Nein«, sagte er hart. »Eine Zeitlang gibt's nichts. Ich kann nicht da rumhocken, als wäre zwischen uns alles klar. Mein Gott, was mach' ich nur? Jetzt habe ich dir zuliebe meine neue Wohnung wieder aufgegeben, und nun das.«

»Du wirst schon schnell was Neues finden«, tröstete sie ihn.

»Du gehst nie unter. Das hab' ich immer an dir bewundert. Wenn's hart wurde, hast du dich immer durchgesetzt. Für dich ist alles kein Problem. Du bist sehr stark. Erzähl mir jetzt, was passiert ist und was ich hier soll?«

Er erzählte ausführlich, ließ nichts aus.

»So, so, die Britta«, wurde sie schnippisch, »da hast du ja schon was Neues?«

»Quatsch, war nie so gedacht. Aber das ist auch nicht das Problem.«

Er erklärte ihr, daß sie das Auto abholen, es in Deutschland verkaufen, zu Dr. Dachs gehen und ihm alles erzählen solle, sobald sie zurück sei.

»Ich brauche Geld. Wieviel hast du mir mitgebracht?«

»Zweitausend kann ich dir geben. Dann habe ich noch fünfhundert für die Rückfahrt. Jürgen hat einen Tausender genommen für den Personalausweis, aber ich wollte nicht handeln.«

»Dieses Schwein«, empörte sich Marcel, »das ist der Straßenpreis für Freier; aber ich hab' schon damit gerechnet, Geier bleibt Geier.«

Mittlerweile hatten sie Civittavecchia passiert.

»Also gut, geh zum Anwalt. Reich die Scheidung ein. Aber nimm nicht Fritz, sonst werde ich böse. Es reicht, wenn er mit dir schläft. Ich will nicht, daß er uns auch offiziell trennt.«

Sie nickte.

Sie erreichten die Gabelung der Autobahn nach Fiumicino. Die letzten Kilometer herrschte, des Flughafens wegen, starker Verkehr.

Zwei Straßen vor der Porschewerkstatt hielt er an und schaltete den Motor aus.

»Wir sind da.« Er blieb sitzen und sah nach vorne durch die Windschutzscheibe. Gisela nestelte aus ihrer Tasche einen Tausender und zehn Hundertmarkscheine und hielt sie ihm hin. Er reagierte nicht.

»Mach es uns nicht noch mal schwer, Marcel«, sagte sie und deponierte das Geld auf der Ablage. »Soll ich den Ausweis auch für alle sichtbar hierherlegen?«

Er drehte sich um, nahm ihr schweigend den Ausweis aus der Hand, steckte ihn ein, rollte das Geld zusammen und versenkte es in der Hosentasche. Er legte den Arm um Gisela, wollte sie an sich ziehen. Sie drehte den Kopf zur Seite, ließ sich nicht küssen.

»Marcel«, drängte sie. »Nicht noch mal dasselbe.«

»Gut«, gab er auf. »Gehn wir, ich geh' mit bis in die Nähe. Ich habe dir eine Vollmacht geschrieben. Hier, eine in italienisch und eine in deutsch, zum Verkauf. Der Brief ist zu Hause, Schein und Schlüssel in der Werkstatt. Ach so, hätte ich fast vergessen, die Reparatur muß auch noch bezahlt werden, ungefähr tausend Mark. Scheiße, aber es geht ja nicht anders.« Er zog das Geld wieder hervor.

»Laß!« Gisela drückte seine Hand mit dem Geld weg. »Ich hab' doch Schecks und die Servicecard. Es ist ein neues Auto, vielleicht geht's auf Garantie?«

»Versuch's, doch das ist nicht das Problem: Man wird dich erwarten.«

»Kann ich mir denken«, sagte sie, blaß geworden. »Aber macht nichts«, rappelte sie sich auf. »Ich weiß, daß es das letzte Mal ist. Ich werd's überstehen. Außerdem... ich war noch nie in einer italienischen Zelle.«

Beide lachten verlegen.

Sie reichte ihm die Hand, wie einem Fremden. Er griff zu, hielt sie fest, wollte sie an sich ziehen, aber sie befreite sich, stieg aus und lief davon.

Er folgte, blieb an der Ecke der belebten Straße stehen und sah ihr nach. Ihr Blondschopf verschwand eben in dem Autohaus. Durch die großen Scheiben sah er sie verhandeln und dann, wie erwartet, zwei Männer auf sie zutreten, die neben der Kundenberatung gewartet hatten.

Marcel drehte sich um und verschwand in der Nebenstraße. Er suchte nicht den direkten Weg zum Auto, ging kreuz und quer, mal lief er schneller, mal schlenderte er gemütlich. Einmal meinte er, einen etwa vierzehnjährigen Jungen zu entdecken, der ihm folgte, doch dann verlor er ihn aus den Augen. Erst als er ganz sicher war, daß ihn niemand beobachtete, stieg er in den Fiat und verließ diese Gegend.

Kaum bog er um die Ecke, kam aus einem Torbogen der Junge zum Vorschein, sah dem Fiat nach und notierte die Nummer.

35.

Es war gar nicht leicht, in dem Verkehrsgewühl eine Telefonzelle zu finden, vor der er auch noch parken konnte. Rom ist um diese Zeit ein Chaos. Man treibt mit seinem Auto in der Mitte des Verkehrsstroms, wie ein Kanufahrer hundert Meter oberhalb der Niagarafälle. Keine Chance nach rechts oder links auszuweichen. Es bleibt allein die Hoffnung, daß die Richtung des Sogs die ist, in die man auch fahren möchte.

In der Nähe eines Postamtes gelang es ihm, ohne größeren Schaden auszuscheren und den Wagen abzustellen.

Im Postamt hing ein Stadtplan. So konnte er zwei Fliegen mit einer Klappe schlagen.

Erst rief er Rosanna an. Fast eine Minute ließ er ihren Redeschwall über sich ergehen, der von der Freude, daß ihm nichts passiert sei, bis zu dem Vorwurf reichte, sich nicht früher gemeldet zu haben. Er unterbrach sie.

»Mir ist nichts geschehen. Ich erzähle dir alles heute abend. Die Adresse hab' ich ja. Wann bist du da?«

»Um zehn. Ich muß erst in meine Wohnung, Kleider für morgen früh einpacken.«

»Laß das, komm gleich nach Feierabend. Morgen früh hast du dein Auto und kannst dann bequem in die Wohnung fahren.«

»Gut, dann etwa halb zehn.«

Jetzt suchte er auf dem Stadtplan die Adresse von Ingers Agent. Sie lag außerhalb der Stadt.

Das Haus des Agenten war kein Haus, sondern eine Villa. Eine jener schönen alten Villen mit hundert Erkern und Fenstern, wie er selbst gerne eine besessen hätte. ›Häuser mit Seele‹ nannten er und Gisela diese Altbauten.

Wie gehabt ließ er den Wagen einige hundert Meter vorher stehen und näherte sich zu Fuß dem Grundstück. Auf sein Klingeln öffnete ihm ein junger, hübscher Mann.

»Sind Sie Mario dal Soglio?« fragte Marcel verwundert.

»Nein«, entgegnete eine süße Stimme. »Mario ist drin. Wer sind Sie denn?«

Marcel musterte den Strichjungen, drückte sich an ihm vorbei zur Tür rein und sagte:

»Ich warte hier. Sag Mario Bescheid; ich muß ihn dringend sprechen. Meinen Namen sag' ich ihm selbst.«

Marcel stand im Flur, besser gesagt in der Halle.

Er gab dem zögernden Jungen einen Klaps auf den Hintern.

»Lauf!«

»Na so was?« empörte er sich und ließ Marcel alleine. Der sah sich um. Seine Füße standen auf einem großen beigen Isfahan mit blauem Spiegel und viel Seide. Über ihm befand sich ein großer, vom Hausdach herabhängender Kronleuchter. Die offene Treppe führte zu einer Galerie im ersten Stock, die durch ein Edelholzgeländer gesichert wurde.

An den wenigen Wandflächen hingen weitere Seidenteppiche: Hereckes, Kayseris und ein wertvoller antiker Keshan. Auch der Läufer, der die breiten Treppenstufen von oben bis unten bedeckte, war ein echter Kirmann.

Ein Vermögen an Teppichen und sehr geschmackvoll, dachte Marcel. Na ja, die meisten Schwulen haben einen guten Geschmack, und daß Dal Soglio schwul war, daran zweifelte Marcel, nachdem er den Hausboy gesehen hatte, nicht mehr.

Die Begegnung mit Mario dal Soglio verlief frostig und kurz. Der Konzertagent erschien auf der Freitreppe wie ein Operntenor beim Auftritt. Er sah von oben auf Marcel herab und sprach mit dröhnender Stimme:

»Was soll das? Wer betritt mein Haus auf diese Weise?«

»Inger Wahlgaard hat Sie angerufen. Stimmt's? Haben Sie etwas für mich?«

Der dicke Hausherr zog es vor zu schweigen. Er drehte sich auf dem Absatz rum und rief seinen Hausburschen:

»Sag dem da, er soll einen Moment warten.«

Der Hausherr erschien nicht mehr. Dafür der Junge.

Er überreichte Marcel ohne Kommentar einen dicken Umschlag, öffnete die Haustür und winkte Marcel hinaus.

Der Wohnblock war riesig. Marcel zählte achtzig Klingeln. Vor und hinter dem Block standen noch zwölf dieser Wohnmaschinen. Hier wohnte man anonym. Kurz nach halb zehn erschien Rosanna im Pulk anderer Hausbewohner von der Bushaltestelle.

Sie küßte ihn kurz und zog ihn hinter sich her. Das Apartment lag im 8. Stock, nannte sich Eineinhalbzimmerwohnung und bestand aus einem großen Wohnzimmer mit Schlafecke, einer klitzekleinen Küche und einem Loch von Bad ohne Fenster. Überall lag Teppichboden. Die Möblierung bestand aus einem ziemlich primitiven Jungmädchenzimmer. Der Kühlschrank war voll.

»Wie alt ist deine Verkäuferin?«

»Einundzwanzig, frisch verliebt. Sie wohnt bei ihrem Freund. Sie will die Wohnung hier vermieten. Gar nicht so einfach, denn sie ist teuer. Heute sagte sie wieder, vielleicht will sie sie doch behalten. Hatte wohl Krach mit ihrem Typ. Willst du etwas essen, Marcel? Oder baden? Ich habe gestern schon alles eingekauft. Auch ein paar Schuhe für dich, damit du diese Tennisdinger von den Füßen kriegst. Deine Schweißfüße sind nicht auszuhalten. Außerdem will ich meine Unterhosen zurückhaben. Ich habe dir eigene mitgebracht.«

Wie eine Ehefrau, dachte er und damit sofort an seine Frau und den Verlauf des heutigen Tages. Wo mochte sie sein, jetzt, in diesem Moment? Hoffentlich machten sie es ihr nicht zu schwer. Er griff nach Rosanna, zog sie hart an sich, damit sie die Tränen in seinen Augen nicht sehen konnte, und sagte:

»Baden will ich, essen will ich, aber zuerst will ich mit dir ins Bett, so verschwitzt wie ich bin.« Er drückte sie in die Schlafecke, zog sie aus, zog sich aus, hielt die Augen geschlossen und wünschte sich, er hielte seine Frau in den Armen.

36.

An diesem Freitag, dem 5. Mai, erschien Dr. Dachs gegen 14.30 in seiner Kanzlei. Der blöde Termin hatte sich über die Mittagszeit erstreckt, und jetzt stellte er fest, daß seine Kanzleigehilfin schon nach Hause gegangen war. Dabei wollte er sie nochmals ins Gericht schicken. Bei der Hektik heute morgen hatte er vergessen, sein Gerichtsfach zu leeren, die Post oder Akten in Empfang zu nehmen, die ihm Staatsanwaltschaft und Gericht dort hineinlegten.

Er warf seine Robe über den Stuhl, öffnete die Aktentasche, nahm das Aktenbündel des heutigen Falles heraus und brachte es zum Schreibtisch seiner Gehilfin. Sie würde es Montag einsortieren. Dann sah er kurz auf den Zettel, den ihm das Mädchen hinterlassen hatte. Dreimal schon war ein Anruf aus Florenz dagewesen.

Er wußte zwar nicht, von wem der Anruf kam, er kannte niemand in Florenz. Sicher hatte die Sekretärin gesagt, er sei um zwölf zurück, wie es auch geplant war.

Was mochte das wohl sein? Ganz unten fand er den Namen: Rechtsanwalt Dr. Enzo Londisi und die Telefonnummer. Er griff zum Telefon und drehte. Vorwahl besetzt. Wählversuch, besetzt, wieder besetzt. Dr. Dachs seufzte, ließ sich in seinen Sessel fallen und probierte es aufs neue.

Langsam wählte er Ziffer für Ziffer, machte Pausen dazwischen und... er kam durch.

»L'uffico Dottore Londisi! Pronto?«

Dr. Dachs konnte kein Italienisch. Er versuchte es mit Englisch und wurde verbunden.

»This is Dr. Dachs, in Frankfurt, Germany, you called me several times.«

»Richtig«, unterbrach Enzo Londisi in deutsch. »Sprechen wir deutsch. Sie kennen mich nicht, nehme ich an?«

»Nein, ich weiß nicht, worum es geht. Vielleicht ein Irrtum?«

»Kein Irrtum, es geht um Keller, Marcel Keller.«

»Ist er bei Ihnen, kann ich ihn sprechen?«

»Nein, er ist nicht bei mir. Das wäre auch nicht möglich. Es wird hart nach ihm gefahndet, hier im Lande. Er bat mich, mit Ihnen Kontakt aufzunehmen. Er will nach Deutschland fliehen. Wie sieht es denn dort aus für ihn?«

»Ich weiß auch nicht mehr als das, was hier in der Zeitung steht. Eigentlich nicht viel: daß er in Italien gesucht werde und hier auch, wegen Koks. So ein Unsinn! Ich kenne ihn lang genug; das stimmt nie und nimmer.«

»Sagte er mir auch. Aber checken Sie doch mal ab, was los ist. Gibt's einen Haftbefehl, wenn ja, warum? Ich werde Sie Montagabend anrufen. Wann sind Sie zu erreichen?«

»Am besten zwischen 18 und 19 Uhr, dann hab' ich auch Ruhe hier.«

»Gut! Also, hier in Italien wird die Sache unheimlich aufgebauscht; dabei hat er nichts gemacht. Er wird für den Tod zweier Mafiosi als Zeuge gesucht, und, das ist das Schlimme, die Mafia ist auch hinter ihm her.«

»Großer Gott«, stöhnte Dachs, »auch das noch! Ich tu', was ich kann, rufen Sie mich Montag an. Danke für den Anruf.«

»Moment noch, Herr Dachs, ich habe Ihnen eine Vollmacht von Keller mit der Post geschickt. Also dann, auf Wiedersehn!«

Einen Moment saß Dr. Dachs nachdenklich an seinem Schreibtisch, dann stand er auf. Wenn er rüberging ins Gericht, die Post holen, konnte er gleichzeitig versuchen, einmal mit Staatsanwalt Schauburg zu sprechen. Das war Kellers Intimfreund, und wenn in der Richtung etwas lief, mußte Schauburg es wissen. Allerdings, wissen und darüber sprechen ist zweierlei. Dennoch wollte Dachs es versuchen.

Er traf Schauburg vor seinem Zimmer, als er es eben abschließen und ins Wochenende wollte.

»Einen Moment, Herr Schauburg«, bat Dr. Dachs. »Das können wir auch hier auf dem Flur erledigen.«

»Ja, bitte?« sah ihn der schwerhörige Staatsanwalt erstaunt an. Beide waren keine Freunde, das Ansprechen ungewöhnlich.

»Ich habe da etwas über Keller in der Zeitung gelesen. Was ist da dran? Haben Sie etwas damit zu tun? Sie wissen, ich vertrete Herrn Keller meistens.«

Der Gesichtsausdruck des Staatsanwaltes wurde kalt.

»Herr Kollege«, sagte er fast schulmeisterhaft, »Verteidiger sind Sie nur mit Vollmacht, und die haben Sie ja wohl nicht, wäre auch schwer möglich. Denn da, wo der Keller steckt, kann er Ihnen keine unterschreiben. Und überhaupt kann ich über Verfahren keine Auskunft geben«, sagte er schroff und ging davon.

Nach drei, vier Schritten blieb er stehen, sah sich um und meinte: »Nur eines kann ich Ihnen sagen: Diesmal nützen Sie ihm nichts mehr. Außerdem liegt die Sache in höheren Händen, in Karlsruhe!« Fort war er.

Verdammt, dachte Dachs. Damit kann er nur die Bundesanwaltschaft gemeint haben. Er ging zu seinem Gerichtsfach, leerte es, schritt, immer noch nachdenklich, hinaus und lief fast in ein Auto, das den Gerichtshof verlassen wollte.

Er wollte weiter, kaum daß er sich entschuldigte, als ihn ein Ruf zurückhielt.

»Herr Dr. Dachs, so große Probleme?«

Dr. Dachs sah auf. Im Auto saß Richter Dr. Gerhaas. Sofort dachte er an Keller. Gerhaas hatte auch mit Keller zu tun gehabt. Vielleicht wußte der was. Er schätzte Gerhaas als fairen, guten Richter. Wenn der was wußte..., also sprach er ihn an.

»Herr Dr. Gerhaas, gut, daß ich Sie sehe. Wissen Sie etwas über meinen Mandanten Keller, Marcel Keller?«

Der Richter sah ihn seltsam an.

»Komisch, genau darüber wollte ich mit Ihnen auch sprechen. Vertreten Sie ihn?«

»Ja«, log Dachs.

»Gut, aber nicht hier. Gehn wir ins ›Klapperfeld‹. Ich bin froh, Sie getroffen zu haben.«

Der Richter fuhr rückwärts in die alte Parkbucht und stieg aus. Die zwei Männer betraten die Gaststätte, bestellten Bier und Apfelkorn und redeten drei Stunden miteinander.

37.

Samstag, 5. Mai

Als das Schrillen der Türglocke Marcels Schlaffaden abschnitt wie eine Aufschnittmaschine den Schinken, wußte er, was die Stunde geschlagen hatte.

Rosanna war früh aufgestanden und schon über eine Stunde aus dem Haus. Er war wieder eingeschlafen. Ihm war klar, daß an dem Daumen, der nun pausenlos den Klingenknopf drückte, einer hing, der wahrscheinlich eine Polizeimarke in der Tasche und eine Pistole mit sich führte und nicht alleine war.

Dann kam der Schock. Alles Blut wich aus seinem Gesicht. Er war unfähig, sich zu bewegen, lag auf dem Bett wie eine Leiche, war aber nicht tot, denn das immer wiederkehrende Geräusch der Klingel ließ ihn im gleichen Rhythmus vibrieren, wie der Klöppel zwischen den beiden Glocken hin und her schlug.

Jetzt flutete das Blut zurück in sein Gehirn, schaltete es ein. Wieso haben sie die Wohnung gefunden? Woher wußten sie, daß er hier war?

Die letzten Stunden liefen an seinen inneren Augen vorbei wie ein Tonband im Schnellgang, das die darauf befindlichen Stimmen zu einem Piepsen verzerrt. Mit einem lauten Knakken blieb es an der Stelle stehen, die er sich als einzige Ursache für den jetzigen Besuch vorstellen konnte. Man hatte die Autonummer erkannt! Oder hatte man ihn gestern abend doch verfolgt, war er zu unvorsichtig gewesen? Rosanna besaß wie er einen Schlüssel für die Wohnung. Sie hätte die Tür aufgeschlossen, wäre sie zurückgekommen.

Die Türklingel schrillte weiter.

Er griff zum Nachttisch. Da lag sein neuer Personalausweis. Altes Bild, neuer Name. Ob er damit durchkam? Wohl kaum, wenn man gezielt nach ihm suchte. Aber er mußte es versuchen. Plötzlich lief es ihm siedendheiß über den Rücken. Der Bart! Er trug noch den Vollbart! So wie jetzt sah er dem Bild im Ausweis gar nicht ähnlich. Der Bart mußte ab. Das Klingeln hörte auf. Dafür schellte kurz darauf das Telefon.

Idioten, dachte Marcel. Als ob ich auf so was reinfalle. Er mußte raus aus dieser Falle. Jetzt, wo er gerade Hoffnung gefaßt hatte! Rosanna hatte ihm nachts gesagt, daß ein gewisser Dr. Ferrari im Geschäft angerufen und ihn für den heutigen Mittag ins ›Dal Bolognese‹ an der Piazza del Poppolo bestellt hat.

Nun schien alles umsonst. Die Polizei war schneller gewesen. Nein, sagte er sich. So leicht mache ich es euch nicht. Erst mal mußte der Bart ab, aber wie? Sacht glitt er aus dem Bett. Nicht nur, um kein Geräusch zu verursachen, auch um keinen Schatten zu werfen. Wenn man auch durch den Spion an der Wohnungstür von außen nach innen nichts erkennen konnte, Bewegungen nahm man trotzdem wahr.

So bewegte er sich wie ein Soldat im Kampf. Er robbte auf Zehenspitzen und Ellbogen langsam aus dem Schlafzimmer über den Flur ins Bad. Es war dunkel bis auf den Teil, der durch die offenstehende Tür ausgeleuchtet wurde.

Im letzten Moment stoppten seine Finger vor dem Lichtschalter. Er wußte nicht, ob der Zählerkasten vielleicht im Flur hing. So öffnete er nur die Toilettentür einen Spalt weiter, um mehr Licht einzulassen. Dann durchsuchte er die vorhandenen Kosmetiktaschen, den Medizinschrank und die Ablagen. Welch ein Glück, ein Plastiknaßrasierer lag auf dem Wannenrand. Ob das Mädchen ihre Muschi rasierte? Rasierschaum gab's nicht, aber normale Seife tat's auch. Doch es klappte nicht. Sein Bart war zum Abschaben viel zu lang. Leider war eine kleine, gekrümmte Nagelschere das einzige Werkzeug, das er fand. Es war mühsam, und beim ersten erneuten Aufschrillen der Klingel schnitt er sich ins Ohr.

Es blieb nicht die einzige Verletzung. Er beugte den Kopf übers Toilettenbecken, um die Haare dort reinfallen zu lassen und sie später, wenn niemand mehr lauschte, wegzuspülen. Seine Angst wuchs. Seine Hände zitterten, nicht die beste Ausgangsposition für eine Rasur. Er schäumte sich ein. Schabte. Die Klinge war stumpf. Scheiße. Sie riß mehr, als sie schnitt. Dennoch fiel der Bart. Mit den Fingern fühlte er über sein ungewohnt kahles Gesicht und ertastete die Stellen, die noch zu rasieren waren. Er wollte auch den Wasserhahn nicht aufdrehn. So schwenkte er die Klinge nach jedem Strich im aufgestauten Wasser des Toilettenknies.

Dabei kam ihm eine Idee. Telefonieren. Er robbte in die Küche, wo, mit einer langen Schnur versehen, das Telefon stand. Auch die Küche besaß kein Fenster, nur Glasbausteine. Er erhob sich und schaute verdutzt in den Küchenspiegel. Das sollte er sein? Dieser blasse, bartlose Typ da? Von der Sonnenbräune der vergangenen Wochen war nichts mehr zu sehen. Seine Fresse war zerschnitten wie nach einer Mensur. Auch die Rasur war keineswegs vollkommen. An mehreren Stellen standen noch Haarbüschel. Doch er war verändert. Nur mit Mühe erkannte er sich selbst. Die tiefen Augenringe waren vor einigen Tagen noch nicht dagewesen. Sie traten durch die Angst und Aufregung der letzten halben Stunde verstärkt hervor und ließen ihn aussehen, als habe er bei einer Schlägerei blaue Augen davongetragen.

Leise nahm er das Telefon vom Tisch und kroch wieder ins Bad. Dort drückte er die Tür von innen leise zu, konnte dann aber die Wählscheibe nicht mehr sehen. So zählte er Nummer für Nummer ab, betete, daß er sich nicht verwähle, und hörte das Klingeln in Rosannas Laden in der Via Veneto. Niemand hob ab.

Er versuchte es in ihrer Wohnung. Keiner da.

Jetzt war Marcel sicher, sie hatten Rosanna verhaftet.

Er kroch ins Schlafzimmer und zog sich an, holte den Personalausweis, stellte sich vor den Spiegel und versuchte, seinen Haaren die Richtung zu geben, wie sie vor fünf Jahren gelegen hatten. Es gelang nicht. Dafür waren zu wenige da.

Mein Gott, er würde bald 'ne Glatze haben.

Nachdem er alles, was er brauchte, verstaut hatte, schlich er zur Wohnungstür und horchte. Nichts.

Seit zehn Minuten klingelte es nicht mehr.

Vielleicht sind sie wirklich weg? dachte er.

Leichte Hoffnung keimte auf. Leise drückte er die Klinke nieder, zog die Tür einen Zentimeter auf und spähte in den Flur. Er sah nur die gegenüberliegende Tür. Sein Herz schlug heftig, als er die Tür ganz aufzog.

Er erschrak. Neben der Tür stand eine junge Frau.

»Endlich«, sagte sie. »Ich wußte doch, daß Sie da drin sind.«

Marcel kämpfte um seine Fassung.

»Wie bitte? Wer ist da drin? Und wer sind Sie?«

»Ich heiße Violetta, und das ist meine Wohnung.«

Blitzschnell ergriff er sie am Arm, zog sie in den Flur und schloß die Tür von innen.

»Stehst du schon fast eine Stunde da draußen und klingelst?«

»Ja.«

»Hast du keinen Schlüssel?«

»Nein! Woher denn? Ich habe beide Rosanna gegeben.«

»Dann nimm doch Rosannas Schlüssel und erschreck mich nicht zu Tode.« Er war wütend. Das Mädchen kroch in sich zusammen.

»Wegen des Schlüssels bin ich hier. Wir können nicht ins Geschäft. Ist Rosanna nicht bei dir?«

»Nein, sie ist schon seit mehr als zwei Stunden weg. Sie wollte nur kurz in ihrer Wohnung vorbei. Wahrscheinlich ist sie jetzt im Laden. Komm, wir rufen sie an.«

Sie wählten alle Geschäfte Rosannas und auch die Wohnung an. Niemand meldete sich.

»Da ist was passiert«, sagte Marcel. »Gibt's keine Zweitschlüssel von den Läden?«

»Doch. Sie sind in Rosannas Wohnung, in ihrem Schlüsselkasten in der Diele.«

»Komm!« Marcel nahm sie an der Hand, steckte den Wohnungsschlüssel in die Tasche und zog das Mädchen zum Aufzug.

»Hast du ein Auto bei dir?«

Sie besaß einen alten Lancia Beta. Damit brauchten sie zwanzig Minuten bis zu Rosannas Wohnung. Marcel fuhr die Straße zweimal auf und ab. Nicht Verdächtiges war zu erkennen.

Er parkte auf dem Bürgersteig und huschte mit Violetta in den Hausflur. Die Wohnungstür wurde, trotz mehrfachen Klopfens, nicht geöffnet.

»Bleib hier«, befahl Marcel.

Er rannte durch den Keller auf den kleinen Gemeinschaftshof und kletterte die Terrassen hoch.

»Langsam werde ich zum Bergsteiger«, dachte er. Es ging schneller als neulich nachts. Das Stuhlbein lag noch da, die Scheibe war noch nicht erneuert. Diesmal zerbrach sie völlig und fiel klirrend aus dem Rahmen auf die Terrasse. Er lief durch die Wohnung, öffnete, ebenfalls mit roher Gewalt, die Wohnungstür von innen und ließ Violetta ein.

»Such schon 'mal die Geschäftsschlüssel.«

Er schaute sich um. Keine abgelegten Kleider, etwa die von gestern, nichts. Sie war nicht hiergewesen.

Natürlich war es möglich, daß sie einen Autounfall gehabt hatte, doch Marcel fühlte, daß das nicht zutraf.

Es hing mit ihm zusammen, und er war hier in der Wohnung sehr gefährdet. Waren sie erst bei Rosanna, waren sie auch bald bei ihm.

»Du fährst jetzt an allen Läden vorbei und gibst den Verkäuferinnen den Schlüssel. Tu so, als sei nichts passiert. Ich bin sicher, Rosanna ist bald wieder da. Wahrscheinlich hat die Polizei sie festgenommen. Du bleibst im Laden in der Veneto. Ich rufe dich bald an. Klar?«

Violetta nickte, sie war weiß wie die Wand. Das Tempo von Marcel schien ihr zu hoch.

Unbehelligt stiegen sie ins Auto und brausten ab. Marcel sah sich laufend um. Nichts. Seltsam. Irgendwas stimmte nicht mit seiner Kombination. So blöd waren die Bullen nicht.

»Setz mich in der Stadtmitte ab«, bat er Violetta, konnte sich, als er schon halb aus der Tür war, nicht verkneifen zu fragen:

»Hast du deine Muschi rasiert?« Sie wurde rot wie eine Tomate, gab keine Antwort, aber Gas, daß ihm die Tür aus der Hand gerissen wurde und von selbst zufiel.

Das ›Dal Bolognese‹ ist der In-Treffpunkt der Römer. Zögernd stand Marcel vor dem Eingang, dann gab er sich einen Ruck. Er ging zum Buffet. Der Mann dahinter war gekleidet wie ein Admiral, inklusive der arroganten Miene.

»Entschuldigen Sie«, fragte Marcel. »Ich bin um zwölf mit Herrn Dr. Ferrari verabredet. Kennen Sie ihn?«

Der Admiral musterte ihn, als wäre er ein Hund, der unpassenderweise sein Bein hebt. Marcel glaubte schon, er habe ihn nicht verstanden, da kam doch noch die Antwort.

»Er ist nicht hier.«

»Klar, Mann, das habe ich auch schon gesehen. Ist ja auch erst elf. Halten Sie es für möglich, wenn ich Ihnen eine Nachricht hinterlasse, daß Sie die in einer Stunde noch wissen?«

Der Arrogante musterte Marcel von oben bis unten.

Offensichtlich wußte er nicht, wie ernst er sein Gegenüber nehmen mußte.

»Wollen Sie nicht warten?«

»Nein. Bitte richten Sie ihm aus, daß ihn seine Verabredung um Viertel nach zwölf hier anrufen wird. Kann ich vielleicht ihre Telefonnummer haben?«

Der Admiral gab sie ihm, machte sich eine Notiz, nahm aber Marcels fröhliches ›Arrivederci‹ nicht zur Kenntnis.

Marcel ging zu Fuß in die ›Via Condotto‹ ins berühmteste Café Roms, ins ›Café Greco‹, bestellte einen Espresso und setzte sich an einen der Schachtische, spielte schweigend gegen eine alte Dame, die ihm gegenüber Platz genommen hatte, ohne daß sich einer dem anderen vorstellte, bis er um Viertel nach zwölf mit einem: »Entschuldigen Sie mich eine Minute«, die ersten Worte an die Dame richtete.

Dr. Bruno Ferrari schien neben dem Telefon gewartet zu haben.

»Aha, die Lektionen gelernt«, sagte er an Stelle einer Begrüßung. »Wo sind Sie? Café Greco? In zehn Minuten bin ich dort.«

Marcel kehrte zu seinem Tisch zurück. Wenig später richtete die Alte das erste Wort an ihn: »Schach«, dem sie gleich darauf das: »Matt« folgen ließ.

Es wurde auch Zeit, Ferrari war eingetreten, stand wartend am Eingang. Zusammen verließen sie das Café, stiegen in ein Taxi.

»Haben Sie schon gegessen?« fragte Ferrari.

»Nein.«

»Bringen Sie uns ins ›Il Canestro‹ in der Via le Mazzini. Sie mögen doch Fisch?« fragte er Marcel.

Sie schwiegen bis nach der Bestellung. Dann erst drückten sie sich fest die Hände.

»Bruno, ich freue mich wahnsinnig, dich zu sehen, weißt du, wie's mir geht?«

»Ich kann es mir denken, mein Freund«, verfiel auch Ferrari ins vertrauliche Du. »Du weißt doch: Vor fünfunddreißig Jahren war ich einer der meistgesuchten Männer Italiens. Und unter Mussolinis Regime traute sich kaum einer, mir zu helfen. Alle hatten Angst. Ich werde dir helfen. Ich habe alles über dich gelesen und gestern ausführlich mit Enzo gesprochen. Ich weiß also fast alles. Zunächst aber will ich dir eine gute Nachricht übermitteln: Deine Frau ist noch diese Nacht wieder freigelassen worden. Es lag nichts vor gegen Sie. Allerdings sind in Rom wegen dir einige deutsche Polizisten, die hätten deine Frau am liebsten eingesperrt. Gisela verlangte einen Anwalt. Londisi in Florenz war zu weit weg. Hier kennt sie niemanden. Da hat sie mich angerufen. Ich war eben zu Hause, frisch informiert von Enzo, als sie anrief. Ich habe einen Anwalt hingeschickt, er hat sie losgeeist. Ich konnte kurz mit ihr sprechen. Deine Frau ist immer noch so schön wie vor Jahren. Sie sagte mir, ihr laßt euch scheiden?«

Marcel nickte.

»Sie will es so. Ich weiß es auch erst seit einigen Tagen.«

»Es tut mir leid um dich, Marcel, aber für deine Frau ist es das beste. So wie du lebst, kannst du keine Frau gebrauchen.«

Widerstand regte sich in Marcel. Er wollte etwas erwidern, doch Bruno drückte ihm die immer noch in die seine verschränkte Hand.

»Du weißt, ich mag deine Frau und ich mag dich. Vor Jahren hab' ich euch beobachtet. Du tust ihr weh, sie tut dir weh. Es war eine einzige Schlacht. Zwischendurch habt ihr euch aufgefressen. Doch das ist im Moment unwichtig. Es war nicht gut, daß Gisela mich angerufen hat. Sicher wird nun mein Telefon überwacht. Und ich auch, aber...«, kicherte der Alte, »ich habe nichts verlernt in vierzig Jahren.«

»Sag mal«, unterbrach ihn Marcel, »wie alt bist du?«

»Ich werde sechzig im Oktober.«

Marcel staunte. Bruno Ferrari war einsachtzig groß, schlank und hielt sich aufrecht wie ein Spazierstock. Er trug stets mondäne Kleidung, dunkle Anzüge, dunkle Wollmäntel, einen grauen oder schwarzen Borsalino und Krawatten oder Halstücher von Hermes oder ähnlicher Qualität. Sein Haar war tiefschwarz, seine Haut gebräunt, und aus dem Gesicht sprang eine Nase hervor, wie sie nur am Jordan vorkommen sollte. Dazu trug er eine Brille mit quadratischen Gläsern und Goldrand.

»Ohne dir schmeicheln zu wollen, Bruno, seit zehn Jahren halte ich dich für fünfundvierzig. Du wirst nie grau. Sieh dir mal mein Haar, an, an den Schläfen findest du kaum noch ein dunkles Haar.«

Bruno lachte.

»Ja, mein Haar, das ist natürlich gefärbt, aber«, fügte er gleich hinzu, »es ist mein Originalhaar. Doch nun zur Sache. Du mußt weg aus Rom. Gut, daß ich mich an Rosanna erinnerte. Enzo erwähnte sie. Du kannst nicht bei ihr bleiben. Außerdem gefährdest du *sie* auch...«

Marcel unterbrach ihn; erzählte, daß Rosanna verschwunden war.

»Ich muß telefonieren, vielleicht ist sie mittlerweile aufgetaucht.«

»Egal, was da vorgefallen ist. Du mußt weg. Entweder gehst du in den Apennin zurück oder zu Anita.«

»Anita? Welche Anita?«

»Anita Umbello, Carlos Schwester.«

»Was soll ich in Vicenza? Wieso kommst du auf die Umbellos?«

»Gestern, nachdem ich mit Enzo gesprochen hatte, habe ich Carlo angerufen. Anita war am Apparat und ganz aufgeregt. Sie hat, natürlich wie ich auch, alles gelesen und längst mit deinem Anruf gerechnet. Schließlich sind es deine Freunde, und Anita ist die einzige, die dir auf die Dauer wirklich helfen kann!«

»Anita hat selbst genug Probleme. Ich habe zwar von Enzo gehört, daß sie freigesprochen wurde. Sie wird aber mit Sicherheit observiert. Einmal im Verdacht, der Brigate Rosse anzugehören bedeutet, daß man immer verdächtig ist.«

»In Italien bedeutet freigesprochen, freigesprochen! Das ist gleichzeitig eine Anweisung für die Polizei. Sicher ist sie im Raster, aber sie lassen sie in Ruhe. Zudem war ihr konkret nicht das geringste nachzuweisen. Und für irgend etwas Sympathie zu haben, ist hierzulande noch nicht verboten. Aber geh, ruf erst mal an. Ich seh' schon, du rutschst unruhig hin und her.«

Jetzt erst lösten sie ihre Hände voneinander.

In dem Moment begann der Ober ›Zuppa di Cozze‹ zu servieren. Marcel wollte aufstehen, doch Bruno hielt ihn zurück.

»Bleib hier, Marcel, warte noch die halbe Stunde. Wer weiß, welche Nachricht du erhältst. Es wäre eine Schande um das gute Essen. Die Muschelsuppe ist die beste Roms, und erst der Lupo di Mare... köstlich, bitte bleib.«

Er gab Bruno recht. So genossen sie das Mahl und ließen die Unterhaltung dahinplätschern.

»Am günstigsten wäre, du gingst in die Berge zurück, Marcel. Anita wird mit dir Verbindung aufnehmen. Sie freut sich, dich wiederzusehen. Sie brennt geradezu darauf, dir zu helfen. Außerdem will sie was von dir.« Auf Marcels fragenden Blick zuckte Bruno die Achseln. »Das wollte sie am Telefon nicht sagen; du erfährst es schon noch.«

»Euch Italiener verstehe, wer will«, sagte Marcel. »Zum Beispiel Carlo. Er ist doch ein Kapitalist, wie er im Buche steht, mit seiner Schinkenfabrik. Wählt trotzdem kommunistisch! Seine Schwester ist aktiv in der KPI, und als ihr das nicht mehr reicht, wird sie gar zum Oberlinksaußen mit Hang zu politischer Gewalt. Ich komm' da nicht mit.«

Bruno lächelte.

»Marcel, womit verdienst du dein Geld?«

»Mit 'ner Kneipe und 'ner Boutique.«

»Welches Auto fährst du?«

»Einen Porsche.« Marcel wurde es mulmig.

»Welche Uhr trägst du da?«

»Eine Rolex.« Marcel wurde es peinlich.

»Siehst du? Du bist kein Arbeiter. Fühlst du dich als Kapitalist?«

»Nein!«

»Hast du jemals in deinem Leben eine rechte oder gar rechtsradikale Partei gewählt?«

»Nein, niemals.«

»Also liberal oder sozial?«

»Ja, links, stimmt schon.«

»Du liebst schöne Dinge, schöne Frauen. So wie dir geht's vielen von uns. Sollen wir die schönen Dinge des Lebens nur den Kapitalisten überlassen? Muß einer, nur weil er links oder Anarchist oder gar Terrorist ist eine Blechuhr tragen? Einen Fünfhunderter Fiat fahren, oder mit häßlichen Frauen in Baracken schlafen? Du siehst, worauf ich raus will. Wie es im Kopf abläuft, das ich wichtig! Aber jetzt geh telefonieren.«

Marcel kam leichenblaß zurück. Er ließ sich in den Stuhl fallen und starrte auf das Tischtuch.

»Die Mafia hat Rosanna entführt. Sie haben eben im Laden angerufen. Sie wollen mich sprechen. Wenn ich mich nicht mit ihnen treffe, wollen sie Rosanna umbringen.«

38.

Der General tobte. Sein Gesicht war rot und sah aus wie ein verknittertes Mohnblumenblatt. Er lief im Zimmer auf und ab, blieb vor den hohen Doppelfenstern stehen, öffnete sie, schloß sie wieder, nahm seinen Rundlauf wieder auf.

Mal verschränkte er die Hände hinter dem Rücken, wobei die Linke in der er die Brille trug, die Rechte kreuzte, in der ein braunes Zigarillo langsam grau wurde, ohne daß er daran zog.

Dann wieder streckte er die Hände vor sich aus, stand vor

Punti, der als einziger, außer ihm, im Zimmer war, als wolle er eine Predigt beginnen, unterließ es dann doch und lief weiter. Punti saß da wie ein Schulbub. Den Kopf zwischen die Schultern gezogen, erwartete er das Donnerwetter. Widerspruch würde er nicht leisten. Es war aber auch zu blöd. Unter ihren Augen war Rosanna di Maggio entführt worden.

Jetzt machte der General den Mund auf, sagte aber nur: »Scheiße!« und lief weiter im Kreis. Das Öffnen der Tür unterbrach seinen Lauf. Der Oberst trat ein. Auch er sah nicht gerade glücklich aus. Der General ließ sich jetzt erschöpft in seinen Sessel fallen, plazierte die Brille auf der Nase und führte den Zigarillo an seine Lippen.

Die lange Stange aufgestauter Asche fiel durch die hastige Bewegung auf seine Uniform. Es störte ihn nicht. Er sah hoffnungsvoll auf den Oberst.

»Hoffentlich berichten Sie wenigstens etwas Positives!«
Der Oberst schüttelte den Kopf.
»Nichts! Wie vom Erdboden verschluckt. Aber es ist schon alles bestätigt. Wir haben einen Anruf aufgezeichnet, um 11.15 in ihrem Geschäft in der Veneto. Teilnehmer war eine Verkäuferin der Di Maggio und eine unbekannte männliche Person, die mitteilte, man habe Frau Di Maggio entführt und Herr Keller solle sich mit Sabatini in Florenz in Verbindung setzen. Er wisse schon Bescheid. Kurz darauf rief Keller an, ließ sich informieren.«

»Wo steckt Keller?«
»Wissen wir nicht. Vermutlich in Rom, zusammen mit diesem Bruno Ferrari, sie hatten eine Verabredung heute. Eigentlich läuft zur Zeit alles in die richtigen Bahnen. Nur diese blöde Entführung nicht. Jetzt sitzen die am langen Hebel. Wer weiß, wie Keller reagiert?«

Der General sah beide Besucher fest an und befahl:
»Londisis sämtliche Telefone überwachen, auch die von Ferrari, von diesen Verkäuferinnen, von allen Geschäften und Sabatini. Die Nummern in Sizilien werden sowieso abgehört. Wer macht die Koordination?«

»Ich, Herr General«, meldete sich Punti erstmals zu Wort.
»Gut, ich gebe Ihnen noch 15 Leute. Wir müssen wissen, was Keller jetzt unternimmt!«

Ein Klopfen unterbrach ihn. Die Ordonnanz trat ein, brachte ein Tablett voller Kaffeetassen, Zucker, Milch und einen Briefumschlag für den General. Der beachtete den Kaffee nicht, riß das Kuvert mit seinem dicken Daumen auf.

»Soeben hat die Verkäuferin, eine Violetta Serranna, bei der Polizei offiziell die Entführung angezeigt!«

»Mist!« murmelte Punti.

»Nein«, sagte der General, »ich find's gut. Wir kommen offiziell ins Geschäft, können den Fall durch alle Medien ziehen und ermitteln, ohne den Hintergrund preiszugeben. Nein, das war schon ganz gut. Also los, meine Herren, an die Arbeit. Ich will alles wissen. Vor allem, wohin sich dieser Keller und Ferrari jetzt bewegen. Auch die Nachrichten von der Entführung spitzen sich zu. Der Minister hat in einem offenen Brief an seine Frau, der von der Brigate Rosse an die Presse ging, die Regierung beschuldigt, nichts zu seiner Freilassung zu tun. Man wolle ihn als politischen Gegner erledigen. Er jammert um seine Freiheit, bittet uns, die Forderungen der BR zu erfüllen.

Tragisch. Wird ab heute abend alles in der Presse zu lesen sein. Hört sich gut an. Das Herz eines jeden Italieners weint dabei. Aber die Regierung will nicht.

Ich halte für richtig, was die Regierung entscheidet, aber menschlich ist das problematisch. Wir müssen ihn finden, bevor das nächste Ultimatum abläuft. Also los, vielleicht bringt uns Keller weiter. Die Kontaktaufnahme mit Ferrari hat mich optimistisch gestimmt.«

Sie schlürften ihren Espresso und gingen ans Werk.

39.

Samstag, 6. Mai

Dr. Benno Dachs arbeitete an diesem Samstag bereits seit dem frühen Morgen. Noch am Abend vorher hatte er seinen Vater, Dr. Hermann Dachs, einen Richter am Oberlandesgericht, und seinen Sozius aus der Kanzlei, Günther Rainer, informiert. Dazu noch Dr. Sieger, den Anwalt, der Keller damals in der Autoschiebersache vertreten hatte.

Auf diese Männer wartete er jetzt und auch auf Dr. Gerhaas, den Untersuchungsrichter.

Mehr noch aber erwartete er die Post!

Wenn die Vollmacht Marcel Kellers heute eintraf, konnte er offiziell und besser arbeiten.

Als erster erschien Kollege Sieger.

»Nicht mal samstags hat man seine Ruhe«, schimpfte er, als er den Mantel auszog. Es war nicht ernst gemeint. Auch Dr. Sieger war bekannt dafür, daß er sich für seine Mandanten bis zum letzten einsetzte, dabei oft Sonntage, Feiertage und die Familie vergaß.

»Kaffee?« fragte Dr. Dachs.

»Gerne.«

Dr. Dachs filterte selbst. Seine Sekretärin hatte er nicht zur Samstagsarbeit überreden können.

»Worum geht's denn? Haben Sie Kontakt mit Keller?« fragte Sieger neugierig.

»Wollen wir nicht warten, bis die anderen hier sind? Dann brauche ich mich nicht zu wiederholen.«

»Wer kommt noch?«

Dr. Dachs sagte es ihm.

Dr. Gerhaas ließ am längsten auf sich warten.

Noch vor ihm kam der Postbote. Beim Klacken des Briefkastendeckels fuhr Dr. Dachs auf und rannte zur Tür.

Ein Bündel Briefe sortierend trat er ins Zimmer zurück. Sein Gesicht erhellte sich, als er die italienische Briefmarke erkannte. Freudig schwenkte er den Umschlag durch die Luft.

»Das muß er sein.«

Zufrieden nahm er seinen Platz ein und schilderte den Anwesenden die Lage. Zwischenzeitlich erschien auch Dr. Gerhaas. Er kannte das meiste, hörte dennoch geduldig zu.

»Wie soll's denn weitergehen?« fragte Hermann Dachs seinen Sohn. »Was sollen wir dabei tun? Warum läßt du es nicht laufen, bis Marcel Keller gefaßt ist?«

»Um Gottes willen«, regte sich Benno Dachs auf. »Sie machen ihn fertig. Ich kenne Keller. Er wird sich wehren. Wer weiß, was passiert, wenn sie ihn treffen. Hoffentlich hält er sich verborgen, bis alles geklärt ist. Nach meiner Information sitzt er irgendwo in Sicherheit und wartet ab. Gestern habe ich mit dieser Sängerin telefoniert.

Er hat sich auch in Italien nichts zuschulden kommen lassen. Alles ist eine Anhäufung von Zufällen und Mißverständnissen. Manchmal habe ich das Gefühl, alles wird irgendwie gesteuert; und von den deutschen Aktivitäten kann man das ja auch behaupten. Hier ist Scheumann der Steuermann.

Frau Wahlgaard, so heißt die Sängerin mit bürgerlichem Namen, wird heute morgen im Polizeipräsidium Hamburg ihre Aussage machen. Herr Dr. Gerhaas«, wandte Benno Dachs sich an den Richter, »das ist, wie man so sagt, Ihre Aufgabe. Können Sie sich die komplette Aussage durch Telex übermitteln lassen?«

Gerhaas überlegte.

»Ja, das geht. Wenn's bei dringendem Belastungsmaterial geht, muß es dieses Mal auch gehen. Trotzdem fühle ich mich unwohl. Weniger durch das, was wir hier tun, als darüber, wie wir es tun oder tun müssen. Wir sind zu einem Komplott gezwungen, um einem Komplott zu begegnen und das Recht durchzusetzen. Herr Dr. Dachs«, er wandte sich an Benne Dachs Vater, »auch bei Ihnen müßte das böse Erinnerungen auslösen?«

Der alte Richter nickte.

»Keine guten Erinnerungen. Einziger Vorteil heute, im Anschluß können wir legalisieren. Das war vor vierzig Jahren unmöglich.«

Günther Rainer mischte sich ein.

»Vielleicht gelingt es uns dadurch, endlich einmal diesem Scheumann das Handwerk zu legen. Ich darf nicht daran denken, daß er jetzt durch Italien läuft und eventuell auf Keller trifft. Scheumann ist mit allen Wassern gewaschen, das gibt ein Unglück! Ich verstehe seine Vorgesetzten nicht. Warum nehmen sie ihm den Fall Keller nicht ab, wo doch im gesamten Präsidium bekannt ist, wie sehr er Keller haßt?«

»Er läßt sich nichts abnehmen«, sagte Dr. Gerhaas. »Ich habe mehrmals mit dem Leiter der Kripo über ihn gesprochen. Da geht nichts, und es würde nicht viel nutzen. Dann wär's statt Keller ein anderer. Scheumann überträgt seinen Haß auf alle, mit denen er beruflich zu tun hat. Er ist krank. Dr. Dachs hat recht, wir müssen jetzt etwas unternehmen, erreichen, daß zumindest unsere Beamten aus Italien zurückgerufen werden.«

»Wie soll das an einem Wochenende gelingen?« fragte Dachs senior. »Die Notdienste nehmen sich alter Fälle nicht an!«

»Das ist der Grund, warum ich dich hergebeten habe, Vater. Die Sache liegt bei der Bundesanwaltschaft und beim Bundesgerichtshof! Du kennst einige der Bundesrichter persönlich, bist mit zweien befreundet. Wenn wir das Material zusammenbringen, sollst du versuchen, einen deiner Freunde dazu zu bringen, die Menschenhatz abzublasen, zumindest die der deutschen Gerichte.«

»Ohne Akten? Wie kommen wir am Wochenende an die Akten?«

»Herr Dr. Gerhaas«, fragte Bruno Dachs, »haben Sie die Möglichkeit, heute in die Ablage zu kommen?«

»Natürlich. Sie meinen die Akten der Autoverschiebungssache?«

»Die meine ich.«

»Moment«, mischte sich Dr. Sieger ein. »Davon besitze ich eine komplette Kopie. Ich habe ihn damals vertreten. Sie sind in meiner Kanzlei. Hätten Sie ein Wort gesagt, Herr Dr. Dachs, ich hätte sie mitgebracht.«

»Bitte, Herr Sieger, können Sie sie jetzt holen?«

»Natürlich, in einer knappen Stunde bin ich wieder hier.«

Er erhob sich, zog den Mantel über und ging hinaus.

Dr. Benno Dachs verteilte die weitere Arbeit.

»Du«, sagte er zu seinem Sozi, »gehst mit Dr. Gerhaas aufs Gericht. Um zehn Uhr beginnt die Vernehmung der Wahlgaard in Hamburg, und«, wandte er sich an Gerhaas, »welche der neuen Kellerakten sind noch bei Ihnen?«

»Nur die Durchschriften der Telefonüberwachungsbeschlüsse und die Abschriften der ersten Tage. Alles andere ist zur Bundesanwaltschaft.«

»Bitte, sehen Sie nach, ob noch Akten Garette zu finden sind. Die Sache war schon angeklagt, müßte demnach bei der Strafkammer liegen. Moment mal.«

Benno Dachs sah im Geschäftsverteilungsplan des Landgerichts Frankfurt nach. »G, G, G«, murmelte er, »ich hab's, 22. Kammer, Dr. Mauer. Welches Verhältnis haben Sie zu ihm?«

Benno Dachs sah Gerhaas fragend an.

»Ein gutes«, erwiderte der Untersuchungsrichter.

»Wollen Sie ihn dann anrufen?«

Gerhaas überlegte, nickte. »Am besten gleich von hier, dann hab' ich's hinter mir.«

Dr. Mauer war zu Hause. Etwas irritiert hörte er zu. Ja, die Sache Garette sei bei ihm, terminiert habe er noch nicht, doch das erübrige sich jetzt, die Akten seien noch auf seinem Geschäftszimmer, die StA sei mit ihrem Doppel nach Karlsruhe gefahren, auch die Abschriften von Garettes Geständnis seien in die Akten aufgenommen worden und gestern noch der Abschiebebeschluß der Ausländerbehörde. Doch dann mauerte Dr. Mauer.

»Wozu wollen Sie am Wochenende an die Akten? Am Montag, Herr Kollege, können wir darüber sprechen.«

Gerhaas konnte nicht anders, als alles zu erklären.

Einen Moment herrschte in der Leitung Schweigen, dann kam die energische Stimme Dr. Mauers: »Ich komme sofort! Mich hat das Geständnis Garettes nicht überzeugt. Mir hat auch nicht gefallen, wie er dafür belohnt wurde. Suchen Sie mich in einer halben Stunde in meinem Zimmer im Gericht auf.«

Benno Dachs runzelte die Stirn.

»Bald weiß es das ganze Gericht.«

»Ist doch nur gut«, sagte Gerhaas. »Ich freue mich über die spontane Reaktion von Dr. Mauer. Kommen Sie, Herr Rainer, wir gehn rüber.«

»Und du«, sagte Benno Dachs zu seinem Vater, »hängst dich jetzt auch ans Telefon, rufst deine Freunde in Karlsruhe an und findest raus, wer zuständig ist. Wenn du den Bundesrichter nicht persönlich kennst, machst du für heute abend eine Verabredung mit deinem Freund *und* dem zuständigen Richter aus. Und wenn wir sie, samt Familien, nach Ettlingen in den ›Erbprinz‹ einladen müssen, heute abend sind wir in Karlsruhe!« stellte er fest.

Der alte Richter ließ die Anweisungen seines Sohnes grinsend über sich ergehen.
»Gut, mein Sohn. Ich bin nur froh, dich nicht in meinem Senat als Beisitzer zu haben. Das wäre schön peinlich für mich!«
Alle lachten.

IV
Wunschergebnis

40.

Marcel wirkte immer noch verstört und war weiß wie die Wand. Bruno Ferrari legte ihm beruhigend die Hand auf den Arm. Fast zehn Minuten hatten sie geschwiegen, seit Marcel mit der bösen Nachricht vom Telefon zurückgekommen war.

»Du darfst nichts Unüberlegtes tun, Marcel. Sie haben Rosanna gekidnappt, um dich zum Schweigen zu bringen. Sie werden ihr nichts tun, solange du nicht als Zeuge gegen sie auftrittst.«

»Ich habe dir doch gesagt, ich kann gar nicht als Zeuge auftreten, weil ich nichts, aber auch nichts weiß! Wie lange soll es denn dauern? Ich muß mich mit ihnen in Verbindung setzen, ihnen klarmachen, daß ich nicht einmal weiß, worum es überhaupt geht. Ich kann Rosanna nicht bei ihnen lassen. Ich werde mich gegen sie austauschen lassen!« sagte er mit fester Stimme.

»Nein!« Brunos Hand verkrallte sich in Marcels Arm. »Das wäre das Dümmste, was du tun kannst. Die Polizei hat dich zum gesuchten Zeugen aufgebaut; die Mafiosi glauben daran. Rosanna müssen sie am Leben lassen, solange du frei rumläufst. Dich werden sie umbringen, auch wenn du nichts auszusagen hast. Sicher ist sicher, denken sie. Sie betonieren dich in irgendeine sizilianische Autobahn, die Brut, und damit ist für sie das Problem erledigt. Du brauchst jetzt Anita und ihre Freunde. Mehr noch als vor einer Stunde.

Hör zu! Du gehst jetzt ans Telefon, rufst diese Verkäuferin an und sagst ihr, sie soll sofort die Polizei von der Entführung verständigen. Damit geraten die Burschen unter Druck. Die Sache gerät in die Medien. Es wird gefahndet.

Wo kannst du Rosario Punta erreichen?«

»Unter einer Nummer in Florenz.«

»Ruf ihn an, daß du einverstanden bist und mit ihm sprechen willst, aber nur mit ihm alleine. Sag ihm, du würdest ihn morgen wieder anrufen, und häng sofort danach ein. Warte hier auf mich.« Damit stand Bruno auf und verließ das ›Il Canestro‹.

Marcel schenkte sich den Rest des Rosé ins Glas, stürzte ihn in einem Zug hinunter, ging ans Telefon und tat, was ihm Bruno Ferrari geraten hatte.

Zwanzig Minuten später saß der Alte wieder an seinem Tisch.

»Wo warst du?« fragte Marcel.

»Telefonieren.«

»Warum nicht von hier?«

»Nein. Es ist zu wichtig. Auch hier kann abgehört werden. Zwar nicht wegen uns, aber wer weiß? Vielleicht bescheißt der Chef hier die Steuer? Die Finanzbehörden hören genauso oft ab wie die Polizei und die Sicherheitskräfte. Ich war in einer Telefonzelle.«

»Wen hast du angerufen?«

»Unwichtig. Du fährst unverzüglich mit dem Zug nach Florenz. Jemand wird dich am Bahnhof abholen. Zieh dich nicht mehr um; ich habe deine Kleidung beschrieben. Heute abend siehst du Anita wieder. Sie bringt dich dann weiter. Das ist alles. Und, Marcel, bitte überstürze nichts, versprich mir das!«

Marcel versprach es.

Der Bahnhof von Florenz ist ein Sackbahnhof. Marcel entstieg dem Zug und blieb vor der geöffneten Abteiltür stehen. Er wußte nicht, wer oder was ihn erwartete. Aussteigende Reisende drängten ihn zur Seite, und er ging auf die Kopfseite der Halle zu. Niemand sprach ihn an. Nach kurzem Zögern wandte er sich zur Ostseite. Er kaufte eine Zeitung, blätterte sie durch, hob ab und zu den Kopf und beobachtete seine Umgebung. Zwanzig Minuten vergingen. Entschlossen verließ Marcel den Bahnhof und lief über den Vorplatz bis dort, wo der Rasen begann. Er setzte sich ins Gras, schlug die Zeitung auf, als er aus wenigen Metern Entfernung eine Stimme vernahm, die ihn rief. Er sah auf. Ein schmächtiger, ungepflegter junger Mann mit langem, fettigem Haar, einem viel zu großen Pullover, einer schmutzigen, hellbraunen Cord-Hose sowie ehemals weißen, leinenen Turnschuhen schaute zu ihm herüber. Auch das Gesicht des Mannes paßte sich seiner Erscheinung an. Eingefallene Wangen, eine lange, spitze Nase und viele, rote Hautflecke ließen ihn keineswegs gut aussehn.

Marcel ging auf ihn zu.

Erschrocken, als habe Marcel eine ansteckende Krankheit, lief der Mann einige Schritte weg, blieb wieder stehen. Marcel war irritiert. Wieder ging er auf den Mann zu. Der blickte unsicher um sich und zischte leise:

»Folg mir nach!« Er drehte sich um und ging flotten Schrittes über die Piazza della Unita Italiana. Marcel hielt zehn Meter Abstand. In der Via dei Panzani huschte der Schmächtige in eine Pizzeria. Marcel blieb vor dem Eingang stehen. Das Lokal war überfüllt, deutlich zu hören, daß die Gäste nur aus Touristen bestanden. Sein Mann stand am Ende des schlauchartigen Raumes vor der Tür zu den Toiletten. Als er Marcels Blick auf sich fühlte, öffnete er die Tür mit der Aufschrift ›Signore‹ und verschwand darin. Marcel folgte ihm. Eines der beiden WCs zeigte das Schild besetzt. Er klopfte leise an. Die Tür öffnete sich, der Mann zog ihn rein und verriegelte hinter ihm.

»Ich soll dich in meine Wohnung bringen«, stieß er hastig hervor. »Aber niemand darf uns sehen. Halt den Abstand wie eben, klar?«

Marcel ekelte sich. Der Typ stank aus dem Hals. Ärgerlich antwortete er:

»Warum bist du dann nicht einfach weitergegangen? Was soll die Spielerei mit dem Scheißhaus?«

Der Mann zuckte unter dem Vorwurf zusammen. Starke Nerven schien er nicht zu besitzen. Marcel war enttäuscht. Wenn Brunos Hinweis richtig war, sollte er jetzt Kontakt zu den Brigate Rosse bekommen. Unter denen hatte sich Marcel etwas anderes vorgestellt.

»Ich heiße Raffael«, nannte der Mann seinen Namen.

»Was soll ich in deiner Wohnung?«

»Du wirst dort abgeholt. Mehr weiß ich nicht. Also komm!«
Raffael schlüpfte aus der Tür und Marcel folgte ihm ohne Mühe. Es war früher Abend und die Stadt mit Touristen überflutet. Sie überquerten die Piazza S. Giovanni, kamen am Dom vorbei.

Am liebsten wäre Marcel hier rechts abgebogen. Nur wenige hundert Schritte weiter lag Enzos Büro. Er hätte gerne mit jemandem gesprochen; mit Enzo, irgendeinem Freund. Er fühlte sich down, herumgestoßen, nicht Herr seines eigenen Willens. Raffael überquerte den Arno über die Ponte S. Trinita, bog mehrmals links und rechts ab und hielt schließlich vor einem schmalbrüstigen Altbau in der Via S. Maria an, vergewisserte sich mit einem Blick, daß Marcel noch folgte, und ging ins Haus.

Marcel wunderte nichts mehr. Er betrat das Zimmer, in das Raffael ihn führte, und erschauderte. Es war ein Loch. Auf der Erde lagen mehrere alte, durchgelegene Matratzen. Vor den Fenstern hingen schmutzige, staubige Bettlaken. Im Halbdunkel sah er eine Kochplatte, ein paar Töpfe, einen kleinen Kanonenofen. Es gab keinen Stuhl, keinen Tisch. Erst als seine Augen sich an das Dunkel gewöhnt hatten, bemerkte er die Bewegung in der Ecke.

Eine, nein zwei, nein zweieinhalb Personen drückten sich auf einer Matratze. Eine Frau hielt ein Baby über ihrem hochschwangeren Leib.

»Das ist meine Frau, Eva«, stellte Raffael vor.

Marcel grüßte, ihm blieb das Wort im Hals stecken. So wie das alles aussah, so roch es auch. Mutig trat er einige Schritte in den Raum, ging auf Eva zu und streckte die Hand aus. »Ciao, Eva.« Die Frau übersah die ausgestreckte Hand und gab keine Antwort. Ein böser Blick aus ihren Augen traf Marcel. Sie drückte ihr Baby enger an sich.

»Was ist mit ihr?« fragte Marcel.

»Ach, laß nur, sie ist immer so.«

»Wie lange muß ich mich hier aufhalten. Wann kommt mich jemand abholen? Ich will hier nicht warten, ich geh' in die Stadt.«

»Nein, bitte nicht.« Raffael hob beschwörend die Hände.

»Bitte nicht. Ich habe den strikten Befehl bekommen, dich hierzuhalten, bis du abgeholt wirst. Das kann in einigen Stunden sein oder schon bald. Warte hier.«

Raffael hatte Angst.

Marcel resignierte. Er öffnete eines der verhangenen Fenster und füllte seine Lunge mit frischer Luft. Sie schmeckte ihm wie Champagner. Dann schob er mit den Füßen eine Matratze unter das Fenster, knickte sie und setzte sich drauf.

Raffael kniete neben seiner Frau und flüsterte. Er sah sich zu Marcel um und flüsterte weiter. Dann stand er auf, ging zur Tür und rief:

»Bleib nur, ich komm' gleich zurück, bleib bitte.«

Marcel sah zu Eva. Sie hockte in der Ecke wie eine brütende Glucke im Nest. Ihre Kleider waren dunkel, ebenso wie die umgehängte Decke, unter der sie jetzt das Baby verbarg. Eva war im achten oder bereits im neunten Monat.

»Wohnt ihr schon lange hier?« versuchte Marcel ein Gespräch anzufangen, doch es war vergebens. Außer diesem abweisenden Blick hatte die Frau nichts für ihn übrig.

Raffael kam eine Stunde später zurück, flüsterte mit seiner Frau, und beide sahen zu Marcel hinüber. Es schien Uneinigkeit zu herrschen. Raffael nahm jetzt eine Decke von der Erde und hing sie über eine Wäscheleine, von denen viele im Zimmer kreuz und quer gespannt waren. Mit Klammern befestigte er die Decke so, daß sie den Blick von Marcel in Evas Ecke verhinderte.

Marcel ärgerte sich. Das hätte man ihm sagen können. Soviel Takt besaß er auch, obwohl er nicht verstand, daß es ausgerechnet jetzt sein mußte. Kurzentschlossen stand er auf und ging zur Tür. »Ich verschwinde mal kurz!« rief er, sah, als er drei Schritte gegangen war, kurz in die Ecke und erstarrte. Die beiden befanden sich keineswegs beim Liebesspiel. Eine kleine Kerze brannte, auf der Raffael einen Löffel erhitzte. Eva band sich den Arm ab und hielt eine Einwegspritze in der Hand. Das weiße, schwammige, blutunterlaufene Fleisch ihres Armes mit den vielen Einstichen gaben Marcel den Rest. Brechreiz stieg in ihm hoch. Er wandte sich ab, lief durch die Tür, die Treppe runter und atmete draußen tief ein und aus. Junkies als Terroristen? Unmöglich. Er lief bis zur berühmten

Ponte Vecchio, fand auf Anhieb zurück. Vierzig Minuten waren vergangen. Marcel klopfte, drückte die Klinke. Die Tür war verschlossen. Er setzte sich auf die Treppe und wartete.

Erst nach Minuten drehte sich der Schlüssel, und Raffaels Stimme erklang:

»Bist du's, Marcel? Komm rein.«

Die Kerze brannte immer noch, spendete das einzige Licht. Eva sah ihn an. Nicht so böse wie zuvor, sondern als wäre er gar nicht da. Auch Raffael hatte sich einen Schuß gesetzt. Er plapperte in einem fort.

»Bitte, erzähle das nicht, wenn du nachher abgeholt wirst, bitte, erzähl's nicht!«

Marcel nickte. Ihn störte nur die bekannte Unzuverlässigkeit Abhängiger. Daher fragte er:

»Weißt du, wohin ich nachher fahre?«

»Nein, ich weiß gar nichts. Mir wurde nur gesagt, ich soll dich abholen und hierherbringen.«

»Wer hat dir das gesagt?«

»Weiß ich nicht, kenn' ich nicht, Erno nennt er sich am Telefon.«

»Ein Telefon? Hier?«

»Ja.« Raffael räumte seine Glucke von Frau etwas zur Seite, und da kam tatsächlich ein weißes Telefon zum Vorschein, das in diesem Moment leise klingelte.

»Pronto?« meldete Raffael sich und setzte gleich ein »Falsch verbunden«, hinterher, bevor er schnell wieder auflegte, als sei der Hörer heiß.

»Gleich kommt derjenige. Ich bringe dich zur Brücke.«

»Bleib nur hier. Sag mir, welche Brücke, ich kann alleine gehen.« Marcel wollte den Süchtigen nicht das Kennzeichen des Autos sehen lassen, das ihn abholte, aber Raffael widersprach: »Ich muß mit. Auftrag.«

Sie verließen die Wohnung.

41.

Sie standen noch keine Minute auf der Brücke, als ein blauer VW Käfer stoppte. Die Beifahrertür schwang auf und eine Frauenstimme rief: »Komm rein!«

Sie nahmen die Autobahn nach Bologna. Anita saß am Steuer. Marcel erkannte sie kaum wieder. Ihre ehemals buschige rote Haarpracht war zu einem Herrenschnitt gestutzt. Sie trug eine randlose Brille und schien abgemagert. Als Marcel sie vor einigen Jahren kennenlernte, hatte er sie für eine Irin gehalten. Einssiebzig groß, zwanzig Jahre alt, vollschlank, weiße Haut mit vielen Sommersprossen und dieser wilde rote Haarbusch im Afrolook. So sah sie damals aus. Schon am ersten Abend hatten sie gestritten. Sie trug ihre linke Überzeugung wie eine Fahne vor sich her und war dermaßen aggressiv, daß es Marcel erstaunte. Sein Urteil über sie war vorschnell, wie das vieler Männer, wenn sie mit einer Frau nicht viel anfangen können: Emanze, verrückt, wahrscheinlich lesbisch! Doch all das traf nicht zu. Sie war Kommunistin aus Überzeugung, verhehlte ihre Staatsverdrossenheit nie, versuchte ihm, Marcel, anhand von Prozessen und Beispielen die Verstrickung der italienischen Regierung mit der katholischen Kirche, den Amerikanern und etlichen gut funktionierenden Geheimbünden, einschließlich der Mafia, nachzuweisen. Alles, was sie sagte, klang logisch, war excellent vorgetragen, wie sich das für eine dialektisch und rhetorisch geschulte Linke gehörte.

Sie hatten damals ein kurzes, heftiges Verhältnis miteinander, das schnell abklang und in einer Freundschaft endete. Er bewunderte vor allem ihre schier unerschöpfliche Energie.

»Du hast dich verändert, meine Rote«, sagte Marcel, ihren damaligen Kosenamen benutzend, und strich ihr übers kurze Haar.

»Jeder verändert sich.«

»Du bist schlank geworden«, machte er ein Kompliment.

»Laß den Schmäh, Marcel, es geht um wichtigere Dinge.«

»So, um wichtigere Dinge?« geriet er durch ihre schroffe Art in Wut. »Ist es für dich als Frau nicht wichtig, daß du deinen fetten Arsch und deine übergroßen Titten endlich los bist?«

Sie lachte.

»Du bist immer noch dasselbe Chauvieschwein, das ich kenne. Gut, daß du dich nicht geändert hast. So, wie's aussieht, brauchst du einiges deiner Abgebrühtheit. Sag mal, hast du schon einen neuen Paß?«

»Ja.«

»Zeig mal!« forderte sie und hielt ihm ihre Rechte entgegen. Er legte den Personalausweis rein. Sie knipste die Innenbeleuchtung an, drehte mit dem Daumen Seite für Seite um und betrachtete ihn während der Fahrt.

»Das ging ja schnell. Wenn ich bedenke, daß es erst eine Woche her ist, seitdem du in Schwierigkeiten bist... Ist der Ausweis aus Deutschland gekommen?«

»Ja, warum willst du das wissen?«

»Es gehört zu unserem Deal. Das war eines der Dinge, an die ich mich bei dir erinnerte; daß du Leute kennst, die so was machen.«

»Was für ein Deal? Auf Pässe seid ihr doch wohl nicht angewiesen. Es gibt keinen größeren Markt mit falschen Pässen als Rom. Jeden Tag schlagen die Taschendiebe zu und stehlen fünfhundert Pässe aus aller Welt!«

»Stimmt, aber nicht unbedingt das, was wir suchen. Saubere, ganz bestimmte Sachen.«

»Wer braucht was? Und überhaupt, ich dachte, ihr wollt mir helfen?«

»Ja, du hilfst uns, wir helfen dir.«

»Weißt du überhaupt, wie die Sache steht?« fragte er.

»Du meinst die Entführung deiner Bettgenossin?«

»Ja, das meine ich.«

»Darüber sprechen wir später, mit den anderen. Seitdem du in der Zeitung stehst, habe ich bei uns für dich Wirbel gemacht. Längst nicht alle unsere Freunde sind begeistert davon. Du weißt, was im Lande vorgeht. Die Polizei ist sehr aktiv, hält sich aber gleichzeitig zurück, bis der Minister frei oder tot ist. Sicher haben die Carabinieri eine Menge Erkenntnisse gesammelt, und vielen geht's an den Kragen, wenn sie losschlagen. Alle sind nervös. Ich mußte ein Geschäft machen.«

»Der Deal, vom dem du eben sprachst?«

»Ja, wir brauchen Papiere, bestimmte Papiere. Sie werden es dir erklären. Ich habe mich dafür verbürgt, daß du sie besorgen kannst.«

»So ist das? Na, hoffentlich schaffe ich das auch. Lieb von dir. Ich nehm' das mit dem Arsch und den Titten zurück, Frieden?«

Sie lachte. »Ist mir verdammt egal, ob du meinen Arsch Arsch nennst oder nicht.«

Sie fuhren schweigend weiter, an Bologna vorbei in Richtung Trento.

Erst als sie nach Verona/Vicenza abbogen, fragte er nach dem Ziel.

»Vicenza.«

Nach einigen weiteren Kilometern fragte sie:

»Hast du dir überlegt, was du wegen der Dreckmafia unternehmen willst?«

»Ja, heute im Zug ist mir eine Idee gekommen. Alleine schaff' ich es nicht. Bruno hat mir Unterstützung zugesagt. Das ist mein Trumpf. Wenn ihr mir helft, dann schaff' ich es. Meine Gegner glauben mich alleine auf weiter Flur. Doch ohne euch weiß ich nicht weiter.«

Sie nahmen die erste Ausfahrt vor Vicenza in Richtung Sossano und fuhren in weitem Bogen zurück in die Vorstadt. Neben einer halb abgerissenen Fabrik standenen mehrere neue Hochhäuser und eine Menge kleiner Schuppen aus Ziegelsteinen. Anita parkte vor einem der Hochhäuser.

»Komm«, sagte sie und hakte Marcel unter. Wie ein Liebespaar schlenderten sie zwischen den Blocks umher. Immer, wenn Marcel glaubte, jetzt würden sie einen betreten, schwenkte sie wieder ab und umging ihn. Dabei schaute sie sich vorsichtig um.

Plötzlich zog sie ihn zur Stirnseite eines dieser Betonklötze und huschte mit ihm durch die Tür des Heizungskellers. Sie liefen die Fluchttreppe acht Stockwerke hinauf. Marcel hatte schon die Hand am Flurlicht, doch Anita hinderte ihn am Drücken.

»Nicht«, flüsterte sie.

Im Dunkeln schritt sie zu einer von vielleicht zehn Wohnungstüren und zog ein Stück Papier aus der Tasche, das sie unter der Tür durchschob.

Wenige Augenblicke später wurde geöffnet.

Im Wohnungsflur war es ebenso dunkel wie im Hausflur. Dann betraten sie ein großes Zimmer und Marcel schloß geblendet die Augen.

Der mäßig möblierte Raum war voller Menschen.

Fünfzehn Leute zählte Marcel, die meisten davon waren Frauen.

42.

Die Sache ging leichter, als Dr. Benno Dachs gedacht hatte. Er saß mit seinem Vater in der Dorfschenke von Karlsruhe Durlach, als zwei Männer eintraten.

»Wer ist denn dein Freund?« konnte er eben noch fragen, als die beiden auch schon auf ihren Tisch zukamen.

»Grüß dich, Hermann«, streckte der Bundesrichter Dr. Günter Balduß die Hände aus.

»Darf ich bekannt machen«, übernahm er die Regie, und wandte sich an seinen Begleiter.

»Herr Dr. Dachs, ein alter Freund vom OLG Frankfurt und sein Sohn, ein Anwalt. Und das ist Herr Bundesanwalt Schröder.«

Die beiden Dachse hatten sich erhoben. Alle vier nahmen wieder Platz und Dr. Balduß das Wort.

»Nach deinem Telefonat heute hielt ich es für richtig, gleich einen Bundesanwalt mitzubringen. Alleine kann ich sowieso nichts machen. Und wenn die Sache so liegt, wie du sie heute erklärt hast, dann besteht ein öffentliches Interesse, so schnell wie möglich zu handeln. Haben Sie die Akten und Vollmachten Kellers dabei, junger Freund?«

Dr. Benno Dachs nickte. Er öffnete die beiden schweren Aktentaschen und entnahm ihnen alles, was nötig war.

Die Herren aus Karlsruhe sahen sich die Vollmachten an, dann warfen sie einen kurzen Blick auf die Daten von Kellers Verhaftung.

Der Bundesanwalt räusperte sich.

»Ich habe nach Ihrer Unterrichtung die Aussage Garrettes herausgesucht. Sie haben recht, in diesem Falle kann es Keller nicht gewesen sein. Doch diese dreieinhalb Kilo, die angeblich für ihn bestimmt waren, das ist auch noch ein Vorwurf. Ich muß übrigens zugeben, daß ich sehr ungern an die Sache gegangen bin. Für Rauschgiftdelikte sind wir nicht zuständig.

Nur diese fast verschwörerische Zurede der Herren aus Frankfurt und die Aussage Garrettes und sein Vorleben haben mich dazu gebracht, Haftbefehl wegen 129 a zu beantragen und auch zu erhalten.«

»Ich habe noch etwas für Sie«, mischte sich Benno Dachs ein, »heute kam Frau Keller zurück. Sie war total gerädert, Festnahme, die lange Fahrt, aber sie hat mir noch gesagt, daß sie und ihr Mann im vorigen Jahr fünf Wochen in Marokko waren, genau zu der Zeit, als Garrette verhaftet wurde. Leider habe ich nicht die Möglichkeit, das zu überprüfen. Das werden Sie sicher schneller und besser können. Nur, ich glaube daran, weder Keller noch seine Frau sind so illusionistisch, sich ein nicht funktionierendes Alibi auszudenken.«

»Warum«, fragte Dr. Balduß, »ist die Sache denn nun wirklich so dringend? Am Wochenende können wir sowieso nicht viel unternehmen.«

»Herr Balduß«, regte sich Dachs Junior auf, »wenn wir das, was wir heute gemacht haben, erst am Montag beginnen, verlieren wir Tage. Keller wird in Italien gejagt wie ein Top-Terrorist. Zu Unrecht. Wir haben heute die Aussage der Sängerin aus Hamburg bekommen. Auch in Italien ist Keller nicht straffällig geworden. Beide Länder hacken auf ihn ein. Ich kenne ihn, er dreht durch. Es besteht Gefahr, daß er gerade jetzt etwas macht, was nicht wieder gutzumachen ist. Besonders da dieser Scheumann nach Rom geflogen ist!«

»Welcher Scheumann?« fragte der Bundesanwalt.

Dachs klärte ihn auf. Ein Ober störte.

»Entschuldigen Sie, ist ein Herr Schröder am Tisch?«

Der Bundesanwalt stand auf. »Telefon?« fragte er und folgte nach der Bestätigung dem Kellner.

Nach wenigen Minuten war er zurück.

»Ich habe Notdienst und muß ins Amt. Ich nehme den Vorgang mit. Aber ich kann zeitlich nichts versprechen! Nach Überprüfung werde ich morgen die Aufhebung des Haftbefehls beantragen, aber die Auslieferungsanfrage ist schon raus. Und vor Montagfrüh bekommen wir im Außenministerium niemanden, der die Italiener davon informiert. Offiziell, meine ich. Morgen sprech' ich mit Herrn Böden vom BKA und laß ihn seine Truppe zurückrufen, um so, auf dem kleinen

Dienstweg, die Sache bereits etwas abzumildern. Hoffen wir, daß bis dahin nichts geschieht.«

Er verbeugte sich kurz, trank seinen Wein aus, nahm eine Kopie von Dachs' Vollmacht und die Akten mit und ging.

Die drei Zurückbleibenden sahen sich an.

»Hoffentlich«, drückten ihre Mienen aus.

43.

Sonntag, den 7. Mai, 04.00 Uhr

Anita bog in den Hof der Fleischfabrik. Sie lag harmonisch eingebettet zwischen sanften Hügeln und kleinen Bergen, die allesamt mit Tokayer-Wein bepflanzt waren. Schon zu Napoleons Besatzungszeiten gab's hier den ungarischen Wein. Zigeuner brachten die Rebstöcke mit, als sie in den Wirren der damaligen Kriege aus der Heimat fliehen mußten.

Marcel fielen auf dem Weg hier raus vor Müdigkeit die Augen zu, obwohl es bereits hell war.

Drei Stunden hatten ihn die Leute ins Gebet genommen. So hart, daß er meinte, vor Gericht zu stehen.

Eine Stunde nach seiner Ankunft verließen die meisten das Zimmer und kehrten nicht zurück.

Auf einer alten, abgewetzten Ledercouch saßen die heftigsten Inquisiteure. Eine schlanke, große Frau mit kurzem Männerhaarschnitt, einer lustigen Stupsnase, aber harten, dunklen Augen, die durch eine Brille vergrößert wurden. Sie trug einen grauen Pullover, eine dunkelblaue Jeans und darüber graue Wollstrümpfe bis übers Knie. Pantoffeln an ihren Füßen sagten Marcel, daß sie hier wohnte. Ihr linker Arm lag über der Schulter eines dunkelhäutigen Mannes, der den ganzen Abend kein Wort beisteuerte. Er sah aus wie ein Nordafrikaner oder Palästinenser.

Neben ihnen, an der Wand, lehnte die ganze Zeit über ein einssiebzig großes fettes Gebilde mit Jungengesicht. Sein weiches, blasses Aussehen wurde von dem schönen schwarzen Haar betont, das er halblang trug. Er wog mindestens hundertdreißig Kilo. Die anderen nannten ihn Daniel. Marcel wartete andauernd darauf, daß er irgendwelche Süßigkeiten, Schokolade oder so, aus der Tasche zog und futterte. Doch während des dreistündigen Verhörs hielt er seine Sucht im Zaum. Seine Stimme klang erstaunlich tief. Er war es auch, der ein Fazit zog.

»Also gehn wir davon aus, daß alles stimmt, dann machen wir den Deal. Zunächst...«, er zögerte, »warten wir mal ab, wie es läuft. Du setzt dich morgen früh mit Deutschland in Verbindung und findest raus, was deine Connection an Stempeln und Papieren liefern kann. Klappt das, helfen wir dir, dein Problem mit den Mafiosi zu erledigen. So, wie du das vorschlägst, könnte es gehn. Wir werden darüber beraten. Anita«, wandte er sich an Marcels Begleiterin, »nimm ihn jetzt mit. Gegen eins sehen wir uns unten.«

Anita winkte Marcel zu und sie verließen die Wohnung. Keiner der Anwesenden sagte noch etwas, auch keinen Gruß.

»Ziemlich frostig«, meinte Marcel, doch Anita ging nicht darauf ein.

Jetzt bogen sie auf den Parkplatz vor der Schinkenhalle, und Anita stoppte vor dem Büro.

»Du wohnst nicht in der Villa?« fragte er erstaunt.

»Nein, komm, du wirst schon sehen.«

Sie öffnete mit einem Schlüssel die Glastür, dann passierten sie eine Schiebetür, die in die Halle führte.

Der Geruch von Fleisch umfing sie. Auf vielen fahrbaren Böcken hingen die Schinken zum Trocknen. Sie durchquerten den Raum und stiegen an der Rückwand eine Treppe hoch, die durch eine Falltür auf einen Boden führte. Hier summten die Exhauster, die die Luft absaugten und nach außen bliesen. Italienische Schinken, wie die aus Parma oder San Daniele, werden nicht geräuchert. Sie hängen, nach Salpeterbehandlung in einem ständigen Luftstrom, der nicht abreißen darf, um nicht Fäulnis eintreten zu lassen. Carlo Umbello produzierte San-Daniele-Schinken, der von Kennern als bester der Welt geschätzt wird. Vor Jahren hatte Marcel gefragt, wieso hier, in der Region Venetien, Schinken aus dem Friaul entstehen könnten, doch Carlo hatte nur gelacht.

»Kein Problem, wir produzieren hier und versenden aus San Daniele.«

Marcel schnappte sich beim Treppensteigen einen der appetitlichen Happen.

»Hast du ein Messer?« fragte er Anita.

»Ja, aber laß den hängen, ich hab' 'nen angeschnittenen oben.«

Noch einige steile Stufen, dann lag eine Dachkammer vor ihnen. Eine riesige Dachkammer!

Nur durch hölzerne Stützpfeiler unterbrochen, breitete sich vor ihnen ein zweihundert Quadratmeter großer Raum aus, in den durch gläserne Dachziegel das Tageslicht einfiel.

»Gefällt's dir?« fragte Anita.

»Mensch, was könntest du daraus machen«, gab er zur Antwort, denn nur eine kleine Ecke war wohnlich. Eine große Doppelmatratze, drei Bücherborde, eine Stereoanlage und ein abgelaufener alter Kasak bildeten die gesamte Einrichtung. Marcel setzte sich auf die Matratze, griff den Schinken, der auf einem Brett lag, säbelte mit dem danebenliegenden Messer eine dicke Scheibe ab und steckte sie in den Mund.

»Wo ist das Telefon?« mümmelte er, kaum verständlich. Anita stellte den Apparat vor ihn.

»Erst die Zehn wählen, dann hast du das Amt«, sagte sie, zog Hose und Pulli aus, legte sich auf die Matratze, wickelte sich in eine Decke und machte die Augen zu.

Marcel hatte schnell Verbindung mit Deutschland.

Vorsichtig sprach er um den Brei herum, bis Jürgen Dienst begriff.

»Meinst du, das geht klar?« fragte Marcel schließlich.

»Weiß ich nicht. Ich werde es versuchen. Ganz sicher bin ich nicht. Und ... es wird einiges kosten, wie sieht's damit aus?«

»Kein Problem. Zusätzlich gibt's Spesen. Du bringst es her. Wann soll ich nachfragen?«

»Montagabend, nein, besser Dienstagabend.«

»Bis Dienstag, Tschüß!«

Anita schlief wirklich schon. Marcel seufzte.

Alle Weiber der Welt hatten sich gegen ihn verschworen, doch bald war er auch eingeschlafen.

Als er wach wurde, saß Anita vollbekleidet neben ihm.

»Wir müssen los!« rüttelte sie ihn an der Schulter. Er wischte über seine Augen.

»Ohne deinen Bruder und Sofia zu begrüßen?«

»Dazu haben wir keine Zeit.«

»Aber sie werden es mir übelnehmen, ich habe nicht mal ihre jüngste Tochter gesehen,«

»Bist du hergekommen, um kleine Kinder zu küssen?« fragte sie sarkastisch.

»Mensch, Anita, sei nicht so hart. Wer weiß, wie deine Freunde entschieden haben? Ich bin mir im klaren, wenn sie mich ablehnen, dann habe ich ebensolche Probleme mit euch, wie mit der Mafia.«

»Sie haben nicht gegen dich entschieden, ich weiß das. Daniel macht immer so ein Palaver. Rosa hat zu entscheiden. Und sie hat für dich entschieden, das hab' ich gemerkt.«

»Und warum hast du mir das heute morgen nicht gesagt?«

»Du kannst ruhig etwas Blut schwitzen, du Macho, du.«

»Schön, du bist sehr lieb zu mir. Rosa ist die Frau mit den Strümpfen, stimmt's?«

»Ja.«

»Und wer ist der Mann neben ihr, der Dunkelhäutige, ein Marokkaner?«

»Das geht dich nichts an, er gehört zu uns.«

»Gut, aber trotzdem laufe ich schnell rüber ins Haus und sage guten Tag.«

»Nein, es ist gleich eins, wir müssen weg. Spar dir den Besuch für später.«

Er gab auf.

Sie parkten am selben Platz wie in der Nacht. Diesmal gingen sie nicht in die Wohnung. Daniel erwartete sie an einer der Ziegelhütten. Sie traten ein, verließen sie wieder durch den Rückausgang und huschten in einen kleinen, halb verschütteten Bunker.

»Na, was hat dein Freund gesagt?« fragte Daniel. Diesmal kaute er wirklich, doch es war nur Kaugummi, wie Marcel enttäuscht feststellte.

»Mein Freund versucht's. Eine feste Zusage konnte er nicht geben. Er bemüht sich, mehr kann ich nicht sagen.«

»Das reicht uns.« Plötzlich war in den Augen des Fetten ein kaltes Feuer.

»Auch ohne das würden wir dir helfen. Die Mafia ist unser

nächstes Ziel, wenn wir erst mit diesem faulen Staatsgebilde fertig sind. Nehmen wir mal ein paar von denen vorher dran.« Er grinste. »Hast du schon Kontakt mit ihnen aufgenommen?«

»Nein«, erwiderte Marcel. »Ohne eure Zusage ging das nicht.«

»Dann beeil dich. Doch zuvor will ich dir etwas zeigen.«

Er führte Anita und Marcel in einen fensterlosen Nebenraum, knipste das Licht an, ließ seinen schweren Körper auf die Knie fallen, hob zwei steinerne Bodenplatten an und wuchtete zwei darunterliegende Kisten und einen Seesack ans Licht. Sein Gesicht strahlte.

Er öffnete die Kisten. Darin lagen, zum Teil in Ölpapier, zum Teil in Plastiktüten eingepackt, zahlreiche Waffen. Wie ein Kind, das einem Freund sein Spielzeug zeigt, breitete Daniel eine Decke aus und befreite eine Waffe nach der anderen von ihrer Verpackung.

Auch die zweite Kiste und den Seesack entleerte er.

Sorgsam, ja zärtlich, als streichele er sein Haustier, faßte er den brünierten, schwarzen oder grauen Stahl an, ließ Magazine einrasten oder Trommeln ausklappen. Er war in sich versunken und schien seine Begleiter völlig vergessen zu haben.

Nach Kaliber reihte er nun die Waffen auf.

Mit gerunzelter Stirn nahm er eine Beretta Cuga aus der Reihe der 9-mm-Pistolen und legte sie zu den 7,65ern, wo sie hingehörte.

Dann blickte er zu Marcel und sagte:

»Such dir was aus für heute abend. Aber such dir was aus, was diesen Mafiaschweinen richtig weh tut!«

Das Lachen verschönte sein Jungengesicht nicht.

Im aufgerissenen Mund erkannte man den grauen Klumpen der Vierfachportion Kaugummi. Marcel betrachtete die Waffen und griff sich aus der dritten Reihe eine Combat-Magnum im Kaliber 357 mit kurzem, zweieinhalbzölligem Lauf.

»Hast du einen Halfter für den Revolver?«

Daniel schüttelte den Kopf.

»Den kannst du in den Hosenbund stecken.«

»Gut. Und was nimmst du?«

Daniel zeigte zur Seite der Decke. Dort lagen die Maschinenwaffen. Eine Beretta-MP, zwei kleine tschechische Scorpions, vier Sten-MPs, eine neue deutsche Heckler & Koch, eine Lupara und eine Pump-Action-Flinte.

Der Anblick der Waffen ließ Marcel mutig werden. Doch dann kehrte er auf den Boden der Tatsachen zurück. Eine Geiselnahme planen und eine durchführen sind zwei verschiedene Dinge.

Er fühlte, wie sich sein Magen verkrampfte, wenn er an heute abend dachte. Es wurde auch nicht besser durch den Anblick Daniels, der mit glänzenden Augen zwischen seinen Waffen saß und jetzt den abgesägten Vorderschaftrepetierer in die Hand nahm.

»Die nehm' ich«, verkündete er feierlich.

44.

Dieses Mal gaben sie Marcel eine Telefonnummer nach der anderen, ehe er im fünften Gespräch Rosario an die Strippe bekam.

»Ich will mit dir sprechen, Rosario. Es war unsinnig, von euch, die Frau zu entführen. Auch das, was ihr in Viareggio gemacht habt, war absolut unnötig.«

»In Viareggio?«

»Ja, das Ding mit dem Alfa!«

»Du meinst doch nicht im Ernst, daß wir damit etwas zu tun haben?« sagte Rosario im Brustton der Überzeugung, der Marcel unsicher werden ließ. »Das war ein Unfall! Glaube mir! Aber deinen kleinen Betthasen, den mußten wir holen. Weil du immer vor mir wegläufst. Wir lassen sie sofort frei, wenn du mit mir sprichst!«

»Deshalb rufe ich an. Ich will mit dir sprechen, aber nur mit dir alleine!«

»Klar, ich auch. Auch am Mittwoch war ich alleine.«

»Also, Rosario, ist diese Nummer hier sauber bis um fünf heute nachmittag?«

»Warum um fünf?«

»Ich hab' von dir gelernt. Um fünf bin ich dir so nahe, daß wir uns innerhalb einer Stunde sehen können.«

»Ruf um fünf an. Du wirst mich schon erreichen. Wo sehen wir uns, wieder in Viareggio?«

»Vielleicht, oder in der Nähe.«

»Gut, mein Freund, bis um fünf. Mach dir keine Gedanken, wir helfen dir. Auch ich lese Zeitung. Du kannst in jedes Land, in das du willst. Nur wir können dir wirklich helfen. Oder kennst du sonst jemanden?« fragte er mißtrauisch.

»Nein«, erwiderte Marcel schnell. »Das ist der Grund, warum ich schließlich doch komme. Also bis um fünf.«

45.

Der alte Gasthof auf der Apennin-Straße von Lucca nach Maranello war immer noch für den Publikumsverkehr geschlossen. Die große Gaststube wirkte auch jetzt gemütlich. Die Rolladen zur Straßenseite waren herabgelassen, die zur Hofseite offen und ließen das weiche Abendlicht ein.

Wie wenige Tage zuvor saß Marcel alleine am großen Tisch und sah dem Wirt zu, der das Eisen übers Kaminfeuer schob, um Kalbsnieren zu grillen.

»Wann kommt Ihr Freund? Ist es der Dottore?« fragte er.

»Nein«, erwiderte Marcel, »es ist nicht Dr. Londisi. Ich hoffe, er kommt bald.«

Marcel sah auf die Uhr. Bereits zehn nach fünf. Er zwang sich, ruhig sitzenzubleiben. Ob Rosario Lunte gerochen hatte? Eigentlich unmöglich. Im Hof stand nur Anitas alter VW, diesmal mit einem Kennzeichen aus Rom versehen. Marcel lehnte sich zurück.

Der große Revolver, den er hinten in den Bund geschoben hatte, drückte aufs Steißbein. Er zog ihn etwas höher.

Er sah auf die Weinflasche – leer.

Nicht soviel trinken.

»Bringen Sie noch eine Flasche«, bestellte er.

Kaum war das Glas leer, goß er es voll, kaum war's voll, trank er es leer. Seine Hände waren naß vor Schweiß. Wenn Rosario bis um halb sechs nicht hier ist, hau' ich ab, nahm er sich jetzt vor und freute sich auf das Ultimatum. Er wünschte sich, Rosario würde nicht erscheinen.

Aber auch um fünf nach halb sechs saß Marcel noch an seinem Platz. Er hatte einfach nicht den Mut, die Sache abzublasen.

Seine ›Freunde‹ lauerten draußen. Von einer Frist war nicht gesprochen worden. Zudem servierte der Wirt Punkt halb sechs die Kalbsnieren, und Marcel aß genauso hastig und ohne Genuß, wie er bereits die dritte Flasche Wein geleert hatte.

Vom Hof erklang das Geräusch eines absterbenden Automotors. Marcel widerstand dem Drang, aufzustehen und hinauszuschauen. Das hatten ihm seine Freunde ausdrücklich untersagt. Kein Ziel von außen geben. So tun, als würde er Rosario völlig vertrauen.

Er schwitzte jetzt am ganzen Körper und war sicher, daß Rosario ihn sofort durchschauen würde.

Rosario war vorsichtig. Die Tür flog auf, ohne daß der Sizilianer eintrat. Erst nachdem er sich davon überzeugt hatte, daß Marcel alleine war, kam er strahlend und lachend auf Marcel zu, als hätten sie eben ein Tennismatch beendet.

Er breitete die Arme aus und eilte auf Marcel zu.

Um Gottes willen, nicht umarmen lassen, dachte Marcel und spielte den Kühlen.

»Guten Abend, Rosario, du bist zu spät. Setz dich, ich habe dir Kalbsnieren bestellt, magst du?«

Rosario ließ die Arme fallen, setzte eine enttäuschte Miene auf und nahm Marcel gegenüber Platz.

»Kalbsnieren? Immer.«

»Ich glaube nicht, daß unsere Begegnung so freudig ist, wie du tust, Rosario. Immerhin jagt ihr mich schon eine Woche lang und habt meine Freundin entführt. Ich finde das gar nicht so lustig!«

»Deshalb bin ich doch hier, Amico. Ich bin wirklich noch dein Freund. Wir sprechen miteinander, räumen alle Probleme aus dem Weg. Ich helfe dir, aus dem Lande zu kommen. Dein Mädchen lassen wir frei. Sag mal«, setzte er mit leichtem Mißtrauen hinzu. »Woher kennst du diesen Gasthof, und warum treffen wir uns hier?«

»Weil er völlig einsam liegt. Hätte ich mehrere Autos ankommen gehört, wär' ich durch die Hintertür in die Berge gelaufen.«

Rosario schien erleichtert.

»Daß du aber auch so mißtrauisch bist, mein Freund«, sagte

er mit beleidigter Stimme. Er machte sich über die Kalbsnieren her. Der Wirt hatte dem ganzen Gespräch gelauscht. Er schien zur Überzeugung gekommen zu sein, daß seine Anwesenheit überflüssig war, denn er zog sich hastig zurück.

»Du kommst mit mir«, eröffnete Rosario die Verhandlung. »Ich bringe dich zu Rosanna, damit du siehst, daß ihr nichts geschehen ist. Danach bringen wir dich aus dem Land.

Wir können sie, wenn du willst, gleich freilassen, aber dazu ist nicht zu raten. Die Polizei sucht sie überall. Vielleicht bringt sie dich noch, bevor du das Land verlassen hast, in Schwierigkeiten. Und das wollen wir doch nicht, mein lieber Freund. Was meinst du?«

»Welches Land schlägst du vor?« fragte Marcel, nur um zu reden. Er wagte nicht, auf die Uhr zu schauen, aber die fürs Eingreifen vereinbarte Zeit war längst überschritten. Irgend etwas lief schief.

»Am besten gehst du erst mal nach Malta. Von dort nach Griechenland. Da gibt's im Sommer so viele deutsche Touristen, daß du nicht auffällst, Du kannst Insel für Insel abklappern. Es gibt, soviel ich weiß, über neuntausend. Du siehst, du hast also 'ne Menge Arbeit vor dir. Und erst die Griechinnen«, lachte er anzüglich.

»Rosario, sei nicht so idiotisch, komm endlich zum Thema. Ich weiß, ihr denkt, ich wisse irgend etwas über euch. Aber – ich weiß gar nichts! Woher auch? Daß ich Freitagabend im ›Kikeriki‹ war, war purer Zufall. Du selbst weißt, daß ich dort des öfteren hingehe. Selbst wenn die Polizei mich findet, ich kann nichts, aber auch gar nichts aussagen! Und von den beiden Männer, die ihr mir nachgeschickt habt, weiß ich auch nichts. Warum waren sie überhaupt hinter uns her? Alles wegen diesem eifersüchtigen Francesco?«

Rosario beendete sein Mahl. Er nahm die Serviette auf und tupfte sich zierlich wie eine englische Gouvernante den Mund ab. Dabei sah er Marcel ununterbrochen an.

»Alles gut, was du sagst. Das gleiche habe ich meinen Freunden auch gesagt. Nur, sie kennen dich nicht so gut wie ich. Du mußt es ihnen persönlich sagen. Sie wollen dich kennenlernen. Also mach keine Schwierigkeiten und komm mit. Wir fahren noch heute nach Sizilien, sprechen mit den Familien, und morgen schon sitzt du im Boot nach Malta.«

Marcel schüttelte den Kopf.

»Ich fahre nicht mit, bevor nicht abgeklärt ist, ob Rosanna etwas zugestoßen ist.«

»Was soll ihr denn zugestoßen sein? Nichts! Ich gebe dir mein Ehrenwort als Freund!« Dabei legte er die Hand aufs Herz wie ein balzender Gondoliere.

»Nein, ich glaub' dir nicht!«

Rosario sah ihn erstaunt an, lachte verlegen.

»Komm, Marcel, stell dich nicht so an. Ich zahle, und wir fahren gemeinsam. Herr Wirt!« rief Rosario, doch der Wirt kam nicht.

Der Sizilianer wurde unruhig. Er rief nochmals: »Ich möchte bezahlen!«

»Ich habe im voraus bezahlt«, sagte Marcel schnell. Er wußte auch nicht, warum der Wirt nicht erschien, warum seine Freunde nicht kamen und wie es jetzt weitergehen sollte.

»Warum?«

»Was warum?«

»Warum hast du im voraus bezahlt?«

Marcel wand sich; er war jetzt klatschnaß geschwitzt und konnte nicht verstehen, daß Rosario es nicht bemerkte.

»Hör zu, Rosario«, wechselte er das Thema. »Ich komme morgen nach Florenz. Wir treffen uns bei Sabatini, wenn ihr Rosanna freilaßt. Das ist meine Bedingung!«

»Unsinn«, fuhr der Mafioso auf. Sein Ton war gar nicht mehr freundschaftlich. »Du glaubst doch nicht, daß ich dich jetzt noch einmal wegfahren lasse, wo ich dir endlich gegenübersitze. Wir müssen die Sache...« Er unterbrach sich, weil draußen ein Schuß fiel, noch einer, dem zwei dumpfe Detonationen folgten. Rosario sprang auf und lief zum Hoffenster. Abrupt blieb er auf halbem Weg stehen, als er Marcels Stimme hörte: »Bleib, wo du bist, oder ich schieße!«

Marcels Hand war ganz ruhig. Der schwere Revolver blieb auf Rosario gerichtet, der sich erstaunt umdrehte und alle Farbe aus dem Gesicht verlor. Er war blasser als sein weißes Tennisshirt. Rosa und Mehmet stürzten in den Raum, richteten ihre Waffen auf ihn. Jetzt wandelte sich Rosarios Hautfarbe. Die Blässe verschwand, er lief rot an. Sein Ausdruck zeigte unverhüllte Wut und Haß.

Mehmet übergab seine Scorpion an Rosa, trat hinter Rosario, riß ihm die Hände auf den Rücken und legte Handschellen an. Dann erst tastete er nach Waffen. Rosario trug keine.

»Wer hat geschossen?« fragte Marcel.

»Siehst du gleich«, antwortete Rosa kurz und nickte Mehmet zu, der ihrem Gefangenen einen Sack über den Kopf stülpte und bis zu den Beinen herabzog. Dann brachte er eine Rolle Klebeband zum Vorschein und wickelte es mehrmals um die vermummte Gestalt.

»Er ist nicht alleine gekommen«, erklärte Rosa. »Ein Freund von ihm kam zehn Minuten vor ihm und versteckte sich in der Scheune. Sie hatten die gleiche Idee wie wir, nur eine Stunde zu spät. Daher hat's so lange gedauert. Wir lagen hinter ihm und kamen nicht an ihm vorbei. Er hielt die Pistole in der Hand und lauerte auf den Hinterausgang. Wahrscheinlich sollte er dich erschießen. Auf Daniel hat er sofort das Feuer eröffnet, als er sich anschleichen wollte.«

Sie verließen das Haus und legten Rosario vorerst auf den Rücksitz des VW, gingen dann rüber zur Scheune.

Anita stand am Tor, dicht daneben lag ein Mann und vor ihm stand, wie ein Jäger vor der Strecke, die Schrotflinte in der Hand, Daniel. Sigrids Taschenlampe beleuchtete das Gesicht des Toten.

»Kennst du ihn?« Marcel zuckte die Achseln.

»Ich bin nicht sicher. Es könnte der Fahrer des Alfa sein.«

»Nehmen wir die Pistole von ihm mit?« fragte Beate.

»Natürlich«, kam Leben in Daniel, »können wir alles gebrauchen.«

Marcel war für die Dunkelheit dankbar. Es genügte ihm, sich den befriedigten Gesichtsausdruck des Fetten vorzustellen, sehen wollte er ihn nicht.

»Also los!« Rosa rollte jetzt mit einem kleinen Transporter auf den Hof. Sie luden Rosario auf die Ladefläche um und allle nahmen, bis auf Anita und Marcel, neben ihm Platz. Der Kastenwagen wendete und brauste davon.

Anita und Marcel standen alleine und sahen sich an.

»Wo ist der Wirt geblieben? Er war plötzlich verschwunden?« wollte er wissen.

»Keine Ahnung. Komm, wir verschwinden auch.«

»Moment noch.« Marcel betrat die Kneipe und ging zum Tisch. Er wickelte alles, war er und Rosario benutzt hatten, in das karierte Tischtuch und trug das Bündes raus in den VW.

»Warte noch, ich will gleich von hier telefonieren. Dort, wo wir hinfahren, gibt's kein Telefon.«

Anita stand hinter ihm, als er die Nummer wählte, unter der er Rosario zuletzt erreicht hatte. Niemand meldete sich. Kurzentschlossen rief er in Sizilien an. Rosarios Frau war dran. Er ließ sie nicht zu Worte kommen: »Sage deiner Familie, daß ich Rosario habe und ihn nur gegen Rosanna austausche. Morgen abend rufe ich wieder an. Ist Rosanna tot, werde ich Rosario erschießen. Eine andere Möglichkeit gibt es für euch nicht. Du weißt sicher, wen du jetzt anrufen mußt. Laß dir was einfallen.« Er legte auf.

Anita rutschte hinters Lenkrad, steuerte zur Straße und fuhr ins Gebirge hinein. Nach einem Kilometer stoppte sie kurz und wechselte die Kennzeichen. Marcel wies ihr den Weg, bis die Straße so steil wurde, daß es der VW nicht mehr schaffte. Sie stellten ihn ab und gingen zu Fuß weiter.

Es war mühsam. Die Dunkelheit erschwerte den Marsch und die Orientierung. Trotzdem versuchte Marcel ein Gespräch.

»Macht dir das Ganze wirklich Spaß?« fragte er.

Sie gab keine Antwort.

»Mensch, überleg doch mal«, fuhr Marcel fort. »Eines Tages geht's schief. Dann kommst du rein und nie mehr raus. Auf die Dauer geht das nicht gut! Das schafft ihr nie! Je mehr ihr denen da oben an den Kragen geht, um so wilder werden die Reaktionen!«

Er wartete vergeblich auf Antwort. Anita ging schnaufend weiter, als ob sie nicht zugehört hätte.

Er hielt sie am Arm fest.

»Hast du überhaupt keine Vorstellung von einem anderen Leben? Einem Leben ohne Gewalt?«

»Halt's Maul, Marcel, und spar dir deine klugen Sprüche. Du müßtest doch am ehesten Verständnis für uns haben.«

»Hab' ich auch. Nur um dich tut's mir leid. Für dich gibt's no Future.«

»Das ist mir klar, aber diese ›future‹ reizt mich nicht. Wenn ohne Gewalt, dann auch ohne staatliche Gewalt.

Sie ist die schlimmste, weil sie im Namen des Volkes für die Interessen weniger eingesetzt wird. Ich weiß nicht, was du willst. Du bist für mich ein Chamäleon. Ohne uns säßest du in der Patsche. Was willst du eigentlich?«

Er gab keine Antwort. Ihm war nicht wohl zumute.

»Sprich ruhig weiter, Marcel,« forderte Anita jetzt in sanftem Ton auf.

»Mir ging es wie dir, nach dem ersten... Toten. Ich habe auch blödes Zeug geplappert. Sieh die Sache doch realistisch. Hätte Daniel ihn nicht erschossen, dann hätte der Typ Daniel oder dich oder noch mehr von uns erschossen. Und jetzt müssen wir weiter!«

Der Weg wurde steiler. Sie keuchten, als sie die Farm erreichten. Guiseppes Landrover stand vor der Tür. Überrascht musterte er seine Besucher, fuhr sie jedoch, ohne Fragen zu stellen, ins Schafhaus.

Beppo und Carla saßen beim Schachspiel und freuten sich über den Besuch.

Carla wies beiden getrennte Räume zu und kam spät in der Nacht zu Marcel ins Bett.

Nach einigen schüchternen Versuchen, ihn zur Wiederholung ihrer letzten Nacht zu bringen, gab sie auf.

Marcel konnte nicht.

Der tote Mensch ging ihm nicht aus dem Sinn.

46.

Montag, 8. Mai

»Was wissen Sie eigentlich?« fragte der General zynisch.

»Es ist nicht leicht. Keller hat Anschluß gefunden; irgendwo, entweder in Reggio Emilia oder in der Romagna. Wir observieren Dr. Ferrari und Londisi rund um die Uhr, ihre Telefonate, überhaupt alles, sie bringen uns nicht hin. Nur durch seinen Anruf bei der Punta in Taormina wissen wir, daß er Rosario entführt hat. Nicht allein, das ist uns allen klar. Und der Tatort kann nur Bagno di Lucca sein. Dort wurde gestern abend Sergio Coluna erschossen. Der Wirt hat die Polizei benachrichtigt, nachdem er eine Leiche in seiner Scheune gefunden hat. Er will nichts gehört und gesehen haben, war angeblich in den Bergen! Keine Zeugen, keine Gäste. Sein Haus ist noch geschlossen bis zum fünfzehnten«, berichtete der Zivilist.

»Bedenken Sie«, warf der Oberst ein, »Coluna wurde mit zwei Schrotladungen umgebracht. Kann auch 'ne Lupara gewesen sein, also eine Mafiaabrechnung. Die Kripo aus Pisa hat nichts gefunden, was auf eine Entführung hindeutet!«

»Egal«, beendete der General die Diskussion. »Wir müssen davon ausgehen, daß es dort geschah. Der Fiat gehört zwar Coluna, aber auch Rosario Punta ist damit in den letzten Tagen herumgefahren. Jetzt kommt's drauf an. Wir sind auf die Telefonkontakte angewiesen. Jede Leitung, die in dieser Sache besetzt ist! Ab sofort zwei Mann an die Kopfhörer! Damit keine Sekunde verlorengeht. Gespräche auf Tonband nützen uns nichts. Wenn der Austausch dieser Di Maggio mit dem Punta läuft, *müssen* wir dabei sein. Ich gehe davon aus, daß die Mafia auf seine Vorschläge eingeht.

Ob sie sie allerdings einhält, ist zu bezweifeln. Wir müssen dabei sein. Erst dann können wir entscheiden, was wir machen. Verläuft alles friedlich, werden die Leute um Keller bis zu ihrer Ausgangsbasis observiert. Die Mafiosi nehmen wir fest.«

»Und wenn sich die beiden Gruppen in eine Schießerei einlassen?«

»Dann warten wir, bis sie sich gegenseitig abgeknallt haben, sammeln die Leichen auf und nehmen die Überlebenden fest. Diesmal muß es klappen. Nehmen Sie die deutschen Kriminalbeamten ruhig mit, damit sie etwas von ihrer großen Klappe verlieren.«

»Die Deutschen werden uns bald verlassen. Es gab schon einen Telefonanruf für Kahlwasser, vom BKA, inoffiziell, sie sollen für morgen den Rückflug buchen.«

»Wieso?«

»Ich weiß es nicht. Scheumann ist fast vor Wut explodiert. Er verlangte festzustellen, ob die Auslieferung noch vorläge. Das hab' ich gemacht, sie ist noch rechtsgültig. Wir haben auch nichts anderes aus Bonn gehört, aber Herr Kahlwasser scheint etwas Ähnliches zu erwarten.«

»Mir egal«, sagte der General. »Ob sie mitgehen oder nicht, ist sowieso unser Problem. Heute gibt's im Parlament eine Anfrage wegen des Ministers. Die Regierung muß Farbe bekennen. Es sitzen 'ne Menge Freunde von ihm im Plenum, die die Forderung der Terroristen erfüllen wollen. Sie drängen auf eine Entscheidung. Und wenn die Regierung gegen die Terroristen entscheidet, kann es seine letzte Stunde sein. Ich bezweifle, daß die Gruppe, bei der Keller ist, direkten Kontakt mit den Entführern hat. Also, wir müssen es versuchen. Viel Glück!«

Der Oberst kehrte nachdenklich in seine Dienststelle zurück. Es war sehr schwer, so günstig abzuhören, daß man, sollte sich das am Telefon abgesprochene in den nächsten Stunden ereignen, dabeisein konnte. Er mußte noch mal mit seinem Leutnant sprechen. Mit ihm hatte er gestern abend das gleiche Problem gewälzt. Er würde ihn sofort rufen lassen.

Das war überflüssig. Leutnant Collo erwartete den Oberst bereits. Er hüpfte von einem Fuß auf den anderen. Entweder wußte er wirklich was Neues, oder er mußte dringend pissen. Es war das erstere.

»Herr Oberst, mir ist etwas aufgefallen«, waren Collos Worte, noch bevor der Oberst sein Zimmer durchschritten und an seinem Schreibtisch Platz genommen hatte.

»Bitte?« sagte der Oberst gnädig und ließ sich seine Neugier nicht anmerken.

Collo stürzte zum Schreibtisch und legte einen Papierbogen vor den Oberst. Der brauchte nur einen kurzen Blick.

»Die Nummer der Sistinis, die sie bisher überwachten?«

»Jawohl, Herr Oberst. Gestern, als Keller eine Nummer nach der anderen gegeben wurde, mußten wir bei der dritten passen. So schnell konnten wir die Anschlüsse nicht finden. Ich vermute, sie haben ihn noch zwei- oder dreimal weitervermittelt. Es lag also nicht an uns.«

»Das weiß ich. Wißt Ihr denn mittlerweile, woher die Gespräche kamen?«

»Sie wissen, Herr Oberst, das ist beim neuen elektronischen Selbstwähldienst sehr, sehr schwer. Der Ingenieur von der Post hat es mir erklärt. So geht ein Gespräch meinetwegen von Rom nach Neapel elektronisch über die nächste freie Leitung. Die kann über Turin führen oder Sizilien. Wir wissen daher nur, daß die Gespräche aus der Gegend von Vicenca-Verona kamen, aber«, jetzt leuchtete sein Gesicht, »der Anruf in Sizilien, in dem Keller die Entführung Puntas mitteilte, kam eindeutig aus Bagno di Lucca, aus jenem Gasthof, in dem Coluna gefunden wurde!«

»Aha«, zufrieden lehnte der Oberst sich zurück. »Wenigstens etwas. Bedeutet, daß unsere Kombinationen richtig sind. War es das, was Sie mir sagen wollten?«

»Nein, Herr Oberst, sehen Sie her.«

Der Leutnant beugte sich über den Schreibtisch, legte den Finger aufs Papier.

»Dies sind die Nummern, die bisher für Rosario Punta bereitstanden, und jetzt drehn Sie mal das Papier um.«

Der Oberst gehorchte. »Eine Liste von Gaststätten?«

»Ja, eine Liste von Gaststätten in Florenz und Umgebung, die alle den Sistinis und deren Verwandten gehören oder unter ihrem Einfluß stehen.«

Der Oberst studierte schweigend. Ab und zu schüttelte er den Kopf. »Da kann man also auch nicht mehr hingehn, wenn man in die Toskana zum Essen fährt. Doch was wollen Sie damit sagen?«

»Sehn Sie, die bisherigen uns bekannten Nummern sind die von den Gaststätten, alle im Stadtgebiet Florenz. So ähnlich werden sie es morgen auch machen, wenn Keller wieder anruft. Es ist damit zu rechnen, daß sie einfach neue Nummern geben. Wir müssen alle überwachen.«

»Unmöglich«, sagte der Oberst. »Wie viele sind es?«

»Achtzig, aber das ist eine komplette Aufstellung, die uns die Kollegen in Florenz geschickt haben. Ich bin der Meinung, es genügt, wenn wir uns die aussuchen, die in Florenz direkt liegen. Das wären einundzwanzig, sowie sechs im Raum Lucca-Viareggio. Man weiß nicht, warum Keller da unten rumläuft, sollte aber die Möglichkeit nicht ausschließen, daß ein Treffen wieder dort stattfindet.«

Der Oberst überlegte.

»Der wäre schön dumm. Für 'ne Entführung ja, da ist ein ruhiger Ort das beste. Aber ein Austausch in einer einsamen Gegend ist gefährlich. Ich vermute, sie gehn in die Stadt. Vielleicht sogar nach Rom, aber mein Gefühl sagt mir Florenz. Gut, geben Sie nach Florenz durch: Alle einundzwanzig Nummern ständig mit einem Abhörer besetzen, besser noch mit zwei, falls einer zur Toilette muß. Auch die sechs anderen Nummern. Ich stimme Ihnen zu, Collo. Eine gute Idee!«

Der Leutnant fühlte sich geschmeichelt.

»Dann fahren Sie am besten auch gleich mit dem Teil der Truppe nach Florenz, die für diese Sache vorgesehen ist. Fragen Sie die Deutschen, ob sie mitwollen. Wenn sich was klärt, komme ich nach.«

»Jawohl, Herr Oberst.«

47.

Dr. Benno Dachs saß seit neun Uhr in einer Sitzung des Amtsgerichtes Frankfurt. Kurz vor dem Termin hatte er in Karlsruhe angerufen, aber zu dieser Stunde niemanden erreicht. Hoffentlich kam er hier aus dieser Hauptverhandlung früh genug raus. Es war nicht gut für die Verteidigung, wenn er den Kopf voll mit anderen Dingen hatte.

In einer Pause legte er seine Robe ab, verließ den Verhandlungssaal und lief ins Erdgeschoß zu den Telefonzellen. Seine Kanzleigehilfin meldete sich.

»Rosi, gibt's was Neues aus Karlsruhe?«

»Ja, der Bundesanwalt hat angerufen. Gestern noch wurde der Haftbefehl aufgehoben, ging noch in der Nacht per Telex ans Auswärtige Amt.«

»Prima, jetzt kommen Sie ganz schnell her, Sitzungssaal 110 im Gebäude B; lassen Sie alles stehn und liegen und kommen Sie.«

Kurz vor zwölf saß Dr. Dachs dann in seinem Büro und erreichte die richtige Abteilung im Auswärtigen Amt, doch der

Abteilungsleiter war bereits zu Tisch. Um 13 Uhr war er noch nicht zurück, und um 14 Uhr erklärte die Vorzimmerdame, hörbar verärgert, wer er überhaupt sei und was er wolle. Und überhaupt, heute finde in der Abteilung eine kleine Geburtstagsfeier statt, und da sei niemand mehr zu erreichen. Auch Drohungen mit dem Bundesgerichtshof fruchteten nicht.

Letztlich wollte Dachs dann mit einem ihm persönlich bekannten Staatssekretär verbunden werden. Erst da entschloß sich die Vorzimmerdame seufzend, den Abteilungsleiter aufzutreiben. Er kam mürrisch an den Apparat.

»Was wollen Sie? Wer sind Sie überhaupt? Ich darf Ihnen sowieso keine Auskunft geben.«

»Mein Name ist Dachs; ich bin der Rechtsanwalt von Marcel Keller und will wissen, ob der Auslieferungsantrag bereits zurückgezogen wurde. Der Haftbefehl wurde gestern aufgehoben.«

»Woher wissen Sie denn, ob nicht noch ein Haftbefehl besteht?«

Dachs war überrascht.

»Besteht noch einer?«

»Das kann ich im Moment nicht sagen. Wir befinden uns in einer Sitzung.«

»Ich denke, Sie haben eine Feier?« wurde Dachs jetzt wütend. »Ich will wissen, was los ist!«

»Einen Moment.«

Der Abteilungsleiter legte den Hörer auf den Tisch und wandte sich an seine Sekretärin.

»Haben Sie das mit der Feier verraten?« Er schüttelte den Kopf. »Blödes Weibervolk! Jetzt laufen Sie, suchen Sie den Vorgang.«

Sie kam zurück, der Abteilungsleiter sah sie fragend an:
»Was ist?«

»Der italienische Übersetzer ist heute nicht da, erst morgen! Aber lassen Sie mich mal machen... Hören Sie«, sie nahm den Hörer wieder auf, »die Sache ist erledigt, alles ist raus!« und damit legte sie auf.

48.

Montag, 8. Mai, 17.00 Uhr

Marcel hatte sich von Guiseppe bis nach Massa di Carrara fahren lassen.

Die erste Telefonzelle verließ er, nachdem im Schrittempo ein Polizeiwagen vorbeifuhr.

In der zweiten stand eine Frau und führte ein Endlosgespräch.

Erst in der dritten hatte er Erfolg.

In Sizilien begann das Spiel, führte ihn über vier weitere Florentiner Nummern zu einem Mann, der sich Pietro nannte und sein Ansprechpartner war.

»Einverstanden. Die Di Maggio gegen Rosario. Wann und wo?« fragte Pietro.
»Morgen abend. Entweder in Rom, oder in Florenz.«
»Florenz wäre uns lieber.«
»Wie lange vorher muß ich Sie anrufen, damit wir uns innerhalb einer Stunde treffen können?«
»Am besten morgen um vier?«
»Nein, ich lege mich nicht auf eine Stunde fest. Bringen Sie Rosanna innerhalb einer Stunde nach Florenz. Oder ist sie bereits dort?«
»Lassen Sie es unsere Sorge sein, wo sie ist. Sie ist innerhalb einer Stunde verfügbar.«
»Dann rufe ich zwischen vier und fünf an. Noch etwas Wichtiges. Ich erscheine mit einem Begleiter und Rosario. Bei Rosanna darf nur eine Person sein. Sie kommt schließlich freiwillig zu ihrer Freilassung. Sehen wir eine Person mehr, brechen wir sofort ab. Verstanden!?«
»Verstanden. Bis morgen.«

Marcel wählte zwei Nummern in Verona.
Bei der zweiten war er erfolgreich.
»Alles klar, sie haben zugestimmt. Bleibt's bei allem?«
»Ja, um 16 Uhr bei Raffael«, sagte Rosa kurz.

49.

Dienstag, 9. Mai, 12.00 Uhr

Gegen fünf Uhr in der Früh hatte Carla das Liebesspiel abgebrochen, das Zimmer verlassen und war kurz darauf mit Beppo zu den Herden gegangen. Marcel schlief erschöpft ein. Kurz vor Mittag stand er auf und trat vor die Hütte. Es war ein Tag wie ein frischgebackenes Brötchen. Marcel war mit seinen Gedanken bei der letzten Nacht. Er war verrückt. Er hatte sich in dieses häßliche Entlein verliebt. Ihre Kinnpartie störte ihn nicht mehr im Geringsten. Wieder versprach er ihr, zurückzukommen. Wieder hatte er sie nicht entjungfert. Er kannte sich selbst nicht mehr; nur in einem war er sicher: Nicht Beppos Drohung hielt ihn zurück.

Jetzt saß er mit Anita am Rande des Steinbruchs. Er hatte sein Hemd ausgezogen und ließ sich von der Sonne aufwärmen.

›Ich bin überhaupt nicht nervös‹, beruhigte er sich. »Bist du nervös?« fragte er Anita. Sie sah ihn von der Seite an.

»Warum sollte ich? Heute geht alles klar. Wir tauschen aus und verschwinden. Ich glaube nicht, daß es Probleme gibt. Und wenn, sind wir darauf vorbereitet. Laß das nur Rosa machen. Sie denkt an alles.«

»Rosa denkt an alles!« rief er aus. »Denkt sie auch an dich?«

»Marcel, fängst du schon wieder an? Du bist weder mein Mann, noch mein Geliebter, noch Vater, noch Bruder. Ich bin für mich selbst verantwortlich. Du brauchst nicht den toleranten Beschützer zu spielen. Das steht dir nicht. Du bist nichts als ein Macho. Eindruck schinden, Selbstbeweihräucherung und Bluff. Dein ganzes Denken kreist um Sexualität und Macht. Genau wie das der Gesellschaft, des Staates. Der Staat ist ein Männergebilde und kann in dieser Form nicht bestehen bleiben.

Dafür will ich kämpfen! Hast du mich jetzt verstanden?« schrie sie ihn an.

»Beruhige dich. Ich will doch nur versuchen, dich zu verstehen.«

50.

Dienstag, 9. Mai, 14.00 Uhr

Florenz.

Im Polizeipräsidium warteten zwanzig Männer der Anti-Terror-Truppe nervös auf ihren Einsatz. Leutnant Collo, der Oberst und Kriminaloberkommissar Scheumann standen, zusammen mit dem Polizeipräsidenten, im Koordinationsraum.

»Ich habe weitere fünfzig Leute für Sie bereitgestellt«, sagte der Präsident.

»Danke«, erwiderte der Carabinierioberst. »Aber solange wir nicht wissen, wo was passiert, können wir auch mit tausend nichts anfangen.«

Alle nickten zustimmend.

»Herr Oberst, ein Gespräch für Sie, aus Rom«, winkte ihn ein Telefonist an den Apparat.

Er nahm den Hörer auf. Die Stimme des Generals ließ ihn strammstehen, doch unter der Last der Nachricht sackte er zusammen, stammelte nur: »Ja! Jawohl!« legte auf.

Er sammelte sich, holte tief Luft. Die anderen sahen ihn gespannt an, sie spürten, daß etwas Entscheidendes passiert war.

»Meine Herren«, räusperte sich der Oberst. »Ich habe eine traurige Nachricht für Sie und unser Vaterland. Soeben wurde der entführte Minister ermordet aufgefunden.«

Die Stille nach seinen Worten war gespenstisch.

Alle, bis auf Scheumann, blickten betroffen zu Boden.

Er rutschte auf seinem Sessel hin und her, brach schließlich die Stille:

»Bedeutet das etwa, daß wir die Aktion Keller abbrechen?«

»Nein«, bestimmte der Oberst. »Es wird vorgegangen wie abgesprochen. Nur... keine anschließende Observationen mehr. Wir sollen alle... festnehmen.«

Der Oberst hatte kurz gezögert, und sich dann entschlossen, den letzten Satz des geschockten Generals nicht wiederzugeben.

»Schießen Sie die ganze Bande zusammen!« hatte der gefordert.

51.

Dienstag, 9. Mai, 16.00 Uhr

Sie saßen in Raffaels stinkender Bude und starrten vor sich hin. Keiner sprach.

Marcel wollte ein Fenster öffnen, doch Rosa hielt ihn davon ab. Raffael hatte seine Frau zugehängt. Von zwei Decken abgeteilt hockte sie in der Ecke, sah nichts und wurde nicht gesehen, obwohl jeder wußte, daß sie da war.

Marcel saß neben Anita unter einem Fenster, Rosa und Mehmet hockten zusammen an der Wand neben der Tür.

Beate, Sigrid und Daniel hatten es sich den beiden gegenüber so bequem wie möglich gemacht.

Nur Raffael stand rum, lief nervös hin und her oder steckte seinen Kopf unter die Decke und tuschelte mit seiner Frau.

»Ich verstehe nicht, daß ihr euch einem Junkie so ausliefert«, flüsterte Marcel in Anitas Ohr. »Wenn die Polizei ihn mal greift und er einen Tag ohne Stoff ist, erzählt er mehr, als die wissen wollen.« Anita schüttelte unwillig den Kopf. Sie beugte sich zu Marcels Ohr und sagte: »Er ist Rosas Bruder.«

Das weiße Telefon stand auf dem Boden in der Mitte des Raumes und wurde von allen hypnotisiert.

Rosa rauchte, stieß gelassen den Rauch in kleinen Ringen aus und sah ihnen nach. Wenn sie nervös war, sah man es ihr ebensowenig an wie Mehmet, der seinen Kopf auf die Arme gelegt hatte und zu schlafen schien.

Beate kaute an den Fingernägeln. Als sie Marcels Blick auf sich spürte, zog sie schnell die Hand aus dem Mund und steckte sie in die Tasche ihrer Jacke.

Marcels Knie zitterten. Schnell schlug er sie übereinander, doch nach wenigen Sekunden vibrierten sie erneut. Er streckte seine Beine lang aus. Das scharrende Geräusch ließ alle zu ihm hinsehen, unwillig, wie auf einen Störer im Kino, der mit Erdnußkernen raschelt. Marcel fühlte sich unter den Blicken schuldig und zog den Kopf ein.

Scheiße, diese Spannung, dachte er. Kommt mir vor wie in einem Kriegsfilm die Helden vor dem Sturm. Todesahnung.

Todessehnsucht. Nur, daß es in den Filmen immer Männer sind...

Das Läuten des Telefons fuhr allen in die Glieder. Wie elektrisiert sprangen sie auf.

»Ruhe!« befahl er Rosa und winkte Raffael an den Apparat.

»Pronto? Nein, hier ist nicht Zampano.«

Das war's.

Rosa stand neben Marcel. »Los, ruf an!«

»Wie besprochen? Siebzehn Uhr?« fragte er.

Rosa sah auf die Uhr, konnte in der Dunkelheit das Zifferblatt nicht erkennen und mußte erst das Bettlaken vor dem Fenster heben, um zu entscheiden: »Nein, es ist bereits zwanzig nach vier. Bestell sie für Viertel nach fünf.«

Nur zweimal ließen sie ihn heute neu wählen, dann war Pietro am Apparat. Marcel sprach mit ihm:

»Um Viertel nach fünf an der Piazza di Verzaia. Ihr kommt vom Borgo San Frediano und biegt rechts in die Piazza ein. Bleibt stehn, sobald ihr um die Ecke seid. Laßt das Mädchen aussteigen, sobald wir Blickkontakt haben. Wir lassen gleichzeitig Rosario aussteigen. Unser Auto ist ein blauer VW Käfer. Habt ihr alles verstanden? Welches Auto nehmt ihr?«

»Alles verstanden«, erwiderte Pietro, »einen gelben Mercedes, bis dann.«

Einen gelben Mercedes, dachte Marcel. Ob das ein gutes Omen ist?

»Los, raus jetzt«, herrschte Rosa alle an. »Ihr wißt, was ihr zu tun habt.«

52.

Dienstag, 9. Mai, 16.00 Uhr

Noch eine dreiviertel Stunde bis zum Austausch, aber sie waren bereits vor Ort. Anita saß am Steuer, Rosario auf dem Beifahrersitz. Erstmals seit zwei Tagen, außer den Essenszeiten, war er ohne Vermummung, doch die Hände blieben nach hinten gefesselt. Marcel hielt vom Rücksitz, versteckt unter dem Handtuch, den Revolver auf ihn gerichtet. Die Waffe lag auf seinen Knien, die er bis zum Kinn angezogen hatte, weil sich Daniel zwischen die Sitze auf den Boden gequetscht hatte. Dem Dicken paßte diese Rolle gar nicht. Lautstark hatte er sich bei Rosa beschwert:

»Warum muß ich das machen? Fast 'ne Stunde soll ich wie ein Hering liegen. Das ist was für ein Mädchen! Oder nehmt wenigstens ein größeres Auto!«

Rosa hatte ihn streng angesehen. »Du machst das, was dir befohlen wird. Du bist unser bester Schütze«, gab sie ihm noch ein Bonbon mit auf den Weg.

Sie parkten rechts auf der Lugarno di San Rosa. Die Piazza lag links von ihnen und war von hier, bis an ihr Ende, von wo der Mercedes kommen mußte, zu übersehen.

Rechts von ihnen befand sich die Mauer, die zum Schutz gegen das Arno-Hochwasser erbaut war.

Im Moment war der Arno ein kleines Flüßchen, nur wenige Meter breit.

»Da kommt Rosa«, wies Anita mit dem Kopf auf den Anderthalbtonner, der an der Ampel stand, bei Grün anfuhr, links auf die Piazza einbog und vor der alten Stadtmauer parkte.

Er hielt damit in der Mitte der Strecke, die Rosanna und Rosario zurückzulegen hatten, wenn alles nach Plan verlaufen würde.

»Du siehst, Rosario, du hast keine Chance, euren Wagen zu erreichen, wenn deine Familie falsch spielt.«

Rosario gab keine Antwort.

In seinem Nacken bildeten sich Schweißperlen. Er hatte Angst. Selbst wenn heute alles glatt lief, würden ihm seine Freunde seine Fehler kaum verzeihen. Wie seine Zukunft aussehen würde, war sehr, sehr ungewiß.

Auch Marcel dachte an die Zukunft. Doch eher optimistisch. Sobald Rosanna in Sicherheit war, würde er den Brigadisten die versprochenen Papiere besorgen. Dann wollte er sie nie mehr wiedersehen. Im Apennin ließ sich dann abwarten, was seine Anwälte hier und in Deutschland erreichen. Eines hatte er sich fest vorgenommen: Es mag kommen, wie es kommen mag, schießen würde er nicht.

Kurz vor fünf. Marcel wäre gerne ausgestiegen und hätte sich die Füße vertreten. Das dauernde Anziehen der Knie war so anstrengend, wie es für Daniel der unbequeme Platz zwischen den Sitzen war. Aber niemand durfte aussteigen. Die anderen hätten es als Signal dafür angesehen, daß es losgeht.

So 'ne blöde Vereinbarung, dachte er jetzt. Sorgfältig sah er sich um. Auch Anita spähte über den Platz in den Außen- und Innenspiegeln, doch es ergab sich nichts Verdächtiges. Der Verkehr lief flüssig. Überall parkten Fahrzeuge, die meisten bereits länger als sie. Einmal wurde er mißtrauisch, als ein ähnlicher Kleinbus, wie Rosa ihn benutzte, langsam an ihnen vorbeifuhr und einen Parkplatz suchte. Das Auto hatte verspiegelte Scheiben, trug jedoch die Aufschrift: KODAK – FILM – FOTO und eine Adresse in der Stadt.

Auch der langhaarige Fahrer sah unverdächtig aus. Er parkte dreißig Meter weiter, stieg aus, sah in einer Auftragsmappe nach und verschwand im übernächsten Haus. Es war das Haus, in welchem Beate und Sigrid in einer leeren Parterrewohnung saßen, die sie gestern gemietet hatten. Das war der Grund, warum sie den Übergabeort auf diese Piazza gelegt hatten.

Rosario war mittlerweile total durchgeschwitzt.

»Glaubst du, deine Kumpels haben was Linkes vor?« fragte Marcel. »Oder warum schwitzt du vor Angst? In fünf Minuten bist du frei!« Wieder antwortete Rosario nicht.

Der dicke Daniel richtete sich jetzt auf.

»Ich kann nicht mehr, wie soll ich denn schießen können, wenn alle Glieder steif sind?«

»Anita, rutsch du unters Lenkrad«, ordnete Marcel an, »dann kann Daniel auftauchen und die anderen sehen trotzdem nur drei Köpfe.«

Daniel kam hoch.

Im dem Moment bog ein gelber Mercedes in zweihundertfünfzig Meter Entfernung in die Piazza ein, fuhr langsam die Parkbuchten entlang, fand keinen Platz und blieb, etwa hundertfünfzig Meter entfernt, in der zweiten Reihe stehen.

Marcel öffnete die Fahrertür, drückte Anitas Sitzlehne nach vorne und stieg über Daniel hinweg auf die Straße. Er sah zu dem Mercedes hinüber, konnte aber nicht in den Wagen hineinsehen. Jetzt stieg der Fahrer aus.

Marcel hob die Hand, der Mercedesfahrer auch. Marcel ging um den VW und öffnete für Rosario die Tür.

Marcel ging um den VW und öffnete für Rosario die Tür.

»Schließ mich auf«, bat Rosario.

Marcel schüttelte den Kopf. »Nein, das kann dein Freund machen, hier...« Er nahm den Handschellenschlüssel aus der Hose und steckte ihn in Rosarios Hemdtasche.

»Komm jetzt!« Er führte Rosario wie ein Polizist am Arm über die Straße und betrat den Bürgersteig der Piazza. Auch Rosanna kletterte aus dem Mercedes.

Wieder winkte Marcel, Rosanna winkte zurück.

»Bleib hier stehen, ich gehe alleine«, verlangte Rosario, doch Marcel ließ sich auf nichts ein. »Ohne dich gebe ich ein zu gutes Ziel ab, mein Freund, los, noch fünfzig Meter!«

Der Fahrer des Mercedes schien unschlüssig, ob auch er Rosanna begleiten solle, doch dann ließ er sie laufen. Erst ging sie langsam, ungläubig, ob ihrer Freiheit, dann begann sie zu rennen. Auch Rosario und Marcel beschleunigten ihre Schritte. In Höhe von Beates Hauseingang hielt Marcel Rosario fest. Rosanna kam die letzten zehn Meter auf ihn zu und fiel ihm um den Hals. Rosario riß sich los. Marcel ließ ihn gehn.

»Dafür bleibt später noch Zeit«, wehrte er Rosanna ab, die heftig zu weinen begann. »Komm, wir müssen weg!«

Er nahm sie an der Hand und führte sie über den Bürgersteig, überquerte die Straße und war noch zehn Meter vor dem VW, als ein lauter Ruf über den Platz schallte: »KELLER!«

Erschrocken sah Marcel sich um und sah einen Mann auf sich zulaufen, den er sehr gut kannte.

Scheumann hielt eine Pistole in der Hand, schrie unverständliches Zeug und war nur noch zwanzig Meter entfernt, blockierte aber genau den Weg ins Haus. Ihnen blieb nur die Flucht zum VW.

Marcel duckte sich und zog Rosanna hinter sich her zwischen die parkenden Autos, um auf die Beifahrerseite des Käfers zu kommen, als Scheumann den ersten Schuß abgab.

Anitas Brillenglas zerbrach, wie auch die Seitenscheibe des VW. Ein dünner Blutfaden lief unter dem Brillengestell über ihre Wange. Sie sackte auf dem Lenkrad zusammen.

Daniel war mit einem Satz draußen und ließ seine Flinte aufbrüllen. Die zwei Ladungen Schrot stoppten Scheumann mitten im Lauf und trieben ihn zwei, drei Schritte zurück, bevor er wie ein Brett nach vorne aufs Gesicht fiel.

Marcel riß die Tür auf, griff den Revolver vom Sitz und brachte sich hinter der Karosserie in Deckung.

Daniel hatte hinter einem braunen Lancia Deckung gefunden und gab Schuß um Schuß ab. Er griff in seinen umgehängten Brotbeutel und lud das Magazinrohr mit 12er Schrot nach.

Von mehreren Richtungen prasselten jetzt Kugeln in den VW. Anitas Körper wurde mehrfach getroffen und kippte seitlich auf den Beifahrersitz. Die Schüsse kamen aus dem Transporter mit den Spiegelscheiben, dessen Seitentür jetzt weit auf stand.

Polizisten mit Helmen und Kugelwesten sprangen heraus und verteilten sich zwischen den parkenden Wagen. Auch am oberen Ende des Platzes wurde geschossen. Rosario lag zehn Meter vor dem rettenden Mercedes auf dem Gesicht, und auch der Fahrer hatte es nicht geschafft. Mit dem Oberkörper befand er sich im Auto, die Beine hingen aus der offenen Tür.

Jetzt rauschte ein blauer Carabinieritransporter heran, stellte sich mit quietschenden Bremsen quer, öffnete seine Klappe und wollte seine Ladung ausspucken.

Sie kamen nicht heraus, denn Rosa stand ohne Deckung mitten auf der Straße und leerte Magazin um Magazin ihrer Maschinenpistole.

Marcel sondierte die Lage.

Daniel schob mit stoischer Ruhe weiter Patrone um Patrone in den Vorderschaftrepetierer und schoß ebenso stoisch auf die Polizisten um den Spiegelscheibenbus.

Polizei befand sich auch in einem LKW mit der Aufschrift einer bekannten Eisfirma.

Verrat, dachte Marcel und tippte sofort auf Raffael. Er verscheuchte seine unnützen Gedanken.

Von einer gewaltigen Explosion wurde er aufgeschreckt.

Mehmet warf Handgranaten unter den Eis-LKW. Das Vorderteil hob sich in die Luft, fiel im Zeitlupentempo wieder herunter und kippte dabei so stark zur Seite, daß sein Aufbau sich schief gegen die Mauer lehnte.

Die Insassen blieben eingeklemmt.

Marcel zog Rosanna hoch. »Los, komm, wir laufen ins Haus da drüben.« Mit aller Gewalt hielt sie ihn zurück. Sie stand unter Schock und rief immer wieder: »Nein, nein, nein!«

Er zog sie hinter sich her. Daniel stand auf und gab ihnen Feuerschutz. Die Straße überquerten sie ohne Schwierigkeit. Das Hauptgefecht spielte sich auf der anderen Seite der Piazza ab. Die Polizisten hatten die Tür des LKW aufgebracht, sprangen heraus und ließen sich unter den LKW fallen. Einer von ihnen schoß Rosa mitten ins Gesicht.

Daniel bemerkte es. Mit trippelnden Schritten bewegte er seinen schweren Körper auf sie zu und schoß, bis die Flinte leer war, erreichte Rosa, hob ihre MP auf und brachte sich in Deckung.

Jetzt wurden von irgendwoher Nebelgranaten geworfen.

Im Platzen der Sprengkörper nahm Marcel die letzten Meter bis zum Hauseingang. Fünf Meter vor der rettenden Tür wurde Rosanna an seiner Hand schlaff. Marcel schleppte sie nach wie einen Hund, den man an der Leine überfahren hatte. Seine Gedanken waren verwirrt, er konnte jetzt kaum etwas sehen. Seit Minuten standen seine Augen voller Tränen. Tränen der Wut und des Hasses. Er zog Rosanna vier Treppenstufen hoch und bollerte gegen die Tür, rief: »Beate, Sigrid, macht auf!«

Beate half ihm, Rosanna reinzuziehen. Sie betteten sie in den Raum zum Hinterhof.

»Kümmer dich um sie«, sagte Marcel und rannte nach vorn ins Zimmer zur Straße.

Sigrid hatte ein M1-Sturmgewehr in der Hand und gab Schuß um Schuß ab.

»Sie hat 'nen Schuß im Oberkörper. Lunge oder so. Wenn sie bald ins Krankenhaus kommt, überlebt sie's«, sagte Beate, die zurückkam.

Daniel war verletzt, ein Arm hing runter. Er führte ein neues Magazin ein und klemmte die MP dafür zwischen die Knie.

»Was für ein Wahnsinn!« schrie Marcel. »Seht – da, da kommen Panzer!«

Es waren nur Schützenpanzer, aber sie verfeuerten aus ihrer kleinen Kanone fortlaufend Rauch- und Tränengasgranaten.

»Noch haben sie uns nicht entdeckt!« rief Beate, doch das war ein Trugschluß. Sie hatte noch nicht ausgesprochen, als eine Tränengasgranate durchs Fenster schlug.

Hustend liefen sie zu Rosanna nach hinten, preßten Pullover und Halstücher auf den Mund. Sie schlossen die Zwischentür.

Rosanna war bei Bewußtsein, sah mit großen Augen zu Marcel und den beiden Frauen.

»Wir müssen hinten raus, durch den Garten ins übernächste Haus und dann durch die Arnowiesen!« rief Sigrid.

»Was machen wir mit ihr?« wies Marcel auf Rosanna.

»Nichts, ihr passiert nichts. Wenn sie bleibt, ist sie bald im Krankenhaus. Komm, wir müssen weg!«

Beate öffnete die Tür zum Flur und prallte mit durchschossenem Kopf zurück ins Zimmer, fiel gegen Marcel und sank neben ihm zusammen. Sigrid schoß in den Flur und warf die Tür wieder zu. »Verdammt, sie sind schon im Haus.«

Marcel kniete neben Beate und hob ihren Kopf an. Was sollte dieser Wahnsinn? Er hatte bisher keinen einzigen Schuß abgefeuert.

Jetzt stand er auf und ging wie betrunken zur Tür.

»Müssen wir da durch?« fragte er Sigrid. Sie nickte schweigend.

Er riß die Tür auf. Kugeln prasselten im schrägen Winkel ins Zimmer, holten Tapete und Putz von der Wand.

»Also kommt schon«, winkte er den anderen zu. »Jetzt sind so viele tot. Warum soll's uns besser gehen?«

Sie sahen sich kurz an. Jemand fragte: »Jetzt?«

Er nickte »Jetzt!«

Epilog

Das Frühjahr brachte für ganz Italien schlechtes Wetter. Seit Wochen regnete es ununterbrochen. In der letzten Maiwoche tobte ein Hurrikan die Riviera Versilia entlang und verwüstete, was nicht niet- und nagelfest war. Alle über den Winter nicht abgebauten oder schon für die neue Saison errichteten Strandeinrichtungen wurden hinweggefegt.

Am Mittwoch, dem 5. Juni, hörte der Regen auf.

Guiseppe Londisi erkannte die Möglichkeit, heute zum Schafhaus durchzukommen. Er mußte es versuchen.

Zum einen brauchten seine Hirten Verpflegung, zum anderen brachte er einen neuen Gast und eine wichtige Nachricht.

Die Wege waren so matschig, daß selbst der Vierradantrieb des Landrovers Schwierigkeiten hatte. Die Wolken und der Dunst ließen ihm fast keine Sicht. Auch die Hütte sah Guiseppe erst, als er wenige Meter davor anhielt. Er stellte den Motor ab und winkte dem blonden jungen Mann neben ihm, auszusteigen. Bruno und Carla sahen vom Schachspiel auf.

»Ich bringe für ein paar Tage einen neuen Gast. Ernesto hat geschrieben, er bleibt noch ein weiteres Jahr bei der Armee; gebt ihm sein Zimmer.«

»Nehmt Platz«, bot Beppo an und schwenkte den Grappakrug. »Hat Enzo dich geschickt?« Der Blonde nickte schüchtern.

»Für kurze Zeit nur, bis Gras über die Geschichte gewachsen ist.«

Erstaunt sah er Carla und Beppo an, die in Lachen ausbrachen.

»Italienisches Gras wächst sehr langsam in letzter Zeit«,

sagte Carla. »Das gleiche hat Enzo auch zu Beppo gesagt, vor fast zwölf Jahren, und zu meinem Mann; auch das ist schon über ein Jahr her.« Sie wies auf Marcel, der eben die Wohnstube betrat. Seine Haut war gebräunt, er trug das Haupthaar so lang wie Beppo; nur der Bart war kurz und stoppelig, so als stehe er erst einen Monat.

»Willkommen«, sagte er zu dem Blonden und setzte sich neben ihn.

»Übrigens, Marcel«, räusperte sich Guiseppe Londisi, »für dich habe ich auch etwas.« Er überreichte zwei Kuverts. Beppos Augen flackerten, Carla wurde blaß. Marcel wog die Briefe in der Hand und riß sie dann auf. In Ruhe las er beide Schreiben durch. Das eine stammte aus Deutschland. Dr. Dachs teilte ihm mit, die Verfahren in Deutschland gegen ihn seien eingestellt, er könne unbesorgt zurückkehren. Marcel ließ den Brief sinken – Deutschland, Nieselregen, abends in die Stammkneipe, ein schön gezapftes Bier und keine Angst, verhaftet oder erschossen zu werden!

Der zweite Brief kam aus Mailand. Seine Freunde von den Brigate Rosse forderten ihn zu seinem ersten Einsatz auf.

»Soll ich dich gleich mit runternehmen?« fragte Guiseppe.
»Warte noch, ich muß erst überlegen.«

Er verschwand in seinem Zimmer und trat an die große, mit Intarsien verzierte Truhe, Beppos Hochzeitsgeschenk an ihn und Carla.

Ja, es war eine schöne Hochzeit gewesen. Beppo hatte sie getraut. Guiseppe war Zeuge gewesen und hatte zwei goldene Ringe mitgebracht.

Für Carla war's der schönste Tag ihres Lebens. Zwar verstand sie Beppos lateinische Ansprache nicht, aber sie weinte trotzdem vor Rührung. Die anschließende Dreitagesfeier unterschied sich in nichts von einer typischen toskanischen Dorfhochzeit. Danach zogen Carla und Marcel für die Flitterwochen ins Haupthaus, und Beppo mußte allein die Herde hüten.

Marcel setzte sich auf die Truhe und dachte nach.

Ein Jahr war es schon her? Diese elf Tage im Frühjahr, dieser Nachmittag im Mai hatten sein Leben verändert. Er wußte nicht mehr, wie ihm damals die Flucht gelungen war, wer von den anderen noch lebte. Ja, Rosanna lebte! Das hatte ihm Londisi gesagt, aber alles, was damit zusammenhing, sollte in dem Nebel bleiben, der sein ganzes Leben, das er früher geführt hatte, immer dichter zu verhüllen schien.

Nachrichten aus Deutschland hatte er unbeachtet gelassen. Bis heute. Was sollte er jetzt tun? Und was mit dem Brief aus Mailand?

Er stand auf, öffnete die Tür und rief:

»Carla, komm her, du mußt mich wieder mal rasieren! Vielleicht machen wir eine Reise – vielleicht auch nicht. Was meinst du...?«

❖ *Exquisit* **modern**

Die Sammlung »Exquisit modern« hat sich zur Aufgabe gestellt, literarisch anspruchsvolle erotische Romane und Erzählungen der Gegenwart im Taschenbuch vorzulegen.

Robert Sermaise
Hochzeitsreise
16/158 - DM 5,-

Albert Lindi/
Robert Neumann
Hotel Sexos
16/171 - DM 5,-

Gerty Agoston
Hemmungslos
16/189 - DM 7,-

Heidemarie Hirschmann
Chef nach Chef
16/215 - DM 6,-

Bernard Barokas
Besessenheit
16/227 - DM 5,-

Judy Sonntag
Das vergnügliche Leben der Lieblingssklavin Innifer von Theben
16/230 - DM 6,-

Marie Carbon
Lippenspiele
16/259 - DM 6,-

Jonathan Quayne
Geheimnisvolle Freuden
16/265 - DM 6,-

Sharon Dale
Freundinnen
16/280 - DM 6,-

Judith Searle
Heißer Sommer
16/287 - DM 6,-

Heinrich Hauptmann
Die Mädchen von Teneriffa
16/310 - DM 6,-

Arthur Maria Rabenalt
Astrid
16/312 - DM 6,-

Otis Furnley
Darling?
16/314 - DM 7,-

Ludwig Barring
Das Paradies
16/317 - DM 6,-

Heidemarie Hirschmann
Nacht um Nacht
16/319 - DM 6,-

Robert Calder
Angebot in Liebe
16/321 - DM 7,-

Hermann Schreiber
Die Schöne vom Strand
16/325 - DM 6,-

Heidemarie Hirschmann
Unter Millionären
16/340 - DM 6,-

Russ Porter
Dollar Girl
16/342 - DM 6,-

Jana Jaeger
Die schüchterne Frau
16/348 - DM 6,-

Anonymus
Du
16/350 - DM 6,-

Bernhard Willms
Heute Abend, Liebling?
16/353 - DM 6,-

Hanns Sauter
Liebe in Marbella
16/354 - DM 7,-

Marc Molitor
Quartett mit Olga
16/355 - DM 6,-

Ludwig Mau
Die Feste der Liebe
16/356 - DM 7,-

Preisänderungen vorbehalten.

Wilhelm Heyne Verlag München

❦ Exquisit Bücher
Galante Werke der Weltliteratur

Eine Buchreihe, die sich die Aufgabe gestellt hat, Kostbarkeiten der amourösen Dichtung aller Zeiten, seltene Werke der galanten und erotischen Literatur in modernen Taschenbuchausgaben zugänglich zu machen.

Celia Haddon
Francis Lysaghts Abenteuer mit der Dame Venus
16/264 - DM 6,-

Octave Ucanne
Die geheimnisvollen Sitten des galanten Jahrhunderts
16/266 - DM 6,-

Chevalier de Wilfort
Die Lehren der Sinnenfreude
16/269 - DM 5,-

Leopold von Sacher-Masoch
Katharina II., Zarin der Lust
16/284 - DM 6,-

Li Yu-chen
Die Pagode der hundert Mädchen
16/289 - DM 6,-

Anonymus
Venus in der Brunst
16/291 - DM 6,-

Minnedurst
Derbe Schwänke aus altdeutscher Zeit
16/294 - DM 6,-

Anonymus
Der Dirnenspiegel
16/296 - DM 5,-

Hans Reinhard Schatter/
Klaus Budzinski
Liederliche Lieder
16/298 - DM 8,-

Johannes Meursius
Die feurige Spanierin
16/303 - DM 6,-

Claude de Crébillon
Das Sofa
16/305 - DM 7,-

Sacher-Masoch
Ein weiblicher Sultan
16/307 - DM 8,-

Honoré de Balzac
Die tolldreisten Geschichten
16/309 - DM 9,-

Adolar Frauenhold
Fritz
16/313 - DM 6,-

Ling Meng-Chu
Pflaumenblüten in der Goldvase
16/316 - DM 7,-

Denis Diderot
Die indiskreten Kleinode
16/318 - DM 7,-

Pietro Fortini
Die Liebesschule
16/320 - DM 7,-

Exquisit-Auswahlband
16/324 - DM 8,-

Restif de la Bretonne
Madame Parangon
16/328 - DM 6,-

Johannes Christian Ehrmann
Die Freudenmädchen von Frankfurt am Main
16/329 - DM 6,-

Bordellgeschichten der Weltliteratur
16/331 - DM 6,-

George Seesslen
Lexikon der erotischen Literatur
16/333 - DM 9,-

Preisänderungen vorbehalten.

Wilhelm Heyne Verlag München

❦ *Exquisit* Sachbuch

*In der Heyne Taschenbuchreihe
»Exquisit Sachbuch«
erscheinen interessante Beiträge
internationaler Autoren über alle Gebiete
der Erotik und Sexualität.*

Robert Chartham
Noch mehr Spaß am Sex
16/143 - DM 6,-

Günther Hunold
Abarten des Sexualverhaltens
16/159 - DM 5,-

Xaviera Hollander
Xavieras fantastischer Sex
16/162 - DM 6,-

Günther Hunold
... vergiß die Peitsche nicht
16/167 - DM 5,-

Günther Hunold
Sappho und ihre Schülerinnen
16/177 - DM 5,-

Xaviera Hollander
Meine erotischen Leckerbissen
16/182 - DM 6,-

Bernhardt J. Hurwood
Sinnliche Lippen
16/204 - DM 5,-

Allen Edwardes
Juwel im Lotos – Sexualpraktiken im Orient
16/222 - DM 7,-

Hermann Schreiber
Erotische Texte
16/232 - DM 7,-

Samuel Dunkell
Sex der sieben Sinne
16/240 - DM 6,-

Illustrierte Sittengeschichte
2 Bände in Kassette
16/245 - DM 20,-

Aaron Hass
Der Frühreifen-Report
16/251 - DM 7,-

Robert Chartham
Was Frauen anmacht
16/263 - DM 5,-

Rona Barrett
Wie man verführt und sich verführen läßt
16/268 - DM 5,-

John Miller (Hrsg.)
Erotische Hilfsmittel
16/273 - DM 6,-

Beatrice Cimin
Paar sucht Paar zum Partnertausch
16/283 - DM 6,-

Angel Smith
Die hohe Schule des Sex
16/288 - DM 6,-

Eva I. Margolies
Der neue Weg zum Höhepunkt
16/293 - DM 6,-

Rebecca Nahas/Myra Turley
Liebe im Dreieck
16/315 - DM 8,-

Preisänderungen vorbehalten.

Wilhelm Heyne Verlag München